Roland Jungbluth
Remember

Roland Jungbluth
wurde 1970 geboren und absolvierte nach dem Abitur erfolgreich ein Studium der Kunstgeschichte. Nach diversen Tätigkeiten und ausgestattet mit den rudimentären Schreibkenntnissen eines ehemaligen Cartoonisten betritt er mit seinem Debütroman die Welt der Schriftstellerei.

Remember *ist eine rasante Achterbahnfahrt zwischen Realität und Wahnsinn, eine unheimliche Zukunftsvision über die Entwicklung der Unterhaltungsindustrie, die dem Begriff 'Reality-Show' eine ganz neue Dimension verleiht.*
MÜNCHNER MERKUR

Roland Jungbluth
Remember

Arena

Für verlorene Seelen

1. Auflage als Sonderausgabe 2014
© 2012 Arena Verlag GmbH, Würzburg
Alle Rechte vorbehalten
„Someone to watch over me" S. 348:
Musik & Text: Gershwin, George / Gershwin, Ira © by WB Music Corp.
Mit freundlicher Genehmigung von
Neue Welt Musikverlag GmbH & Co. KG
Sollten trotz intensiver Nachforschungen des Verlags Rechtsinhaber
nicht ermittelt worden sein, so bitten wir diese, sich mit dem Verlag
in Verbindung zu setzen.
Umschlaggestaltung: Frauke Schneider
Umschlagtypografie: knaus. büro für konzeptionelle und visuelle
identitäten, Würzburg
Gesamtherstellung: Westermann Druck Zwickau GmbH
ISSN 0518-4002
ISBN 978-3-401-50658-6

www.arena-verlag.de
Mitreden unter forum.arena-verlag.de

Prolog

Das bin ich, dachte Annabel und neigte den Kopf zur Seite. Versunken in die Betrachtung ihres eigenen Spiegelbildes stand sie vor dem Schaufenster eines Blumenladens. Sie zupfte an den Trägern ihres grasgrünen Sommerkleides und fuhr mit den Fingern durch ihr rotes Haar, das in der heißen Mittagssonne leuchtete.

Bin ich hübsch?

Eine Türglocke erklang, als ein junges Paar den Laden verließ. Die Frau trug eine rote Rose und küsste den Mann lachend auf die Wange. Annabel sah den beiden wehmütig hinterher, bis sie in einer Seitenstraße verschwanden. Dann versank die Welt um sie herum in Dunkelheit und Schmerz.

Ein erstickter Laut drang aus Annabels Kehle, als etwas in ihrem Kopf zu explodieren schien. Einer Ohnmacht nahe krampfte sie die Hände um den Kopf, krümmte sich, suchte Halt an einer Hauswand, griff ins Leere und taumelte geradewegs auf die Straße zu.

»Finger weg von den Drogen, Kindchen«, raunte ihr eine alte Dame in einem Tweedkostüm zu.

Der Fahrer des heranrasenden Taxis hatte keine Chance zu bremsen. Es gab ein hässliches, dumpfes Geräusch, als ihr Körper vom Kühler erfasst und in die Luft geschleudert wurde.

Dann wachte Annabel auf.

Der Anfang

1

Mühsam öffnete Annabel die Augen. Der schwache Schein einer flackernden Neonröhre zuckte auf sie herab und mischte sich mit hellem Tageslicht. Sie fühlte sich schwach und schläfrig.

Bald gewöhnten sich ihre Augen an die Helligkeit und sie blickte in einen schmalen Raum mit einer hohen Stuckdecke. Große Teile der Verzierungen waren abgebrochen. Und auch der ausgebleichte hellgrüne Putz hatte überall Risse, die wie feine Adern die Wände überzogen.

Nicht mein Zimmer.

Der Raum war spartanisch eingerichtet – ein kleiner Tisch, ein Stuhl, ein Holzkruzifix an der Wand, ein schmaler Spind und das Metallbett, auf dem sie lag.

Annabel spürte, dass ihr Verstand nicht arbeitete wie gewohnt. Doch als ihr der starke Geruch von Desinfektionsmitteln in die Nase stieg, setzte sich das Puzzle zusammen und ihr Puls beschleunigte sich.

Ich bin in einem Krankenhaus.

Instinktiv versuchte sie, Arme und Beine zu bewegen, tastete Kopf, Brust und Bauch nach möglichen Verletzungen ab. Doch da waren weder Verbände noch Narben, nicht einmal ein Pflaster.

Wie bin ich hierhergekommen? Und warum?

Annabel suchte ihr Bett nach einer Klingel oder einem

Alarmknopf ab, mit dem man die Schwestern rufen konnte. Es gab keinen.

Aufstehen... ich muss aufstehen.

Vorsichtig drehte sie ihren Oberkörper zur Seite, setzte sich aufrecht hin und schwang die Beine über den Rand des knarzenden Bettes. Das einsetzende Schwindelgefühl kam so plötzlich und heftig, dass sie fast wieder umgekippt wäre.

Sie blieb schwankend auf dem Bettrand sitzen, krallte die Finger in die Matratze, schloss die Augen, atmete tief ein und aus und wartete, bis der Raum aufgehört hatte, sich auf diese wirklich eklige Weise zu drehen. Langsam kam das Karussell zum Stehen und ihre Finger entkrampften sich. Sie öffnete die Augen, rutschte sachte vom Bett und versuchte, sich auf den wackligen Beinen zu halten. Mit einem Arm stützte sie sich auf die Rückenlehne des Stuhls. Als sie an sich hinuntersah, bemerkte sie die schlichte graue Kleidung und graue Tennisschuhe.

Nicht mein Stil.

Annabel setzte sich in Bewegung, langsam, Schritt für Schritt, während sie immer wieder kleine Pausen einlegte und sich an der Wand abstützte.

... dreizehn, vierzehn.

Sie erreichte die Tür, legte die Hand auf den Knauf und drehte ihn. Die Tür schwang auf und Annabel erschrak, als eine alte Frau dicht an ihr vorbeischlurfte und sie mit leeren, ausdruckslosen Augen ansah. Ein strenger Schweißgeruch umgab sie. Annabel blickte den Gang hinunter. Eine Reihe merkwürdiger Gestalten wanderte ohne erkennbares Ziel und teilweise wie in Zeitlupe auf und ab. Männer und Frauen, Junge und Alte. Und abgesehen von zwei Frauen, die barfuß und nur mit einem grauen Nachthemd bekleidet waren, trugen alle ein Paar graue Tennisschuhe und darüber knopflose Hosen und Hemden in derselben Farbe. So wie Annabel.

Inmitten der Parade grauer Gestalten entdeckte sie eine junge blonde Schwester in einem weißen Kittel. Halbherzig versuchte sie, deren Aufmerksamkeit auf sich zu ziehen, doch die Frau war gerade damit beschäftigt, eine andere Patientin davon abzuhalten, den Kopf gegen die Wand zu schlagen.

Annabel trat auf den Gang hinaus. Und obwohl noch immer ein leichter Nebel über ihrem Verstand lag und ihr Kopf jede ruckartige Bewegung mit einem widerlichen Schwindelgefühl quittierte, wurden ihre Schritte sicherer.

Irgendwo vom Ende des spärlich beleuchteten Ganges tönte die Stimme eines Radiomoderators herüber. Annabel legte eine Pause ein und lauschte den Worten, die zu laut und aufdringlich waren, um sie zu ignorieren.

»Verehrte Zuhörer! Vor wenigen Minuten startete die Saturn-V-Rakete der Apollo-11-Mission von Cape Canaveral aus zu ihrem Flug zum Mond. Heute ist Mittwoch, der sechzehnte Juli 1969, und es ist mir eine Ehre, mit ihnen gemeinsam diesen Moment erleben zu dürfen. Schon immer träumten die Menschen davon...«

Annabel ging weiter. Und je wacher sie wurde, desto eigenartiger kam ihr das Verhalten der grau gekleideten Männer und Frauen vor. Immer öfter glaubte sie, ihre neugierigen Blicke auf sich zu spüren.

Unwillkürlich wurden ihre Schritte schneller. Sie gelangte an eine breite, weit offen stehende Flügeltür und blickte in einen großen hellen Raum. Genau wie das Zimmer, in dem sie aufgewacht war, wirkte er schäbig und heruntergekommen. Mit seinem bräunlich fleckigen Putz, der von den Wänden blätterte. Den alten Holztischen und Plastikstühlen, die aussahen wie vom Sperrmüll. Selbst der reich verzierte Kamin an der linken Wand konnte diesen Eindruck nicht mildern. Ebenso wenig wie der alte Kronleuchter, den man bis unter die Decke gezogen hatte. Die Zeit hatte ihm ein Netz aus Staub gewebt. Nun hing er da wie eine riesige Spinne, die auf Beute lauerte.

Dennoch besaß der Raum etwas, das Annabel magisch anzog. Es war das Sonnenlicht, das sich aus einer breiten Fensterfront auf das stumpfe, zerkratzte Parkett ergoss. Es flutete in den Raum wie Wassermassen aus einem geöffneten Staudamm.

Die Fenster waren das einzig Schöne an diesem Raum. Einige der Scheiben waren aus buntem Glas und es waren Menschen, Landschaften und Häuser darauf zu erkennen. Annabel kannte solche Fenster aus Kirchen und wusste, dass sie manchmal eine Geschichte erzählten.

Langsam ging sie in den Raum hinein. *Eins, zwei ...*

Die sanft schwingenden Äste einer großen Eiche vor dem Fenster warfen bizarre Schatten auf den Boden. Ein junger, schlaksiger Mann kniete dort, während sein Kopf den hypnotischen Bewegungen folgte. Die meisten saßen an Tischen und spielten Brettspiele oder Karten. Andere wanderten ziellos umher. Einige redeten, mit anderen oder mit sich selbst.

Auf der rechten Seite des Raumes spielten ein Mann und eine Frau mit einem überdimensionalen Damespiel. Ein Junge mit verfilztem Haar und wahrscheinlich nicht älter als zehn stand neben ihnen auf einem Stuhl und spendete bei jedem Zug euphorisch Beifall. Sein Lächeln schien wie eingemeißelt.

... sechsunddreißig, siebenunddreißig.

Vor den Fenstern blieb Annabel stehen. Ihr Kopf fühlte sich wieder klarer an und auch die Müdigkeit fiel von ihr ab.

Für einen kurzen Moment schloss sie die Augen und genoss die Wärme der hereinfallenden Sonne.

»Annabel!«

Annabel zuckte beim Klang ihres Namens zusammen und riss die Augen auf. Gleichzeitig wurde sie am Arm gepackt und zu einem der Tische am Fenster gezerrt. »Hey? Was soll das?« Sie blinzelte gegen das Sonnenlicht und erkannte einen kräftig gebauten Jungen mit schwarzen Haaren. Er drückte sie wortlos in einen Stuhl. Verwirrt schaute sich Annabel um. Zwei weitere Jungs saßen am Tisch. »Ich... wieso...«, stammelte Annabel, als sie versuchte, ihre Gedanken zu ordnen.

»Bitte, Annabel, stell jetzt keine Fragen!«, zischte der schwarzhaarige Junge und beugte sich zu ihr vor. »Wir haben keine Zeit. Hör einfach zu.« Er schaute sich nervös zur Tür um. »Es ist wichtig, dass du genau das tust, was wir dir sagen. Du wirst gleich Besuch von ein paar Leuten bekommen, die behaupten, sie seien deine Eltern.«

Annabel starrte den Jungen an und ihr Verstand spuckte einen Namen aus. Michael. Aber wie kam er hierher? Was wollte er von ihr?

»Ich weiß, es hört sich verrückt an. Aber du musst so tun, als wären diese Leute deine Eltern. Tu so, als würdest du sie erkennen. Vielleicht kommst du auf diese Weise hier raus.«

Das konnte doch alles nur ein Albtraum sein. Annabel zwickte sich fest in den Oberschenkel und fühlte den Schmerz. Nein, sie schlief nicht.

»Wir wollen dir nur helfen«, sagte ein schwarzer Junge mit sanfter Stimme.

Eric! Natürlich! Annabel wunderte sich, warum sie ihn nicht sofort erkannt hatte. Der Junge neben Michael war eindeutig Eric, er war einen Jahrgang unter ihr. Nur den dritten Jungen am Tisch konnte Annabel nicht zuordnen, obwohl er ihr ebenfalls bekannt vorkam. Er saß still auf seinem Stuhl und beobachtete sie mit gerunzelter Stirn.

»Annabel, bitte, wenn du's nicht tust, geben sie dir Medikamente. Dies ist kein gewöhnliches Krankenhaus. Oder findest du es etwa normal, dass alle die gleichen Sachen tragen?«

Annabel strich über den groben Leinenstoff, der ihren Körper bedeckte. Sie erinnerte sich nicht, die Sachen angezogen zu haben.

»Rotlöckchen, was glaubst du, wo du bist?«, fragte Eric. »Das hier ist eine Irrenanstalt.«

Irrenanstalt. Es war nur ein Wort, aber es hallte wie ein immer lauter werdendes Echo in Annabels Kopf. Sie versuchte, es an der Oberfläche zu halten, damit es nicht in sie eindringen, damit sie sich vor seiner Bedeutung verstecken konnte. Aber ganz egal, wo sie war... weshalb war sie hier? Und was hatten Michael, Eric und – nun fiel es ihr wieder ein – George hier verloren?

Sie stand auf und drehte sich zur Tür. Doch Michael packte sie am Handgelenk. »Du musst uns einfach vertrauen. Hier geschieht etwas Merkwürdiges. Jeder von uns hatte bereits Besuch von...«

Annabel versuchte, sich loszureißen. »Hör auf damit... Bitte, du tust mir weh!«

Jetzt wollte sie nur noch raus, sich ganz klein machen und in eine Ecke verkriechen, allein, um in Ruhe nachzudenken.

Sie versuchte noch einmal, sich von Michael zu befreien, doch in dem Moment überkam sie ein furchtbares Schwindelgefühl. Alle Geräusche und Stimmen drangen nur noch gedämpft zu ihr durch, als wäre ihr Kopf in dichte Watte gepackt. Sie schwankte und war fast froh, dass Michael sie immer noch festhielt.

»Vorsicht, sie kommt!« Georges Stimme klang so heiser, als würde er sie nur selten benutzen.

»Annabel«, flüsterte Michael und schaute sie dabei flehend an, »du darfst auf keinen Fall eine ihrer verdammten Pillen schlucken, verstehst du?« Dann löste er seinen Griff und ließ sich zurück auf seinen Stuhl fallen. Jede Emotion war plötzlich aus seinem Gesicht gewischt.

Annabel starrte ihn verblüfft an. Auch George und Eric schienen sie plötzlich nicht mehr zu beachten.

Ein dicker, alter Mann schlurfte vorbei und sang mit leiser, knabenhafter Stimme ein Kinderlied.

Annabel zuckte zusammen, als ihr jemand von hinten auf die Schulter tippte. Doch es war nur eine Krankenschwester. Sie trug eine weiße Uniform und ein kleines Schild auf ihrer Brust wies sie als Schwester Shelley aus. Ihre wilden schwarzen Locken und die durchdringenden Augen standen in merkwürdigem Kontrast zu ihrer sanften Stimme. »Da bist du ja. Ich dachte, du wärst noch in deinem Zimmer. Komm, du hast Besuch. Deine Eltern sind hier.«

Annabel atmete auf. Endlich würde sie erfahren, was vor sich ging und warum sie an diesem Ort war. »Wo sind sie?«, fragte sie und sah sehnsüchtig zur Tür.

Schwester Shelley lächelte. »Ich bringe dich zu ihnen.«

Sie nahm Annabels Hand und führte sie zur Tür.

Annabels Blick fiel unwillkürlich auf ihr Handgelenk. Michaels Finger hatten deutliche Spuren auf ihrer Haut hinterlassen. Auch seine Worte geisterten noch immer durch ihren Verstand.

Ich weiß, es hört sich verrückt an. Aber du musst so tun, als wären diese Leute deine Eltern.

Verrückt. Ja, genau das war es.

Annabel folgte der Schwester auf den Gang, ohne sich noch einmal umzusehen.

Schwester Shelley wandte sich nach rechts. Traumwandlerisch lotste sie Annabel durch den trägen Schwarm sonderbarer Gestalten und redete dabei wie ein Wasserfall. Wie froh sie doch alle seien, dass es Annabel wieder besser gehe, und dass ihre Eltern es gar nicht erwarten könnten, sie zu sehen. Annabel versuchte, ihren Wortschwall zu unterbrechen. Sie wollte wissen, wie lange sie schon hier war und was ihr eigentlich fehlte, aber sie erhielt keine Antwort.

Am Ende des Ganges versperrte ihnen eine vergitterte Sicherheitstür den Weg. Ein dicklicher, grauhaariger Mann in einer schlecht sitzenden Uniform bewachte den Durchgang. Er hockte in einem kleinen Kabuff, döste vor sich hin und hatte ein kleines quäkendes Radio bis zum Anschlag aufgedreht.

Die Schwester winkte dem Mann zu. Er reagierte nicht. Erst ein kräftiges Klopfen an die Scheibe des Kabuffs ließ den Wachmann sein Radio vergessen. Er lächelte schuldbewusst. Ein Summen erklang und die Tür sprang auf.

»Danke, Mr Roseberk. Und machen Sie bitte das Radio leiser.«

Normale Krankenhäuser haben doch keine Sicherheitstüren.

Annabels Magen verkrampfte sich.

Was glaubst du, wo du hier bist?, hörte sie Eric wieder sagen.

Durch eine Glastür gelangten sie in ein Treppenhaus. Schwester Shelley deutete nach unten. »Wir müssen ins Erdgeschoss, zum Besucherraum.«

Das Treppenhaus strahlte eine herbe Schönheit aus und hätte, wenn es nicht so heruntergekommen wäre, ein altes Theater oder ein kleines Opernhaus schmücken können. Das Treppengeländer war aus kunstvoll gearbeitetem Schmiedeeisen und besaß einen hölzernen Handlauf. Es fühlte sich rau an unter Annabels Hand. Die Stufen waren gut zweieinhalb Meter breit und so abgenutzt, als wären Legionen auf ihnen auf- und abmarschiert.

Mitten auf der Treppe blieb die Schwester auf einmal stehen. Vor ihnen kniete ein Mann auf dem Boden und schraubte fluchend und schniefend an einer Fußleiste herum. Seine Hosen waren verdreckt und sein grauer Kittel hing nachlässig über dem Geländer. In seinem offenen Werkzeugkasten lag ein riesiger Schlüsselbund.

»Morgen, Mr Shade!«, sagte Schwester Shelley frostig. »Wenn Sie fertig sind, gehen Sie bitte in den zweiten Stock. Die Toiletten sind mal wieder verstopft.«

Für einen Moment hörte der Mann auf zu fluchen. Er legte den Schraubenzieher beiseite, hob seinen Kopf und kratzte sich an seinem kurzen, ungepflegten Vollbart. Dann griff er mit der rechten Hand zum Kittel. Doch anstatt sich daraus ein Taschentuch zu nehmen, wischte er sich damit nur einmal über das Gesicht und zog dabei laut vernehmlich den Rotz hoch. Annabel fand das irgendwie komisch. Die Schwester nicht. »Komm, Kleine. Das ist kein Umgang für dich.«

Im Weggehen drehte sich Annabel noch einmal um. Sie sah, wie der Mann, bei dem es sich offensichtlich um den Hausmeister handelte, ihr zuzwinkerte und freundlich lächelte. Kein anzügliches Zwinkern. Kein schmieriges Lächeln. Es war nur eine nette Geste zwischen zwei Fremden. Annabel hob zum Abschied die Hand.

2

Im Erdgeschoss gab es weder Sicherheitstüren noch Wachpersonal. Und niemanden, der seinen Kopf gegen eine Wand schlug oder Kinderlieder sang. Und entgegen aller Vernunft versuchte Annabel, die Hoffnung aufrechtzuerhalten, dass dies doch nur ein einfaches Krankenhaus war. Und dass ein harmloser Unfall mit einer kleinen inneren Verletzung den Gedächtnisverlust und das Schwindelgefühl erklären würde.

Die Schwester führte Annabel in einen Raum, der aussah wie ein Wartezimmer in einer beliebigen Arztpraxis. An den weißen Wänden hingen kleine, moderne Gemälde mit Landschaften und Sonnenuntergängen am Meer. Es gab Zeitschriften und einen Ständer mit Informationsmaterial. Annabel konnte nicht genau erkennen, worüber sie den Leser informierten.

Schwester Shelley bat Annabel, einen Moment zu warten, und verließ den Raum wieder.

Sie war nicht allein in dem Besucherzimmer. An einem der vier runden Tische saßen zwei junge Männer und eine ältere Frau, grau gekleidet wie Annabel. Schweigend starrten sie einander an. Annabel setzte sich auf einen der Stühle und sah sich um. Direkt neben dem Fenster hing ein Werbeplakat. Es zeigte einen fröhlichen Weißkittel, der mit einem Patienten Schach spielte. Sie las den fett gedruckten Text unterhalb des Bildes: *Ponomyol. Denn Psychiatrie ist kein Kinderspiel.*

Dann ist es doch wahr. Ich bin in einer psychiatrischen Anstalt.

Annabels Mund war trocken und sie fröstelte. Nur der Gedanke, dass ihre Eltern bald hier sein würden, hielt sie davon ab, in Panik zu geraten. Sie schloss die Augen und ballte die Fäuste im Schoß, bis sie sich wieder unter Kontrolle hatte. Dann lenkte sie ihre Aufmerksamkeit auf die drei merkwürdigen Gestalten, die noch mit ihr im Raum waren. Sie hatten etwas Geisterhaftes an sich. Hätte die Frau nicht die graue Anstaltskleidung getragen, hätte Annabell kaum sagen können, wer Patient und wer nur Besucher war. Sie erschrak, als alle drei, wie auf einen stillen Befehl hin, in ihre Richtung schauten und dabei auf eine unheimliche Weise lächelten. Irritiert wandte sie sich ab. Wo blieb nur die verdammte Schwester mit ihren Eltern? Sie wollte hier endlich raus!

Du wirst Besuch von ein paar Leuten bekommen, die behaupten, sie seien deine Eltern.

Wieder hallten Michaels Worte durch ihren Verstand und es hörte sich an, als würden Fingernägel auf einer Tafel kratzen. Annabel bekam eine Gänsehaut. Was sollte das? Wie konnte er so etwas Grausames sagen? Und warum waren er, Eric und George überhaupt hier?

Annabel musste sich eingestehen, dass es nicht viel gab, was sie über die Jungs wusste. Sie alle gingen in Richmond auf die Oldcue School, aber in verschiedene Klassen. Außerdem gehörte jeder einer anderen Clique an. Michael war Kapitän des Rugby-Teams, sah gut aus und hatte angeblich stinkreiche Eltern. Drei Gründe, warum sie ihn immer für einen Angeber gehalten hatte.

Eric dagegen schien ein netter, harmloser Typ zu sein, der mit allen gut auskam. Zumindest mit denen, die mit seiner Hautfarbe kein Problem hatten. Die meisten wussten, dass er schwul war, und er machte auch kein Geheimnis daraus. Eine Einstellung, die ihm schon eine Menge Ärger eingebracht hatte. Für Annabel war es kein Schock gewesen, aber dennoch hatte sie etwas Zeit gebraucht, sich an den Gedanken zu gewöhnen. Inzwischen war es für sie nichts Besonderes mehr.

Den dritten Jungen, George, hatte Annabel zwar schon ein paarmal gesehen, doch sie konnte ihn nicht wirklich einordnen. Er war für sie eine dieser Gestalten, die einem jeden Tag über den Weg laufen konnten und trotzdem kaum in Erinnerung blieben. Auffällig an ihm war nur seine raue, heisere Stimme, die klang, als würde er seine Nächte rauchend und trinkend in dunklen Bars verbringen.

Die Tür schwang auf und Annabel sprang erwartungsvoll vom Stuhl. Schwester Shelley betrat den Raum, gefolgt von einer blonden Frau und einem sehr schlanken großen Mann. Das Alter der beiden war schwer zu schätzen, aber sie wirkten nicht mehr jung. Tiefe Schatten lagen unter den Augen der Frau, der Mann sah ebenfalls erschöpft aus.

Annabel blieb enttäuscht stehen.

»Annabel, deine Eltern sind hier«, sagte die Schwester. »Willst du sie nicht begrüßen?«

Annabel blickte sie irritiert an. »Wo denn? Warten sie draußen?« Sie wollte gerade zur Tür gehen, als die fremde Frau auf sie zutrat und sie zärtlich an der Wange berührte.

»Anna, Liebling, was ist denn los mit dir? Wir sind's.«

Annabel zuckte zurück. Wie kam eine fremde Frau dazu, sie zu streicheln? »Ich kenne Sie nicht. Wer sind Sie?«

Die Frau ließ entsetzt die Hand sinken.

»Annabel, hör auf mit dem Unsinn! Deine Mutter macht sich wirklich Sorgen.« Der schlanke Mann trat jetzt neben die Frau. Seine dunklen Augenbrauen waren zusammengezogen und sein Adamsapfel hüpfte auf und ab. »Bitte, komm endlich wieder zu dir!«

Fassungslos wandte sich Annabel an die Schwester. »Ich

habe diese Leute noch nie gesehen. Das schwöre ich. Verstehen Sie doch, das sind nicht meine Eltern! Das sind niemals meine Eltern!«

3

Die Schwester hob beschwichtigend die Arme, während Annabel wie versteinert dastand und das Gefühl hatte, ihr ganzer Körper würde in Flammen stehen. Schweißperlen bildeten sich auf ihrer Stirn und sie schnappte aufgeregt nach Luft.

Du musst so tun, als wären diese Leute deine Eltern. Tue so, als würdest du sie erkennen.

Das waren Michaels Worte gewesen. Aber sie konnte das nicht. Das war doch Wahnsinn.

»Was soll das? Wo sind meine Eltern?« Annabel löste sich aus ihrer Erstarrung und wehrte erneut einen Versuch der Frau ab, sie zu berühren. »Hände weg!« Ihre Hilflosigkeit schlug in Wut um. Sie wich nach hinten und stieß dabei einen Stuhl um.

Annabels Geschrei weckte die drei merkwürdigen Gestalten vom Nachbartisch aus ihrer Trance. Sie hatten wieder ihr irres Lächeln aufgesetzt und verfolgten jetzt mit scheinbar großem Interesse das Geschehen.

Die blonde Frau flüchtete sich mit Tränen in den Augen in die Arme des Mannes.

»Es wird alles wieder gut, Liebes«, sagte er. »Das verspreche ich dir.« Aber sein hilfloser Blick strafte seine Worte Lügen.

»Es tut mir leid«, sagte die Schwester und drängte die beiden mit einer energischen Geste nach draußen. »Vielleicht war es doch noch zu früh für einen Besuch.«

Die Frau schluchzte in ein Taschentuch. In der Tür drehten sich beide noch einmal um. »Wir kommen dich besuchen, wenn es dir wieder besser geht, Liebling«, sagte der Mann. »In ein paar Tagen.«

Einen Moment später waren sie verschwunden.

Als auch Annabel den Raum verlassen wollte, versperrte ihr die Schwester den Weg. »Bleib noch einen Moment hier, ja, Kindchen?«

»Aber ich will wieder nach oben«, sagte Annabel mit erstickter Stimme.

»Natürlich, wir bringen dich gleich zurück. Dauert nur einen Moment.« Die Schwester eilte zur Tür und gab jemandem ein Zeichen. Dann wartete sie dort und ließ Annabel nicht aus den Augen.

Annabel ging zum Fenster, setzte sich auf die breite Fensterbank und umklammerte ihre Beine. Sie war zu keinem klaren Gedanken fähig. Es fühlte sich an, als hätte ihr Verstand auf Autopilot geschaltet und als Zielort *Wahnsinn* eingegeben. Sie konnte sich nicht erinnern, jemals solch eine Angst gehabt zu haben.

Als die Schwester wieder in den Raum zurückkam, brachte sie zwei kräftige Pfleger mit. Annabel ließ sich von der Fensterbank gleiten und brachte instinktiv so viel Abstand wie möglich zwischen sich und die Männer.

»Komm, Annabel, mach's uns nicht unnötig schwer«, sagte die Schwester sanft und wirkte völlig harmlos. »Du nimmst jetzt eine kleine Tablette und dann wird alles wieder gut. Ich merke dir doch an, wie aufgeregt du bist.«

»Mir geht's gut. Danke.« Annabels Stimme zitterte. Sie ließ die beiden Pfleger nicht aus den Augen.

»Damit wird's dir gleich noch viel besser gehen. Versprochen.«

Einer der Pfleger, ein stämmiger Kerl mit langen Koteletten, machte ein paar Schritte auf sie zu.

»Bleibt weg von mir. Ich habe doch gesagt, mir geht's gut.«

Annabel war nicht besonders stark, aber sie war drahtig und schnell. Sie wusste, dass die meisten Leute sie für harmlos und niedlich hielten.

Schwester Shelley schaute auf die Uhr und beendete die Sache kurzerhand. »Mr Haligot, wären Sie wohl so freundlich?«

Während sich einer der Pfleger mit ruhigen Schritten näherte, wartete Annabel auf ihre Chance.

Sie rührte sich nicht von der Stelle und ließ den Mann bis auf einen Meter an sich herankommen. Dann trat sie ihm mit aller Kraft zwischen die Beine. *Ich bin nicht niedlich!*

Mit einem zischenden Laut, als hätte man aus einer Luftmatratze den Stöpsel herausgezogen, sackte der Mann zu Boden.

Das Geistertrio klatschte rhythmischen Beifall, beendete ihn aber abrupt, als Schwester Shelley ihnen einen Blick zuwarf.

»Mr Levi«, sagte die Schwester, ihre Stimme hatte wieder diesen frostigen Tonfall angenommen. »Greifen Sie sich endlich die Kleine, damit ich ihr das Ponomyol geben kann. Eine Tablette sollte reichen. Das wird sie erst mal ruhigstellen, aber nicht gleich umhauen. – Und seien Sie vorsichtig!«

Der zweite Pfleger schritt energisch auf Annabel zu. Beim Versuch, ihm auszuweichen, stieß sie an einen Tisch und war für eine Sekunde abgelenkt. Das reichte dem Mann, um sie zu packen und ihr den Arm auf den Rücken zu drehen.

»Lass mich sofort los, du dämlicher Gorilla! Du tust mir weh.« Annabel wehrte sich, hatte aber keine Chance, seinem Griff zu entkommen.

Die Schwester trat gelassen mit einem Glas Wasser in der einen und einer Tablette in der anderen Hand an sie heran. »Sei friedlich, Mädchen. Nimm die Tablette, dann kannst du wieder zu deinen Freunden.«

Du darfst auf keinen Fall eine ihrer verdammten Pillen schlucken.

Annabel schüttelte den Kopf und hielt ihren Mund fest geschlossen.

Die Schwester blieb gelassen. Sie drückte Annabel die Nase zu, und als diese den Mund öffnete, um Luft zu holen, schob sie ihr die Tablette in den Mund und kippte einen kräftigen Schluck Wasser hinterher. Routiniert hielt sie ihr dann Mund und Nase zu. »Schön schlucken, meine Kleine. Dann wird alles gut, das verspreche ich dir.«

4

Annabel wehrte sich nicht, als der Pfleger sie ins Treppenhaus schob wie eine leblose Puppe. Sie wehrte sich nicht, als er sie gegen das Geländer lehnte und sie anzüglich angrinste. Sie wehrte sich nicht mal, als er sich vorbeugte und ihr auf den Busen starrte. »Ich steh auf kleine rothaarige Kratzbürsten wie dich«, sagte er und leckte sich über die Lippen. »Besonders, wenn sie ein Ponomyol intus haben.« Er lachte. »Hat dir schon mal jemand gesagt, dass du wirklich hübsch bist?«

Annabel spürte das Geländer in ihrem Rücken. Ihre Augen waren halb geschlossen. Sie konnte die Brillantine im dunkelblonden Haar des Mannes riechen. Er hatte es sich zu einer Elvis-Frisur gestylt. Es roch nach Kokos. Der Pfleger hob die Hand und strich ihr leicht mit einem Finger über den Mund. Dann ließ er die Hand langsam sinken, bis sie über Annabels Brüsten schwebte. Sein Grinsen wurde noch schmieriger. Annabel schloss die Augen. In diesem Moment ertönte ein Schniefen oben auf der Treppe. Der Pfleger zog hastig seine Hand zurück. Eine Sekunde später kam der Hausmeister die Treppe herunter und ging entspannt lächelnd auf die beiden zu. Direkt vor dem Pfleger blieb er stehen. Er war gut einen Kopf größer als dieser und ebenfalls von kräftiger Statur. Aber nichts in seiner Art wirkte bedrohlich. Dennoch hatte sich die aufdringliche Selbstsicherheit des Pflegers verflüchtigt.

»Hey, Igor, kannst deiner Herrin sagen, dass die Scheißhäuser wieder frei sind.«

Verglichen mit seinem bisherigen Auftreten, fiel der Protest des Pflegers eher kleinlaut aus. »Mr Shade, Sie wissen doch, dass ich es nicht mag, wenn Sie mich so nennen.«

»Tja, tut mir leid, Igor. Ich bin nur ein dummer Hausmeister und kann mir eure richtigen Namen nicht merken. Deshalb bekommt ihr von mir die Namen, die zu euch passen. Und deiner ist nun mal Igor.«

Der Pfleger schwieg.

»Wo soll sie hin?«, fragte der Hausmeister.

»In den Aufenthaltsraum.«

Ohne das Einverständnis des Pflegers abzuwarten, nahm der Hausmeister behutsam Annabels Hand, mit der sie sich die ganze Zeit an das Geländer geklammert hatte.

»Komm, Kleine. Es ist alles okay. Ich bring dich zu deinen Freunden.«

»Meinetwegen«, sagte Igor und ging demonstrativ in die entgegengesetzte Richtung. »Ich hab Besseres zu tun, als mich um dieses kleine Miststück zu kümmern.«

Der Hausmeister schaute Annabel an. »Sieht aus, als hättest du's ihnen nicht leicht gemacht. – Ausgezeichnet.«

Ein verwirrtes Lächeln huschte über Annabels Gesicht.

»Hab gehört, wie Schwester Frankenstein dich Annabel genannt hat. Schöner Name. Passt zu dir. Ich nehme an, sie haben dir was zur Beruhigung gegeben. Wenn ich dir zu schnell gehe oder dir schwindelig wird, sag einfach Bescheid.«

Der Hausmeister brachte Annabel in den ersten Stock. Er ging sehr langsam und achtete darauf, dass sie nicht stolperte oder irgendwo anstieß. Vor der offenen Tür des Aufenthaltsraumes blieben sie stehen.

»So, da wären wir. Ich denke, von hier aus schaffst du es allein. Soll niemand denken, du wärst ein Schwächling. Und hab keine Angst, Annabel. Ich bin sicher, alles wird gut.«

Annabel schwieg. Doch als der Hausmeister sich zum Gehen wandte, griff sie nach seiner Hand, drückte sie fest und schaute ihm dabei in die Augen.

»Schon gut, Kleine. War mir ein Vergnügen.«

Annabel schlurfte quälend langsam in den Raum. Speichel rann aus ihrem Mundwinkel, der Blick war leer und unstet. Sie summte leise, als sie auf den Tisch zuwankte, an dem Michael, Eric und George noch immer saßen.

»Oh Gott, nein!« Michael sprang auf und ging Annabel entgegen.

»Das war's dann wohl mit ihr, Leute. Der Verstand unserer Süßen hat soeben winke, winke gemacht«, sagte Eric.

Annabel fühlte, wie Michael sie stützte. Gemeinsam gingen sie die letzten Schritte bis zum Tisch. Dann platzierte er sie vorsichtig auf einen Stuhl und setzte sich ebenfalls wieder.

Alle am Tisch sahen Annabel schweigend an. Doch von einem Moment auf den anderen verstummte Annabels Summen. Ihr Blick wurde klar und sie verzog den Mund zu einem frechen Grinsen. Dann spuckte sie die Pille in einem eleganten Bogen an Michaels Kopf.

5

»Hey, was zum Teufel ...?«

Michael starrte erst Annabel an, dann die Pille, die von seiner Stirn abgeprallt und auf dem Tisch gelandet war. Geistesgegenwärtig legte er seine Hand darauf und ließ sie verschwinden.

Annabel wischte sich den Sabber vom Kinn. Es war höchste Zeit gewesen, die Tablette loszuwerden. Die Oberfläche hatte bereits begonnen, sich aufzulösen. Sie hatte schon vorher versucht, sie auszuspucken, doch Igor hatte sie ständig angegafft. Und ob sie dem Hausmeister trauen konnte, hatte sie nicht einschätzen können.

Die Jungs schienen für einen Moment sprachlos zu sein. Selbst in Georges ansonsten emotionslosen Gesichtsausdruck hatte sich so etwas wie echte Überraschung geschlichen.

Doch nun breitete sich ein erleichtertes Grinsen auf Michaels Gesicht aus. »Bleib in deiner Rolle«, flüsterte er gleichzeitig. »Die dürfen nichts merken.«

Annabel nickte. Sie lehnte sich in ihrem Stuhl zurück, ließ den Kopf ein wenig hängen und setzte wieder diesen leeren Blick auf, den sie sich bei den anderen Patienten abgeschaut hatte.

»Geborenes Schauspieltalent.« Eric hob anerkennend eine Augenbraue.

Michael sah sich zur Tür um. »Ich weiß, du hast Fragen. Am besten du bleibst so sitzen und wir erzählen dir, was wir wissen.«

Annabel deutete ein Nicken an.

Die Jungs gaben sich alle Mühe, doch es waren nicht viele Informationen, die sie anzubieten hatten. Demnach befanden sie sich in einer psychiatrischen Anstalt, in der Nähe des Marble Hill Parks, direkt an der Themse. Keiner von ihnen hatte je von dieser Anstalt gehört. Was merkwürdig war, da sie sich in Richmond befanden, dem Londoner Bezirk, in dem sie wohnten und zur Schule gingen. Sie waren gestern zur Beobachtung in die Psychiatrie eingeliefert worden, weil sie alle vier der Überzeugung waren, dass völlig Fremde den Platz ihrer Eltern eingenommen hätten. Die Ärzte hatten erst vermutet, dass es sich um einen dummen Streich handelte, schließlich gingen sie auf dieselbe Schule. Aber als sie unabhängig voneinander bei ihrer Meinung geblieben waren, hatte man sie für ein paar Tage einweisen lassen.

»Verdammt!«, entfuhr es Annabel.

»Du sagst es«, pflichtete Eric ihr bei.

Annabel blickte sich vorsichtig um. Der Aufenthaltsraum hatte sich geleert, außer ihnen waren nur noch eine Handvoll Patienten hier. Keiner von ihnen schien auf sie zu achten. Und von den Pflegern oder Schwestern war nichts zu sehen. Annabel nutzte die Gelegenheit, sich etwas von der Seele zu reden.

»Wisst ihr, was mich wirklich erschreckt hat?«, fragte sie. »Die Reaktion meiner… meiner angeblichen Eltern. Die waren ziemlich überzeugend. Die Frau, die meine Mutter sein soll, hat sogar geweint. Aber ich habe dabei nichts gefühlt. Und hätte ich nicht etwas fühlen müssen, wenn das wirklich meine Mutter gewesen wäre?« Sie zögerte kurz. »Aber dann, für einen kurzen Moment, dachte ich, was ist, wenn ich vielleicht doch verrückt bin und diese Leute wirklich meine Eltern sind? Es wäre die einfachste Erklärung, oder?«

»Ich weiß, was du meinst«, sagte Eric. »Die waren wirklich gut. Meine haben auch geweint. Ganz großes Kino, ehrlich.«

»Ja, genau wie bei mir«, pflichtete George ihnen bei und schüttelte den Kopf.

»Annabel.« Michael beugte sich vor. »Wir müssen dich um etwas bitten. Es ist wirklich wichtig. Wir alle haben es schon getan.«

»Was getan?« Annabel hatte schon wieder ein mieses Gefühl. Und ihr gefiel ganz und gar nicht, wie George und Eric sie auf einmal mit großen Augen anstarrten.

»Hast du Geschwister?«

Annabel schüttelte den Kopf.

»Also gut, dann versuch jetzt einfach, an deine Eltern zu denken. Ich meine, erinnere dich daran, wie sie aussehen, wie du mit ihnen zusammen lebst, an euer Zuhause und so.«

»Was soll ich?«

»Bitte, versuch es einfach.«

Annabel zögerte. »Also gut …« Sie konzentrierte sich. Sie schloss die Augen und dachte an das kleine Reihenhaus in der Church Road, in dem sie wohnten. An den hübschen Garten auf der Rückseite, an die beiden Apfelbäume und ihre alte Kinderschaukel auf dem Rasen. Sie dachte an letzte Weihnachten und das *White Album* der Beatles unter dem Tannenbaum. Und an ihren fünfzehnten Geburtstag und den riesigen Strauß mit ihren Lieblingsblumen zwischen all den Geschenken. Doch so sehr sie sich auch bemühte, sie erinnerte sich nicht an ihre Eltern. Alles, was sie fand, war eine beängstigende Leere. Sie konnte sich weder ihr Aussehen, den Klang ihrer Stimmen noch ihren Geruch in Erinnerung rufen. Und selbst ihre Namen – ihre Namen waren einfach verschwunden.

»Bitte, nicht...« Annabel vergrub das Gesicht in ihren Händen. Als sie wieder aufschaute, hatte sie Tränen in den Augen. »Ich kann mich nicht an sie erinnern. Ich kann mich nicht an meine Eltern erinnern.«

»Keiner von uns kann das«, sagte George, doch es klang nicht so, als wollte er Annabel damit trösten. Er hatte eine Feststellung gemacht.

»Aber wenn wir uns tatsächlich nicht an sie erinnern, wie können wir sicher sein, dass die, die uns besucht haben, tatsächlich Betrüger sind?« Eric sah in die Runde.

»Das können wir nicht«, antwortete Michael. »Aber Annabel hat recht, wir sollten uns auf unser Gefühl verlassen. Und jede Faser in mir sagt, dass das nicht meine Eltern waren.«

Annabel wollte gerade etwas erwidern, als ein Pfleger den Raum betrat. Er trug ein kleines Radio bei sich. Sofort setzte sie einen abwesenden Gesichtsausdruck auf und wiegte sich langsam hin und her. Nur auf das Summen und Sabbern verzichtete sie diesmal.

Der Pfleger hatte schulterlange Haare, einen buschigen Bart und trug unter seinem offenen Kittel ein T-Shirt mit dem bunten Logo der Band Jethro Tull. Er suchte sich einen freien Tisch, stellte das Radio ab, dann machte er einen Kontrollgang durch den Raum.

Die Stimme aus dem Radio ging Annabel auf die Nerven.

»Wir erwarten nun gegen 15 Uhr 15 das Erdfluchtmanöver und um etwa 16 Uhr 45 die Abkoppelung der Kommandokapsel. Und wenn alles nach Plan verläuft, wird in neun Tagen der erste Mensch...«

Annabel versuchte, die Stimme auszublenden. Sie spürte, wie der Schock langsam nachließ und nichts als Schrecken und Trauer zurückblieb. Warum konnte sie sich nicht an ihre Eltern erinnern? Was war bloß mit ihr geschehen?

Sie atmete schwer, nur mühsam gelang es ihr, die Tränen zurückzuhalten.

Michael beobachtete ihren inneren Kampf, er beugte sich vor und legte ihr ganz kurz die Hand auf die Schulter. Nur eine beiläufige Geste und niemand hatte sie bemerkt. Aber obwohl Annabel ihn kaum kannte, hatte es etwas ungeheuer Tröstliches an sich. Michael hatte ihr zu verstehen gegeben, dass sie nicht alleine war, und das half etwas.

Nachdem der Pfleger seine Runde beendet hatte, schnappte er sich sein Radio und wechselte den Sender. Nach einer kurzen Suche ertönte Thunderclap Newmans *Something In The Air* aus dem kleinen Lautsprecher. Der Mann hielt sich das Radio dicht ans Ohr, begann, lässig im Takt der Musik mit dem Kopf zu wippen, und schlenderte auf diese Weise zur Tür.

Annabel blieb die ganze Zeit in ihrer Rolle und ihr Herz klopfte, weil sie fürchtete, der Mann könnte den Schwindel bemerken.

Es erschien ihr wie eine Ewigkeit, bis sie hörte, wie das Radio leiser wurde und schließlich ganz verstummte.

»Er ist weg«, sagte Michael. »Alles in Ordnung?«

»Ja. Danke.« Annabel lächelte zaghaft.

»Ehrlich, Leute«, sagte Eric, »diese blöde Mondlandung geht mir wirklich auf den Sack!«

Niemand am Tisch widersprach ihm.

Eine Zeit lang schwiegen sie. Es war inzwischen merklich dunkler geworden. Die Schatten auf dem Boden waren verschwunden und die bunten Fenster hatten aufgehört zu leuchten. In diesem Zwielicht empfand Annabel noch deutlicher die verstörende Trostlosigkeit dieses Raumes.

»Wisst ihr, woran ich mich auch nicht mehr erinnern kann?«, fragte sie leise. Sie hatte beinahe Angst, es laut auszusprechen. »An gestern und wie ich überhaupt hierhergekommen bin.«

»Sie also auch«, murmelte George und schickte noch einen unverständlichen Fluch hinterher.

»Wie meinst du das?«

»Eigentlich«, sagte Eric und die Enttäuschung war ihm deutlich anzusehen, »hatten wir gehofft, du wüsstest mehr darüber als wir. Wir können uns nämlich auch nicht erinnern. Wir vermuten, dass man uns gestern was gegeben hat, um uns ruhigzustellen. Und dass das irgendwie unser Gedächtnis beeinflusst hat. Wir haben Schwester Shelley danach gefragt, doch sie meinte, das sei Sache des Arztes.«

»Schon möglich. Es erklärt aber nicht das Problem mit unseren Eltern. Vielleicht...«

Michael wurde plötzlich sehr unruhig. Er rutschte nervös auf seinem Stuhl hin und her. »Wisst ihr, ich... ich habe darüber nachgedacht, was mit uns passiert sein könnte. Und ich... bitte haltet mich nicht für verrückt, aber...« Er holte tief Luft. »Was ist, wenn wir alle tot sind?«

Annabel sah Michael entsetzt an. Und auch den anderen schien es nicht anders zu gehen.

»*Tot?*«, platzte es aus Eric heraus. »Du meinst, wirklich *tot?* Wie in dem Satz: *Oh, Scheiße, unser Wellensittich ist tot?* So *tot?*«

Annabel schüttelte den Kopf. Der Gedanke war einfach nur abwegig. Dennoch zögerte sie. »Wir hatten vorher nie etwas miteinander zu tun. Keinen Kontakt und keine Gemeinsamkeiten außer der Schule. Und sollte man nach dem Tod nicht seine verstorbenen Verwandten treffen oder so was Ähnliches?«

Eric nickte. »Ja, genau. Michaels Theorie ergibt keinen Sinn. Außerdem passt tot zu sein unheimlich schlecht in meinen Lebenslauf.«

»Wie kommst du darauf, dass wir tot sind, Michael?« George stellte die Frage, die auch Annabel beschäftigte.

»Keine Ahnung... war nur so eine Idee. Vergesst es einfach.«

Annabel sah Michael direkt an. Er wich ihrem Blick aus, so als hätte er sich gerade verplappert. Doch obwohl sie neugierig geworden war, beschloss sie, einen Bogen um das Thema zu machen. »Okay... Was glaubst du eigentlich, was hier passiert, George?«

George strich sich eine Strähne seines dünnen braunen Haares aus der Stirn. Er wirkte nervös und seine Stimme klang noch rauer und belegter als zuvor. »Was ich glaube? Na ja, ich weiß nicht. Habt ihr mal was von Roswell gehört?«

»Oh, das musste ja kommen«, sagte Eric und stöhnte.

»Ich weiß selbst, dass sich das bescheuert anhört. Aber es ist ja auch nur eine Theorie. Es gibt viele, die an Entführungen von Außerirdischen glauben. Und es würde auch erklären, warum uns Teile unserer Erinnerung fehlen.«

Annabel tauschte einen Blick mit Michael. Seine blauen

Augen unter den dunklen, fast schwarzen Haaren wirkten skeptisch. »Was ist mit dir, Annabel? Hast du eine Erklärung dafür, was mit uns passiert ist?«, fragte er.

Annabel schloss für einen Moment die Augen, bevor sie eine Antwort gab. »Keine Ahnung, ehrlich«, sagte sie. »Und ich weiß nicht, was schlimmer ist: der Gedanke, dass an euren Theorien etwas dran ist, oder die Vorstellung, dass wir tatsächlich alle verrückt geworden sind.«

6

Annabel lag allein in ihrem Zimmer, starrte an die Decke und hoffte, dass ihr heute Nacht nicht Teile des Stucks auf den Kopf fallen würde. Die Kleider, die sie bei ihrer Einlieferung getragen haben musste, hingen in einem Spind. Sie waren in der Anstalt verboten. Das Gleiche galt für das Tragen von Schmuck. Uhren hingegen waren erlaubt. *Damit die Insassen noch deutlicher spüren, wie quälend langsam die Stunden hier drinnen vergehen.*

Sie war in düstere Gedanken versunken, als die Tür aufgerissen wurde. Es war Schwester Shelley. Und als habe es den Zwischenfall vom Nachmittag nicht gegeben, sagte sie fröhlich: »Hallo, Schätzchen! Zeit, ein bisschen zu schlafen. Du wirst sehen, wenn du aufwachst, sieht die Welt schon wieder ganz anders aus. Morgen hast du einen Termin bei Dr. Parker. Er wird herausfinden, was dein kleines Problem ist, da bin ich mir sicher. Und sobald in den nächsten Tagen ein Bett in einem der größeren Zimmer frei wird, hast du auch nachts ein bisschen Gesellschaft. Nun träum was Schönes. Gute Nacht.«

Die Schwester rückte das Holzkruzifix zurecht, das an der Wand hing, schaltete das Licht aus und verschwand.

Spar dir deine falsche Freundlichkeit.

Annabel wartete eine Minute. Dann stand sie auf, schnappte sich Hemd und Hose, die sie über den Stuhl gelegt hatte, und ging trotz der Dunkelheit erstaunlich sicher vor bis zur Tür. ... *dreizehn, vierzehn.*

Sie kniete sich hin und verdeckte mit den Sachen sorgfältig den Spalt zwischen Tür und Boden. Dann knipste sie das Licht wieder an. Es flackerte.

Ich mag's lieber, wenn das Licht anbleibt, Schwester Frankenstein.

Frankenstein. Annabel dachte an den Hausmeister. Und an den Vorfall auf der Treppe. *Wäre er nicht gewesen...* Sie hatte Angst, den Gedanken zu beenden.

Sie legte sich auf das Bett, doch der Schlaf wollte nicht kommen. Immer wieder zogen die Ereignisse des Tages an ihr vorbei und marterten sie mit Fragen, auf die sie keine Antworten fand. Außerdem konnte sie selbst durch die geschlossene Tür das laute Radio des Wachmannes hören.

Annabel lief es kalt über den Rücken, als sie die traurige Parade von gestörten Menschen, denen sie heute begegnet war, noch einmal vor ihrem geistigen Auge vorübermarschieren sah. War das ihre Zukunft?

Sie drehte sich auf die Seite und rollte sich zusammen. Trotz der sommerlichen Temperaturen zog sie die leichte Bettdecke bis an die Nasenspitze.

Nur eine einzige Sache gab es, die ihr ein bisschen Mut machte. Ein paar Zimmer weiter lagen die drei Jungen, denen es genauso ging wie ihr. Auch sie hatten Angst, das hatte sie in ihren Augen deutlich lesen können. Dass sie nicht alleine war, beantwortete zwar keine ihrer Fragen, im Gegenteil. Aber es machte die Situation erträglicher.

Besonders Eric vermittelte ihr ein Gefühl von Vertrautheit und Normalität. Er war witzig, auch wenn er es manchmal übertrieb. Und sogar Michael, den sie bisher für einen ziemlichen Schnösel gehalten hatte, schien ihr ein richtig netter Kerl zu sein.

Natürlich war ihr der breitschultrige Junge mit den schwarzen Haaren schon in der Schule aufgefallen. Doch sie hatte nie die dunklen Schatten um seine Augen bemerkt oder die Traurigkeit in seinem Blick. Selbst wenn er lächelte, verschwand sie nicht.

Annabel wälzte sich im Bett und dachte an George. Er war ihr ein völliges Rätsel. Sie konnte kaum mehr über ihn sagen, als dass er da war und dass er Eric aus irgendeinem Grund nicht zu mögen schien. Er saß die meiste Zeit nur da und beobachtete, was um ihn herum vorging. Annabel fragte sich, ob es einfach nur Angst und Schüchternheit war oder ob er etwas vor ihnen verbarg.

Das Abendessen – eine Tüte Milch, drei Scheiben Brot, Wurst, Käse und ein paar Weintrauben – hatten sie gemeinsam im Aufenthaltsraum eingenommen. Anschließend hatten sie versucht, ihre Situation zu analysieren, so wie reife Erwachsene das tun würden. Doch insgeheim hatte sich Annabel die ganze Zeit gefühlt wie ein kleines Kind, das man in einen dunklen Keller gesperrt hat. Besonders Erics schräge Theorien über skrupellose Erbschleicher, Kidnapping, verrückte Ärzte oder ein Zeugenschutzprogramm waren so beängstigend, dass sie sich am liebsten die Ohren zugehalten hätte.

Sie richtete sich in ihrem Bett auf und schüttelte wütend das Kissen zurecht. Der Bezug war frisch gewaschen. Doch wenn sie mit der Nase nahe genug heranging, konnte sie das muffige Innere riechen.

Annabel war noch immer davon überzeugt, dass die blonde Frau und der schlanke Mann von heute Mittag nicht ihre Eltern waren – aber wer waren sie dann? Warum sollte jemand die Identität ihrer Eltern annehmen? Führten sie diese Maskerade auch außerhalb der Anstalt auf? Oder steckte die Klinik sogar mit ihnen unter einer Decke?

Sie dachte an ihr Haus in der Church Road und die alte Mrs Huxley von nebenan, deren Katze ständig ausbüxte. Ihr würde doch auffallen, wenn plötzlich Fremde im Haus wohnten. Aber wenn zu Hause alles in Ordnung war, dann mussten ihre echten Eltern doch nach ihr gesucht und die Polizei verständigt haben. Oder waren sie vielleicht selbst entführt worden? Und was war mit Verwandten, mit Beth, ihrer besten Freundin?

Annabel stöhnte. Sie steckte in einer Sackgasse. All diese Fragen war sie bereits mit den Jungs durchgegangen. Und alles, was sie herausgefunden hatten, war, dass mindestens acht Leute in die Sache verwickelt waren. Und dass sie nicht die geringste Ahnung hatten, wer diese Leute waren und was sie von ihnen wollten. Ihre größte Hoffnung bestand nun darin, dass man ihnen morgen einen Anruf gestatten würde. Dann würden sie hoffentlich erfahren, was innerhalb und außerhalb dieser Anstalt vor sich ging.

Annabel ließ sich auf das Kissen fallen und starrte wieder an die Decke. Und plötzlich fand sie die Aussicht, dass ihr Stuckteile auf den Kopf fallen könnten, gar nicht mehr so schlimm. Vielleicht würde sie dadurch endlich ein wenig Schlaf finden.

Erster Teil des Interviews
Donnerstag, 22. Juli 2019, 20 Uhr 59, BBC-Studio, London.

FINNAGAN: »Willkommen zu einer neuen Ausgabe von BBC-Inside. Ich bin Laura Finnagan. – Diese Sendung steht ganz im Zeichen des wohl bedeutendsten Ereignisses dieses noch jungen Jahrtausends. Wissenschaftler und Philosophen aus aller Welt sprechen sogar von einem der wichtigsten Ereignisse der Menschheitsgeschichte überhaupt. Doch während die Befürworter den Beginn einer faszinierenden Reise propagieren, sagen die Kritiker bereits das Ende der Zivilisation voraus. Deswegen ist es mir ein besonderes Vergnügen, heute Abend einen Gast zu begrüßen, der von Anfang an an dem Projekt beteiligt war: Nicholas Hill, der Pressesprecher von Hillhouse. Herzlich willkommen!«
HILL: »Danke. Es ist schön, hier zu sein.«
FINNAGAN: »London, Paris, Berlin, New York, Moskau, Buenos Aires, Tokio. Milliarden Menschen, die in ihrer Landessprache den Countdown zählen. Wie fühlen Sie sich, wenn Sie an diese Bilder denken?«
HILL: »Ich bekomme noch immer eine Gänsehaut.«
FINNAGAN: »Ich glaube, das geht uns allen so. Nur der Besuch eines pinkfarbenen UFOs mit Elvis an Bord hätte dieses Ereignis noch toppen können. – Nicholas, Sie kommen direkt von der Pressekonferenz, und was Sie den Journalisten und der Welt offenbarten, hat nicht nur meinen Kollegen vor Ort die Sprache verschlagen. Stimmt es, dass in Ihrem Institut die Frage diskutiert wird, ob die von Ihnen entwickelte Technologie wieder zerstört werden sollte?«
HILL: »Ja. Viele der Schreckensszenarien, die in den letzten Ta-

gen durch die Presse geistert sind, stellen ohne Zweifel reale Gefahren dar. Und möglicherweise ist die Gesellschaft in ihrer heutigen Form nicht in der Lage, intelligent mit dieser Technologie umzugehen. Vielleicht wird sie es niemals sein.«

FINNAGAN: »Verzeihen Sie, wenn ich das sage, aber derartige Szenarien müssen Ihre Wissenschaftler bei der Entwicklung doch schon in Betracht gezogen haben. Warum haben Sie es dann so weit kommen lassen?«

HILL: »Eine ehrliche Antwort?«

FINNAGAN: »Ich bitte darum!«

HILL: »Auf einen Nenner gebracht: Weil wir es konnten.«

FINNAGAN: »Aber wenn das Kind schon in den Brunnen gefallen war, warum sind Sie dann noch mit ihren Zweifeln an die Öffentlichkeit gegangen?«

HILL: »Weil allein die Tatsache, dass eine wissenschaftliche Sensation wie diese von den Verantwortlichen ernsthaft hinterfragt wird, einen bedeutenden Fortschritt darstellt.«

FINNAGAN: »Das klingt für mich, als hätten Sie die endgültige Entscheidung noch nicht getroffen?«

HILL: »Nein.«

FINNAGAN: »Daraus entsteht allerdings der Eindruck, dass die Zerstörung der Technologie nicht ernsthaft zur Diskussion steht. Für mich klingt es eher nach Schadensbegrenzung. Glauben Sie, dass die Menschen wirklich begriffen haben, was diese Technologie bedeutet?«

HILL: »In ihrer vollen Konsequenz? Nein. Ich denke, dass die meisten erst in ein paar Tagen oder Wochen dazu in der Lage sein werden.«

FINNAGAN: »Etwas, das ich sehr gut nachvollziehen kann. Vielleicht greifen wir das Thema später noch einmal auf, wenn wir zu den hundert Millionen Gründen kommen, die gegen eine Zerstörung der Technologie sprechen.«

HILL: »Ich habe da so eine vage Ahnung, worauf Sie anspielen, Laura.«
FINNAGAN: »Da bin ich mir sicher. – Nicholas, als wir im Sender zum ersten Mal von Ihrer Ankündigung hörten, hielten es alle nur für einen cleveren Marketinggag. Doch es stellte sich bald als echte Sensation heraus. Ihr Institut hat in unserer unmittelbaren Nähe drei Jahre an einer Sache gearbeitet, von der es hieß, dass sie frühestens in zwanzig Jahren, wenn überhaupt, Realität werden könnte. Nur wenige Menschen auf der Welt wussten davon. Dennoch grenzt es an ein Wunder, dass das Geheimnis bis zum Schluss gewahrt werden konnte.«
HILL: »Wenn ich jetzt darüber nachdenke... glaube ich, wir hatten einfach Glück. Natürlich gab es Gerüchte. Aber wir taten einiges dafür, damit die Sache geheim blieb. Wir brachten sogar absichtlich falsche Informationen in Umlauf, um unsere eigentlichen Forschungsabsichten zu verschleiern.«
FINNAGAN: »Klingt wie in einem Spionagefilm.«
HILL: »Das ist in der Wissenschaft nicht unüblich. Schließlich geht es hier um Ruhm und nicht zu vergessen – auch um sehr viel Geld.«
FINNAGAN: »War es ein Vor- oder Nachteil, dass es schon zu Beginn kritische Stimmen gegeben hat, die die Realisierbarkeit anzweifelten?«
HILL: »Nun, es hat uns geholfen, was die Geheimhaltung angeht. Wenn dich die Leute nicht ernst nehmen, lassen sie dich in Ruhe. Doch als es in der Anfangsphase darum ging, die letzten Plätze in unserem Team zu besetzen...«
FINNAGAN: »Dem, soweit ich informiert bin, bereits zwei Nobelpreisträger angehörten.«
HILL: »Ja. Aber Nathan hatte noch fünf Wunschkandidaten auf der Liste. Und es war gar nicht so einfach, sie zu überzeugen. Niemand zweifelte an der Genialität meines Bruders, doch nach

dem Tod unseres Vaters dachten viele seiner Kollegen, Nathan hätte den Verstand verloren. Um es kurz zu machen: Vier nahmen das Angebot an. Einer lehnte ab.«

FINNAGAN: »Würden Sie uns verraten, wer der fünfte Kandidat war?«

HILL: »Nein. Aber ich habe gestern erst mit ihm telefoniert. Er sagte, er käme sich inzwischen vor wie der fünfte Beatle.«

FINNAGAN: »Ein passender Vergleich. Immerhin werden die Leute Ihres Teams schon jetzt in einer Reihe genannt mit Größen wie Einstein, Darwin oder Newton. Vom finanziellen Aspekt ganz zu schweigen. Aber dazu später mehr.«

Gefährten

7

Um 7 Uhr 15 saßen Annabel, Michael, Eric und George im Aufenthaltsraum und zumindest drei von ihnen starrten fassungslos auf den grauen Haferschleim, der ihr Frühstück sein sollte. Gnädigerweise hatte man dem Grauen einen Apfel beigelegt.

Ein paar Tische weiter hatte ein Patient bereits damit begonnen, Tisch und Sitznachbar mit dem Inhalt seiner Schale zu dekorieren. Er wurde von einem Pfleger nach draußen geführt, bevor sein Verhalten die anderen ansteckte und eine Schlammschlacht auslöste.

»Das Frühstück der Champions«, kommentierte Eric. Die anderen schwiegen.

Nur George hatte an dem Essen nichts auszusetzen. Er stopfte das Zeug in sich hinein, als wartete am Boden der Schale ein Klumpen Gold auf ihn.

Annabel hatte eine schreckliche Nacht hinter sich. Der Schlaf, der sie schließlich doch eingeholt hatte, war nur leicht gewesen. Immer wieder war sie vom Schlagen einer Tür, lauten Schritten auf dem Gang und dem wiederholten Schreien eines Patienten hochgeschreckt. Sie war froh gewesen, als eine junge Pflegerin sie um sechs geweckt und ihre Qualen beendet hatte.

Die Schwester hatte ihr angekündigt, dass für heute Vormittag ein Gespräch mit dem Chefarzt der Klinik anstand.

Danach sollten noch einige gründliche Untersuchungen gemacht werden. Man wollte alle organischen Ursachen ausschließen. Die Aussicht, die Untersuchungen könnten tatsächlich eine geistige oder körperliche Ursache für ihre Situation ans Licht bringen, machte Annabel nervös. Doch das war immer noch besser als die quälende Ungewissheit.

»Ich habe mir etwas überlegt«, brach Michael endlich das Schweigen und legte seinen Löffel beiseite. »Es geht um das Gespräch mit dem Psychiater. Ich schlage vor, dass wir alle...«

Bevor er den Satz beenden konnte, trat eine Frau an ihren Tisch. Sie war auf einmal da und legte George die Hand auf die Schulter. Georges stoische Art verflog urplötzlich und ein Anflug von Panik zeichnete sich auf seinem Gesicht ab.

»Bleib locker, Georgie. Die will bestimmt nur spielen«, sagte Eric.

Die Frau trug ein graues Nachthemd und braunes Haar fiel in fettigen Strähnen über ihr markantes, eigentlich ganz hübsches Gesicht. Sie mochte um die dreißig sein, wirkte aber um einiges älter. Sie hatte nicht diesen medikamentenverklärten Blick vieler anderer Patienten. Ihre Augen waren klar und weit aufgerissen. Ein wenig zu weit aufgerissen vielleicht.

Jetzt beugte sie sich vor, tastend, schnüffelnd. Annabel hielt unwillkürlich den Atem an. Der Körpergeruch der Frau war beißend und ihr Atem erinnerte an den Gestank einer Sickergrube.

»Hat mal jemand Seife und 'n Tic Tac?«, fragte Eric leise.

Die Frau umkreiste sie langsam. Ihre nackten Füße erzeugten ein schmatzendes Geräusch auf dem Parkettboden. Als sie mit einer katzenhaften Geschmeidigkeit aus dem

Stand auf den Tisch sprang und dort in einer hockenden Position verharrte, musste Annabel an sich halten, um nicht laut aufzuschreien. Ganz langsam, um die Frau nicht zu irritieren, erhob sie sich von ihrem Stuhl. Die anderen taten es ihr nach. Aus den Augenwinkeln sah sie, wie ein Pfleger auf die Situation aufmerksam wurde. Merkwürdigerweise verließ er den Raum.

Bewegungslos hockte die Frau da. Ihr Gesicht war fast vollständig von herabhängenden Haaren verdeckt. Umso unheimlicher erschien ihnen das Flüstern, das aus ihrem Mund drang.

»Sucht das Haus mit den gelben Fenstern!«

»Oh nein, es redet«, presste Eric hervor.

»Findet das Haus mit den gelben Fenstern!«

Annabel starrte die Frau an.

»Das Haus weiß die Fragen... kennt die Antworten. Findet die Tür... findet die Tür zum Paradies...«

Annabel lief es kalt den Rücken herunter. Sie warf Michael einen kurzen Blick zu.

»Vertraut niemandem! Sie lügen alle... Noch acht Tage.«

Das Flüstern der Frau ging in einen monotonen Singsang über, während sie ihren Kopf langsam hin und her wiegte.

In diesem Moment kam Schwester Shelley zusammen mit dem Pfleger in den Aufenthaltsraum gestürmt. Sie erfasste die Situation auf einen Blick und brachte sie unter Kontrolle.

»Ist ja gut, April«, sagte sie beruhigend und näherte sich langsam der verwirrten Frau. »Sieht aus, als wär's wieder Zeit für Ihre Pillen.« Die Schwester packte April am Arm und brachte sie dazu, vom Tisch zu steigen. »Ich hab dem Doktor gleich gesagt, es ist keine gute Idee, die Medikamente abzusetzen. Sie ist einfach noch nicht so weit.« Sie wandte sich an den Pfleger. »Bringen Sie Miss Fay wieder zurück in ihr Zimmer. Ich komme gleich nach.«

Ohne Widerstand ließ sich die Frau vom Pfleger aus dem Raum führen.

»Tut mir leid, wenn sie euch Angst gemacht hat.« Schwester Shelley hatte ihre schwarzen Locken heute zu einem Pferdeschwanz gebunden, was sie etwas jünger, aber auch strenger erscheinen ließ. »Das war April Fay. Sie ist schon seit ein paar Jahren hier. Eigentlich ist sie harmlos. Aber manchmal hakt bei ihr da oben etwas aus und sie redet wirres Zeug. Was hat sie euch denn erzählt?«

»Ach, nichts Besonderes«, antwortete Annabel, ohne zu zögern, und wunderte sich selbst über ihren entspannten Tonfall. »Sie wollte nur immer wieder wissen, ob wir ihre Puppe gesehen haben.«

»Ihre Puppe?« Schwester Shelley zog eine Augenbraue hoch.

»Das haben wir sie auch gefragt. Aber dann hat sie nur noch vor sich hin gesummt.«

Die Schwester schaute Annabel ein paar Sekunden an, doch die hielt ihrem Blick stand. Ihrem Gesichtsausdruck nach zu urteilen, ahnte sie, dass Annabel nicht die Wahrheit sagte. Aber sie ließ es dabei bewenden.

»Tja, in ein paar Minuten hat sie ihre Puppe sicher wieder vergessen. – Und was euch betrifft, denkt dran, dass ihr heute eure Termine bei Dr. Parker habt. Anschließend sind eine Reihe weiterer Untersuchungen dran. Ich schicke nachher jemanden, der euch abholt.«

»Ach, Schwester?«

»Ja, Eric?«

»Wir haben uns gefragt, ob es möglich wäre, jemanden anzurufen. Ein paar Freunde. Einfach, um ihnen zu sagen, dass es uns gut geht, verstehen Sie?«

Schwester Shelley lächelte. »Am besten erkundigt ihr euch bei Dr. Parker danach.«

Damit drehte sie sich um und verschwand im Flur.

»Gut gelogen, Rotlöckchen. Wirklich klasse!«

Eric grinste ihr zu, doch Annabel fühlte sich überhaupt nicht klasse. Und Michael ging es offenbar ähnlich. Er hatte sich wieder auf seinen Stuhl fallen lassen und starrte apathisch vor sich hin.

»Michael, alles in Ordnung?«

»Habt ihr gehört, was sie gesagt hat?«

Annabel hatte bereits befürchtet, dass Aprils Gerede von einer *Tür zum Paradies* Michael an seine Todestheorie erinnern würde. Aber sie hielt es für keine gute Idee, sich auch nur eine Sekunde lang darauf einzulassen. »Michael, das war nur eine arme Irre.« Sie hockte sich neben ihn und versuchte, eine harmlose Erklärung für das Geschehene zu finden, auch wenn es ihr schwerfiel. »Sie wusste nicht, wovon sie spricht. Du hast die Schwester doch gehört.«

Michael reagierte nicht.

»Michael, schau mich an!«, sagte sie. »Es hat keine Bedeutung. Das hat nichts mit uns zu tun. Verstehst du?«

Michael hob den Kopf. *»Vertraut niemandem. Sie lügen alle!«*, wiederholte er Fays Worte. »Findest du nicht, das passt?«

Annabel spürte, wie ihr Mut sank. Ja, sie hatte die Worte der Frau gehört. Und ja, es passte. Aber waren nicht alle Irren von der Wahnvorstellung besessen, dass sich der Rest der Welt gegen sie verschworen hatte?

Ach, verdammt, und schon begann das Gedankenkarussell wieder zu kreisen. Taten sie nicht genau das Gleiche wie April Fay?

»Wir dürfen jetzt nicht durchdrehen«, sagte sie leise. »Nicht an diesem Ort, verstehst du?«

Michael schloss für einen Moment die Augen. Als er sie öffnete, schien er sich wieder unter Kontrolle zu haben. »Annabel hat recht«, sagte er. »Wir dürfen unsere Zeit nicht damit verschwenden, uns Gedanken über irgendwelche Irren zu machen, die auf unserem Tisch herumspringen. Lasst uns lieber überlegen, wie wir uns heute verhalten.«

»Was meinst du damit?« Eric sah von einem zum anderen.

»Ich glaube, wir dürfen nicht so tun, als sei wieder alles in Ordnung. Wir wissen ja nicht, was dann passiert. Stellt euch mal vor, Annabel wäre gestern unserem Rat gefolgt. Die Leute hätten sie womöglich mitgenommen und keiner von uns hätte je wieder von ihr gehört. Hier sind wir wenigstens zusammen.«

Annabel nickte. Gestern Nacht hatte sie einzig der Gedanke trösten können, dass sie nicht allein war.

»Wir können ja einfach so tun, als hätten wir eingesehen, dass mit uns was nicht stimmt«, schlug sie vor. Sie warf einen Blick zu George hinüber, der abwartend am Tisch stehen geblieben war. »Aber auf gar keinen Fall dürfen wir anderen gegenüber unsere Verschwörungstheorien erwähnen. Sonst verpassen die uns wieder Beruhigungsmittel. Wenn nicht Schlimmeres.«

»Und die verrückte Frau?« George schien sich noch immer mit dem Thema zu beschäftigen.

Michael machte eine einladende Geste, damit sich George zu ihnen gesellte.

»Wir erzählen niemandem, was sie wirklich gesagt hat. Ganz egal, ob das eine Bedeutung hatte oder nicht. Wir bleiben einfach bei Annabels Version.«

»Hey, du bist gar nicht mal so blöd für einen Rugbyspieler, Michael. Und das, obwohl ihr keine Helme tragt.«

»Danke, Eric. Und du bist ziemlich witzig für jemanden, der gleich kopfüber am Kronleuchter hängt.«

Annabel sah erleichtert, wie Michael anfing zu lachen. Dass er seine Todestheorie so schnell aufgegeben hatte, bezweifelte sie allerdings. Also beschloss sie, alles in ihrer Macht Stehende zu tun, um ihn vom Gegenteil zu überzeugen. Denn der Glaube, tot zu sein, war keine gute Voraussetzung, wenn es darum ging, am Leben zu bleiben.

8

Annabel war froh, dass der Arzt sie als Erste sehen wollte. Die Warterei hatte sie schon ganz nervös gemacht. Die Schwester, die sie heute Morgen geweckt hatte, hatte sie abgeholt und zu Dr. Parkers Zimmer geführt. Es befand sich auf dem gleichen Stockwerk wie ihre Betten und besaß ein schmales Vorzimmer. Eine junge Frau in einem schwarz-weiß gepunkteten Minikleid und mit Twiggy-Frisur saß dort an einem kleinen Schreibtisch und verrichtete ihren Dienst. Sie hatte Annabel freundlich empfangen und ihre Ankunft dem Doktor gemeldet. Ihr Anblick hatte Annabel daran erinnert, dass es noch eine Welt da draußen gab. Und dass sie um jeden Preis dahin zurückwollte.

Jetzt saß sie auf einem mit Leder bezogenen Stuhl vor einem antiken Schreibtisch und fand, dass der Raum genau so aussah, wie man sich das Zimmer eines Irrenarztes vorstellte. Mahagoniverkleidete Wände, überquellende Bücherregale, verschiedene Diplome an der Wand und natürlich die obligatorische Couch. Auf einer Ecke des Schreibtisches stand ein Schachbrett. Es hatte deutliche Gebrauchsspuren und besaß kunstvoll geschnitzte Holzfiguren. Hinter dem Tisch ragte ein großes Fenster empor. Das hereinfallende Licht war so grell, dass Annabel den Arzt nur als dunkle Silhouette wahrnahm, wenn sie zu lange in seine Richtung sah.

Ihr Blick fiel noch einmal auf die Couch.

Da liegen also die Verrückten, wenn sie denken, sie wären Napoleon oder Gott oder vom Mars.

»Du kannst dich gerne hinlegen, wenn dir das lieber ist.«

»Nein. Ich bin nicht verrückt.«

Dr. Parker lächelte und sah Annabel über seine tief auf der Nase sitzende Halbbrille hinweg an. Sie schätzte ihn auf etwa vierzig. Vor allem wegen seiner grauen Schläfen.

»Wie war die Nacht? Hast du einigermaßen geschlafen?«

»Ja. War ganz okay.« *Ich hatte Albträume, was glaubst du denn?*

Dr. Parker nickte und bemerkte, wie Annabel das Schachspiel betrachtete. »Spielst du Schach?«

Annabel schüttelte den Kopf.

»Ich liebe es. Es ist wirklich ein besonderes Spiel. Es sieht so zivilisiert und harmlos aus. Dabei ist es viel brutaler, als den meisten klar ist. Wusstest du das?«

Annabel glaubte nicht, dass er wirklich eine Antwort von ihr erwartete. Er wollte vermutlich nur das Eis brechen.

»Nein«, sagte sie deswegen nur. Sie schaute hoch. »Darf ich Sie auch etwas fragen?«

»Natürlich.«

»Wie kommt es, dass ich noch nie von dieser Klinik gehört habe?«

»Oh, das ist nicht ungewöhnlich. Wir sind sehr diskret,

was unsere Arbeit betrifft. Das ist in unserer Branche allgemein üblich. Wenn du dieses Anwesen von außen betrachtest, siehst du nicht viel mehr als eine hohe Mauer und schöne Bäume.« Er lächelte. »Und was die Angehörigen unserer Patienten angeht – du musst verstehen, niemand spricht gerne darüber, dass jemand aus seiner Familie... wie soll ich sagen...«

»Gaga ist?«

»Ja, in der Tat. Und so erfahren die meisten erst von dieser Einrichtung, wenn sie selbst oder Menschen, die ihnen sehr nahestehen, unsere Hilfe brauchen. – Es ist doch so: Wenn sich jemand ein Bein gebrochen hat, ist es kein Problem, ihn im Krankenhaus zu besuchen, ihm alles Gute zu wünschen und etwas auf seinen Gips zu schreiben. Das machen die Leute gern. Aber... wenn die Seele eines Menschen verletzt ist... na ja, damit können die wenigsten richtig umgehen. Und so einfach in Gips packen können wir die Seele leider nicht. – Beantwortet das deine Frage?«

»Ja.« *Leider.*

»Gut. – Ich nehme an, du weißt mittlerweile, warum du hier bist. Weißt du auch noch, wie du hierhergekommen bist?«

Annabel dachte an ihr Gespräch mit den Jungs und das, was sie verabredet hatten. Sie entschied sich für die Wahrheit. »Ich... ich habe keine Ahnung.«

»Nun, in dem Bericht steht, du seist vorgestern am späten Nachmittag aus der Schule nach Hause gekommen und hättest deine Eltern nicht mehr erkannt. Sie haben uns erzählt, du hättest sie wie Einbrecher behandelt und immer wieder aufgefordert, das Haus zu verlassen. Dein Vater sei gezwungen gewesen, dich in ein Zimmer zu sperren, weil du hysterisch geworden bist. Aus diesem Grund hat euer Hausarzt dich zur Beobachtung und für weitere Untersuchungen an uns überwiesen. – Kannst du damit etwas anfangen?«

»Nein, daran erinnere ich mich nicht.« Annabel wischte die feuchten Hände unauffällig an ihrer Hose ab und rutschte auf dem Stuhl hin und her.

»Mach dir darüber keine Sorgen. In Extremsituationen spielt uns unser Gedächtnis gern mal einen Streich. Irgendwann wirst du dich wieder erinnern.«

»Habe ich bei meiner Einlieferung eigentlich irgendwelche Medikamente bekommen? Vielleicht etwas, das ...«

»Lass mich mal sehen ... ja, hier steht, dein Hausarzt hätte dir etwas zur Entspannung gegeben. Ein harmloses Mittel zur Beruhigung, damit du schlafen konntest.«

Annabel spürte einen Kloß im Hals. Die Ruhe und Sachlichkeit, mit der Dr. Parker ihr den Fall darlegte, war für sie kaum zu ertragen. Nichts an ihm schien in irgendeiner Weise verdächtig und genau das zog ihr den Boden unter den Füßen weg. Noch vor wenigen Minuten hatte sie geglaubt, mit ihr sei alles in Ordnung und nur die Umstände seien völlig verrückt. Aber jetzt fragte sie sich, ob es nicht genau andersherum war. »Wie lange muss ich hierbleiben?«

»Weißt du, das hängt ganz von deiner Mitarbeit ab.«

Was verstand er unter Mitarbeit? Medikamente schlucken wahrscheinlich.

»Wie kommt es, dass außer mir noch drei andere Schüler ihre Eltern nicht mehr erkennen?«

»Das ist eine interessante Frage, nicht wahr?«

Dr. Parker schaute Annabel ein paar Sekunden lang schweigend an. »Versetze dich doch mal in meine Lage, Annabel. Was würdest du tun, wenn vier Jugendliche, die auf dieselbe Schule gehen, dir so eine Geschichte erzählen würden?«

»Ich würde ihnen glauben?«

Dr. Parker lachte. »Nein, bestimmt nicht. Du bist ein kluges Mädchen. Genau wie ich würdest du erst mal an einen Schwindel denken, an einen bösen Streich. – Und, Annabel? Ist es ein Streich?«

Annabel fragte sich, ob der Spuk ein Ende hätte, wenn sie jetzt einfach *Ja* sagen würde. Ob er augenblicklich ihre falschen Eltern anrufen und sie aus der Klinik abholen lassen würde. Doch irgendein Gefühl sagte ihr, dass ganz egal, wie ihre Antwort auch ausfallen, dieser Mann sie so schnell nicht wieder aus dieser Anstalt herauslassen würde.

»Nein«, antwortete Annabel. »Aber Sie glauben uns nicht, hab ich recht?«

Dr. Parker sah sie mit einem Lächeln an. »Weißt du, Annabel, ihr seid Teenager. Lügen ist quasi eure zweite Muttersprache.«

Annabel musste an Eric denken. Ihm hätte so ein origineller Satz sicher gefallen. Sie konnte darüber nicht lachen. Natürlich log sie. Sie log, wenn sie mehr Taschengeld brauchte. Sie log, wenn sie sagte, dass zu der Party am Wochenende nur Mädchen kommen würden. Sie log, wenn sie behauptete, sie habe noch nie im Leben an Sex gedacht. Sie log ständig, wenn es sich um solche Dinge handelte, und es war aus ihrer Sicht einfach lebensnotwendig. Aber hier und jetzt, bei so einer wichtigen Sache, gefangen in einer Irrenanstalt, ängstlicher und einsamer, als sie es je in ihrem Leben gewesen war, log sie nicht. Und es machte sie wütend, dass jemand, der sie gar nicht kannte, das von ihr annahm.

»Aber um deine Frage zu beantworten, ich weiß es nicht. Ich habe natürlich meine Vermutungen. Aber solange ich mir nicht absolut sicher bin, was mit euch los ist, darf ich kein Risiko eingehen. Betrachtet euch bis dahin einfach als meine Gäste.«

Du meinst, als deine Gefangenen.

Der Arzt stand von seinem Stuhl auf und lehnte sich an die Fensterbank. Er betrachtete Annabel nachdenklich. »Bist du bereit? Dann würde ich dir jetzt gerne ein paar Fragen stellen.«

Die nächsten vierzig Minuten waren für Annabel weniger schlimm, als sie befürchtet hatte. Einige der Fragen waren sogar ganz interessant, weil sie sich gezwungen sah, ihre Situation von allen möglichen Seiten zu betrachten. Doch je mehr sie von ihrer anfänglichen Angst verlor, desto tiefer empfand sie ein Gefühl der Trauer darüber, dass all das Stochern und Bohren sie niemals auch nur in die Nähe einer Antwort führte.

All die klugen Fragen nach eventuellen Symptomen und Beschwerden, Halluzinationen und Wahnvorstellungen, bekannten organischen Erkrankungen, dem schulischen Werdegang und ihrem Sozialverhalten förderten letztendlich nur eins zu Tage: dass keiner in diesem Zimmer auch nur die geringste Ahnung hatte, was wirklich los war. So empfand es zumindest Annabel.

»In Ordnung. Das war wirklich ... sehr aufschlussreich.«

Als Dr. Parker schließlich seine Notizen beiseiteschob und zu ihr aufschaute, erkannte Annabel, dass sein Blick sich verändert hatte. Deutlich konnte man die Verwunderung und Neugier darin erkennen.

»Weißt du, ich muss zugeben, ich bin ein wenig verwirrt, Annabel. Es mag für einen Psychiater nicht besonders clever sein, so etwas vor seiner Patientin zuzugeben, aber ich fürchte, ich schulde dir eine Entschuldigung.«

Annabel traute ihren Ohren nicht.

»Wenn du mir jetzt noch mal dieselbe Frage stellen würdest, ob ich euch glaube... dann müsste ich zugeben, dass ich mit meiner Vermutung vielleicht doch falschlag.«

Annabel zögerte. »Und ist das nun gut oder schlecht?«

»Es ist zumindest sehr spannend. So einen Fall hatte ich noch nicht. Ich kann mich auch nicht an einen ähnlichen Fall aus der Fachliteratur erinnern.« Dr. Parker nahm die Brille ab und putzte die Gläser mit einem Taschentuch. »Ich war wirklich überzeugt davon, dass ihr uns irgendeine Art von makabrem Streich spielt. Aber die Art und Weise, wie du meine Fragen beantwortet, wie du mitgearbeitet hast, deine offensichtliche Neugier, das alles hat mich ziemlich überrascht. Genaueres kann ich allerdings erst sagen, wenn ich mit den drei Jungs gesprochen habe und wir euch gründlich untersucht haben.«

Annabel spürte, wie gut seine Worte taten. Er nahm sie ernst – und vielleicht würde er ihnen ja tatsächlich helfen können. Sie rieb sich über die müden Augen.

»Ich glaube, das war für's Erste genug. Du kannst aber jederzeit zu mir kommen, wenn du über etwas reden willst. Egal, was es ist.«

»Ja, danke.« Annabel stand auf, aber dann hielt sie noch einmal inne. »Schwester Shelley meinte, wir sollten Sie fragen, ob wir jemanden anrufen dürfen. Freunde oder Verwandte.«

»Ein Anruf? Nach draußen?«

»Ja. Ich dachte, vielleicht hilft es ja, wenn ich erst mal am Telefon mit meinen Eltern rede. Und vielleicht... ich würde auch gerne meine Freundin Beth anrufen.«

»Wie schon gesagt, Annabel. Ich werde euren Fall ganz neu überdenken. Und wenn ich sehe, wie du versuchst, mich dabei zu unterstützen, bin ich wirklich guter Hoffnung, was deine Heilung angeht. Dennoch halte ich diese Anrufe im Moment noch nicht für ratsam. Ich möchte nicht, dass sich dein Zustand durch ein unvorhergesehenes Erlebnis verschlechtert. Das Risiko ist einfach zu groß. Auch deine Eltern möchten erst einmal nicht, dass du mit jemandem außerhalb der Klinik darüber redest. Über die Gründe haben wir ja vorhin gesprochen. Aber nächste Woche sieht die Sache sicher schon ganz anders aus. Versprochen.«

Dr. Parker lächelte sie an, doch Annabel war zu enttäuscht, um seinen Blick zu erwidern. Ohne sich zu verabschieden, ging sie in Richtung Tür. Ihr Blick streifte dabei eine Reihe von fünf postkartengroßen Fotografien. Drei in Schwarz-Weiß, zwei in Farbe. Sie hingen, in schlichte Holzrahmen gefasst, links neben der Tür. Annabel hatte schon die Hand auf dem Türgriff, als ihr Blick abermals über die Bilder wanderte und mit einem Mal hängen blieb. Als wäre sie zu Eis erstarrt, stand sie da und konnte kaum glauben, was sie sah.

»Ist noch was, Annabel?«

Sie erschrak. »Was? – Nein, nichts. Mir ist nur ein bisschen schwindelig«, log sie. »Bin wohl zu schnell aufgestanden. Mein Kreislauf. Geht schon wieder.«

Damit trat sie auf den Flur und schloss die Tür hinter sich. Sie lehnte sich mit dem Rücken gegen die kühle Wand und versuchte, einen klaren Gedanken zu fassen. Ihr Herz raste und ihre Hände zitterten, als ein wahrer Energieschub ihren Körper durchströmte.

Annabel wusste, dass es kein Zufall sein konnte, was sie eben entdeckt hatte. Und ihr wurde klar, dass sie einem entsetzlichen Irrtum unterlegen war.

9

Michael lag auf einer weißen Liege und sah zu, wie eine junge Schwester eine dünne Kanüle in seine Armbeuge stach. Routiniert füllte sie vier kleine Röhrchen mit seinem Blut. Anschließend versorgte sie die Wunde mit einem Pflaster.

»Drück ein paar Minuten auf die Einstichstelle, dann gibt's keinen blauen Fleck.«

Die Schwester mit dem hübschen Namen Flowers sah eigentlich ganz niedlich aus, allerdings mochte Michael diese hochtoupierten Beehive-Frisuren nicht. Sie sahen aus wie festbetoniert und er hasste den penetranten Geruch des Haarsprays, der sie in Form hielt. Zum Glück kamen sie endlich aus der Mode. Er mochte es lieber, wenn Frauen ihr Haar ganz natürlich trugen – so wie Annabel.

Die Schwester hatte die Proben in eine kleine Metallschale gelegt und blätterte in Michaels Krankenakte. »Eine Menge Untersuchungen. Aber wie ich sehe, hast du das meiste ja bereits hinter dir. Jetzt steht nur noch das Röntgen an. Du kannst draußen auf dem Flur warten, wenn du willst. Jemand bringt dich dann in den Keller.«

Michael legte einen Arm auf seine Stirn. »Vom Blutabnehmen wird mir immer etwas schlecht«, sagte er. »Könnte ich noch ein bisschen hier liegen bleiben, bis es weitergeht?« Er lächelte charmant und traf bei der Schwester damit voll ins Schwarze.

»Kein Problem«, sagte sie und erwiderte sein Lächeln. »Ich sag Bescheid, dass du noch ein bisschen brauchst.« Sie verließ den Raum und schloss die Tür, ohne sie abzuschließen.

Michael richtete sich sofort auf, schwang sich von der

Liege und kontrollierte das Fenster. Wie erwartet war es nicht nur vergittert, sondern auch verschlossen und genau wie im Aufenthaltsraum brauchte man offenbar einen Spezialschlüssel, um es zu öffnen. Die kleinen Klappfenster darüber waren zwar geöffnet, aber es war unmöglich, sich dort hindurchzuzwängen.

Das Untersuchungszimmer befand sich im Erdgeschoss. Er sah eine Mauer und eine lange Kiesauffahrt, die vor einem mächtigen Eisentor endete. Er musste sich demnach an der Vorderseite des Gebäudes befinden. Rechts und links von der Auffahrt erstreckte sich ein parkähnliches Gelände. Direkt vor dem Haus gab es vier Parkplätze. Alle waren besetzt. Auf einem stand ein nagelneuer roter Jaguar E-Type mit offenem Verdeck. Vermutlich der Wagen von Dr. Parker. *Die Geschäfte mit Irren scheinen gut zu laufen, was Doktorchen?*

Er schüttelte den Kopf. Das Grundstück war wirklich riesig und von einer hohen Mauer umgeben. Aber wie konnte das sein? Warum hatte er noch nie von dieser Anstalt gehört? Immerhin war er in Richmond aufgewachsen und kannte die Gegend wie seine Westentasche. Zumindest hatte er das immer geglaubt. Und warum durfte er niemanden anrufen? Dr. Parkers Erklärungen hatten sich plausibel angehört. Auch dass er sich bei ihm für seine Voreingenommenheit entschuldigt hatte und dass er inzwischen nicht mehr annehmen würde, sie hätten sich das alles nur ausgedacht, klang überzeugend. Es hatte Michael im ersten Moment sogar Mut gemacht. Doch inzwischen zweifelte er daran, dass der gute Doktor in allem die Wahrheit gesagt hatte. Vielleicht waren manche Lügen wirklich notwendig, um einen Patienten zu schützen und um die Hoffnung auf Heilung nicht sofort zu zerstören. Aber was, wenn noch etwas anderes dahintersteckte? Sie hatten einander versprochen, sich unauffällig zu verhalten und mit den Ärzten zu kooperieren, aber wenn er jemals so was wie eine innere Ruhe finden wollte, musste er sich über ein paar Dinge Gewissheit verschaffen. Und dafür musste er sich im Haus umsehen – alleine. Nachdem man ihn den ganzen Tag nicht aus den Augen gelassen hatte, war dies vielleicht seine letzte Chance.

Michael sah sich weiter um. Bis jetzt hatte er hier ebenso wie in den anderen Untersuchungsräumen nichts Merkwürdiges oder Verdächtiges entdecken können. Das Zimmer mit Waschbecken, Liege, Hocker und einer gesicherten Vitrine, die allerlei Instrumente und Medikamentenschachteln beherbergte, sah völlig normal aus. Nicht gerade modern, aber zumindest sauber. Überhaupt war hier unten alles viel gepflegter und ordentlicher als im ersten Stock. Trotzdem wollte Michael wissen, wie es im Rest des Hauses aussah.

Vorsichtig öffnete er die Tür und spähte hinaus auf den Gang. Direkt vor ihm befand sich eine von großen Fenstern durchbrochene Wand. Er konnte einen Arkadengang und Teile des dahinterliegenden Parks erkennen. Links von ihm und nur wenige Meter entfernt lag das Treppenhaus, ohne Sicherheitstür und für jedermann zugänglich. Michael dachte für eine Sekunde daran, einfach rauszuspazieren, als er vom anderen Ende des Flurs Stimmen hörte. Zwei Pfleger lehnten lässig am Tresen einer Rezeption und unterhielten sich mit einer Schwester, die dort in gestärkter Uniform und Häubchen ihren Dienst versah.

Frustriert wollte Michael schon wieder die Tür schließen, als Eric aus einem der hinteren Räume spazierte. Er sah erschöpft aus und wartete scheinbar auf neue Anweisungen. Als Eric endlich in Michaels Richtung schaute, gab er ihm ein Zeichen. Eigentlich waren es mehrere und keins davon machte bei näherer Betrachtung Sinn. Dennoch schien Eric zu verstehen, denn kurz darauf lenkte er die Aufmerksamkeit der Pfleger und der Schwester auf sich. Michael sah noch, wie Eric sich in einer theatralischen Geste an den Kopf fasste und sich unerwartet in die Arme eines Pflegers fallen ließ, dann huschte er aus der Tür und hatte wenige Sekunden später das Treppenhaus durchquert.

Auch hier, im östlichen Teil des Erdgeschosses, sah es aus wie in einem normalen Krankenhaus. Gebohnerter Boden, billige Kunstdrucke an den Wänden und eine Reihe orangefarbener Plastikstühle. Vor einer halb offenen Tür, aus der ein leises, hochfrequentes Summen zu hören war, blieb Michael stehen. Er sah vorsichtig in ein kleines fensterloses Zimmer. Fast dessen gesamte Breite wurde von einem stabilen Metallbett eingenommen. Daneben stand ein Tisch mit verschiedenen elektrischen Apparaten. Auf dem Bett lag ein blonder junger Mann in grauen Klamotten, an Armen und Beinen mit Lederriemen gefesselt. Auch sein Kopf war mit einem breiten Gurt fixiert. Er biss auf etwas, das aussah wie ein kleiner Hundeknochen. Seine schlanken Finger bewegten sich wie Spinnenbeine in der Luft und seine weit aufgerissenen Augen schienen Michael anzuflehen, ihm zu helfen. Michael war von dem Anblick wie hypnotisiert.

Allerdings war da noch etwas, das ihn in den Bann zog: ein schwarzes Telefon. Es stand direkt neben den Apparaten und schien nur auf ihn gewartet zu haben. Michael sah den Gang rauf und runter. Niemand da. Beherzt trat er über die Schwelle und bekam fast einen Herzschlag, als ein ihm unbekannter Arzt plötzlich hinter der Tür auftauchte. Michael wich augenblicklich zurück. Der Mann war einen

Kopf kleiner als er, trug eine dicke Hornbrille und hatte kurze, eng anliegende, fettig glänzende Haare.

»Warte, bis du an der Reihe bist«, sagte er unfreundlich und schloss geräuschvoll die Tür.

Das hätte auch schiefgehen können, dachte Michael und spürte noch immer das Adrenalin durch seinen Körper jagen.

Der arme Kerl. Er hatte von solchen Behandlungen gehört und fragte sich unwillkürlich, was der Mann wohl für ein Problem haben könnte, das solch eine Therapie rechtfertigte. Und das Schlimmste: Er schien genau gewusst zu haben, was gleich mit ihm geschehen würde. Michael versuchte, das verstörende Bild aus seinem Gedächtnis zu löschen.

»Michael?«

Michael zuckte zusammen, drehte sich aber nicht um und ging langsam weiter.

»Michael!«

Die Stimme eines Mannes, wahrscheinlich ein Pfleger, hallte vom Treppenhaus zu ihm herüber. Michael tat, als hätte er ihn nicht gehört. Verdammt! Er konnte jetzt nicht zurück, er brauchte noch etwas Zeit.

»Hey, Michael! Bist du taub?« Die Stimme wurde lauter, aggressiver.

Michael suchte nach einem Ausweg. Links von ihm entdeckte er eine unscheinbare Tür. Sie war schmaler und niedriger als die anderen und ohne Rahmen. Der Schlüssel steckte im Schloss. Er war Teil eines großen Schlüsselbundes. Ohne zu wissen, was ihn erwartete, öffnete Michael die Tür, schlüpfte hindurch und zog sie hinter sich zu. Ein Treppenhaus, muffig und düster, empfing ihn. *Rauf oder runter?* Michael gab Vollgas.

Er stürmte die engen Steinstufen hinab, nahm mehrere auf einmal und prallte immer wieder mit der Schulter gegen die Wand, während seine Hände Halt suchend über den rauen Stein glitten. Ein Fehltritt und er würde sich das Genick brechen. Dass er auf dem Weg in den Keller war, hielt er für eine gute Entscheidung. Denn wenn die Klinik etwas zu verbergen hatte, dann mit Sicherheit dort.

Als er von oben das Geräusch einer zuschlagenden Tür hörte, wurde sein Lauf noch waghalsiger. Fast hätte er dabei den entgegenkommenden Mann umgerannt, der sich im letzten Moment mit dem Rücken gegen die Wand drückte. Michael nahm nur einen grauen Kittel und den strengen Geruch von Waschbenzin wahr.

»Schön vorsichtig, Junge!«, rief er Michael hinterher. »Ein Sarg ist nicht der einzige Weg, hier herauszukommen. – Halt dich links!«

Die Treppe beschrieb jetzt eine sanfte Kurve. Michael nahm die letzten Stufen im Sprung und rannte anschließend nach rechts einen Gang hinunter, immer weiter hinein in ein Labyrinth aus Gängen und Türen, offen verlegten Rohren und Leitungen. Der Keller war schlecht beleuchtet und verströmte eine beklemmende Atmosphäre. Michael verlangsamte sein Tempo und sah nach oben. Er wunderte sich über die auffallend hohe Decke, die starke Ähnlichkeit mit einem Kirchengewölbe hatte.

Seit er in einen schmalen Seitengang abgebogen war, hatte er das Gefühl, als wäre die Temperatur deutlich gestiegen. Zuerst dachte er, die Lauferei wäre schuld daran. Doch dann spürte er einen warmen Luftstrom auf seinem Gesicht und sah am Ende des Ganges eine offene Metalltür. Der Raum entließ ein schwaches gelbliches Licht, das sich wie ein dünner Teppich vor seine Tür legte. Michael hörte ein leises Zischen.

Da sein Verfolger im Moment weder zu hören noch zu sehen war, nutzte er die Gelegenheit und schlich sich an. Auch wenn es wahrscheinlich nur der Heizungskeller war.

Er hielt sich dicht an der Wand und steckte zaghaft den Kopf durch die Tür. Und genau wie bei dem gefesselten Jungen konnte er nicht anders, als gebannt auf das unerwartete Bild zu starren, das sich ihm bot.

Michael sah eine Treppe und eine Rampe, über die man in einen großen abgesenkten Raum gelangte, der wegen der ohnehin schon hohen Decke wie ein unterirdischer Saal anmutete. Der Boden war, bis auf eine kreisrunde Fläche in der Mitte, aus grauem Stein und die Wände waren mit türkisgrünen Kacheln bestückt. In der Mitte des quadratischen Raumes standen elf fahrbare Betten, sternförmig angeordnet. Unter ihnen war der Steinboden durch ein Metallgitter ersetzt worden. Dampf stieg in regelmäßigen Stößen daraus hervor. Das Ganze erinnerte an eine riesige Sauna.

Eine hagere grauhaarige Schwester mit faltigem Gesicht ging von Bett zu Bett und notierte etwas auf einem Klemmbrett. Ihr schien die Hitze überhaupt nichts auszumachen. Soweit Michael das erkennen konnte, schwitzte sie nicht einmal. Auf den Betten lagen Männer und Frauen, eingewickelt wie Mumien in weiße Laken, nur ihre Köpfe schauten heraus. Michael konnte zuerst nicht sagen, ob sie noch lebten, doch dann öffnete einer von ihnen die Augen. Die Schwester beugte sich zu dem Mann hinab und hielt ihr Ohr an seinen Mund. Als sie sich wieder aufrichtete, schaute sie Michael direkt ins Gesicht und legte den Zeigefinger an die Lippen, etwa drei Sekunden lang. Dann ging sie wieder ihrer Beschäftigung nach und ignorierte seine Anwesenheit.

Sehr eigenartig. Doch gerade als er es geschafft hatte,

sich von dem faszinierenden Anblick loszureißen, hörte er, wie sich jemand vom Gang her näherte. Da es keinen anderen Ausweg gab, blieb ihm nichts anderes übrig, als sich ein paar Schritte hinter der Tür an die Wand zu pressen. Er hielt den Atem an, als er die Schuhe des Pflegers, einen Teil seiner Uniform, seines Bartes und sogar seine Nasenspitze im Türrahmen sah. Noch einen Zentimeter und er wäre geliefert.

Michael hörte, wie sich der Mann eine Zigarette anzündete, und sah den Qualm in den Raum wabern. Sogar ein perfekter Rauchkringel war dabei.

»Hey, Martha! Hast du hier unten 'nen schwarzhaarigen Typen herumlaufen sehen?«

Die Frau drehte sich langsam um, sah zur Tür und legte wieder den Finger an die Lippen.

»Ach, leck mich, du alte Hexe«, zischte der Pfleger leise und schnippte die angerauchte Zigarette in einem eleganten Bogen in den Raum hinein. Dann machte er auf dem Absatz kehrt.

Michael verharrte weiter hinter der Tür. Etwa eine Minute lang. Bevor er ging, warf er noch einen letzten Blick auf die bizarre Runde. Dann lief er den gleichen Weg zurück, den er gekommen war.

Vielleicht funktionierte es ja wirklich und man konnte seinen Irrsinn ausschwitzen, dachte er. War jedenfalls besser, als sich Strom durch die Birne jagen zu lassen.

Als er die Treppe erreichte, überlegte er, wie es weitergehen sollte. Noch weiter zu suchen, machte für ihn keinen Sinn. Schließlich hatte er bis jetzt nicht einen einzigen Hinweis gefunden, dass dies etwas anderes sein könnte als eine normale Nervenklinik. Sie war fremdartig, ja, und manchmal sogar beängstigend. Aber das waren normale

Krankenhäuser auch. Niemand hielt sich gerne in ihnen auf.

Michael stieg langsam die schmale Treppe hinauf und bastelte an einer Erklärung für seinen Ausflug. Nach ein paar Stufen blieb er wie angewurzelt stehen. Hatte er gerade eine Mundharmonika gehört? Er drehte sich um und lauschte. Jetzt hörte er es ganz deutlich. Jemand hier unten spielte auf einer Mundharmonika. Eine klagende, unheimlich klingende Melodie. Und sie kam ihm bekannt vor. Er ging zurück und blieb am Fuß der Treppe stehen. Die Musik hatte etwas Beschwörendes. Aber woher kam sie? Er ging ein Stück nach rechts und sie wurde leiser. Unwillkürlich fielen ihm die Worte des Mannes auf der Treppe wieder ein. »Halt dich links!« *Nur ein dummer Zufall, reiß dich zusammen!*

Michael ging in die entgegengesetzte Richtung und die Musik wurde lauter. Er konnte zwischen zwei Gängen wählen und wählte den linken. Jetzt fiel ihm auch wieder ein, woher er die Musik kannte. Sie stammte aus einem Film, einem Western, der letztes Jahr in die Kinos gekommen war. Er hatte ihn zusammen mit seinem Freund Harold gesehen, dessen Onkel Filmvorführer in einem kleinen Vorstadtkino war. Michael blieb abrupt stehen, als er sich endlich an den Titel des Films erinnerte: *Spiel mir das Lied vom Tod.*

Michael hatte mit einem Mal das Gefühl, als würde er bis zu den Hüften im Morast stecken. Jeder Schritt war eine Qual und jeder Gedanke entfachte von Neuem seine irrsinnige Todes-Theorie. Er blieb stehen und stützte sich an der Wand ab. Sie fühlte sich kalt und feucht an.

Ich bilde mir das alles nur ein. Ich habe Angst, deshalb komme ich auf solche Gedanken. Ich muss damit aufhören!

Er ging langsam weiter, zwang sich, jeden Gedanken an den Tod zu verdrängen, aber der Klang der Mundharmonika und die Geister, die sie heraufbeschwor, machten es ihm schwer. Er hatte seine Gründe, warum er an den Tod dachte, aber er konnte den anderen unmöglich davon erzählen. Er kannte sie doch kaum.

Michael folgte dem Gang etwa zwanzig Meter weit bis zu einer Metalltür. Er war sicher, den Aufenthaltsort des Spielers gefunden zu haben. Mit klopfendem Herzen legte er die Hand auf den Türknauf und drehte ihn. Die Tür schwang auf und die Musik verstummte.

Der Anblick der Toilette erinnerte Michael an die stillen Örtchen, die man an versifften Autobahnraststätten fand. Es gab ein Waschbecken, ein Pinkelbecken und drei Kabinen. Aber keinen Mundharmonikaspieler. Hatte er sich das Ganze nur eingebildet? Waren es nur die alten Leitungen, die ein Geräusch erzeugt hatten, das Ähnlichkeiten mit einem Instrument hatte? Und seine Fantasie hatte den Rest erledigt? – Ja, so könnte es gewesen sein. So musste es gewesen sein.

Sein Blick wanderte über den verdreckten Boden, die kaputten Wände und das marode Fenster über der mittleren Kabine, das nicht vergittert war. Da packte ihn jemand hart an der Schulter. Michael entfuhr ein Schrei und er drehte sich ruckartig um. Es war nur der Pfleger. Und er sah nicht glücklich aus.

»Alter! Was treibst du hier unten? Ich such dich die ganze Zeit.«

Michael brauchte einige Sekunden, um sich von dem Schreck zu erholen. »Ich... also, ich suche den, äh, Röntgenraum. Die... die Schwester sagte mir, ich könne auch alleine runtergehen. Aber ich hab mich wohl verlaufen. Tut mir leid.« Jetzt erkannte er den Mann. Es war der bärtige Typ, der gestern den Kontrollgang im Aufenthaltsraum gemacht hatte. Er hatte ein kleines Radio dabeigehabt. Michael war sofort sein T-Shirt aufgefallen. Auch heute prangte auf seiner Brust das Logo einer Band: Led Zeppelin.

Der Pfleger stemmte die Arme in die Hüften und wirkte ziemlich angefressen. »Sieht nicht aus wie 'n Röntgenraum oder was meinst du, Einstein?«

Michael kratzte sich am Kopf und grinste verlegen. »Na ja, nicht auf den ersten Blick.«

Der Pfleger gab ein kurzes Lachen von sich und schüttelte den Kopf. »Oh Mann. Los, komm mit, du Pfeife! Der Röntgenraum ist ganz in der Nähe, anderer Gang. Aber mach dir nichts draus, du bist nicht der Erste, der sich hier unten verläuft. Wir suchen noch immer nach der alten Mrs Pumpkins. – Schon seit einer Woche.« Der Pfleger sah Michael an und zwinkerte ihm zu.

Michael lachte und es war echt. Er war heilfroh, dass er so glimpflich aus der Sache rausgekommen war.

Nach dem Röntgen nahmen sie den Fahrstuhl hinauf in den ersten Stock. Im Erdgeschoss hielt die Kabine und Eric und ein weiterer Pfleger stiegen ein. Michaels Pfleger nickte ihm zu und überließ die beiden der Obhut seines Kollegen.

Michael lächelte Eric zu, doch der reagierte gar nicht. Er starrte nur vor sich hin und sah verbissen aus. Michael wollte schon etwas Aufmunterndes sagen, als sich die Fahrstuhltür schloss und der Pfleger anfing, Eric zu beschimpfen.

»Mir kannst du nichts vormachen, okay? Letzte Woche hab ich einem wie dir die Fresse poliert. Hat mich in 'ner Kneipe blöd angegafft, die schwule Sau.«

Irgendwas war zwischen den beiden vorgefallen. Lag es an der kleinen Nummer, die Eric vorhin abgezogen hatte? Eric hatte sich in seine Arme fallen lassen. Aber deswegen so ein Aufstand? Homophobes Arschloch!

»Wusste sofort, was das für einer ist. Und jetzt kommst du angetänzelt und führst dich auf wie Schneewittchen, die in 'nen vergifteten Apfel gebissen hat? Sehe ich etwa aus, als wäre ich schwul, häh?«

Michael spürte, wie die Wut in ihm hochkochte, und auch Eric sah inzwischen so aus, als würden ihm ein paar schlagfertige Kommentare auf der Zunge liegen. Aber er sagte kein Wort.

Währenddessen machte der Pfleger weiter seinem dreckigen Herzen Luft. Auch Erics Hautfarbe blieb nicht unerwähnt.

Michael ballte die Fäuste und musste sich zwingen, nicht dazwischenzugehen. Aber er durfte es einfach nicht riskieren, noch mal aufzufallen. Im Stillen bat er Eric um Verzeihung, dass er dem Typen nicht die Fresse polierte für das, was er da von sich gab.

Als sie den Fahrstuhl im ersten Stock verließen, verhielt sich der Pfleger wieder, als wäre nichts geschehen. Er führte Michael und Eric durch die Sicherheitstür und verschwand anschließend kommentarlos im Schwesternzimmer.

»Hör mal, Eric, wegen eben…«

Eric ließ Michael stehen und rannte direkt auf die Toiletten zu.

Verdammter Mist! Michael ging ihm hinterher, lehnte sich neben der Tür an die Wand und wartete. Es dauerte fast fünf Minuten, bis Eric wieder herauskam. Seine Augen waren deutlich gerötet.

»Alles in Ordnung?«, fragte Michael vorsichtig.

»Ja, schon gut. War nur ein ziemlich langer Tag. Lass uns nicht drüber reden, okay?« Eric lehnte sich neben ihn.

»Ja, okay.« Michael legte ihm ganz kurz die Hand auf die Schulter. »Übrigens. Danke für deine Hilfe vorhin. Ohne dich wäre ich da nicht rausgekommen.«

Ein Grinsen huschte über Erics Gesicht. Aber es verschwand gleich wieder. »Und? Hast du was herausgefunden?«

Michael dachte an den Keller, an die unterirdische Sauna, die Mundharmonika und die versiffte Toilette. »Ein wenig. Ich bin jetzt überzeugt, dass das hier eine echte Anstalt ist.«

»Und ist das eine gute Nachricht?«

»Ich hab keine Ahnung.«

10

Annabel saß mit George im Aufenthaltsraum und starrte ungeduldig auf die Tür. Sie wünschte sich, Michael und Eric würden endlich kommen, denn sie brannte darauf, den Jungs von ihrer Entdeckung zu erzählen. George hatte kurz nach ihr seinen Untersuchungsmarathon beendet. Aber er war von Anfang an nicht sehr gesprächig gewesen, deshalb hatte sie darauf verzichtet, ihn vorzeitig einzuweihen. Sie hatten nur ein paar Worte gewechselt.

Als die beiden anderen endlich durch die Tür kamen, sprang sie auf. Ihren Gesichtern nach zu urteilen, hatten sie keinen guten Tag hinter sich. Eric schien erschöpft und Michael wegen irgendwas verärgert zu sein. Als einer der anderen Patienten ihn anrempelte, sah er aus, als würde er gleich auf ihn losgehen.

»Was ist passiert?«, fragte Annabel, während sich die beiden auf ihre Stühle fallen ließen.

»Das Übliche, Rotlöckchen. Nichts weiter. An manchen Tagen regnet es Blumen, an manchen Arschlöcher. Heute war ein Arschlochtag.«

Annabel sah Eric fragend an, aber er wollte anscheinend nicht mehr dazu sagen. Genauso wenig wie Michael.

»Also gut, na schön, ich muss euch nämlich was erzählen. Ich ...« Annabel schaute von einem zum anderen und ein Kribbeln lief ihr über die Kopfhaut. Den ganzen Tag hatte sie es mit sich herumgetragen, jetzt wusste sie nicht, wie sie anfangen sollte. »Erinnert ihr euch an das, wovon diese verrückte Frau, April Fay, heute Morgen gesprochen hat? An das Haus mit den gelben Fenstern?«

Die Jungs nickten stumm.

»Ich habe in Dr. Parkers Sprechzimmer etwas entdeckt«, platzte es aus ihr heraus. »Ich ... ich habe das Haus mit den gelben Fenstern gefunden.«

»Du hast ein Haus entdeckt?«, fragte Eric und sah verblüfft aus.

»Mit gelben Fenstern?« George klang sehr skeptisch.

»Nein, natürlich kein richtiges Haus. Nur ein Foto davon. Es hängt zusammen mit ein paar anderen Bildern an der Wand.« Annabel war ein wenig enttäuscht von der verhaltenen Reaktion. »Soll das heißen, sie sind euch nicht aufgefallen? Aber sie hingen direkt neben der Tür.«

»Zu meiner Verteidigung, Süße. Da hätte ein nackter Bademeister hängen können und ich hätte ihn nicht bemerkt. Ich wollte einfach nur raus.«

»Eric, ich mein's ernst. Wisst ihr denn nicht, was das heißt? Das bedeutet doch, dass die verrückte Frau nicht gelogen hat.«

Michael schüttelte den Kopf. »Das heißt im Moment nur, dass sie das Foto wahrscheinlich gekannt hat«, sagte er bedächtig. »Sie war bestimmt schon öfter in Dr. Parkers Zimmer. Sie hat es genau wie du an der Wand hängen sehen und daraus eine ihrer merkwürdigen Geschichten gesponnen.«

»Klingt logisch.« George sagte wie immer kein Wort zu viel.

Annabel nagte an ihrer Unterlippe. Daran hatte sie noch gar nicht gedacht. Aber was, wenn Michael sich irrte? Es war auch nur eine Theorie und sie war nicht besser als ihre. Aber sollten sie deshalb auf eine solche Chance verzichten? »Wollt ihr gar nicht mehr wissen, was mit uns passiert ist?«

»Natürlich wollen wir das. Ich bezweifle doch nur, dass die verrückte Frau uns dabei helfen kann.«

»Aber heute Morgen hast du doch selbst...«

»Ich weiß, dass ich heute Morgen komisch auf das Gerede der Frau reagiert habe«, unterbrach Michael sie. »Aber verstehst du nicht, dass ich im Moment eher erleichtert bin, dass es eine einleuchtende Erklärung gibt?«

Annabel hätte sich die Haare raufen können. Leise fluchend sprang sie auf und lief auf den Flur. Warum taten alle so, als ob ihre Entdeckung etwas ganz Normales wäre? Was hatten sie denn auf einmal?

Sie versuchte, sich den Annäherungsversuchen einer verwirrten Frau erwehren, die eine offensichtliche Schwäche für rote Haare hatte. *Was glotzt du denn so?*, hätte sie am liebsten geschrien und: *Ja, seht nur her, ich bin jetzt eine von euch!* Doch sie behielt die Kontrolle. Und schlagartig erkannte sie, dass es weder diese Frau noch Michael war, auf die sie wütend war, sondern auf sich selbst. Sie war so überzeugt gewesen, eine heiße Spur entdeckt zu haben, dass sie gar nicht daran gedacht hatte, es von einem anderen Standpunkt aus zu betrachten. Natürlich war das Foto für Michael ein handfestes Argument dafür, dass er nicht tot war. Und ja, das freute sie für ihn. Aber was, wenn noch etwas anderes dahintersteckte und April Fay mehr darüber wusste, als es den Anschein hatte?

Annabel holte tief Luft. Sie konnte das hier nicht alleine durchstehen. Sie brauchte die Jungs und musste akzeptieren, dass sie vielleicht anderer Meinung waren als sie. Und tatsächlich, nachdem sie sich das klargemacht hatte, ging es ihr schon erheblich besser und sie kehrte zu den anderen an den Tisch zurück.

»Tut mir leid. Ich war nur… ach, ich weiß auch nicht, was mit mir los ist.«

Auch die Jungs wirkten zerknirscht, fast so, als hätten sie ein schlechtes Gewissen.

»Wir haben nachgedacht«, sagte Michael. »Mal angenommen, an der Sache mit dem Foto ist wirklich was dran. Was sollten wir deiner Meinung nach tun?«

Annabel sah Michael an, dann Eric, dann George und dann lächelte sie. »Wir klauen es.«

»Moment mal! Klauen?« Eric hob abwehrend die Hand. »Soweit ich das sehe, bin ich der einzige Schwarze in der Klinik. Dir ist doch klar, wen sie als Erstes verdächtigen werden, oder?«

»Das nennt man Bauernopfer«, sagte George trocken.

»Und das hier nennt man…« Eric zeigte George den Mittelfinger. Michael lachte.

»Hört mal, ich meine es ernst«, ging Annabel dazwischen. »Ich will bloß, dass wir es uns einmal ansehen. Vielleicht stoßen wir ja auf einen Hinweis oder es steht irgendwas auf der Rückseite. Und es ist wirklich ganz leicht. Dr. Parker hat mir gesagt, dass ich mich jederzeit an ihn wenden könnte. Ich bitte ihn einfach morgen um ein Gespräch und überrede ihn zu einem kleinen Spaziergang. Und ihr schnappt euch in der Zwischenzeit das Foto.«

»Wozu der Aufwand?«, fragte George. »Wir könnten uns das Foto doch einfach in seinem Zimmer ansehen.«

»Und wie erklärst du Parker, warum wir das Foto sehen wollen? Wir müssten ihm von April Fay erzählen. Das wäre keine gute Idee.«

Michael nickte. »Annabel hat recht. Wenn an dem Gerede von dem Haus mit den gelben Fenstern etwas dran ist, dann sollten wir auch den Rest ernst nehmen. Und der lautet: Vertraut niemandem.«

»Stellt euch doch mal vor«, sagte Annabel aufgeregt, »vielleicht ging es der armen April einmal genauso wie uns. Vielleicht ist sie in diesem Zustand, weil man nicht herausfinden konnte, was mit ihr los ist. Ich will nicht enden wie sie.« Sie blickte in die Runde. »Also, was ist?«

»Meinetwegen, Süße. Ich bin dabei. Was können sie schlimmstenfalls tun, wenn sie uns erwischen? Einsperren?«

»Danke, Eric. Was ist mit dir, Michael? Bist du einverstanden?«

Michael zögerte nur einen kurzen Moment. »Ist bestimmt besser, als herumzusitzen und zu grübeln. Und schlimmer kann es ja nicht werden.«

»Toll! – George? Hilfst du uns?«

George schien am wenigsten begeistert von Annabels krimineller Energie zu sein. Aber auch er gab seine Zustimmung.

»Danke, Jungs!«

»Hey, Michael! Irgendwie hab ich das Gefühl, dass unsere kleine Bella uns gerade über den Tisch gezogen hat.«

Michael grinste. »Sieht ganz so aus.«

Annabel musste ein Lachen unterdrücken. »Ach Eric, ich hatte nur Glück. – Und ich bin keine Bella. Meine Freunde nennen mich Anna.«

11

Eric öffnete die Augen und fror am ganzen Leib. Er hatte die Decke bis unters Kinn und die Beine an die Brust gezogen. Das Mondlicht fiel durch zwei hohe Fenster und tauchte das Zimmer in ein bläulich silbriges Licht. Er setzte sich auf und sein Blick glitt zu den Betten von Michael und George. Sie waren leer. Ein seltsames Gefühl der Einsamkeit überkam ihn.

Er hörte Musik. Leise, unwirkliche Töne, die sich unter der Tür hindurchschlängelten, züngelnd an ihm emporkrochen und ihn erschauern ließen. Wo kamen sie her?

Er stand auf und ging zur Tür. Der Knauf fühlte sich eiskalt an und vibrierte unter seinem Griff. Kaum hatte er ihn gedreht, wurde ihm die Tür wie von Geisterhand aus den Fingern gerissen. Er wollte sie greifen, fasste ins Leere und fand sich plötzlich mitten auf einer breiten Straße wieder. Er fühlte den rauen Asphalt unter seinen nackten Füßen und die kalte Luft, die unter seinen Pyjama wehte. Er hob den Kopf und starrte in ein blendend weißes Licht. Ein Windstoß erfasste ihn, als ein Auto dicht an ihm vorbeiraste. Weitere Autos folgten, hupten, wichen mit quietschenden Reifen aus und verfehlten ihn nur um Haaresbreite – doch er empfand keine Angst. Kälte und Müdigkeit hüllten ihn ein, ließen seine Gedanken träge werden, alles erschien ihm sonderbar logisch. Er las den Namen auf einem Straßenschild: *Christopher Street*. Und sah die weißgelbe Neonreklame in einem Fenster auf der anderen Straßenseite: *The Stonewall Inn*. Eine Bar. Er überquerte die Straße und ging hinein.

Hier an der Quelle klang die Musik noch viel absonderlicher. Wie eine Schallplatte, die mal zu schnell, mal zu langsam spielte. Ein kaltes grelles Licht pulsierte im Rhythmus der Musik. Dazwischen hüllte sich der Raum in Dunkelheit.

Eric schritt einen langen Tresen entlang, vorbei an meterhohen Regalen mit Flaschen und Gläsern und einem bunten Fenster mit Szenen, in denen nackte Körper unaussprechliche Dinge taten. Im flackernden Licht glaubte er, Bewegungen darauf zu erkennen, kleine Veränderungen, zäh wie Kaugummi. Es war wohl nur das Licht.

Annabel, Michael und George saßen auf roten Hockern an der Bar, hatten ihm den Rücken zugewandt, sprachen nicht, drehten sich nicht um. Sie trugen kleine Partyhüte auf dem Kopf.

Auf der Tanzfläche sah er April Fay und viele andere aus der Anstalt. Sie tanzten, dicht gedrängt, Frauen mit Frauen, Männer mit Männern. Ihre Köpfe waren emporgereckt und ihre Augen und Lippen grell geschminkt inmitten aschfahler Gesichter. Jedes einzelne eine verzerrte Grimasse himmlischen Verzückens. Ihre Bewegungen glichen zirkusreifen Verrenkungen, unmöglich für den menschlichen Körper.

Eric ging durch die Tanzenden hindurch und sah nach oben. In einem riesigen Vogelkäfig, schwankend unter der Decke, spielte eine Band. Schwester Shelley trug ein kurzes Schwesternkostüm und sang in ein Mikrofon und ihre schwarzen Locken wanden sich um ihren Kopf wie Schlangen um das Haupt der Medusa.

Dann wurde es still und sie sah Eric an.
»Diesen Song singe ich für dich, Eric.«
Eric bemerkte, wie Schwester Shelley sich veränderte, wie aus ihr Shirley Bassey wurde, so, wie er sie zum ersten Mal im Fernsehen gesehen hatte, mit ihren kurzen Haaren und dem langen glitzernden Kleid, und nun sang sie für ihn *This Is My Life*. Er liebte diesen Song.

Funny how a lonely day, can make a person say:
What good is my life
Funny how a breaking heart, can make me start to say:
What good is my life

Eric spürte eine Hand auf seinem Nacken, sanft und warm, und er hörte eine Stimme, die ihn bat, sich umzudrehen. April Fay lächelte ihn an. Sie war wunderschön. »Darf ich bitten?«

This is my life
Today, tomorrow, love will come and find me
But that's the way that I was born to be
This is me
This is me

»Es war schön«, sagte April Fay, »aber der Tanz ist nun vorbei.«
Eric wollte fragen, *Warum*, doch sie war schon wieder eine von ihnen, starrte ihn an mit ihrem unwirklich geschminkten Gesicht.

Sometimes when I feel afraid,
I think of what a mess I've made

Of my life
Crying over my mistakes, forgetting all the breaks I've had
In my life
I was put on earth to be, a part of this great world is me
And my life

Eric sah hinauf zum Käfig. Und während Shirley Bassey sich das Herz aus dem Leib sang, war sie plötzlich wieder da, seine Angst, und baute sich vor ihm auf. Sie schlug ihm ihre kalte Faust in den Magen und er wusste wieder, wovor er sich fürchtete. Er wusste es nur zu genau und er wollte weg von diesem Ort, sofort. Aber es war zu spät. Der ganze Raum stank plötzlich nach Verwesung und es war eiskalt geworden.

»Schön, dich wiederzusehen, Eric.«

Eric schaute zur Tür und konnte kaum atmen. Sein Brustkorb fühlte sich an, als würde er zwischen den Zwingen eines riesigen Schraubstocks stecken.

Ihre bulligen Körper steckten in Polizeiuniformen. Alles an ihnen war blutverschmiert. Ihre Augen waren milchig weiß und blutiger Speichel rann über ihre rissigen Lippen. Ein gemeines Lächeln entblößte verfaulte Zähne. Ihre Haut war grau und fleckig wie die eines Toten.

Wach auf! Wach endlich auf!

Eric lief zur Bar, packte Annabels Schulter und drehte sie auf ihrem Sitz zu sich her. »Wir müssen hier weg! Sie werden... Nein!« Mit panisch aufgerissenem Mund wich er zurück, als er ihr weggefressenes Gesicht erblickte. Sie trug noch immer ihren Hut.

»Was habt ihr mit meinen Freunden gemacht?« Seine Stimme war nicht mehr als ein Flüstern.

»Das waren nicht deine Freunde«, sagte einer der Polizisten. »Du hast keine Freunde. Niemand mag kleine, schwule schwarze Jungs. Wirklich niemand.«

»Wir tun der Welt nur einen Gefallen.«

Sie kamen näher. Eric war außerstande, sich zu bewegen. Die Menschen auf der Tanzfläche starrten ihn an. Einige bleckten die Zähne, leckten sich über die Lippen.

Eine kalte graue Hand legte sich schwer auf seine Schulter, hielt ihn fest und drückte ihn runter auf die Knie. An den stämmigen Beinen seines Peinigers vorbei fiel Erics Blick zum ersten Mal auf den Billardtisch. Eine dickliche Flüssigkeit troff in kleinen Bächen von seinen Rändern und fiel klatschend zu Boden. Und mit der gleichen Leichtigkeit, mit der die Hand ihn zu Boden gedrückt hatte, hob sie ihn nun hoch in die Luft und schleuderte ihn hart auf den mit ekligen Pfützen bedeckten Samt. Der Aufprall presste ihm die Luft aus den Lungen und er spürte, wie der Stoff des Pyjamas in seinem Rücken durchtränkt wurde. Dann sah er, wie sich die beiden Polizisten über ihn beugten, die geifernden Münder weit aufgerissen und bereit, ihre Zähne in sein Fleisch zu graben.

This is my life
And I don't give a damn for lost emotions
I've such a lot of love I've got to give
Let me live
Let me live

Eric weinte, als er mit erstickter Stimme sagte: »Ich bin nicht...«

»Eric! Eric, wach auf!«

Eric fuhr hoch. Im Halbdunkel erkannte er Michaels Gesicht. Dann noch eins.

»Was zum Teufel macht ihr beiden Spinner hier?« Das Licht einer Taschenlampe leuchtete Eric ins Gesicht. Er kniff die Augen zusammen, glaubte, die Konturen einer Uniform zu erkennen, und taumelte entsetzt ein paar Schritte zurück. Er hob die Hände schützend vors Gesicht. »Nein, bleibt weg von mir!«

»Es tut uns leid«, hörte er Michael mit ruhiger Stimme sagen. »Er schlafwandelt nur. Ich bring ihn zurück in sein Zimmer.«

Eric schaute sich um, erkannte den Kamin, den Kronleuchter und die großen Fenster. Wie war er in den Aufenthaltsraum gekommen? Er sah an Michael vorbei auf den Mann in Uniform und jetzt erkannte er ihn. Es war der Mann, der die Sicherheitstür bewachte. Und er schien verärgert zu sein.

»Ich sollte wirklich eine Schwester rufen.«

»Nein, bitte, das müssen Sie nicht. Wir sind ganz ruhig.« Eric hörte Michael reden. Er selbst brachte keinen Ton heraus.

»Sehen Sie? Alles okay. Wir gehen wieder ins Bett.« Eric spürte Michaels Hand auf seiner Schulter, die ihn sanft vorwärtsdrängte, raus auf den hell erleuchteten Flur und nach links zu ihrem Zimmer.

»Wenn ich euch noch mal erwische, könnt ihr euch auf was gefasst machen. Scheiß Psychos!«

Eric sah Michael die Tür zu ihrem Zimmer schließen. George lag mit dem Gesicht zur Wand in seinem Bett. Es dämmerte schon.

»Zieh das aus«, sagte Michael.

Eric starrte ihn fragend an.

»Dein Oberteil. Es ist total nass geschwitzt.«

Eric tastete seinen Rücken ab. Und auf einmal war alles

wieder da. Hastig zog er sich aus. »Ist da Blut an meinem Rücken? Michael, ist da Blut an meinem Rücken?«

»Nein, da ist kein Blut. Nur Schweiß. Hier, reib dich damit trocken und leg dich wieder hin.«

Eric fing das Handtuch auf, das Michael ihm zuwarf, trocknete sich ab und legte sich erschöpft aufs Bett. »Das war ein schrecklicher Albtraum, Michael.«

»Aber jetzt ist er vorbei. – Willst du darüber reden?«

»Ja. Ich hab sowieso Angst, noch einmal einzuschlafen. Aber was ist mit George?«

»Ich glaube, der schläft tief und fest. – George?«

George lag mit dem Gesicht zur Wand. Sein Atem ging ruhig und gleichmäßig.

»Siehst du? – Seit wann schlafwandelst du eigentlich?«

»Ich... ich schlafwandle nicht. Ich meine, bis eben dachte ich das jedenfalls. Wie hast du mich gefunden?«

»Ich bin aufgewacht und du warst nicht da. Die Tür stand offen und ich dachte, du wärst aufs Klo gegangen. Als du nicht wiederkamst, bin ich raus auf den Gang. Ich hab dich dann im Aufenthaltsraum gefunden.«

»Was hab ich gemacht? Hab ich vielleicht irgendwas gesagt?«

»Ja, ein paar Worte. Sie ergaben für mich aber keinen Sinn. Du hast nur dagestanden. War irgendwie unheimlich. Aber dann hast du angefangen zu... nicht so wichtig. Als ich den Wächter hörte, hab ich dich geweckt.«

»Ich muss ganz schön bescheuert ausgesehen haben, was?«

»Auch nicht schlimmer als sonst.«

»Arsch.«

»Psycho.«

Eric lächelte. Dann wurde er wieder ernst. »Soll ich dir von meinem Traum erzählen, Michael?«

»Wenn er gut ist?«

Eric zögerte einen Moment. Dann erzählte er leise, was er in seinem Traum erlebt hatte. Seine Schilderungen waren so plastisch, dass er an manchen Stellen Ekel und Mitleid in Michaels Gesicht erkennen konnte. Aber als er fertig war, fühlte er sich erleichtert.

»Oh, Mann!«, sagte Michael und schüttelte den Kopf. »Im Kino hätte mir so was gefallen, aber so... Scheiße!«

»Ja, diese dämlichen Zombies. Nicht mal als ich im Kino *Die Nacht der lebenden Toten* gesehen hatte, hatte ich solche Albträume. Und jetzt...« Eric wischte sich ein paar Tränen vom Gesicht und war dankbar, dass Michael es ignorierte. »Weißt du, was das Schlimmste ist? Es ist nicht das erste Mal, dass ich diesen Traum hatte. Gestern habe ich fast genau das Gleiche geträumt. Und das Allermerkwürdigste ist: Normalerweise verblasst doch die Erinnerung an Träume schnell, auch an die schlechten. Aber ich erinnere mich an alle Einzelheiten. Das allein ist schon gespenstisch.«

Sie schwiegen eine Weile.

»Eric?«

»Ja?«

»Warum Polizisten?«

»Ich weiß nicht. Vielleicht, weil Schwule bei ihnen nicht sehr beliebt sind. Vor etwa zwei Wochen kam es in New York zu üblen Auseinandersetzungen zwischen der Polizei und Homosexuellen. Ich hab darüber in der Zeitung gelesen und es kam auch mal was im Fernsehen. Das Ganze begann in einer Bar im Greenwich Village, Stonewall Inn heißt sie. Das hat mich ziemlich wütend gemacht.«

»Hattest du schon mal Probleme mit der Polizei?«

»Ein- oder zweimal. Aber nur wegen meiner Hautfarbe.«

»Tut mir leid.«

»Ist ja nicht deine Schuld.« Eric verschränkte die Arme hinter dem Kopf und sah rüber zu Michael. »Michael?«

»Hm?«

»Danke.«

»Schon gut.«

Michael gähnte, drehte sich auf die Seite und war wenige Minuten später eingeschlafen. Und obwohl er sich dagegen wehrte, konnte sich auch Eric dem Schlaf nicht länger entziehen.

Doch es gab jemand in diesem Raum, der nicht schlief, jemand, der in Wahrheit schon seit Stunden wach gelegen, die Wand angestarrt und jedes Wort, das gesprochen worden war, aufmerksam verfolgt hatte: George.

12

Als die Jungs mit ihren Frühstückstabletts den Aufenthaltsraum betraten, saß Annabel bereits am Tisch und nickte ihnen zu. Sie hatten gerade mit dem Essen begonnen, da trat Dr. Parker an ihren Tisch. »Guten Morgen. Bleibt sitzen, ich möchte euch nur etwas mitteilen.« Er nahm sich einen Stuhl vom Nachbartisch, setzte sich verkehrt herum darauf und legte seine Arme auf der Stuhllehne ab. »Also, ich habe gerade die ersten Untersuchungsergebnisse bekommen. Die gute Nachricht: Körperlich scheint ihr völlig gesund zu sein. – Die schlechte Nachricht: Ich habe immer noch keine Erklärung für euer Problem. Wir müssen also weiter nach der Ursache forschen.«

Annabel war nicht überrascht. Trotzdem hatte sie insgeheim auf eine einfache Erklärung gehofft. Eine, die so logisch und naheliegend war, dass man hinterher darüber gelacht hätte. Doch niemandem am Tisch schien jetzt nach Lachen zumute zu sein.

»Ich habe heute mit euren Eltern gesprochen und vorgeschlagen, dass ihr erst einmal hier in der Klinik bleibt«, fuhr Dr. Parker fort. »Etwas Ruhe wird euch guttun. Und Montag versuchen wir es dann mit einem zweiten Besuch eurer Eltern. Vielleicht braucht ihr nur ein bisschen mehr Zeit.«

Annabel tauschte mit den Jungs besorgte Blicke.

»Ich habe angeordnet, dass ihr ab morgen auch unter Aufsicht in den Park gehen dürft. Es wird euch dort gefallen. Wir haben einen kleinen Seerosenteich.«

»Ich hoffe, er hat heilende Kräfte wie die olle Quelle in Lourdes«, spottete Eric leise. »Dann versuch ich es morgen mal mit einer Arschbombe.«

Dr. Parker sah ihn kurz an und schmunzelte. »Es tut mir leid, dass ich keine besseren Nachrichten für euch habe. Aber mit ein bisschen Geduld wissen wir bald mehr.«

Damit verabschiedete er sich.

Annabel sah Michael an. Auf ein leichtes Nicken von ihm erhob sie sich von ihrem Platz und lief dem Doktor nach. Sie fing ihn an der Tür ab. »Dr. Parker?«

»Ja, Annabel? Hast du noch Fragen?«

»Sie sagten, ich könnte jederzeit zu Ihnen kommen.« Annabel bemühte sich, so gelassen und natürlich wie möglich zu klingen. »Hätten Sie heute vielleicht Zeit für mich?«

»Ist ein bisschen kurzfristig.« Dr. Parker schaute auf seine Uhr.

Annabel hielt den Atem an.

»Aber ich glaube, ich kann dich noch unterbringen. Sagen wir um zehn in meinem Sprechzimmer?«

Dr. Parker verließ den Aufenthaltsraum und verschwand auf dem Gang. Annabel drehte sich triumphierend zu den Jungs um und hob den Daumen.

»Wow, du willst das also wirklich durchziehen, was?«, fragte Eric, als sie sich wieder gesetzt hatte.

»Jetzt mehr denn je. Wenn auch nur die kleinste Hoffnung besteht, dass das Foto uns weiterhelfen kann, dann dürfen wir diese Chance nicht verstreichen lassen.«

»Annabel hat recht«, sagte Michael. »Wir haben gar keine andere Wahl.«

George schob geräuschvoll sein Tablett von sich und verschränkte die Arme. »Aber was ist, wenn sie uns erwischen? Habt ihr daran schon mal gedacht? Schaut euch doch die anderen Patienten an. Das Leben hier drin kann noch sehr viel schlimmer werden.«

Annabel sah ihn beschwörend an. »George, hör mir zu! Das wird nicht passieren, okay? Sie werden uns nicht erwischen.«

Annabel hatte erwartet, dass George wie immer einer Diskussion aus dem Weg gehen würde, um wieder seine Ruhe zu haben, doch sie täuschte sich.

»Habt ihr Schlaumeier auch daran gedacht, dass man erst durch das Vorzimmer muss, um in das Arztzimmer zu gelangen? Und das ist immer von Parkers Sekretärin besetzt.«

Eric wiegte den Kopf. »Oh Mist! Da ist was dran. Eins zu null für Georgie.«

Annabel schenkte den Jungs ein breites Lächeln. »Ja, das ist ein Problem. Deshalb brauchen wir auch ein kleines Ablenkungsmanöver. Ich dachte da an eine männliche Charmeoffensive.«

Charmeoffensive, dachte Michael und verzog das Gesicht zu einem Lächeln. Hielt Annabel ihn wirklich für charmant? Und selbst wenn, konnte er sich beim besten Willen nicht vorstellen, dass sich eine erwachsene Frau wie diese Miss Twiggy vom Kapitän einer Rugby-Schulmannschaft beeindruckt zeigen könnte. Aber er musste es wenigstens versuchen.

Annabel war soeben planmäßig mit dem Doktor zu einem Spaziergang im Park aufgebrochen, jetzt waren er und Eric an der Reihe. Michael holte tief Luft, klopfte an die Tür und wurde sofort von einer lieblich klingenden Stimme hereingebeten.

»Oh! Hallo, Michael!«, begrüßte ihn Schwester Flowers.

Michael bekam große Augen, denn er hatte mit Parkers Sekretärin gerechnet. Er musste sich schnell etwas einfallen lassen. »Hi, Schwester Flowers, ich... ich wollte mich wegen gestern entschuldigen. Hoffentlich haben Sie wegen mir keinen Ärger bekommen.«

»Ärger?«

»Ja, weil ich doch allein in den Keller gegangen bin.«

Die Schwester lächelte. »Nein, schon gut. War halb so schlimm. Hier geht öfter mal jemand verloren.« Sie kicherte.

»Ja, davon habe ich gehört.« Michael dachte an die kleine Gruselgeschichte des Pflegers und grinste. Dann setzte er einen treuherzigen Blick auf. »Wissen Sie, die haben mich den ganzen Tag von einer Untersuchung zur anderen geschubst. Ich wollte nur zeigen, dass ich selbst in der Lage bin, den Weg zum Röntgenraum zu finden.« Michael empfand tatsächlich eine leichte Traurigkeit, als er das sagte. Der zermürbende Gedanke, für unzurechnungsfähig erklärt und mit Medikamenten hirntot gemacht zu werden, verlieh seinen Worten einen melancholischen Klang. Und der schien bei der Schwester etwas auszulösen. Vielleicht weckte er ihren Mutterinstinkt. Sie erhob sich von ihrem Stuhl und stellte sich zu Michael an die Tür. Sie schien über die kleine Störung nicht unglücklich zu sein.

»Arbeiten Sie schon lange hier? Sie sehen noch so jung aus.«

»Seit zwei Jahren. Ja, ich bin direkt von der Schwesternschule hierher. Ist mein erster Job.«

»Und Sie arbeiten jetzt hier als Dr. Parkers Sprechstundenhilfe?«

»Was? Nein, leider nicht. Ich bin heute nur als Vertretung eingeteilt, weil die Sekretärin mit ihrer Tochter zum Zahnarzt musste.«

»Ich bin jedenfalls froh, dass hier so nette Schwestern wie Sie sind. Das macht diesen Ort viel weniger schrecklich.«

»Oh, danke, nett von dir.« Sie strahlte Michael an und zupfte scheinbar verlegen an ihren voluminösen Haaren herum.

Während sie sich unterhielten, entfernte sich Michael langsam und unauffällig von der offenen Tür. Erst einen halben, dann einen, dann zwei Meter. Und die Schwester folgte ihm. Als die Gelegenheit günstig schien, tauchte Eric wie aus dem Nichts hinter zwei langsam spazierenden Patienten auf und glitt lautlos und geschmeidig wie eine Katze hinter dem Rücken der Schwester durch die Tür. Michaels Herz schlug augenblicklich schneller. Er versuchte, seine Anspannung mit einem breiten Lächeln zu überspielen, und hoffte, es passte zu dem, was die Schwester ihm gerade erzählte. Er hatte ihr kaum zugehört.

»Ich dürfte dir das eigentlich nicht verraten«, sagte Schwester Flowers und senkte dabei verschwörerisch ihre

Stimme. »Aber ich hab gehört, wie Dr. Parker über euch geredet hat. Und ich will dir nur sagen, dass er sich wirklich Gedanken macht und dass ihm viel daran liegt, euch zu helfen. Uns allen liegt viel daran, verstehst du?«

Michael war plötzlich wieder voll da. Doch bevor er ihr eine Frage stellen konnte, klingelte das Telefon in Dr. Parkers Zimmer und seine Eingeweide verkrampften sich. Es kam ihm vor, als hätte jemand den Sicherungsstift aus einer Handgranate gezogen, die jeden Moment vor seinen Augen explodieren würde. Was sollte er tun? Ein paar ziemlich wirre Gedanken rasten ihm durch den Kopf. *Küss sie! Hau sie um! Lauf weg! Täusch einen Anfall vor! Ruf Feuer!* – Er brachte nur ein verkniffenes Lächeln zustande.

Die Schwester warf einen genervten Blick über die Schulter. Doch beim dritten Klingeln schien sie unruhig zu werden. »Tut mir leid, Michael, da muss ich ran. Könnte wichtig sein und ich will keinen Ärger bekommen. Bin gleich wieder da.« Sie eilte in Parkers Sprechzimmer. Michael folgte ihr und wappnete sich innerlich für die unvermeidliche Katastrophe.

Doch sie blieb aus.

Während Flowers vor Parkers Schreibtisch stehen blieb und das Telefon abnahm, wartete Michael auf der Schwelle und sah sich hektisch um. Wo zum Teufel war Eric? Er schaute hinter die Tür – nichts. Das Sofa – viel zu klein. Blieb nur noch der Schreibtisch. Er war das einzige Objekt im Raum, hinter dem man sich verstecken konnte. Michael neigte den Kopf zur Seite und versuchte, so weit es ging, unter den Tisch zu schauen – aber auch hier Fehlanzeige. Dann fielen ihm die Fotos ein. Und tatsächlich, ein Rahmen fehlte. Eric musste also hier drin gewesen sein. Hatte er sich etwa schon wieder unbemerkt rausgeschlichen und den Rahmen mitgenommen? Michael überlegte krampfhaft, was er tun sollte, und baute sich erst einmal vor der Wand auf, damit die Schwester nicht das fehlende Bild bemerkte.

Aber alles, was er in diesem Moment zustande brachte, war ein verwirrtes Lächeln.

Eric presste die Zähne zusammen. Sein ganzer Körper schmerzte. Verdammt! Sie hätten auf George hören sollen. So etwas konnte doch nur in einer Tragödie enden. Schon bei dem ersten Klingeln hatte er gewusst, dass es schiefgehen würde. Sofort hatte er sich ein Versteck im Fußraum des Schreibtisches gesucht, aber dann war ihm klar geworden, dass die Frontverkleidung nicht weit genug bis auf den Boden reichte und man ihn unweigerlich von der Tür aus entdecken würde. Deswegen hatte er sich den Rahmen, den er bereits von der Wand genommen hatte, zwischen die Zähne geklemmt, Rücken und Hände gegen die stabilen Innenwände des Schreibtisches gepresst und anschließend mit den Füßen das Gleiche getan. In dieser Position verharrte er nun und jede Sekunde kam ihm wie eine Ewigkeit vor.

»Ja, hier Dr. Parkers Büro, was kann ich für Sie tun?... Ja?... Ja, Sir, tut mir leid, der ist gerade nicht zu erreichen.« Er hörte die Stimme der Schwester über sich und es kam ihm vor, als würde sie absichtlich langsam reden, nur um ihn zu quälen. »Möchten Sie ihm eine Nachricht hinterlassen?... Ja?... Einen Moment, ich suche nur etwas zum Schreiben.«

Eric hörte, wie ihre Hand den Schreibtisch abtastete. *Nun mach schon!*, dachte er, während er versuchte, die Körperspannung aufrechtzuhalten. *Nicht zu stark, sonst platzt das Holz,* sagte er sich. *Nur so viel, damit dein Arsch nicht auf den Boden plumpst.*

»Einen Moment noch bitte... Ich finde gerade keinen Stift.«

Erics Muskeln zuckten und er schwitzte, als hätte man unter ihm ein Feuer entfacht. Lange würde er sich nicht mehr halten können. Obwohl er sich bemühte, so flach und so leise wie möglich zu atmen, kam ihm jeder Atemzug wie das laute Schnauben eines Pferdes vor. Als die Frau über ihm auch noch eine Schublade aufzog und darin herumkramte, hätte er vor Schreck beinahe den Halt verloren. *Jetzt mach endlich, du dämliche Kuh!*

»Ah, hier hab ich einen... Kann losgehen.... Ja?... Okay?...«

Eric lief der Schweiß von der Stirn, über seine Nase und tropfte auf das Glas des Bilderrahmens. Pling. Pling. Pling. Wie das Ticken einer Uhr verkündeten sie ihm die Sekunden, die ihm noch blieben, dachte er und presste die Augen zusammen. Durch die unglaubliche Anstrengung und das flache Atmen war ihm mittlerweile auch noch schwindelig geworden. Als er in seiner Not den Mund öffnete, um mehr Luft zu bekommen, fiel ihm der Rahmen auf die Brust und glitt langsam zu seinem Bauch hinunter. Seine Augen weiteten sich, als ihm klar wurde, was gleich passieren würde. Der Rahmen würde herunterfallen und dann...

Michael fasste es einfach nicht, dass Eric sich anscheinend in Luft aufgelöst hatte. Denn er konnte unmöglich schon wieder draußen sein. Während Schwester Flowers telefonierte und dabei nach Stift und Papier suchte, irrte sein Blick immer wieder im Raum umher. Aber vergebens. Inzwischen war anscheinend auch George nervös geworden. Er hatte auf dem Flur Schmiere gestanden, um sie zu warnen, falls Dr. Parker zurückkommen sollte. Jetzt ging er wie ein Tiger im Käfig vor der offenen Tür auf und ab und warf Michael verstohlen fragende Blicke zu. Michael zuckte nur mit den Schultern und schüttelte den Kopf.

Leider löste sich das Rätsel um Erics Verschwinden genau in dem Moment, als der Bilderrahmen mit einem leichten Klirren zu Boden fiel.

Das gibt es doch nicht!, dachte Michael. Irgendwie hatte es der kleine Teufelskerl geschafft, sich unter den Tisch zu klemmen.

»Michael, warst du das?«, fragte Schwester Flowers und drehte sich zu ihm um.

»Äh, was?«

»Da war ein Geräusch.«

Noch mit dem Hörer am Ohr, ließ sie ihren Blick durchs Zimmer schweifen. Michael drehte fast durch. Und genau wie am Tag zuvor bei Eric versuchte Michael nun, George mit ein paar wirren Gesten und Blicken zu einem Ablenkungsmanöver zu bewegen. Und wie durch ein Wunder hatte er auch diesmal Erfolg. Aus den Augenwinkeln konnte er erkennen, wie George einer vorbeischlendernden alten Frau ein Bein stellte, die sofort der Länge nach hinfiel. Ihre dünnen Arme konnten den Sturz nicht abfangen und so schlug sie hart mit dem Gesicht auf. Blut tropfte aus ihrer Nase und auf den Boden, als sie sich schwerfällig aufrappelte. Sie fing an zu jammern und zu schreien, was andere Patienten augenblicklich dazu animierte, es ihr gleichzutun. Ein kleiner Tumult brach los, bei dem sie sich gegenseitig aufstachelten wie eine Horde verstörter Kleinkinder. Eine Schwester und ein Pfleger versuchten vergeblich, die Leute zu beruhigen.

Michael war dankbar für Georges Eingreifen, doch dessen Gesichtsausdruck beunruhigte ihn. George sah aus, als würde er sich über die verletzte Frau und ihr Leiden amüsieren. Ein eigenartiges Lächeln lag auf seinem Gesicht. Als sich Michaels und Georges Blicke trafen, verschwand es sofort.

Glücklicherweise schien Schwester Flowers das merkwürdige Geräusch über dem Krach von draußen vergessen zu haben. Sie beendete das Gespräch und lief hinaus, um ihren Kollegen zu helfen.

»Eric, jetzt!«, zischte Michael und sah in der nächsten Sekunde Eric wie einen reifen Apfel zu Boden fallen. Er stöhnte leise und verzerrte das Gesicht, als er hinter dem Tisch hervorkroch und sich scheinbar unter Schmerzen aufrichtete. Während er auf Michael zuging, öffnete er hastig und mit zitternden Händen den Rahmen, holte das Foto heraus und schob stattdessen die Attrappe hinter die gesprungene Glasabdeckung. Dann hängte er den Rahmen zurück an die Wand. »Ich will hier raus«, flüsterte er. »Das war Scheiße!«

»Warte noch!« Michael ging durch das Vorzimmer und schaute auf den Gang. Als er sicher war, dass niemand vom Personal in ihre Richtung sah, gab er Eric ein Zeichen und sie machten sich gemeinsam aus dem Staub. George folgte ihnen auf ihr Zimmer.

Michael sah Eric bewundernd an. »Wie geht's dir, Superman? – Ehrlich, Eric, das war genial!«

»Wenn schon, dann Spiderman. Und ich fürchte, Spiderman hatte gerade 'ne Nahtoderfahrung.« Eric ließ sich schnaufend auf sein Bett fallen.

»Und das Foto?«, fragte George nüchtern.

»Ja, mir geht's gut, George, danke der Nachfrage.«

Eric zog das Foto aus seiner Tasche und reichte es Michael. Er nahm es mit einem Lächeln entgegen und warf einen Blick darauf. Eine Sekunde später war das Lächeln verschwunden und sein Gesicht kreidebleich. Er ließ das Foto fallen, sackte in die Knie und brach zusammen.

13

Annabel hatte sich vor ihrem Treffen mit Dr. Parker einen ungefähren Schlachtplan zurechtgelegt. Sie hielt es für das Beste, weiterhin bei der Wahrheit zu bleiben und möglichst viele Fragen zu stellen. So wie bei ihrem ersten Gespräch. Das hatte ihn beeindruckt.

»Dr. Parker?«, fragte Annabel, als sie eine lange Kiesauffahrt entlanggingen. ... *dreiunddreißig, vierunddreißig...*

»Ja?«

»Was geschieht eigentlich, wenn Sie nicht herausfinden, was mit uns los ist?« ...*vierzig, einundvierzig, zweiundvierzig...*

»Keine Angst, das wird nicht geschehen. Wir finden auf jeden Fall heraus, was mit euch nicht stimmt.« Dr. Parker lächelte sie an.

...*neunundsechzig, siebzig...*

»Ja, aber Sie haben doch selbst gesagt, dass Sie bis jetzt noch keinen blassen Schimmer haben.«

...*neunundsiebzig...*

»Ich bin mir sicher, dass ich das so nicht gesagt habe. *Kein blasser Schimmer* ist nämlich kein von mir geschätzter Fachterminus.«

Dr. Parker sah Annabel verschmitzt an. Dann blieb er

stehen. »Schau, ich kann deine Besorgnis verstehen. Mir an deiner Stelle ging's genauso. Ich will gar nicht behaupten, dass ich nachempfinden kann, was ihr gerade durchmacht. Aber du kannst mir glauben, dass ich über genug Berufserfahrung verfüge, um euren Fall einschätzen zu können. Auch wenn ich im Moment noch keine Lösung habe. – Glaubst du mir das?«

»Hab ich eine Wahl?«

Dr. Parker ließ ihre Frage unbeantwortet und sie setzten den Spaziergang fort.

»...siebenundneunzig, achtundneunzig, neunundneunzig...«

»Darf ich fragen, was du da zählst, Annabel?« Der Doktor sah sie interessiert an.

»Oh, hab ich es laut getan?«

»Ja, schon zweimal. Wenn du nicht darüber reden willst, ist das aber in Ordnung. Ich bin nur neugierig. Berufskrankheit, weißt du?«

Annabel war es peinlich, aber sie hatte nicht das Gefühl, damit ein großes Geheimnis preiszugeben. »Manchmal zähle ich meine Schritte. Ich weiß nicht, wieso. Vielleicht, weil ich nervös bin. Es geschieht ganz automatisch. Und eigentlich mache ich es auch nicht laut.«

»Und du hast keinen Schimmer, warum du es tust?«

»Kein Schimmer ist zwar nicht der Terminus, den ich verwenden würde, Dr. Parker. Aber wenn Sie mich so direkt fragen, würde ich sagen, ich habe keinen blassen Dunst.«

Dr. Parker lachte. »Du bist sehr schlagfertig, das muss ich dir lassen.«

»Danke.«

»Weißt du, es gibt einige Menschen, die an sogenannten Zwangshandlungen leiden. Zwanghaftes Händewaschen zum Beispiel. Aber im Grunde kann jede Handlung zur Zwangshandlung werden. Im schlimmsten Fall kann es so weit gehen, dass der Zwang den Menschen völlig vereinnahmt und er den Großteil seiner Zeit damit verbringt, diese Zwangshandlungen auszuführen. Solche Leute leiden sehr darunter. – Zählst du ständig?«

»Nein. Eigentlich nur, wenn ich irgendwo bin, wo ich noch nicht war.«

»Und wenn du an einen Ort kommst, den du kennst?«

»Dann brauch ich es nicht mehr.«

»Das ist überaus interessant.«

Überaus interessant. Irgendwie machte Annabel dieser Kommentar wütend. Sie nahm ihm nicht ab, dass er hinter ihrer Zählerei nicht bereits ein weiteres schwerwiegendes Symptom vermutete. Und wieso auch nicht? Schließlich würde sie genauso aufhorchen, wenn eine ihrer Freundinnen plötzlich ohne Grund anfangen würde, laut zu zählen. Wer tat denn so etwas? Offensichtlich nur jemand, der nicht mehr alle Latten am Zaun hatte.

»Mach dir mal nicht zu viele Sorgen«, sagte der Arzt. »Ich hab dich inzwischen ein bisschen kennengelernt und kann mir nicht vorstellen, dass das Zählen in deinem Fall ein pathologisches Symptom ist.«

Na toll. Könnte ich das schriftlich haben?

Annabel holte tief Luft, sie durfte jetzt nicht die Nerven verlieren. Die Jungs waren darauf angewiesen, dass sie ihre Rolle spielte.

Sie waren mittlerweile am Ende der Auffahrt angelangt und standen vor einem großen schmiedeeisernen Tor. Es wurde flankiert von einer etwa vier Meter hohen Mauer, die das gesamte Grundstück umschloss. Annabel konnte ein Straßenschild erkennen: *Park Lane.*

»Du bist nicht dumm, Annabel. Du hast sicher schon sehr klare Vorstellungen davon, was du später mal werden willst, oder?«

»Ich möchte Künstlerin werden. Malerin.«

»Ah, ein freier Geist. – Ja, das passt zu dir. Weißt du, wenn das mit der Kunst nichts werden sollte, ich könnte mir dich auch gut in meiner Branche vorstellen. Du hast ein gewisses Talent.«

»Als Irrenarzt? – Verzeihung. Das ist wahrscheinlich auch nicht der korrekte Terminus.«

Dr. Parker musste wieder lachen.

Sie verließen den Kiesweg und schlenderten weiter links an der Mauer entlang. Immer wieder mussten sie stattlichen Bäumen ausweichen, deren Äste vereinzelt über die Mauer ragten.

Plötzlich blieb Dr. Parker stehen, drehte sich um und betrachtete das Haus. Sein Gesicht nahm einen sonderbaren Ausdruck an. »Du wolltest wissen, was geschehen könnte. Leider kann ich es dir nicht sagen. Weißt du, dieses Haus ist voller Menschen, die die Hoffnung schon vor langer Zeit aufgegeben haben. Du denkst vielleicht, es liegt daran, dass dies eine Anstalt ist. Aber das ist nicht der Grund. Ich kenne viele Häuser wie dieses. Häuser, die genauso traurig und einsam sind. Man findet sie in jeder Stadt, überall auf der Welt. Es werden immer mehr. Und obwohl sie weder Mauern noch Gitter besitzen, sind die meisten Menschen nicht in der Lage, aus ihnen zu fliehen. – Also, was immer auch passiert, Annabel, verliere niemals die Hoffnung. Das ist wichtiger als alles andere.«

Annabel wusste nicht, was sie davon halten sollte. Sollte dieser düstere Vortrag ihr etwa Mut machen? Das klang für sie viel zu dramatisch, als dass es ernst gemeint sein könnte. Daher sagte sie das Erste, das ihr in den Sinn kam. »Das erzählen Sie wohl allen Patienten, was, Doktor?«

»Nein.« Er grinste. »Nur den echten Nervensägen. – Komm, ich zeig dir noch den Rest des Parks.«

Etwa zwanzig Minuten später kehrte Annabel mit Dr. Parker in den ersten Stock zurück. Sie war ein bisschen stolz auf sich, immerhin waren sie über eine halbe Stunde unterwegs gewesen, das musste den Jungs einfach gereicht haben. Jetzt konnte sie es gar nicht erwarten, sich das Foto noch einmal genauer anzusehen. Sie glaubte fest daran, dass das Bild ihnen weiterhelfen würde. Was blieb ihr auch anderes übrig?

»Falls wir uns nicht wiedersehen sollten, wünsche ich dir und deinen Freunden ein schönes Wochenende. Und denk an das, was ich dir im Park gesagt habe.«

»Nicht wiedersehen?« Was sollte das heißen? Ahnte er bereits etwas? War sie so leicht zu lesen? Nein, unmöglich. Er mochte vielleicht ein cleverer Psychiater sein, aber Gedanken lesen konnte er ganz sicher nicht.

»Oh, vor meiner Abreise, meinte ich. Ich fahre in ein paar Stunden über das Wochenende zu einem Kongress.«

»Ach so, verstehe«, sagte Annabel erleichtert und setzte ihr nettestes Lächeln auf. »Danke, Dr. Parker, das war ein schöner Spaziergang.«

»Ja, das fand ich auch.«

Dr. Parker brachte sie durch die Sicherheitstür, dann lächelte er ihr noch einmal zu und ihre Wege trennten sich.

Annabel hielt es nun nicht mehr aus. Sie lief den Gang hinunter zum Aufenthaltsraum, wo sie sich mit den Jungs verabredet hatte, aber sie konnte keinen von ihnen entdecken. Wo steckten sie bloß? Erst als sie wieder in den Gang trat und auf das Zimmer der Jungs zusteuerte, sah sie, wie Eric seinen Kopf zur Tür rausstreckte. Und sie bekam sofort ein flaues Gefühl im Magen, als sie seinen sorgenvollen Blick bemerkte.

»Was ist passiert? Hat es nicht geklappt?« Annabel wunderte sich über Erics Verhalten. Er stand jetzt vor der Tür und es schien, als wolle er sie nicht reinlassen, als hätte er etwas vor ihr zu verbergen. Was war hier los?

»Nein. Wir haben das Foto.«

»Wo sind die anderen?«

»George und mir geht es gut. Aber Michael...«

»Was ist mit Michael?« Annabel wartete die Antwort nicht ab. Sie stieß Eric unsanft zur Seite und stürmte an ihm vorbei in das Zimmer.

Michael saß vornübergebeugt auf dem Rand seines Bettes. Seine Haare hingen ihm ins Gesicht und seine Haut war so blass wie die eines Toten.

George stand am Fenster und nickte ihr zu.

»Was ist mit ihm?«

George zuckte mit den Schultern.

»Er ist zusammengeklappt, als er das Foto gesehen hat«, sagte Eric. »Seitdem hat er kein Wort mehr gesagt.« Er griff in seine Hosentasche und reichte Annabel das Foto.

Es sah auf den ersten Blick ganz normal aus, vielleicht sechs mal vier Zentimeter groß, die Farben etwas verbleicht. Das Haus auf dem Bild war hübsch, nicht sehr groß und es besaß zwar keine gelben Fenster, wie April Fay es beschrieben hatte, aber gelbe Fensterrahmen, was vermutlich aufs Gleiche hinauslief. Etwas enttäuscht stellte sie fest, dass die Rückseite des Fotos leer war und keinen weiteren Hinweis verbarg. Mist! Annabel schüttelte den Kopf. Sie konnte beim besten Willen nichts entdecken, was Michael so verstört haben konnte. Sie kniete sich zu ihm und lächelte ihn aufmunternd an. »Michael, du siehst aus, als hättest du ein Gespenst gesehen. Was ist los?«

»Ich kenne dieses Haus«, flüsterte Michael und es hörte sich wirklich unheimlich an. Das und die Haare vor seinem Gesicht erinnerten Annabel so sehr an April Fay, dass sie erschauderte. Ihr Lächeln löste sich auf.

»Was sagst du da?«, entfuhr es Eric, während George große Augen bekam und seinen Platz am Fenster verließ.

»Das ist unmöglich«, sagte Annabel. »Woher solltest du es kennen? Du musst dich irren.«

Michael hob seinen Kopf und sah Annabel direkt in die Augen. Seine immer lauter werdende Stimme ließ sie zusammenzucken. »Woher ich es kenne? Ich träume jede verdammte Nacht davon. Ich träume davon, weil ich an nichts anderes mehr denken kann. Ich träume davon, weil Reb...« Er brach ab, sprang auf und ging schwer atmend ans Fenster. Annabel schaute ihm hilflos nach. Und auch Eric und George schienen in diesem Moment nicht zu wissen, was sie tun sollten. Es herrschte Totenstille im Raum. Dann endlich drehte Michael sich zu ihnen um.

»Wisst ihr«, sagte er mit leiser und monotoner Stimme. »Das Haus, es... es ist das Wochenendhaus meiner Familie.«

14

Mittagessen. Annabel stocherte in ihrem panierten Fischfilet herum. Sie brachte keinen einzigen Bissen herunter. Aus den Augenwinkeln konnte sie sehen, wie Eric mit sich kämpfte. Er schien Michael die ganze Zeit etwas sagen zu wollen, überlegte es sich in letzter Sekunde aber offensichtlich jedes Mal anders. George hingegen hatte den gleichen emotionslosen Gesichtsausdruck wie immer. Schwer zu sagen, ob er gerade so etwas wie Mitleid mit Michael empfand.

Michael selbst schien sich wieder beruhigt zu haben, aber er hatte sich verändert. Immer wenn er Annabel ansah, war da etwas in seinem Blick, das sie nicht deuten konnte. Wahrscheinlich hasste er sie jetzt, dachte sie, und der Gedanke tat weh. Schließlich war es ihre Idee gewesen, das Foto zu stehlen, und das hieß, es war auch ihre Schuld, dass er sich in diesem Zustand befand. Hätte sie doch einfach nur die Klappe gehalten und auf die Jungs gehört.

Andererseits hatte sie jetzt Gewissheit, dass April Fays Worte eine Bedeutung hatten. Leider gab es keine Möglichkeit mehr, mit dieser Frau zu sprechen. Weil Annabel der Gedanke an April keine Ruhe mehr gelassen hatte, war sie kurzerhand und unter falschem Vorwand zu Schwester Shelley gegangen und hatte sich nach ihr erkundigt. Von ihr erfuhr sie, dass man April Fay bereits am frühen Morgen in eine andere Klinik verlegt hatte. Angeblich konnte man ihr hier nicht mehr helfen. Annabel hatte große Mühe gehabt, ihre Enttäuschung und ihre Wut über diese offensichtliche Lüge zu verbergen.

Der Hinweis, den sie durch das Foto erhalten hatten, war anders gewesen, als sie es sich vorgestellt hatte, aber es war dennoch ein Hinweis. Und da das Kind nun mal in den Brunnen gefallen war, wollte sie auch wissen, was er zu bedeuten hatte. Sie legte die Gabel beiseite und hoffte, dass Michael ihr irgendwann verzeihen würde.

»Michael«, sagte sie sanft. »Bist du dir wirklich sicher, dass es euer Haus ist?« Annabel hätte ihn gern noch was anderes gefragt. Denn ihr war klar, dass es nicht nur das

Haus gewesen sein konnte, das ihn so aus der Bahn geworfen hatte. Aber das traute sie sich nicht. Und auch keiner der anderen brachte es zur Sprache.

»Es ist unser Haus. Unser Haus am See.« Michael stockte, als müsse er sich sammeln. »Den See sieht man nicht, weil es von der Wasserseite aus gemacht wurde.«

»Und euer Haus hat gelbe Fensterrahmen. So wie die auf dem Foto.«

»Nein.«

»Nein?«

»Als meine Eltern das Haus dauerhaft mieteten, vor ein paar Jahren, da hat der Besitzer einige Dinge renovieren lassen. Vielleicht sind die Fenster dabei neu gestrichen worden, ich weiß es nicht. Aber es ist eindeutig unser Haus.«

George schaltete sich ein und schien Angst zu haben, Michael dabei anzusehen. »Aber keiner von uns kann sich an seine Eltern erinnern.«

»Ich erinnere mich ja auch nicht an meine Eltern, verdammte Scheiße!« Michael knallte sein Besteck auf den Tisch. Zum Glück war gerade kein Pfleger in der Nähe. »Aber ich erinnere mich an das Haus!« Er sprang auf, stieß den Stuhl von sich weg und zog damit das Interesse einiger Patienten auf sich. Ein bulliger Mann mit Glatze kroch unter den Nachbartisch und jammerte leise vor sich hin.

»Was hast du vor?«, fragte Annabel.

»Was ich schon viel früher hätte tun sollen. Ich werde den Doktor fragen, was dieser ganze Scheiß soll. Und wieso er ein Foto von unserem Haus an seiner Wand hängen hat.«

Bevor Annabel etwas erwidern konnte, stand Eric auf und stellte sich Michael in den Weg. »Bitte nicht, Michael. Tu das nicht«, sagte er. Annabel konnte deutlich die Angst in seinem Gesicht erkennen. Er fürchtete sich vor Michael.

Und als sie sah, wie Michael seine Fäuste ballte, war er nicht der Einzige. Trotzdem erhob auch sie sich von ihrem Platz und stellte sich neben Eric. George blieb weiter auf seinem Stuhl sitzen und beobachtete das Ganze.

Annabel sah Michael schweigend an, während seine Augen zwischen ihr und Eric hin und her wanderten. Und sie atmete erleichtert auf, als Michaels Hände sich wieder entspannten und er den Kopf hängen ließ. Für einen kurzen Moment sah sie an ihm vorbei und blickte wie schon so oft auf die schönen Buntglasfenster. Die Sonne war gerade dabei, den Aufenthaltsraum zu fluten, und sie hatte das Gefühl, dass die Farben an diesem Tag ganz besonders intensiv leuchteten.

Warum hat eine Irrenanstalt so aufwendig gestaltete Fenster? Vielleicht, weil es nicht immer eine Anstalt gewesen war, dachte sie. Doch zum ersten Mal wurde ihr klar, dass sie sich die Bilder nie richtig angeschaut hatte, diese hübsche, aber wahrscheinlich inhaltslose Dekoration, deren einziger Zweck es war, bei Sonnenschein fröhlich zu leuchten.

Annabel wurde abgelenkt, als der Mann unter dem Tisch plötzlich anfing, unglaublich schnell und unaufhörlich einen Kinderabzählreim vor sich hin zu murmeln. »Ene mene ming mang ping pang hose pose ackadeia eiadweia weg. Ene mene...« Dabei kratzte er mit den Fingernägeln über den Boden, sodass sich langsam feine Scharten bildeten. Es tat ihr schon vom Zusehen weh.

Dann erst bemerkte sie, dass Michael und Eric wieder ihre Plätze eingenommen hatten, und sie setzte sich dazu.

Michael schien ganz der Alte. Er aß sogar noch ein paar Bissen von seinem kalten Fisch. Vielleicht war dieser Wutausbruch einfach mal nötig gewesen, dachte Annabel. Und vielleicht sollten sie alle seinem Beispiel folgen, damit sie nicht irgendwann platzten.

Sie schenkte Michael ein schüchternes Lächeln und wäre vor Freude beinahe an die Decke gesprungen, als er es erwiderte. – Nein, er hasste sie nicht.

»Ich kann nicht fassen, dass sie April Fay verlegt haben«, sagte Eric und durchbrach die Stille am Tisch. »Sie hätte uns bestimmt weiterhelfen können.«

»Oder sie hängt da mit drin«, sagte George und schaute von seinem Teller auf. Seine braunen Haare sahen fettig und strähnig aus, so, als hätte er sich seit ihrem Aufenthalt in der Anstalt nicht einmal gewaschen.

»Glaub ich nicht, George. Sie sah mir eher wie ein Opfer aus. Aber wenn das, was sie gesagt hat, wirklich einen Sinn ergibt, dann müssen wir uns doch fragen, was der Rest zu bedeuten hat.«

»Meinst du das mit den acht Tagen, Michael?«

»*Sieben,* Eric.«

»Was?«

»Es sind nur noch sieben Tage.«

»Ich kann auch zählen, *George.*«

»Sicher, *Eric.*«

»Was ist in sieben Tagen?«, fragte Annabel. »Irgendein Feiertag?«

»Nein, nicht dass ich wüsste«, sagte Michael.

»Nicht auf *diesem* Planeten.«

»Mensch, nicht jetzt, Eric!«, maulte Annabel, die nicht in der Stimmung war für seine Scherze.

Eric schnappte sich blitzschnell den Pudding von Annabels Tablett. Sie schaute ihn giftig an.

»Hey, du isst ihn doch sowieso nicht mehr. Und ich liebe Pudding, musst du wissen.«

Michael warf Eric seinen Pudding zu. »Hier, Kumpel. Hältst du dafür mal die Klappe?«

Eric riss sofort beide Becher auf und mampfte mit angesäuertem Gesichtsausdruck das süße Zeug in sich hinein. »Gott, erst Michael, jetzt auch noch du, Anna. Ihr beide zickt hier rum wie 'n Rudel Klemmschwestern.«

Annabel verstand nicht genau, was er damit meinte. Aber sie konnte nicht anders, als Michael anzugrinsen. Und dem ging es offenbar genauso.

Egal wie nervig Eric auch manchmal war, er hatte ein Talent dafür, eine Situation zu entspannen, absichtlich oder nicht. Und deshalb konnte Annabel ihm auch nie lange böse sein, egal, was für einen Stuss er redete. Sie wollte ihn gerade noch ein wenig anzicken, als sie durch einen dumpfen Schlag gegen eines der Fenster aufgeschreckt wurde. Sie riss ihren Kopf herum. »Habt ihr das gehört?«, fragte sie.

»Ja. Wahrscheinlich ein Vogel, der gegen die Scheibe geflogen ist«, sagte Michael.

Die Fenster, schwirrte es durch Annabels Kopf. Ein unscharfer, konturloser Gedanke, der versuchte, Gestalt anzunehmen. *Die hübschen bunten Fenster.*

»Der hat es wenigstens hinter sich«, murmelte George.

Sie waren nicht die Einzigen im Raum, die es gehört hatten. Der Mann unter dem Tisch war auf einmal verstummt und einige der Patienten sahen für einen Moment zu den Fenstern hin, wandten sich aber gleich wieder ab. Der Junge mit dem eingefrorenen Lächeln stellte sich auf einen Stuhl, schaute hoch zur Decke und bewegte die Arme auf und ab wie ein Paar Flügel. Nachdem Annabel ihm sekundenlang zugeschaut hatte, glaubte sie, sogar den Wind und das Flügelschlagen zu hören.

»Anna? Ist irgendwas?«

Annabel hörte Michaels Frage, aber sie war nicht mehr in der Lage, ihm zu antworten.

Manchmal erzählen sie eine Geschichte. Wie in einer Kirche.

Der Aufenthaltsraum war, wie immer um die Mittagszeit, gut besucht und der Geräuschpegel entsprechend hoch. Doch plötzlich hatte Annabel das Gefühl, als würde jemand die Lautstärke im Raum nach unten drehen, wie bei einem Radio, so weit, bis alles um sie herum nur noch ein undeutliches Raunen war. Es schien, als würde ihr eigener Körper sie dazu zwingen, sich nur noch auf eine Sache zu konzentrieren: die Fenster.

Und endlich sah sie es.

Sie erzählen eine Geschichte. Und sie war schon immer da gewesen. Direkt vor meinen Augen. Ich muss blind gewesen sein.

Aber das konnte nicht sein. »Es ist unmöglich!«

Annabel war sich nicht bewusst, dass sie das Letzte laut ausgesprochen hatte. Auch nicht, dass sie aufgestanden war und steif wie ein Zinnsoldat die Fenster anstarrte. Erst als Michael ihren Arm umfasste und leicht schüttelte, war alles wieder wie vorher und die Umgebungsgeräusche kamen zurück.

»Was ist unmöglich?«, fragte Michael. »Was redest du da, Anna? Du warst eben wie weggetreten.«

»Eric, hast du das Foto dabei?«, fragte sie aufgeregt und setzte sich wieder.

Eric zog es aus seiner Tasche und überzeugte sich, dass sie niemand vom Personal beobachtete. »Hier, aber pass auf! – Was ist los mit dir, Rotlöckchen?«

George schien gerade etwas sagen zu wollen, aber Michael hielt ihn mit einer Handbewegung davon ab. Alle Augen ruhten jetzt auf Annabel.

Annabels Blick flog zwischen dem Foto und den Buntglasfenstern hin und her. Als sie damit aufhörte, klebte ihr Blick an einem der Fenster. »Das Haus«, flüsterte sie und die Härchen auf ihren Unterarmen stellten sich auf. Ohne den Blick von den Fenstern abzuwenden, schob sie Michael langsam das Foto zu. »Mein Gott!«, sagte sie. »Das Haus. Es war die ganze Zeit da. Seht doch nur! In der Mitte des linken Fensters!«

Es dauerte ein paar Sekunden, ehe die Jungs begriffen. Dafür war der Schock umso größer.

»Das... das ist unser Haus!«, sagte Michael und hatte plötzlich den gleichen ungläubigen Gesichtsausdruck wie Annabel. »Und da ist sogar der See!«

»Aber da ist noch mehr. Da ist noch viel mehr. Schaut genauer hin!«

»Das sind wir!«, sagte Eric und seine Stimme überschlug sich vor Aufregung. »Die vier da, das sind, verdammt noch mal, wir!«

15

George war der Einzige, der einfach nur dasaß und kein Wort sagte. Annabel fragte sich, ob ihn das alles nicht interessierte oder ob er die ganze Tragödie einfach nur an sich vorbeiziehen ließ. Aber obwohl ihr klar war, dass jeder von ihnen seinen eigenen Weg finden musste, um mit der Situation fertig zu werden, trieb sie seine stoische Haltung zur Weißglut.

»Verdammt, George! Lässt dich das eigentlich alles kalt, Mensch?«, brach es aus ihr heraus. Sie sah, wie Michael und Eric sie überrascht anschauten.

Eigenartigerweise schien George nicht wirklich verärgert zu sein. Vielmehr lag ein Ausdruck der Enttäuschung auf seinem Gesicht. Vielleicht, weil er am wenigsten von Annabel einen solchen Angriff erwartet hatte.

»Ach, verdammt, tut mir leid, ehrlich.« Annabel versuchte, sich zusammenzunehmen. George grundlos anzugreifen, war schließlich keine Lösung. »Ich glaube, diese Bilder... das ist einfach zu viel für mich.«

George hob ganz kurz die Augenbrauen, sagte: »Schon gut«, und sah wieder hoch zu den Bildern.

Annabel folgte seinem Blick, genau wie die anderen. Doch egal, wie lange sie das Fensterbild auch anstarrte, sie konnte einfach nicht begreifen, wie so etwas möglich sein konnte. Dass sie es bis jetzt übersehen hatten, lag wahrscheinlich daran, dass es sich unauffällig in die umgebenden Bilder einfügte. Es stach weder farblich noch stilistisch in irgendeiner Weise hervor. Die Darstellung auf einer Fläche von ungefähr einem Meter Durchmesser zeigte im Zentrum ein zweistöckiges Holzhaus mit gelben Sprossenfenstern und einer überdachten Veranda. Mit seinen Erkern, Winkeln und dem kleinen Türmchen sah es wirklich hübsch aus und genauso wie auf dem Foto. Etwas unterhalb des Hauses lag der See und sein Blau schimmerte durch das Sonnenlicht so einladend, dass Annabel den Drang verspürte, ihre Hand danach auszustrecken, um sie in das kühle Wasser zu tauchen. Umrahmt wurde die Szenerie von einem dichten Wald, der einen Übergang schaffte zu anderen Motiven, von denen ihr aber keines bekannt vorkam.

All das hätte man vielleicht noch als einen gigantischen Zufall abtun können, wären da nicht die fünf Figuren gewesen, die zwischen Haus und See standen. Obwohl sie, wie alles auf den Bildern, leicht stilisiert dargestellt waren, gab es für Annabel nicht den geringsten Zweifel daran, um wen es sich dabei handelte. Sogar die Kleider stimmten überein. Es waren die gleichen, die sie bei ihrer Einlieferung getragen hatten. Annabel trug ein grünes, ärmelloses Shirt mit Schildkrötenkragen, eine gelbe, eng sitzende Hose und ein paar rote Tennisschuhe. Michael und Eric trugen Jeans und T-Shirt und George eine braune Hose und ein kurzärmeliges Hemd.

»Kommt euch an den Fenstern nichts komisch vor?«, fragte Annabel. »Ich meine, abgesehen von den Bildern. Das Glas sieht nicht so aus, als wäre es erst kürzlich eingesetzt worden, oder? Die Fenster sehen tatsächlich alt aus – die sehen echt aus! Wie soll so was gehen?« Sie lehnte sich kopfschüttelnd in ihrem Stuhl zurück.

»Der bärtige Typ da, der mit dem großen Schlüssel in der Hand, direkt neben Michael, wer ist das?«, fragte Eric.

»Der Hausmeister«, sagte Annabel. »Ich bin ihm am ersten Tag begegnet. Zweimal.«

Michael nickte. »Und ich hätte ihn gestern fast umgerannt. Die Frage ist nur, was macht er mit uns auf dem...« Michael stockte und sah aus, als würde er gerade mit einem völlig absurden Gedanken ringen. »...Bild?«, endete er zögerlich.

»Keine Ahnung«, sagte Annabel. »Aber ich finde...«

Weiter kam sie nicht. Sie wurde von Georges ruhiger und monotoner Stimme unterbrochen, der sie dabei nicht einmal ansah.

Okay, wahrscheinlich hab ich das verdient, dachte sie.

»Es gibt so was wie einen Beweis, dass es nicht an uns liegt. Etwas, das mir sagt, dass wir nicht verrückt sind.«

»Und?«, schoss es aus Eric heraus. »Nun sag schon!«

»Es ist unwahrscheinlich, dass vier Menschen, die nichts miteinander zu tun haben, sich genau das Gleiche einbilden.«

Annabel nickte ihm zu, obwohl er ihrem Blick immer noch auswich. Gleichzeitig dachte sie an ihr erstes Gespräch mit Dr. Parker. Hatte sie ihm nicht ein ähnliches Argument geliefert? Doch im Gegensatz zu George war Parker leider mehr daran interessiert gewesen, die verrückte Variante in Betracht zu ziehen. So gesehen zeigte George ihnen genau den richtigen Weg. Sie durften nicht einmal für eine Sekunde daran denken, verrückt zu sein. Dass sie es dennoch tat und insgeheim sogar für möglich hielt, machte ihr große Angst.

Eric hingegen strahlte. »Mensch, Georgie! Du sagst ja nicht viel, aber wenn, sollte man besser zuhören, was?«

»Nenn mich nicht Georgie«, sagte George ungewohnt scharf.

Michael legte beschwichtigend die Hände auf den Tisch. »Leute, keinen Streit. – Hey George, das ist wirklich ein gutes Argument und ich hoffe, dass du recht hast. Leider erklärt es immer noch nicht, was mit uns passiert. – Wenn wir also davon ausgehen, dass wir nicht verrückt sind, worin besteht dann der Zusammenhang zwischen April Fay, dem Ultimatum, dem Foto, den Abbildungen auf den Fenstern, unserem Wochenendhaus und der Tatsache, dass wir uns nicht an unsere Eltern erinnern können?«

Annabel nickte. »All das nur, um uns weismachen zu wollen, wir seien verrückt? Das macht doch keinen Sinn.«

»Und wenn wir es doch sind, Anna?«, fragte Eric. Das

Strahlen war schon längst wieder aus seinem Gesicht gewichen.

Annabel fühlte auf einmal Mitleid mit ihm. Noch mehr als sie schien er hin- und hergerissen zwischen der Hoffnung auf eine rationale Erklärung und dem schrecklichen Gedanken, geisteskrank zu sein. Und er schien sein Seelenheil vollständig vom Glauben und der Hoffnung der anderen abhängig zu machen, so als hätte er Angst davor, selbst tiefer in sich hineinzuhorchen – vielleicht weil er sich instinktiv vor dem fürchtete, was dort auf ihn lauerte. George war da ganz anders. Er saß da, hörte sich alles an und bildete sich im Stillen seine Meinung. Annabel wurde das Gefühl nicht los, dass er bereits jetzt mehr ahnte oder wusste, als er preisgab.

»Zu viel Aufwand«, sagte George und dachte wahrscheinlich, es würde reichen.

»Wie? Was?«, fragte Eric. »Mehr Worte, Georgi... George. Bitte.«

George holte tief Luft. »Wenn man uns für verrückt erklären wollte, ginge das einfacher. Und wenn man uns wirklich loswerden wollte, auch. – Zu viel Aufwand.«

»Du hast recht«, sagte Annabel. »So oder so, es ergibt keinen Sinn.« Sie beugte sich vor und vermied es bewusst, Michael anzusehen. »Allerdings gäbe es eine Möglichkeit, Licht in diese Sache zu bringen«, sagte sie. »Erinnert ihr euch noch an April Fays Worte? Wir sollten nicht das Foto finden! Wir sollen das Haus finden! *Das Haus weiß die Fragen, kennt die Antworten.*«

»Anna hat leider recht«, sagte Michael. »Ich wünschte zwar, es gäbe eine andere Lösung, aber... wir müssen zu unserem Haus am See fahren.«

Annabel sah ihn erleichtert an. Eigentlich hatte sie mit

mehr Widerstand gerechnet. Sie konnte sich vorstellen, dass ihm das nicht gerade leichtfiel. Aber vielleicht war sein Wunsch, hier rauszukommen, stärker als seine Angst vor den Dingen, über die er nicht sprechen wollte.

»Na, super!«, sagte Eric. »Ich geh dann gleich mal zum Wachmann und bestell uns ein Taxi...« Er rollte sichtbar mit den Augen. »Leute, es ist ja nicht gerade so, als würde man uns den Schlüssel in die Hand drücken.«

Michael sah Eric an und zum ersten Mal seit Langem lächelte er wieder. »Hey! Schneewittchen hat gestern nicht umsonst in den vergifteten Apfel gebissen.«

»Schneewittchen?«, fragte Annabel, erhielt von Michael aber keine Antwort. Und Eric grinste nur.

»Als ich mich gestern in der Klinik umgesehen habe, da bin ich über eine Art Geheimtreppe in den Keller gelangt. Das konnte ich aber nur, weil in der Zugangstür ein Schlüsselbund steckte. Inzwischen bin ich sicher, dass er dem Hausmeister gehörte.«

»Der Schlüssel auf dem Bild!«

»Genau, Anna. Aber das ist noch nicht alles. Die Treppe verbindet alle Stockwerke und auf jeder Etage gibt es einen Zugang. Hier bei uns befindet er sich zwischen der Sicherheitstür und dem Kabuff des Wachmannes. Sie ist nur noch niemandem von uns aufgefallen, weil sie so klein und schmal ist und man nur ein paar dünne Fugen in der Wand und das Schlüsselloch sieht. Ich bin sicher, dass der Schlüssel, der im Erdgeschoss steckte, auch alle anderen Zugangstüren öffnet. Und ich weiß auch noch, wie er ausgesehen hat.«

»Soll das heißen, wer immer hinter der Sache mit den Fenstern steckt, will, dass wir von hier verschwinden? Und der Hausmeister soll uns dabei helfen?« Annabel dachte daran, wie Mr Shade sie am ersten Tag vor dem zudringlichen Pfleger beschützt hatte. Aber reichte das schon aus, um ihm zu vertrauen?

George schüttelte den Kopf. »Warum sperrt man uns hier erst ein, wenn man uns eigentlich ganz woanders haben will?«

Annabel überlegte. Und wie aus heiterem Himmel nistete sich ein Gedanke in ihrem Kopf ein, der so unglaublich war wie die Existenz dieses Buntglasfensters selbst. »Ich weiß, das hört sich jetzt total verrückt an, aber... was wäre, wenn die, die uns hier eingesperrt haben, und die, die uns hier raushaben wollen, nicht dieselben wären?«

Eric stöhnte, schloss die Augen und legte für ein paar Sekunden den Kopf auf den Tisch.

»Mir hat schon das eine *die* gereicht«, murmelte George.

»Wenn da was dran ist«, sagte Michael, »haben wir trotzdem ein Problem. Ich meine, wenn jemand will, dass wir von hier fliehen, und uns gleichzeitig ein Ziel nennt, dann weiß derjenige doch, wo man uns später finden kann.«

»Klar. Aber das gleiche Problem hätten wir auch, wenn es nur eine Partei gäbe und April Fay da mit drinsteckt.« Annabel schaute in die Runde. Eric und George wirkten immer noch sehr skeptisch. Doch zum Glück hatte sie Michael bereits auf ihrer Seite. »Okay, Leute. Ich finde, wir sollten so schnell wie möglich von hier verschwinden. Am besten noch heute Nacht.«

Michael nickte. »Ich bin dabei. Aber wir sollten uns die Sache gut überlegen. Ich will nicht wissen, was passiert, wenn etwas schiefläuft. Wir brauchen einen Plan.«

»Ja«, sagte Annabel. »Und wie es aussieht, bist du der Schlüssel dazu.«

16

Annabel saß auf ihrem Bett und starrte an die Decke. Sie hatte die Neonbeleuchtung eingeschaltet und die Lampe tat das, was sie von ihr erwartete, sie flackerte. Als sie ein metallisches Klappern vom Flur hörte, sprang sie mit klopfendem Herzen auf und lief zur Tür. Jetzt konnte sie nur hoffen, dass ihr schauspielerisches Talent ausreichen würde, um die Sache durchzuziehen. Showtime.

»Hallo, Mr Shade! Danke, dass Sie so schnell gekommen sind.«

Mr Shade lächelte. »Hallo, Annabel! Mach ich doch gern. Ich denke mal, dass wir dein Lampenproblem im Handumdrehen gelöst haben.«

Annabel hielt ihm die Tür auf, damit er mit der langen Leiter und dem Werkzeugkasten nirgendwo anstieß. Eine neue Lampe steckte bereits unter seinem Gürtel. Sie ließ die Tür weit offen und warf einen unauffälligen Blick auf den Flur.

»Ich wette, da hat Schwester Frankenstein nicht schlecht gestaunt, was?«, fragte der Hausmeister fröhlich, während er die Leiter aufstellte. »Ach, schalt doch bitte die Lampe aus, ja? Will da oben ja kein' gewischt kriegen.«

»Das ist noch untertrieben«, sagte Annabel ehrlich amüsiert und betätigte den Lichtschalter. Das Flackern hörte endlich auf. »Ich glaube fast, sie wittert eine Verschwörung.« Dann stellte sie sich neben die Leiter und bot mit einer Geste an, Mr Shade die neue Lampe abzunehmen. Er bedankte sich für ihre Hilfe und zwinkerte ihr zu.

Sie dachte daran, wie schwierig es gewesen war, Schwester Shelley zu überreden, den Hausmeister wegen der Lampe anzurufen. Ihrer Meinung nach war er ein arbeitsscheuer Widerling. Doch als Mr Shade sofort seine Hilfe anbot, nachdem Shelley Annabels Namen erwähnt hatte, war die Schwester fast ein wenig paranoid geworden. Es hatte Annabel richtig gutgetan, zur Abwechslung mal jemanden vom Personal verunsichert zu sehen.

»Und? Behandelt man dich hier auch gut?« Der Hausmeister legte seinen Schlüsselbund in den Werkzeugkasten und bestieg die wacklige Leiter.

Annabel umklammerte die Neonröhre und starrte auf den grau glänzenden Metallkasten, der neben ihr auf dem Tisch stand. »Was? Ja, doch, die meisten hier sind wirklich anständig. Auch Dr. Parker war... sehr nett zu uns.«

»Das ist gut. Kann mir aber vorstellen, dass du trotzdem lieber woanders wärst, was?« Mr Shade war jetzt oben auf der Leiter und drehte mit geschickten Handgriffen die defekte Lampe aus der Fassung. Der Blick, den er ihr in diesem Moment zuwarf, verwirrte Annabel. *Sei nicht paranoid! Er kann unmöglich wissen, was wir vorhaben.*

»Ja, natürlich«, sagte sie.

Ihr fiel auf, dass der Mann sich die Haare gekämmt und dass sich zwischen die Ausdünstungen von Putzmitteln und Waschbenzin eindeutig der markante Duft eines Rasierwassers geschlichen hatte; und das, obwohl sein ungepflegter Bart immer buschiger wurde. Außerdem trug er einen sauberen Kittel. Wollte er bei ihr einen guten Eindruck machen oder bereitete er sich nur aufs Wochenende vor? Ein komischer Kauz.

Obwohl der Hausmeister mit ihnen auf dem Buntglasfenster abgebildet war und somit eine wichtige Rolle zu spielen schien, konnte sie nicht mit Bestimmtheit sagen, welche. Ihn in ihre Pläne einzuweihen, kam daher nicht infrage.

Annabel stieg ein paar Stufen die Leiter hoch, in der einen Hand immer noch die neue Röhre. Jetzt oder nie, dachte sie. Da hörte sie jemand auf dem Flur schreien.

»Haltet sie! Haltet sie endlich auf, ihr unfähigen Tölpel!«

Es war unverkennbar Schwester Shelleys Stimme. Aber sie schien nicht nur stinksauer zu sein, sie klang auch beunruhigt, fast sogar ängstlich. Annabel warf dem Hausmeister einen besorgten Blick zu. Er zuckte mit den Schultern.

Vor Aufregung vergaß Annabel völlig, was sie eigentlich vorhatte. Nämlich in einer spektakulär ungeschickten Aktion die neue Lampe zu schrotten, damit der Hausmeister sie mit dem Werkzeugkasten und dem Schlüsselbund alleine lassen würde, um eine neue zu holen. Aber dazu kam sie nicht mehr.

Weitere Schreie folgten, näherten sich schnell, wurden lauter und Annabel bekam es nun wirklich mit der Angst zu tun. Sie sah sich hektisch um und der kleine Raum kam ihr auf einmal wie eine tödliche Falle vor. Nun ließ sie die Tür nicht mehr aus den Augen.

Was dann geschah, dauerte nur wenige Sekunden. Doch Annabel erschien es wie eine Ewigkeit.

Als Erstes sah sie, wie ein Pfleger rückwärts und mit den Füßen in der Luft an der Tür vorbeiflog und hart auf den Boden prallte, fast, als hätte ihn ein Bus erwischt. Dann stand plötzlich eine Frau in der Tür.

April Fay.

Genau die April Fay, die angeblich heute Morgen in eine andere Klinik verlegt worden war. Annabel erstarrte bei ihrem Anblick und der war noch unheimlicher als beim ersten Mal. April Fay stand breitbeinig da, leicht nach vorn gebeugt und wie zuvor verdeckten die langen Haare einen

Teil ihres Gesichts – ein beängstigender Ausdruck des Hasses lag darin. Die Arme hingen seitlich an ihrem Körper herunter und die Hände waren zu Klauen gekrümmt. Sie sah aus wie ein Raubtier kurz vor dem Sprung. Und auf einmal stürmte sie los.

Annabel schaffte es gerade noch, sich aus ihrer Erstarrung zu lösen und von der Leiter zu springen. Sie hielt die Neonlampe wie ein Schwert schützend vor sich. Doch es nützte nichts. April schlug sie ihr mit einer unglaublich schnellen Bewegung aus der Hand. Sie krachte gegen die Wand und zerbarst in kleine Stücke. Dann wurde sie von der Frau bei den Schultern gepackt und hart gegen die Stufen der Leiter gedrückt. Keine Chance mehr für den Hausmeister abzusteigen, um Annabel zu helfen. Sie hörte ihn leise fluchen.

Trotz ihrer Panik bemerkte Annabel, dass Aprils Handgelenke vollkommen wund gescheuert waren. Getrocknetes Blut klebte an ihrer Haut und an ihren grauen Ärmeln und zwei Fingernägel der rechten Hand waren abgebrochen. – *Es war also alles eine Lüge,* hämmerte es durch Annabels Kopf. *Sie haben sie nicht verlegt. Sie haben sie irgendwo in diesem verdammten Haus eingesperrt. Aber warum? Weil sie etwas wusste? Weil sie ihnen helfen wollte? Oh, mein Gott!*

»April«, flüsterte Annabel und wurde Zeuge einer Verwandlung.

Die Frau, die sich eben noch wie eine Furie verhalten hatte, legte den Kopf zur Seite und schloss die Augen. Als sie sie wieder öffnete, hatten sich ihre Gesichtszüge entspannt und sie blickte sanft, so, als hätte der Klang ihres eigenen Namens etwas in ihr ausgelöst. Annabel konnte regelrecht sehen, wie etwas hinter ihren Augen aufleuchtete, wie et-

111

was längst verschollen Geglaubtes in ihr Bewusstsein zurückkehrte. Der Griff um ihre Schultern lockerte sich.

»Nehmt mich bitte mit!«, sagte April Fay leise. »Bitte!«

Annabel war kurz davor, den Boden unter den Füßen zu verlieren. Sie hatte plötzlich so sehr das Gefühl, in einen Spiegel zu schauen, in ihre eigene schreckliche Zukunft, dass sie anfing zu weinen. »Ich... wie soll ich...«, stammelte sie. Dann entfuhr ihr ein spitzer Schrei, als April mit einem kräftigen Ruck von ihr weggezogen wurde. Sie sah Michaels Gesicht über Aprils Schulter. Er hatte von hinten die Arme um sie geschlungen und hielt sie fest. Die Frau wehrte sich nicht.

»Tu ihr nicht weh, Michael!«, rief Annabel. »Tu ihr bitte nicht weh!« Sie sah die Verwirrung auf seinem Gesicht.

Im nächsten Moment kamen zwei Pfleger und Schwester Shelley ins Zimmer gerannt.

»Kannst sie loslassen, Junge«, sagte einer der Männer. »Wir übernehmen das.«

Sie hielten April Fay fest und gaben ihr eine Spritze in den Oberarm. Und die ganze Zeit über sah Annabel sie an, mit diesem herzzerreißenden, flehenden Blick. Annabel hielt sich die Hände vor den Mund, um nicht laut aufzuschluchzen.

»Bringt sie zurück!«, herrschte Schwester Shelley die Pfleger an. »Und achtet darauf, dass so was nicht noch einmal passiert!«

Die Pfleger führten April Fay aus dem Zimmer.

Schwester Shelley war schon an der Tür, da kehrte sie noch einmal um. Annabel versuchte, ihren Gesichtsausdruck zu deuten, aber es gelang ihr nicht. Sie wusste nur, dass er nichts Gutes verhieß.

»Hör zu, Annabel«, sagte die Schwester und schien dabei

die Anwesenheit von Michael und dem Hausmeister gar nicht wahrzunehmen. »Mir ist bewusst, dass ich dir vorhin nicht die Wahrheit gesagt habe. Aber ich hatte meine Gründe. Ich weiß genau, warum du heute nach Miss Fay gefragt hast.«

Annabel stockte der Atem und sie ließ die Arme fallen. Sie wusste es. Jetzt war alles aus.

Doch Shelleys unergründlicher Blick wurde mit einem Mal von einem zarten Lächeln abgelöst und ein paar hübsche Grübchen zierten ihre Wangen. »Ich weiß, dass du anfängst, dich selbst in den anderen Patienten zu sehen«, sagte sie mit einfühlsamer Stimme. »Du denkst, dass dir das Gleiche passieren könnte, hab ich recht?«

Annabel deutete ein Nicken an. Es war gespenstisch, aber sie war auch erleichtert. Shelley kannte tatsächlich ihre Gedanken, doch zum Glück kannte sie nicht alle, nicht die, auf die es jetzt wirklich ankam.

»Schätzchen, das geht allen so. Und es tut mir leid, weil ich lange genug dabei bin, um zu wissen, was du durchmachst. Was ihr alle durchmacht.« Nun sah sie zum ersten Mal auch Michael an. »Bis nicht geklärt ist, was mit dir und deinen Freunden ist, malt ihr euch die schlimmsten Sachen aus. Und wenn ihr dann jemanden wie die arme Miss Fay seht, dann... Ich hab es dir nicht erzählt, weil sich ihr Zustand so sehr verschlechtert hat und ich dich nicht beunruhigen wollte. Du hast es ja eben selbst erlebt. – Verstehst du das?«

»Ja«, sagte Annabel, ohne zu zögern, und fragte sich gleichzeitig, was an Shelleys Beichte Lüge war und was Wahrheit. Wie sollte sie es erkennen? Ihre Worte klangen so logisch, so richtig, so wahr. Aber vielleicht war genau das ihr Trick. Vielleicht trieb man einen Menschen am schnellsten in den Wahnsinn, indem man Lüge und Wahrheit geschickt und bis zur Unkenntlichkeit miteinander verwob.

Es ist unwahrscheinlich, dass vier Menschen, die nichts miteinander zu tun haben, sich genau das Gleiche einbilden. Ja, das war es, woran sie sich halten sollte. Shelley log. Es musste so sein. Danke, George.

»Habt einfach Geduld. Manchmal ist ein wenig Zeit das Einzige, was man braucht, um wieder gesund zu werden. Ihr werdet sehen.«

Manchmal ist Zeit das Einzige, was man nicht hat, du falsche Hexe.

Annabel und Michael nickten stumm. Und Shelley verschwand.

»Mensch, das war wirklich mehr Aufregung, als für einen Mann in meinem Alter gut ist, was Leute? – Seid ihr in Ordnung?«

Der Hausmeister! Annabel hätte beinahe vergessen, wie das alles angefangen hatte, weshalb er hier war. Sie sah Michael an und zwang sich zu einem Lächeln. »Ja, ich glaube, uns geht's gut.«

Der Hausmeister reichte Michael die Hand. »Du bist also Michael. Freut mich, dich kennenzulernen!«

»Ja, ich ... freut mich auch!«

»Du hast schnell reagiert. Schneller als die Pfleger.«

Michael nickte nur.

»Ausgezeichnet, ausgezeichnet. – Tja, sieht aus, als würden wir eine neue Lampe brauchen, was Annabel?« Mr Shade betrachtete die Scherben. »Na, kein Problem«, sagte er schließlich. »Mein Freund Roseberk, der Türwächter, müsste in seinem Kämmerchen noch eine haben. – Hey, Michael, bleib doch noch einen Moment hier und pass auf Annabel auf, ja? Scheint 'n verrückter Tag zu sein, heute.«

»Ja«, sagte Michael und sah Annabel lange an. »Ich pass auf sie auf.«

In der Sekunde, in der Mr Shade das Zimmer verließ, schnappte sich Annabel den Schlüsselbund und warf ihn Michael zu. »Beeil dich!«, zischte sie.

Es dauerte nur ein paar Sekunden, bis Michael den richtigen Schlüssel gefunden hatte. Leider bekam er ihn nicht über den Ring.

»Gib her!« Annabel nahm ihm den Bund ab und versuchte ihr Glück. Der Schlüssel war schon leicht angerostet und dicker als die anderen. »Scheiße! Scheiße! Scheiße!«

Plötzlich ein leises Pfeifen auf dem Flur.

»Ich hab's.« In letzter Sekunde steckte Annabel den Schlüssel ein und legte den Bund behutsam zurück in den Werkzeugkasten.

»Tja, wie ich sagte. Roseberk, der alte Wachhund, hatte noch ein Lämpchen bei sich rumliegen.« Mr Shade stapfte ins Zimmer, in der einen Hand die neue Lampe, in der anderen ein kleines Kehrblech und eine Plastiktüte.

Während Michael ihm mit der Lampe half, kehrte Annabel die Scherben mit dem Kehrblech auf und schüttete sie in den Plastikbeutel. Sie legte beides auf den Werkzeugkasten. In nur zwei Minuten war alles erledigt und Mr Shade wieder runter von der Leiter. Er wirkte irgendwie fröhlich, als er zusammenpackte und zur Tür ging.

»Mr Shade?« Annabel eilte ihm hinterher.

Der Hausmeister drehte sich um und stellte die Leiter ab. Annabel hielt ihm ihre Hand entgegen.

»Danke. Für... für alles.«

Annabels zarte, schmale Hand verschwand in der großen, schwieligen Pranke des Hausmeisters. Er drückte sie sanft, dann winkte er Michael zu.

»War mir ein Vergnügen. Niemand mag flackerndes Licht, oder? – Jetzt muss ich aber los. Vielleicht ärgere ich auf dem Rückweg ja noch ein bisschen Schwester Shelley.«

Annabel sah ihm hinterher, dann drehte sie sich um und Michael stand plötzlich dicht vor ihr. Sie schaute mit traurigen Augen zu ihm auf.

»Hey, Anna«, sagte Michael leise. »Ich glaube, du hast da was im Gesicht. Warte, ich mach es weg.« Bevor sie etwas erwidern konnte, wischte Michael ihr sanft über die Wangen unterhalb ihrer Augen. Hatte sie wirklich etwas im Gesicht, einen Splitter von der Lampe vielleicht? Oder wischte er ihr die Tränen weg? Egal, sie fand diese Geste furchtbar lieb. Und sie spürte, dass die Nähe eines Menschen, dem sie vertraute, jetzt das Einzige war, das ihr wirklich helfen konnte.

»Danke«, flüsterte sie.

»Schon gut.«

Zweiter Teil des Interviews

FINNAGAN: »Nicholas, Sie erwähnten den Tod Ihres Vaters. Wir möchten an dieser Stelle unseren Zuschauern mit einer Reihe von Einspielungen noch einmal in Erinnerung rufen, in welcher Weise das tragische Schicksal Ihres Vaters mit den Ereignissen der letzten Tage verbunden ist.«

DOKTOR MIT SECHZEHN
LONDON, 23. MÄRZ 2008 – Mit gerade mal 16 Jahren besitzt Nathan Hill bereits zwei Doktortitel. Das sympathische, aber nicht ganz unbescheidene Wunderkind aus London, das gleichzeitig in Medizin und Informatik promovierte, sagte in einem Interview: »Ich hätte das schon vor ein paar Jahren machen können. Aber ich wollte meine Kindheit genießen.«

DR. NATHAN HILL LEHNT PROFESSUR AB
LONDON, 4. AUGUST 2010 – Dr. Nathan Hill setzt seine mehrjährige ›Welt-Tournee‹ mit Forschungsaufenthalten an den renommiertesten Universitäten der Welt fort. Noch keiner ist es bis jetzt gelungen, ihn mit einer Professur langfristig zu binden. Selbst ein Angebot aus Oxford lehnte er ab. Zitat: »Wenn Gott gewollt hätte, dass ich unterrichte, hätte er mich weniger schlau und die Studenten weniger dumm gemacht.«

SENSATION IN DER WELT DER SUPERCOMPUTER
CAMBRIDGE, 15. SEPTEMBER 2012 – Für weltweites Aufsehen sorgte am vergangenen Wochenende die Rede von

Dr. Nathan Hill. Auf einem Symposium am berühmten MIT kündigte der englische Wissenschaftler mit dem Rockstar-Image eine Revolutionierung der sogenannten Supercomputer an. Und zwar innerhalb der nächsten zwei Jahre. Seine Visionen einer spektakulär einfachen Rechnerarchitektur und einer völlig neuartigen Software wurden von der Fachwelt begeistert diskutiert.

VATER VON DR. NATHAN HILL AN ALZHEIMER ERKRANKT
LONDON, 17. JANUAR 2013 – Dr. Nathan Hill bricht seinen Forschungsaufenthalt in den USA ab und kehrt nach London zurück. Nachdem ihn die Nachricht von der Erkrankung seines Vaters erreicht hatte, sagte er alle weiteren Termine ab.

FORSCHUNGSZENTRUM HILLHOUSE GESCHLOSSEN
LONDON, 8. JUNI 2015 – Nach dem Tod des Vaters zieht sich Dr. Nathan Hill aus der Forschung zurück. Das von ihm gegründete Institut wird bis auf Weiteres geschlossen.

DR. NATHAN HILL VERSCHWUNDEN
LONDON, 6. JUNI 2016 – Ein Jahr ist es her, seit sich die Türen von HILLHOUSE geschlossen haben. Und noch immer gibt das plötzliche Verschwinden von Dr. Nathan Hill Rätsel auf.

FINNAGAN: »Nicholas, kannten Sie den Aufenthaltsort Ihres Bruders?«
HILL: »Anfangs nicht. Sich aus der Forschung zurückzuziehen, war eine Sache, aber dass er so weit gehen würde, sich auch vor mir zu verstecken, hatte mir damals große Sorgen gemacht.«

FINNAGAN: »Das muss eine schwere Zeit für Sie alle gewesen sein. – Wo Ihr Bruder war und was er dort gemacht hat, darauf werden wir später noch zu sprechen kommen. Jetzt wollen wir uns aber zunächst einer Frage widmen, die nicht weniger spannend ist und die ein Thema berührt, das allein schon eine ganze Sendung füllen könnte. – Nicholas, wenn Sie erlauben, möchte ich unseren Zuschauern kurz erläutern, worum es bei dieser Frage geht.«
HILL: »Natürlich.«
FINNAGAN: »Schon immer hat es Menschen mit außergewöhnlichen geistigen Fähigkeiten gegeben. Fähigkeiten, die so erstaunlich sind, dass sie längst zum Objekt weltweiter Forschungen geworden sind. Viele von ihnen kennen sicher noch den Film *Rain Man*. Was aber die wenigsten wissen, die Figur des von Dustin Hoffman gespielten Autisten, Raymond Babbit, hat ein reales Vorbild. Es war der Amerikaner Kim Peeks, der mit seiner faszinierenden Fähigkeit, zwei Buchseiten gleichzeitig zu lesen und den Inhalt Tausender Bücher auswendig zu können, sogar Hollywood inspiriert hatte. Man kennt weltweit zurzeit etwa einhundert Menschen wie ihn, die mit ähnlichen Fähigkeiten aufwarten können. Menschen, die sich quasi über Nacht das Klavierspielen beibringen, die innerhalb einer Woche jede beliebige Fremdsprache lernen oder dank ihres fotografischen Gedächtnisses die atemberaubendsten Zeichnungen zu Papier bringen können. Nahezu allen gemeinsam ist jedoch, dass ihre spektakulären Leistungen einhergehen mit einer mehr oder minder schweren geistigen Behinderung, weshalb man auch gerne von einer sogenannten Inselbegabung spricht. Über die Ursachen dieses Phänomens, das man auch als Savant-Syndrom bezeichnet, rätselt man noch. – Nicholas. Ist Ihr Bruder, Dr. Nathan Hill, ein Savant?«

Flucht

17

Es war fast Mitternacht und nur das laute Radio des Wachmannes war zu hören, so wie in den Nächten zuvor. Michael sah zum wiederholten Mal auf die Uhr und hoffte geradezu, dass Eric einen seiner Sprüche vom Stapel ließ. Er konnte ein wenig Aufmunterung gebrauchen. Außerdem würde es ihm zeigen, dass die Situation doch nicht so ernst war, wie er glaubte. Aber Eric war schon den ganzen Abend sehr still gewesen. Nachdem er und George ein paarmal wegen harmloser Kleinigkeiten aneinandergeraten waren, hatte er sich in sich zurückgezogen. Es gab für Michael kein deutlicheres Zeichen dafür, wie angespannt die Lage wirklich war. Und weil das anscheinend noch nicht ausreichte, um ihn runterzuziehen, musste er immer wieder an das denken, was Annabel ihnen beim Abendessen von April Fay erzählt hatte, wie sie auf sie zugestürmt war und Annabel angefleht hatte, sie mitzunehmen. Aber das war unmöglich. Sie wussten ja noch nicht einmal, wo man sie versteckt hielt. Annabel war danach weinend aus dem Aufenthaltsraum gelaufen. Und jetzt quälte auch ihn die Vorstellung, die Frau hier zurücklassen zu müssen.

Michael versuchte, diese Gedanken abzuschütteln. Er musste sich auf das konzentrieren, was vor ihnen lag.

»Habt ihr die Bettlaken?«, fragte er.

Eric und George nickten.

Alles, was sie mitnahmen, waren die Laken und die Kleidung, mit der sie eingeliefert worden waren. Sie hatten sie bereits unter die grauen Anstaltsklamotten gezogen. Michael hätte gerne noch Proviant mitgenommen, aber den hätten sie aus den Resten des Abendessens zusammenklauben müssen und das wäre vielleicht jemandem aufgefallen.

Ein letzter Blick auf die Uhr. Es war so weit. Michael lauschte ein paar Sekunden, dann öffnete er leise die Tür und schaute rechts und links auf den hell erleuchteten Gang. Niemand war zu sehen. Er trat auf den Flur und drückte den Rücken sofort gegen die Wand. Das machte ihn zwar nicht unsichtbar, aber es gab ihm Halt, und den brauchte er im Moment. Dann gab er den Jungs ein Zeichen.

Als sie an Annabels Tür vorbeikamen, schlüpfte sie lautlos hinaus. Auch sie trug noch die graue Anstaltskleidung, ihr Gesicht sah angespannt aus und Michael erkannte an ihren Augen, dass sie wieder geweint hatte.

Sie schlichen weiter vorwärts, bis sich auf halbem Wege genau hinter ihnen eine Tür öffnete. Sie verfehlte Erics Schulter nur um Haaresbreite.

Michael blieb abrupt stehen, genau wie die anderen, und hielt die Luft an.

Ein dünner Mann im Schlafanzug und barfuß wankte schlaftrunken in die andere Richtung auf die Toiletten zu. Er schien keinerlei Notiz von ihnen zu nehmen. Als die Toilettentür sich hinter ihm schloss, atmete Michael erleichtert auf. Weiter jetzt!

Die Tür zum Schwesternzimmer war nur angelehnt. Leise klassische Musik wehte aus dem schmalen Spalt und mischte sich mit dem Geplärre aus dem Radio des Wachmannes. Ansonsten rührte sich nichts.

Einer nach dem anderen huschten sie an der Tür vorbei, während drinnen alles still blieb.

So weit, so gut, dachte Michael und war sich bewusst, dass der schwierigste Teil noch vor ihnen lag.

Sie mussten unter der Fensterscheibe des Kabuffs entlangkriechen und die dahinterliegende Tür öffnen, ohne dass der Wachmann das mitbekam. Und der wurde schließlich dafür bezahlt, dass er nicht schlief. Ob das laute Radio ausreichen würde, um ihn abzulenken, würde sich bald zeigen.

Es waren vielleicht noch fünf Meter. Wie abgesprochen ließen sie sich auf Hände und Knie nieder und krochen vorwärts. Michael vorneweg. Das Radio wurde immer lauter, während er sich langsam Meter für Meter seinem Ziel näherte. Noch zwei Meter. Noch einer. Er befand sich nun direkt unter dem Fenster.

»Hallo?«, dröhnte plötzlich eine laute Stimme über ihm, während gleichzeitig das Radio verstummte.

Wie vom Donner gerührt, erstarrte Michael in seiner Bewegung.

»Hey, Roseberk! Ja, ich bin's... Das kannst du laut sagen. Ich bin echt froh, dass das heute meine letzte Nachtschicht ist. Scheiße, diese Bude ist mir schon tagsüber nicht ganz geheuer... Ja, genau, du weißt, was ich meine...«

Es dauerte ein paar Sekunden, ehe Michael begriff, dass der Wachmann nur mit einem Kollegen telefonierte. Er wandte kurz seinen Kopf und konnte sehen, dass Eric, Annabel und George auch gerade das Herz in die Hose gerutscht war. Zum Glück verhielten sie sich ruhig.

Hastig setzte er sich wieder in Bewegung und erreichte endlich die Tür. Annabel hatte bereits aufgeholt und kroch dicht an ihm vorbei. Sie hatte den Schlüssel und darauf bestanden, die Tür zu übernehmen. Vorsichtig, wie in Zeitlupe richtete sie sich halb auf und presste ihren Körper gegen die Wand.

»Die Hunde?... Klar habe ich die gefüttert.... Würden ihren Job aber sicher noch besser machen, wenn wir sie auf Diät setzen würden, was?... Jahaha, genau... Würden nicht viel übrig bleiben, schätz ich. Aber wer würde die schon vermissen? Verdammte Freaks...«

Bei dem Wort »Hunde« starrte Michael Annabel mit großen Augen an. Sollte das etwa heißen, dass die hier Wachhunde versteckt hielten? Vielleicht sogar im Keller? Er sah an ihrem Blick, dass sie sich gerade das Gleiche fragte. Trotzdem zögerte sie nicht, holte den Schlüssel aus ihrer Tasche und führte ihn zum Schloss. Im gleichen Moment fiel am anderen Ende des Ganges krachend eine Tür zu. Annabel verharrte mit dem Schlüssel in der Luft.

»Hey, wart mal 'n Moment! Ich glaub, ich hab da was gehört.«

Scheiße! Scheiße! Scheiße!

Michael kam sich plötzlich so lächerlich vor, hier auf allen vieren, bei taghellem Licht. Was hatten sie sich nur dabei gedacht? Das sollte ein Plan sein? Wenn man fünf Jahre alt ist, vielleicht. Und was für eine Flucht sollte das überhaupt sein? Er tauschte doch nur eine Hölle mit der nächsten. *Scheiße!*

Er hörte, wie das kleine Schiebefenster des Kabuffs geöffnet wurde, und fasste den Entschluss, den Wachmann zu überwältigen, bevor er Alarm schlagen konnte. Das war ihre einzige Chance. Er war schon im Begriff, sich aufzurichten, als er im letzten Moment Annabels weit aufgerissene Augen und ihr Kopfschütteln sah. Er erstarrte wieder. Gleich darauf hörte er noch einmal das Schiebefenster.

»Roseberk? ... Ja, alles klar. Falscher Alarm. Nur irgend so 'ne Mumie, die pissen musste. Also, wo war ich?«

Michael hockte sich hin und sah, wie Annabels Hand zitterte. Sie hatte ihn gerade vor einer großen Dummheit bewahrt. Er sah, wie sie noch einmal tief Luft holte, dann steckte sie endlich den Schlüssel in das Schloss. Und sie machte es perfekt. Selbst er konnte kaum etwas hören, als sie den Schlüssel drehte und die Tür öffnete.

Während Annabel die Tür aufhielt, schlüpfte Michael hindurch und die anderen folgten. Anschließend verschloss sie geräuschlos die Tür von der anderen Seite und steckte den Schlüssel wieder ein.

»Ein Kinderspiel. Geht doch nichts über einen perfekten Plan«, flüsterte Eric und erntete von allen ein Pssst! – nur nicht von Michael. Denn es war genau die Art von trotziger Wir-werden-es-schon-schaffen-Bemerkung, die er jetzt brauchte. Dummerweise hatte er dies als den einfachsten Teil ihrer Flucht betrachtet. Und das erfüllte ihn nicht gerade mit Hoffnung.

Obwohl jede Faser in ihm einfach nur davonlaufen wollte, zwang er sich und die anderen, eine Weile auszuharren. Denn das spärliche Mondlicht, das durch die kleinen Fenster ins Treppenhaus sickerte, ließ die einzelnen Stufen nur erahnen. Nicht auszudenken, wenn einer von ihnen stürzte.

Als er das Gefühl hatte, dass sich seine Augen ein wenig an die Dunkelheit gewöhnt hatten, begann er mit dem Abstieg. Stufe für Stufe tastete er sich an der Wand entlang. Und mit jedem Schritt kamen die Erinnerungen zurück, an seine halsbrecherische Flucht über die Treppe, die Mumien in der Sauna und die Mundharmonika, die er sich zu hören eingebildet hatte. – *Ja, Einbildung. Was sollte es sonst gewesen sein?*

Aber was war mit den Hunden, von denen der Wächter gesprochen hatte? Die waren real, sie hatten es alle gehört. Und gab es eine bessere Methode, das Kellerlabyrinth zu sichern, als durch ein paar hungrige mordgierige Bestien? *Hör auf! Du darfst nicht daran denken!*

Michael lauschte in die Dunkelheit, aber alles, was er hörte, war das Atmen und die Schritte seiner Gefährten. *Alles gut. Es ist alles gut.*

Im Gegensatz zur Treppe lag der Teil des Kellers, in dem sie endete, in totaler Dunkelheit. Sicher gab es irgendwo einen Lichtschalter, aber das Risiko, dadurch entdeckt zu werden, war einfach zu groß. Dass hier unten kein Licht brannte, hielt Michael jedoch für ein gutes Zeichen, dass der Keller nur tagsüber genutzt wurde.

Schließlich standen sie am Fuß der Treppe, hielten sich bei den Händen, damit niemand verloren ging, und Michael versuchte, sich zu orientieren. *Links. Du musst nach links.*

Er ging ein paar Schritte und blieb dann abrupt stehen. *Verdammt, da war doch was!* Annabel und die anderen, die ihm gefolgt waren, überrannten ihn fast.

»Was ist?«, flüsterte Annabel.

»Ich dachte, ich hätte was gehört.«

»Und, hast du?«

Michael schüttelte den Kopf. Als ihm klar wurde, dass Annabel das nicht sehen konnte, sagte er leise: »Nein. – Los, weiter, wir sind gleich da.«

Er erinnerte sich, dass es auf der linken Seite zwei Gänge gab. Einer führte zum Röntgenraum, der andere zur stillgelegten Toilette. Er konnte nur hoffen, dass er gleich beim ersten Mal den richtigen erwischte.

Die zwanzig Meter, die er in Erinnerung hatte, kamen

Michael endlos vor und seine Fantasie spielte ihm so manchen Streich. Einmal glaubte er sogar, Annabel leise zählen zu hören, aber das hatte er sich wahrscheinlich nur eingebildet, wie so vieles andere auch. Als seine Hand nach den kühlen feuchten Steinen endlich die metallene Tür berührte, atmete er erleichtert auf. Und das, obwohl jetzt eigentlich der schwierige Teil des Plans begann.

Michael öffnete die Tür und ihnen wehte der strenge Geruch einer Toilette entgegen, die offensichtlich stillgelegt, aber scheinbar doch noch hin und wieder benutzt wurde. Dafür ließen die drei Fenster über den Kabinen so viel Mondlicht herein, dass man sich ohne Probleme zurechtfand. Obwohl er bei seinem ersten Besuch nur einen flüchtigen Blick darauf geworfen hatte, schien sich Michael, was den Zustand des mittleren Fensters betraf, nicht getäuscht zu haben. Es sah aus, als würde es jeden Moment von selbst herausfallen. Und das Wichtigste: Es war nicht mit einem Gitter gesichert. Vermutlich hielt man es nicht für nötig, weil die Verrückten hier unten nicht aus den Augen gelassen wurden. Oder weil die meisten so zugedröhnt waren, dass sie an Flucht nicht einmal dachten. Oder weil das verdammte Scheißding sich nicht öffnen ließ, sosehr er auch daran rüttelte. Es saß viel fester in der Wand, als es den Anschein hatte.

»Verdammter Mist!«, zischte Michael. Er stand auf der Kloschüssel, drehte sich um und schaute in enttäuschte Gesichter. »Wir müssen es einschlagen. Wir brauchen einen Stein oder so was. Etwas Schweres, Handliches.«

Sie suchten das Klo ab. George fand eine Kachel, die aus der Wand gebrochen und auf den Boden gefallen war. Michael überlegte. Sie brauchten noch etwas, um die Kachel einzuwickeln, damit der Lärm sie nicht verriet.

»Knotet schon mal die Laken zusammen«, sagte er. »Ich kümmere mich um das Fenster.«

»Soll ich dir helfen?«, fragte George.

»Nein, hier ist nicht genug Platz.«

Während Eric und George mit Annabel die Laken zusammenknoteten, zog sich Michael die Anstaltshose aus und wickelte sie um die Kachel. Dann stieg er auf die Kloschüssel und begann, so leise wie möglich das Fenster zu zerschlagen. Der Stoff um die Kacheln dämpfte die Schläge, aber er hatte dennoch das Gefühl, einen Riesenkrach zu machen.

»Die Laken sind fertig«, sagte Annabel.

»Bin gleich so weit. Ich will sichergehen, dass wir uns nicht verletzen.« Michael legte seine Hose auf den unteren Fensterrahmen, damit sie sich beim Rausklettern keine Glassplitter einfingen. »Okay, das war's.«

Michael stieg von der Kloschüssel und reichte Annabel die Hand. »Komm, Anna, du zuerst.«

»Nein. Es ist besser, du gehst. Du bist kräftig und kannst uns hochziehen, falls es einer nicht schafft.« Sie warf ihm die Laken zu.

Michael nickte. Er warf die Laken aus dem Fenster, stieß sich von der Toilette ab und stemmte sich problemlos hoch. Dann ließ er seinen Oberkörper nach vorne fallen und rutschte aus dem Fenster. Schnell räumte er die Scherben beiseite, die außerhalb des Fensters lagen. »Eric, ich brauch deine Hose.«

Eric zog sie aus und warf sie ihm zu. Michael legte sie auf den Boden vor dem Fenster, für den Fall, dass er ein paar Scherben übersehen hatte. »Anna, jetzt du.«

Doch Annabel sorgte dafür, dass Eric und George als Nächste an der Reihe waren.

Michael war schon ein paarmal aufgefallen, wie geschickt und gelenkig Eric war, nicht nur bei der artistischen Nummer unter Parkers Tisch. Es sah beinahe anmutig aus, wie er aus dem Fenster glitt.

George dagegen hatte echte Probleme. Als er es beim ersten Versuch nicht schaffte, stieg er leise fluchend von der Schüssel und drängte Annabel vorzugehen. Sie weigerte sich.

»Anna, nun mach schon!«, forderte Michael. »Ich kümmere mich anschließend um George.«

»Okay.«

Als Annabel auf die Schüssel kletterte und Michael ihr die Arme entgegenstreckte, zischte sie ihn an. Er zog sie sofort zurück und Annabel, die einen Kopf kleiner war als er, stemmte sich ohne Schwierigkeiten nach oben und glitt geschmeidig aus der Fensteröffnung. Sie hockte sich neben ihn und Eric und schüttelte ihre roten Haare. Michael fragte sich einmal mehr, warum er Annabel in der Schule nie weiter beachtet hatte. Denn sie war wirklich etwas Besonderes.

Überhaupt war der wichtigste Beitrag zu ihrer Flucht von ihr gekommen. Sie hatte aus dem Gedächtnis einen perfekten Lageplan des Parks gezeichnet, über den selbst George gestaunt hatte. Aus einer leicht erhöhten Perspektive schaute man auf die riesige Villa mit ihrem U-förmigen Grundriss, den Park mit seinem Teich, die zahlreichen Bäume sowie die umgebende Mauer mit dem großen Tor. Sie hatte nichts ausgelassen, sogar eine kleine Statue hatte sie eingezeichnet. Und natürlich den Baum, den einzigen Baum, über den eine Flucht über die Mauer möglich schien.

»Das ist alles in meinem Kopf«, hatte sie ihnen erklärt und schüchtern gelächelt.

»Mach schon, George!«, drängte Michael. »Hier kann uns jeden Moment jemand entdecken.«

Doch die Warnung kam zu spät. Als George zu einem zweiten Versuch ansetzte, auf den Klodeckel stieg und Michael ihm die Hand entgegenstreckte, geschahen drei Dinge gleichzeitig: Im dunklen Labyrinth des Kellers schlug eine Tür ins Schloss; es hallte wie ein Donnergrollen. Eine Sirene ging los, so ohrenbetäubend laut, als befände sie sich direkt über ihren Köpfen. Scheinwerfer flammten auf und schütteten ihr gleißendes Licht über den Park aus.

Keine Chance mehr, sich zu verstecken. Keine Chance, unbemerkt über die Mauer zu gelangen.

Michael sah in die panischen Gesichter seiner Gefährten und konnte sich selbst vor Angst kaum rühren. Doch er riss sich zusammen und schaffte es, gegen den Lärm der Sirene anzuschreien. »Verschwindet von hier! Sofort! Ich komme mit George nach. – Los! Lauft endlich!«

Annabel und Eric tauschten noch einen Blick, dann rannten sie in Richtung Mauer.

Michael steckte den Kopf und einen Arm durch das Fenster. »Spring, verdammt!«, befahl er. Und zum ersten Mal überhaupt konnte er so was wie ein echtes Gefühl auf Georges Gesicht erkennen. Es war Angst, pure ungefilterte Angst.

Anders als beim ersten Mal stieß George sich kräftig ab. Trotzdem musste Michael ihn wie einen Sack Kartoffeln aus dem Fenster ziehen.

Georges Beine befanden sich noch im Haus, da hörte Michael ein neues beunruhigendes Geräusch: Hundegebell. Ein tiefes, wütendes Bellen mehrerer Hunde. Es kam aus dem Keller. Und es kam näher. *Das gibt es doch nicht! Verdammte Scheiße, wie viel Pech kann man denn haben?*

»Lauf, George! Lauf!«, schrie Michael, zerrte George auf die Beine und trieb ihn an. Er wusste nicht, ob George das Bellen überhaupt gehört hatte, aber er rannte, als wären Höllenhunde hinter ihm her. Immer wieder warf er einen panischen Blick zurück. Einige der Zimmer waren bereits hell erleuchtet. *Wir müssen es nur auf den Baum schaffen! Bitte, wir müssen es nur auf den Baum schaffen!*

Sie erreichten ihr Ziel und George beugte sich keuchend nach vorn. Er machte auf Michael keinen guten Eindruck. Als sei dieser kleine Lauf bereits zu viel für ihn gewesen. Aber darauf konnte er keine Rücksicht nehmen. Äußerst grob packte er Georges Arm und drängte ihn dazu, auf den Baum zu klettern. Die Äste der kräftigen Buche setzten so tief an, dass selbst George es schaffen sollte. Aber er sträubte sich schon wieder. »Geh voran«, rief er. Auch hier machte es die Sirene noch immer schwer, sich zu verständigen. »Ich mach's dir dann einfach nach.«

Michael unterdrückte einen Fluch und suchte nach der günstigsten Stelle, um Tritt zu fassen. Wenigstens konnte er dank der Scheinwerfer gut sehen. Dabei fiel sein Blick auf die Rinde des Baumes, die an einer Stelle in Höhe seiner Schulter tiefe Scharten hatte und stellenweise ganz weggerissen war. Sogar an der Mauer befanden sich sichtbare Furchen.

Was für Viecher sind das?

Augenblicklich machte er sich an den Aufstieg und war schnell auf Höhe der Mauer.

Er sah das Laken, das Annabel und Eric an einem überhängenden Ast festgebunden hatten. Es hatte also funktioniert. Und es würde noch mal funktionieren. Doch als er nach unten blickte, stand George immer noch an derselben Stelle und schaute wie gebannt zum Haus.

»George!« Dieser verdammte Idiot! Wollte er etwa, dass man ihn erwischt?

Wie ein Affe hangelte sich Michael zurück.

»Komm endlich hoch, Mann! Sonst tret ich dir in deinen blöden Arsch!«, schrie er.

George hob den Kopf und sah Michael an, dann setzte er sich in Bewegung. Unter weiteren Flüchen und Drohungen lotste Michael ihn den Baum hinauf. Und als sie schließlich oben waren, balancierte auch George ohne Probleme auf dem dicken überhängenden Ast in Richtung Mauer, während er sich an einem dünneren, darüber befindlichen Ast festhielt. Michael blieb die ganze Zeit dicht bei ihm. »Gut gemacht, George!«

Und dann standen sie auf der Mauer und Michael sah von oben auf Annabel und Eric hinunter. Ein befreiendes Lächeln hatte sich auf ihren Gesichtern ausgebreitet, während sich hinter den beiden das Mondlicht auf dem Wasser der Themse spiegelte.

Sie hatten es geschafft.

»George, der Rest ist kinderleicht. Setz dich auf die Mauer, pack das Laken und lass dich runter.«

Wenige Sekunden später standen sie auf der anderen Seite der Mauer.

Während er sich das graue Oberteil vom Leib riss, warf Michael einen Blick auf Annabel. Auch sie hatte die Anstaltsuniform abgestreift. Nun sah er sie zum ersten Mal in ihrer farbenfrohen Alltagskleidung.

Ein wunderschöner bunter Vogel, dachte er plötzlich. *Und jetzt ist er frei.*

18

Annabels Herz machte einen Freudensprung, als Michael und George endlich auf ihrer Seite der Mauer standen. Jetzt nichts wie weg hier. Sie wollte sich schon umdrehen, als sich unter das verstörende Jaulen der Sirene wieder dieses bösartige Knurren und Bellen mischte. Erschrocken sah sie hoch zur Mauer. Annabel vernahm ein undeutliches Scharren und Kratzen dahinter.

»Das sind die Hunde«, sagte Eric panisch. »Die haben also wirklich Hunde.«

»Habt ihr sie gesehen?«, fragte Annabel hastig.

»Nicht direkt«, sagte Michael. »Aber... das müssen riesige Viecher sein.«

»Nichts wie weg hier.« Und dann rannten sie wieder los. Es waren gut fünfhundert Meter bis zur Richmond Bridge und etwa auf halber Strecke verstummte die Sirene. Die plötzliche Stille hatte etwas Unheimliches. Doch was Annabel wirklich Sorgen machte, war Georges schweres Keuchen. Weil er immer langsamer wurde, feuerte sie ihn zusammen mit den anderen an, nicht aufzugeben – und er hielt durch. Doch als sie endlich die hell erleuchtete und menschenleere Brücke erreichten, blieb George unvermittelt stehen.

»Ich kann nicht mehr«, sagte er und hielt sich die Seite, das Gesicht vor Anstrengung verzerrt. »Lauft ohne mich weiter.«

Annabel sah sich angstvoll um. Über die schulterhohe Brückenbegrenzung hinweg konnte sie den Uferweg erkennen, den sie gekommen waren. Noch waren keine Verfolger zu sehen und auch das Bellen der Hunde war leiser geworden.

Vor ihnen schmiegte sich auf der linken Seite das Majestic, ein altes Luxushotel, ans Ufer der Themse, während rechts eine dichte Baumgruppe die breite Promenade säumte. »Wir könnten versuchen...«, sagte sie, doch als sie Michaels entsetzten Gesichtsausdruck bemerkte, riss sie den Kopf herum. »Oh nein!«

Hinter ihnen am anderen Ende der Brücke standen zwei Pfleger und der Wachmann. Einer der weiß gekleideten Männer schien aufgeregt in ein Walkie-Talkie zu sprechen. Als er es wieder absetzte, liefen sie los.

»Los, runter von der Straße!«, zischte Michael. »Ich werde versuchen, sie wegzulocken.«

»Nein.« Annabel ließ die Männer nicht aus den Augen. »Wenn sie nur dich sehen, wissen sie doch gleich, was los ist. Ich komme mit dir.«

Eric zögerte. »Dann bleibe ich bei George«, bot er an.

»Okay«, sagte Michael. »Anna und ich versuchen, uns nach Kew durchzuschlagen. Wenn ihr glaubt, es nicht bis dahin zu schaffen, sucht euch ein Versteck und wartet einfach ab. Wir treffen uns um elf im Richfield Park. Los jetzt!«

Die vier zögerten nicht länger. Gemeinsam rannten sie das letzte Stück bis zum Ende der Brücke, dann trennten sich ihre Wege.

Mitten auf der Hill Street streifte Annabels Blick die hübsche Eingangsfront des alten Odeon-Kinos und sie dachte an die vielen schönen Stunden, die sie hier verbracht hatte. Wie sie gelacht und sich gefürchtet hatte, wie sie anschließend nach Hause gegangen war, den Kopf zum Bersten gefüllt mit Bildern und Musik, mit all den wunderbaren Fantasiegeschöpfen fremder Menschen.

Vielleicht hatte sie sich einmal zu oft gewünscht, selbst Teil einer solchen Geschichte zu sein. Denn das war sie jetzt.

Als sie neben dem Kino in eine schmale, schummrige Gasse einbog, merkte sie plötzlich, dass Michael nicht mehr neben ihr war. Sie drehte sich um und sah ihn regungslos vor der Eingangstür stehen. Er sah aus, als wäre er einem Geist begegnet. »Michael!«, rief sie und lief das Stück zurück. »Komm weiter! Sie sind direkt hinter uns!«

»Hast du das gesehen?«, fragte er mit merkwürdig hoher Stimme und deutete auf eine der Glasvitrinen.

Annabel warf einen kurzen Blick auf die Filmplakate. Es lief gerade *Spiel mir das Lied vom Tod*. Sie hatte von dem Film gehört. Aber es war wirklich nicht der richtige Zeitpunkt, um sich über Filme zu unterhalten. »Verdammt, komm endlich!« Sie drehte sich hastig um. Die drei Männer waren nur noch zwanzig Meter von der Hill Street entfernt. Und weil Michael immer noch wie ein Reh im Scheinwerferlicht die Plakate anstarrte, packte sie kurz entschlossen seinen Arm und zog ihn einfach hinter sich her in die Gasse.

Nach fünfzig Metern öffneten sich die Wände zu beiden Seiten. Annabel ignorierte die Unitarier-Kirche auf der rechten und konzentrierte sich auf die frei stehenden Häuser auf der linken Seite. Vor einer alten Holzpforte blieb sie abrupt stehen. »Hier rüber!«, sagte sie und warf einen letzten Blick zurück. Der Abstand zu ihren Verfolgern war wieder größer geworden, aber noch hatten sie nicht aufgegeben. *Kommt nur*, dachte Annabel zuversichtlich. *Das hier wird euch gefallen.*

Während sie kreuz und quer durch dicht bewachsene Gärten liefen, wunderte Annabel sich darüber, dass sie trotz ihrer Angst gleichzeitig daran dachte, wie schön es hier war und wie sich der Geruch des Flusses mit dem Duft der Gärten mischte. Vielleicht, weil es der Geruch der Freiheit war.

Hin und wieder hörte Annabel die drei Männer fluchen und sie stellte sich vor, wie sie stolperten oder ein Ast ihnen mitten ins Gesicht schlug. Das gefiel ihr. Dass sie trotzdem ein paarmal vom Schein einer Taschenlampe getroffen wurde, weniger.

Über eine niedrige Mauer gelangten sie schließlich wieder auf die Straße, direkt gegenüber einer großen Bushaltestelle. »Wohin jetzt?«, fragte Michael und musste sich anscheinend erst mal orientieren.

»St. Mary«, sagte Annabel und schon rannte sie wieder los.

St. Mary Magdalene, eine große anglikanische Kirche, lag gleich hinter der nächsten Kreuzung. Sie war von einem kleinen Park umgeben und bot genug Möglichkeiten, sich zu verstecken.

»Sollen wir um Asyl bitten?« Annabel meinte den Vorschlag selbst nicht ganz ernst, trotzdem rüttelte sie an der großen hölzernen Eingangstür, die sich am Fuß des quadratischen Turms befand. Sie war verschlossen.

»Gott wird uns nicht helfen«, sagte Michael. »Er hat Besseres zu tun. Das hat er immer.«

Annabel hörte die Verachtung in seiner Stimme. Aber für Fragen war keine Zeit. Und bevor er wieder aus unerklärlichen Gründen zur Salzsäule erstarren konnte, drängte sie ihn weiterzugehen. »Dort hinten ist ein guter Platz.«

In einem kleinen versiegten Springbrunnen, verborgen hinter üppigen Eiben und Wacholder, fanden sie endlich ein Versteck. Keine Minute zu früh, dachte Annabel, die spürte, dass sie langsam an ihre Grenzen stieß. Ihre Beine schmerzten und ein paarmal hätte sie sich beinahe den Knöchel verknackst.

»Vielleicht haben wir sie abgehängt«, flüsterte Michael.

»Ja, vielleicht.« Annabel fühlte den rauen Stein unter ihren Händen und dachte an die Kirche, die hinter ihr aufragte. Sie kramte in ihren Erinnerungen, schloss die Augen und wanderte im Geiste durch das Innere der Kirche. Sie musste mit ihren Eltern hier gewesen sein, zu einem Gottesdienst oder einem Konzert. Sie stellte sich vor, wie sie auf einer der Eichenbänke saß, das dunkle, fast schwarze Holzdach über sich und das große Spitzbogenfenster über dem Altar. All das und noch mehr konnte sie sehen. Doch als sie im Geiste neben sich schaute, war der Platz leer.

Wo seid ihr?

Ein schriller Schrei, wie von einem Kind, ließ Annabel zusammenzucken und holte sie zurück ins Jetzt.

»Katzen«, sagte Michael kaum hörbar. Diesmal klang es, als würde er lächeln. »Mistviecher!«

Dann durchschnitt der umherwandernde Schein einer Taschenlampe die Dunkelheit. Nur flüchtig streifte er ihr Versteck, verharrte zwei Sekunden in ihrer Nähe, glitt weiter hin und her, auf und ab, ziellos suchend und erlosch kurz darauf ganz. Jetzt waren auch deutliche Schritte zu hören.

»Das war's«, hörten sie eine raue Männerstimme sagen. Sie klang erschöpft und genervt. »Die sind weg. Sollen sich doch die Bullen mit ihnen rumärgern.«

»Genau. Ich hab die Schnauze voll«, sagte eine zweite Stimme. »Scheiße, das sind doch nur ein paar harmlose Jugendliche und keine psychopathischen Killer, verdammt. Ich versteh den ganzen Zirkus nicht.«

Annabel und Michael lauschten, während die Schritte und Stimmen der Männer immer leiser wurden und schließlich ganz verstummten. Doch erst als sie ganz sicher waren, nichts weiter zu hören als das Rauschen der Bäume, glitten sie aus dem Brunnen und schlichen davon.

19

Du musst nicht bei mir bleiben.«

»Ich weiß, dass ich das nicht muss, George. Aber wenn das deine Art ist, Danke zu sagen, dann – gern geschehen.«

Eric war sich nicht sicher, ob George zu stolz war, um seine Hilfe anzuerkennen, oder ob er einfach nur ein Arsch war. Vor allem aber fragte er sich, warum er freiwillig bei ihm geblieben war. Das war weiß Gott nicht seine beste Entscheidung gewesen. Vielleicht hatte er Mitleid mit George, weil er sich mit der Rolle des Außenseiters besser auskannte als jeder andere. Oder die Leute in der Anstalt hatten recht und er war einfach nur verrückt.

»Was wollen wir eigentlich hier?«

»Wir suchen uns ein Versteck?«

»Ein Versteck. Hier?«

»Warum nicht? Wir haben doch darüber gesprochen, dass die uns zuerst an Orten suchen werden, an denen wir uns sicher fühlen, bei Freunden oder Verwandten... oder in Australien. Die kommen nie auf die Idee, dass wir nur einen Steinwurf von der Anstalt entfernt sind.«

»Ja, weil es unheimlich dämlich ist.«

»Mag sein. Aber *unheimlich dämlich* ist im Moment alles, was wir haben. Wenn du eine bessere Idee hast, raus damit. Wir könnten ja zur Abwechslung mal eine Runde laufen.«

George sah ihn nur finster an und schwieg.

Nachdem sie sich kurz vor der Hill Street von Annabel und Michael getrennt hatten, waren sie wieder ein Stück zurückgelaufen und hatten sich zwischen den Bäumen unmittelbar neben der Brücke ein Versteck gesucht. Eric zitterten noch immer die Knie, wenn er daran dachte, wie die drei Männer nur wenige Meter entfernt an ihnen vorbeigerannt waren. Doch der kleine Trick hatte funktioniert. Nun gingen sie im Schutz der Bäume das Ufer ab, auf der Suche nach einem Versteck, möglichst für den Rest der Nacht.

»Bingo!«, sagte Eric plötzlich, verließ vorsichtig seine Deckung und schaute die dezent beleuchtete Uferpromenade rauf und runter. Außer einem knutschenden Pärchen am Fuße der Brücke war niemand zu sehen.

»Was hast du denn jetzt vor?«, fragte George und folgte Eric. Er klang noch genervter als vor einer Minute.

»Wenn du auf der Flucht bist, fliehe mit Stil«, sagte Eric und deutete auf eines der Boote, das am Pier festgemacht war, rot-grün lackiert und auf den Namen *Sweet Lady* hörend.

»Du denkst doch nicht ernsthaft daran... Das ist total bescheuert.«

Eric blieb stehen und drehte sich zu George um. »Ehrlich, du gehst mir langsam auf den Sack mit deiner Nörgelei. Kapier endlich mal, dass wir aufeinander angewiesen sind. Wenn du dir ein bisschen Mühe geben würdest, würdest du vielleicht herausfinden, dass ich eigentlich ganz nett bin. Und Annabel und Michael auch. Ohne die beiden wärst du übrigens noch immer in der Anstalt.«

George sah ihn giftig an. Und Eric wartete nur darauf, dass er endlich mal so richtig aus sich herausging. Vielleicht würde ein kleiner Streit die Spannungen zwischen ihnen ja aus der Welt schaffen. Aber er erntete nur ein Grunzen.

»Wie du willst«, sagte Eric und wandte sich wieder dem Boot zu. Er wünschte sich, Michael und Annabel wären hier. Mit ihnen war alles so viel einfacher.

Das Boot, auf das Eric ein Auge geworfen hatte und an dessen Steuerbordseite ein großes Zu-vermieten-Schild hing, war ein Narrow Boat, eines dieser langen, schmalen Dinger, die ursprünglich für den Frachtverkehr auf den engen Kanälen gebaut worden waren. Vor vielen Jahren jedoch hatte die Tourismusbranche diese Boote für sich entdeckt und seitdem einige davon ihren Zwecken entsprechend umgebaut.

Er schritt das Boot der Länge nach ab, schaute durch die rechteckigen großen Fenster, wollte sichergehen, dass trotz des Schildes niemand an Bord war. Erst dann wagte er es, das Boot zu betreten. Die Planken knarrten und es schwankte leicht. Am offenen Heck, wo sich das Steuer befand, führte eine kleine Tür ins Innere. Er hockte sich hin und öffnete sie vorsichtig. Die Scharniere quietschten.

»George, komm endlich! Da im Licht rumzustehen ist nämlich *unheimlich dämlich.*« Eric grinste, als er sich über ein paar Stufen hinab in den Bauch des Bootes begab.

Der Rumpf war nur zwei Meter breit, dafür aber etwa fünfzehn Meter lang, bot also genug Platz für eine ganze Familie, wenn es sein musste. Die Einrichtung war allerdings dürftig und sogar ein wenig schäbig. Es gab eine Kochgelegenheit, zwei Spülbecken, einen Klapptisch und Stühle im hinteren Teil sowie eine winzige Dusche, ausreichend Stauraum und vier Betten im vorderen Teil. Für jemand, der gerade aus einer Irrenanstalt ausgebrochen war, war es das Hilton. Leider sahen das nicht alle so.

»Was ist nun schon wieder, George?«

George drehte gerade am Hahn der Spüle herum und fluchte.

»Ja, die Wassertanks sind leer, fürchte ich.« Eric hatte es sich auf einem der schmalen Betten gemütlich gemacht. »Die füllen die wohl erst auf, wenn jemand den Kahn mietet. – Weißt du, worauf ich jetzt Lust hätte? Auf ein riesiges Stück Torte. Ganz egal, welche. Mir wär alles recht. Hauptsache süß und klebrig.«

George reagierte nicht auf ihn und legte sich wortlos auf das gegenüberliegende Bett. Er drehte Eric sofort den Rücken zu, so wie er es in der Anstalt immer gemacht hatte. Eric nahm es gelassen.

»Ach, George? ... George?«

»Was denn?«, knurrte George.

»Laber nicht so viel. Ich brauch meinen Schönheitsschlaf.«

Eric lauschte dem Klang der Wellen, die leise ans Boot schwappten, und dachte an Annabel und Michael. Nicht, weil er sich ernsthaft Sorgen machte. Wenn jemand auf sich aufpassen konnte, dann sie. Aber ihm war nicht entgangen, wie Michael Annabel angeschaut hatte, vorhin an der Mauer. Dieser Blick hatte wirklich Bände gesprochen. Er seufzte.

Er selbst hatte bisher noch keinen richtigen Freund gehabt. Ein verstohlener Kuss in der Umkleidekabine des Freibades war bisher das höchste der Gefühle gewesen. Und den Typen hatte er noch nicht einmal wirklich gemocht. Er hatte immer gedacht, dass er noch genug Zeit haben würde, um sich zu verlieben, so mit Herzklopfen, Schmetterlingen im Bauch und feuchten Händen. Doch was, wenn nicht?

Als Eric kurz vor dem Einschlafen war und das Boot sanft auf dem Wasser schaukelte, versuchte er, sich vorzustellen, wie er als Kind von seinen Eltern in den Schlaf gewiegt wurde. Und weil er sich an sie nicht mehr erinnern konnte, stellte er sie sich als John Steed und Emma Peel aus seiner Lieblingsserie *Mit Schirm, Charme und Melone* vor; in einer schwarzen, lässigeren Version, versteht sich. Mit einem Lächeln auf den Lippen schlief er ein.

George stand allein zwischen den Brunnen des Trafalgar Squares und blickte auf die National Gallery. Der Himmel war grau und dunkle Wolken zogen schnell wie im Zeitraffer über ihn hinweg. Es war totenstill.

Doch dann begann es.

Zuerst war es nur ein gedämpftes Rauschen. Wie ein pulsierender Windzug, der durch Baumkronen streicht. Es drang zwischen den Säulen der National Gallery hervor und es schien, als würde das Haus aufgeregt atmen.

Dann veränderte sich der Ton.

Aus dem Rauschen wurde ein Flüstern... das Flüstern schwoll an zu einem Jammern... und das Jammern mutierte zu einem markerschütternden schrillen Schrei, der tausend Kehlen gleichzeitig zu entspringen schien.

George hielt sich die Ohren zu und sah voller Entsetzen, wie das Haus begann, einen schleimigen Strom von Menschen zu gebären. Er quoll zwischen den Säulen hervor und schwappte über die breite Treppe auf den Platz wie ein Fang glitschiger Fische, die aus einem prall gefüllten Netz auf ein Schiffsdeck klatschten.

Vor Georges Füßen kam der Strom zuckender Leiber zum Erliegen und der Schrei verstummte.

Mit ungelenken, fahrigen Bewegungen richteten sich die Menschen auf und befreiten sich von dem Schleim. George schloss angeekelt die Augen.

Als er sie wieder öffnete, schien die Sonne, die Wolken hatten sich verzogen und der Platz war bevölkert von fröhlichen, schleimlosen Menschen.

Schon von Weitem sah er, wie ein junges Paar mit Kinderwagen direkt auf ihn zuhielt. *Eine kleine, glückliche Familie.*

Sie kamen näher und er betete, dass sie an ihm vorbeifahren würden. Nur dieses eine Mal. Als sie nur noch zwei Meter von ihm entfernt waren, fuchtelte George mit den Armen und versuchte, schreiend auf sich aufmerksam zu machen. Es kam kein einziger Laut über seine Lippen.

George weinte. Er hörte auf, sich zu wehren, und ließ es geschehen. Mit leerem Blick sah er, wie der Mann mit dem Kinderwagen direkt durch ihn hindurchging. Und die schreckliche Kälte, die er dabei empfand, kroch bis in die hinterste Ecke seiner Seele und ließ sie zu Eis erstarren.

Wach auf, George! Wach auf! Verzweifelt versuchte er, die Kälte und den Traum von sich abzuschütteln. Er kniff sich in den Arm, in der Hoffnung, davon aufzuwachen, doch nichts half.

Auf der Treppe vor der Gallery tauchten vertraute Gesichter auf. Annabel, Michael und Eric liefen plaudernd und lachend die Treppe hinunter und auf ihn zu.

Holt mich hier raus! Bitte, rettet mich!

Sie kamen näher und George hoffte, dass sie ihn diesmal sehen konnten. Ja, er war überzeugt davon, dass Annabels Blick nicht einfach durch ihn hindurchging.

Er fasste neuen Mut, wischte sich die Tränen von den Wangen, winkte den dreien zu und ging ihnen mit einem hoffnungsvollen Lächeln entgegen. Nur noch wenige Meter trennten sie. Doch die drei verlangsamten ihre Schritte nicht. George schrie ihre Namen. Vergeblich. Seine Stimme versagte und das Lächeln auf seinem Gesicht erstarb. Er sackte auf die Knie, als Annabel lachend durch ihn hindurchging.

»Hey, George, alles in Ordnung?«

George fuhr hoch. Er schaute sich um, brauchte ein paar Sekunden, um sich zu orientieren und zu erkennen, dass er wach war. Dann kehrte alles zurück. Die Flucht, die Trennung von den anderen, das Boot. Und dann erkannte er Eric, der sich über ihn gebeugt und ihm die Hand auf den Arm gelegt hatte. George riss sofort seinen Arm weg.

»Schon gut«, sagte Eric. »Beruhige dich wieder. Du hast geträumt.«

»Scheiß auf den Traum«, fauchte George und richtete sich auf. »Ich will nicht, dass du mich anfasst, ist das klar?«

Eric wich zurück und starrte George verständnislos an. »Ja, alles klar. Kommt nicht wieder vor.«

George rieb sich mit beiden Händen übers Gesicht, fluchte leise und legte sich wieder hin.

Für einen kurzen Moment fragte er sich, wie es wohl wäre, mit jemandem über seine Träume zu sprechen. So wie Eric es mit Michael getan hatte in der letzten Nacht. Aber nicht einmal in seinen Gedanken war er dazu fähig. Er hatte einfach nicht das Bedürfnis, sich jemandem anzuvertrauen. Niemandem.

Und schon gar nicht Eric.

20

»Es ist schön hier«, sagte Annabel und bestaunte die vom Mondlicht beschienenen Pflanzen. *So muss es im Garten Eden ausgesehen haben.*

»Ja«, sagte Michael und streckte sich auf seiner Bank aus. »Hierherzukommen war eine tolle Idee von dir.«

Annabel betrachtete die große Palme, die der gläsernen Decke entgegenstrebte, und lächelte. Im ersten Moment hatte sie der Anblick der hohen Mauer, die das Gelände von Kew Gardens umgab, erschreckt. Unwillkürlich war ihr der Gedanke gekommen, dass sie das Gefängnis, aus dem sie gerade geflohen waren, freiwillig durch ein anderes ersetzt hatten. Doch nachdem sie über das große Eisentor des botanischen Gartens geklettert war und das riesige viktorianische Glashaus erblickt hatte, wurde ihr klar, dass das alles nur Unsinn war. Dieser wunderbare Ort hatte so gar nichts mit der Anstalt gemein. Nun lagen sie auf zwei Sitzbänken inmitten einer fremden Welt aus exotischen Pflanzen, umschlossen von einem dünnen Mantel aus Eisen und Glas. Annabel konnte sich keinen schöneren Ort vorstellen.

»Wie hell der Mond und die Sterne leuchten. Selbst jetzt mitten in der Nacht wird es hier drin nicht richtig dunkel.«

»Der Himmel über unserem Haus am See, da leuchten die Sterne noch heller als hier. Es wird dir gefallen.«

Annabel schloss die Augen und es sah für einen Moment so aus, als sei sie eingeschlafen. Doch dann drehte sie sich auf die Seite und sah Michael an. »Ich weiß, es klingt albern, aber... ich mag die Dunkelheit nicht. Sie macht mir Angst. Kannst du dir das vorstellen? Richtige Angst.«

Michael betrachtete ihr ernstes Gesicht. »Heute Nacht brauchst du keine Angst zu haben.«

Für eine Weile schwiegen sie, schenkten sich ab und zu ein Lächeln und sahen dem Mond und den Sternen beim Leuchten zu.

»Darf ich dich was fragen, Michael?«

»Klar.«

»Hast du Angst?«

»Ja.«

Annabel sah überrascht aus.

»War das nicht die Antwort, die du erwartet hast?«

»Was? Nein... ich meine... ich find's nur ungewöhnlich, dass du es sofort zugibst.«

»Dürfen nur Mädchen Angst haben?«

Annabel lachte leise. »Die meisten Jungs würden wahrscheinlich versuchen, mich vom Gegenteil zu überzeugen, und den Helden spielen.«

»Auch Helden sind mal müde, Anna.«

Annabel kicherte. Dann wurde sie wieder ernst. »Weißt du, was schön ist? – Wenn man nicht alleine ist mit seiner Angst.«

Michaels Blick ruhte auf ihr. »Du bist nicht allein. – Und morgen werden wir wieder alle zusammen sein.«

Als Michael aufwachte und die Bank neben sich leer fand, schreckte er panisch hoch. Er wollte gerade Annabels Namen rufen, als er sie auf der Galerie entdeckte, die in schwindelerregender Höhe um das Gewächshaus verlief.

Sie saß dort oben am Geländer und wiegte sich langsam hin und her. Sie erschrak, als Michael plötzlich neben ihr stand.

»Ich hab dich nicht kommen hören.«

»Tut mir leid, ich wollte dich nicht erschrecken. Kannst du nicht schlafen?«

Annabel sah ihn nur müde und verloren an. Michael setzte sich zu ihr.

»Ich warte auf die Sonne«, sagte Annabel.

»Dann warte ich mit dir.«

»Und wenn sie nicht kommt? Was, wenn es für immer dunkel bleibt?«

Michael dachte zuerst an einen Scherz. Doch sie meinte es ernst. Er fragte sich, warum sie solche Angst vor der Dunkelheit hatte.

»Keine Sorge, sie wird kommen. Das macht sie jeden Morgen. Sie weiß, was sich gehört. – Und vielleicht freut sich die Sonne ja genauso darauf, dich zu sehen. Ich...«, er stockte, »... ich würde mich freuen.«

Annabel lächelte und Michael spürte, wie sie ihren warmen Körper an seinen schmiegte. Es gab in diesem Moment keinen Ort, an dem er lieber wäre als hier neben ihr. Seinetwegen brauchte die Sonne sich nicht zu beeilen.

Zusammen blicken sie in Richtung Osten auf die dunklen Silhouetten der Bäume und warteten. Michael war fast ein wenig traurig, als es passierte.

»Michael... die Sonne!« Annabels Gesicht erstrahlte. Sie erhob sich.

Michael stellte sich dicht neben sie und schaute sie an. Er sah sie lächeln und gleichzeitig weinen. Und dort, wo sich ihre Schultern berührten, konnte er spüren, wie sie leicht zitterte.

»Hast du schon mal so was Schönes gesehen?«, fragte Annabel.

Hinter den Bäumen loderte es wie Flammen nach einer Schlacht. Der Himmel verfärbte sich und erstrahlte in leuchtendem Gold, Purpur und Blau.

»Nein«, antwortete Michael.

Doch er meinte nicht das Naturschauspiel, sondern Annabel.

Ein paar Minuten später wischte sich Annabel schniefend die Tränen vom Gesicht und schaute Michael an, als wäre ihr das Ganze furchtbar peinlich. »Ganz schön albern, was?«

Michael schüttelte lächelnd den Kopf.

»Wir haben noch etwas Zeit, bis der Garten öffnet. Meinst du, du kannst noch ein bisschen schlafen? Jetzt, wo deine kleine gelbe Freundin wieder da ist?«

Annabel nickte heftig. Dann legte sie ihren Kopf zur Seite und schenkte Michael ein Lächeln. »Bleibst du bei mir?«

»Ja.«

Eng aneinandergeschmiegt lagen sie auf der Galerie. Die Sonne streichelte sanft ihre Gesichter und breitete eine goldene Decke über sie aus. Nicht lange, und sie fielen in einen tiefen, traumlosen Schlaf.

21

George hatte sich am Morgen heimlich vom Boot geschlichen. Die Nacht war schrecklich gewesen und der Gedanke an einen neuerlichen Streit mit Eric unerträglich. Er musste da einfach raus, auch wenn er nicht wusste, wohin. Anfangs hatte er mit dem Gedanken gespielt, nach Hause zu gehen, aber die Angst vor dem, was ihn dort erwarten könnte, war zu groß gewesen. Schließlich war er ziellos umhergeirrt. Jetzt ging er langsam die Vineyard hinauf, etwa einen halben Kilometer von ihrem Treffpunkt im Richfield Park entfernt.

George dachte darüber nach, warum er Eric gegenüber so eine Abneigung empfand, warum er ihn von Anfang an nicht hatte leiden können. Es war gar nicht mal die Tatsache, dass er schwul war oder schwarz. George war kein Rassist. Und obwohl es ihm manchmal unangenehm war, wegen Erics sexueller Neigung in dessen Nähe zu sein, war auch das nicht der eigentliche Grund. In Wahrheit hasste er ihn dafür, dass er scheinbar kein Problem damit hatte, anders zu sein. Im Gegenteil. Er feierte es geradezu und er schien sogar einen Teil seiner Stärke daraus zu ziehen. Aber wie kann man zufrieden, ja glücklich sein, wenn man doch so anders war als die anderen? Und was noch schlimmer war: Obwohl Eric kein Geheimnis aus seinem Anderssein machte, gehörte er dazu. Annabel und Michael mochten ihn, fanden ihn lustig und behandelten ihn wie einen richtigen Freund. Sie würden alles für Eric tun, davon war George überzeugt. Aber für ihn?

Vielleicht, wenn er sich mehr anstrengen würde, wenn er versuchen würde, ihnen zu beweisen, dass auch er etwas zu ihrer Gruppe beizusteuern hatte, etwas, das wichtig war, etwas, das sie alle brauchten, etwas, das...

George spürte ein leichtes Kribbeln und verlangsamte seinen Schritt, als ihm ein Gedanke durch den Kopf schoss. Natürlich! *Geld!* Sie brauchten Geld, um zum Haus am See zu fahren. Er könnte es beschaffen, einen ganzen Haufen davon und dann würden sie...

Er blieb stehen und schloss die Augen.

Es gab weit und breit niemanden, den er kannte. Und Freunde hatte er auch nicht. Seine Chancen, an Geld zu kommen, waren gleich null.

Sein Gesicht lief rot an und seine Hände wurden feucht. Er kannte dieses Gefühl nur zu gut. Das nasskalte Gefühl des Versagens, das ihn überkam, wenn er versuchte, wie alle anderen zu sein, das zu tun, was die anderen taten. Und je mehr er sich bemühte, desto größer war sein Scheitern, desto deutlicher wurde, dass er nicht dazugehörte.

So war es doch immer. Warum hätte es diesmal anders sein sollen?

George wartete. Er kannte das Gefühl und wusste, dass es irgendwann nachlassen und schließlich wieder verschwinden würde. Dann wäre er wieder alleine mit sich und der inneren Leere. Sie hielt keine bösen Überraschungen für ihn bereit und konnte ihn auch nicht verletzen. Mehr als diese Leere brauchte er nicht.

George beschloss, noch eine Weile in der Straße herumzulaufen und sich dann auf den Weg zum Treffpunkt zu machen.

Vor einer Toreinfahrt fiel sein Blick auf einen Hund, der sich über eine Tüte mit Abfall hermachte. Sein kleiner brauner, struppiger Körper steckte in dem, was offensichtlich sein frühes Mittagessen oder spätes Frühstück war. Ab und zu zog er seinen Kopf aus der Tüte und sondierte die Lage. Er trug kein Halsband. Da er in George keine unmittelbare Gefahr sah, machte sich der Streuner wieder an die Arbeit und wühlte und futterte weiter. Sein kurzer Schwanz wedelte aufgeregt hin und her.

George hatte in den letzten Tagen viel Frust und Wut angestaut. Und da kam ihm ein herrenloser Hund gerade recht. Im Vorbeigehen verpasste er dem Tier einen Tritt, der es ein paar Meter die Toreinfahrt hinaufbeförderte. Ein kurzer erstickter Jauler entfuhr dem kleinen Körper. Aber dann schüttelte der Hund sein dreckiges Fell, hob den Kopf und warf George einen gelangweilten Blick zu. Offenbar war er eine solche Behandlung gewohnt.

George ging weiter die Straße entlang, zwischen dreistöckigen Backsteinhäusern, alle hellbraun, alle ganz hübsch und alle irgendwie zum Kotzen, dachte er. Vor einem Zweifamilienhaus mit blauen Türen war eine junge Frau gerade dabei, ihre Einkäufe aus dem Auto zu holen und ins Haus zu tragen. Die Türen ihres dunkelblauen Morris 1100 waren geöffnet. Sie lächelte George zu, als sie ihn sah, und griff sich dann die nächste Tüte. George tat, als habe er ihr stilles Hallo nicht bemerkt, und schaute in eine andere Richtung. Als die Frau im Haus verschwand, blieb er stehen.

Alles sah so friedlich und idyllisch aus, dachte George. Das Haus, das saftige Grün, das über die Begrenzungsmauer wucherte, und die zwei stattlichen Birken, die sich auf der rechten Seite dem Dach entgegenneigten. Was würde wohl geschehen, wenn er der Frau seine Geschichte erzählte, fragte er sich.

Wahrscheinlich würde sie ihn verständnislos anstarren, ein paar Schritte zurückgehen und mit dem Finger in Richtung Anstalt zeigen – da gehörst du hin, da ist dein Platz. Vielleicht hätte sie ein bisschen Angst vor ihm.

Da komme ich gerade her, würde er dann sagen und geheimnisvoll lächeln und dabei vielleicht langsam auf sie zugehen, nur, um zu sehen, was passiert, nur, um zu sehen, ob er es könnte.

Ob sie davonlaufen würde in ihr nettes Haus, zu ihren netten Kindern und ihrem netten Mann? Solche Dinge geschehen nicht, würden sie einander zuflüstern und sich in die Arme schließen. Nicht hier, nicht in dieser netten Gegend, nicht bei so netten Menschen, nicht in so einem netten Leben.

Aber George wusste, dass *nett* der Mantel war, unter dem man alles verbergen konnte. Wirklich alles.

Auf dem Rücksitz des Wagens, direkt an der Tür, stand ein geflochtener Korb mit Lebensmitteln. Und zwischen einer Staude Bananen, ein paar Konservendosen und einer Keksschachtel steckte das rotbraune Portemonnaie der Frau.

Einem Impuls folgend sah George sich um, ging rasch zum Auto, schnappte sich die Geldbörse und die Kekse und setzte seinen Weg fort, als wäre nichts geschehen. Sein Herz raste. Er hatte sich die Beute unter das Hemd geschoben und hielt sie mit einer Hand fest. Schweiß rann seinen Rücken hinab. Am Ende der Straße bog er rechts ab.

Es würde eine Weile dauern, dachte George, bis die Frau merken würde, dass ihr Portemonnaie verschwunden war. Und natürlich würde sie vermuten, es beim Einkaufen verloren zu haben oder im Auto. Es bestand also kein Grund wegzulaufen. George drehte sich um. Niemand war hinter ihm her. Er beruhigte sich.

Langsam ging er weiter und holte das Portemonnaie hervor. Als er es aufklappte, lachten ihn die Augen eines kleinen blonden Mädchens und ihres Vaters an. Sie saßen auf einer Couch und der Vater hatte seinen Arm um seine Tochter geschlungen. Er zog das Foto heraus und knüllte es zusammen. Achtlos warf er es auf die Straße.

George fand ein paar Pfundnoten und etwas Kleingeld. Zwei von den Scheinen steckte er sich hinten in die Hosentasche, den Rest in eine andere. Nach ein paar Metern ließ er die Geldbörse unauffällig hinter einer niedrigen Mauer fallen.

Während er einen Keks nach dem anderen in sich hineinstopfte, stellte er sich vor, wie die anderen beim Anblick des Geldes reagieren würden. Und er freute sich schon auf ihre blöden Gesichter, wenn sie erkannten, dass ausgerechnet er ihnen aus der Patsche geholfen hatte und sie ihm die ganze Zeit unrecht getan hatten, die ganze verdammte Zeit.

22

»Schon gut, Anna. Hör auf, mich mit diesem mitleidsvollen Dackelblick anzusehen! Mir geht's gut. Wir sind nicht tot und das ist nur ein Friedhof. In Ordnung?«
»Okay«, sagte Annabel.
Kurz vor Öffnung des botanischen Gartens hatten Annabel und Michael das Gewächshaus verlassen und sich ein Versteck in den umgebenden Grünanlagen gesucht. Und als die ersten Besucher eintrafen, waren sie wenig später wie zwei einfache Touristen zum Vordereingang hinausspaziert. Jetzt waren sie auf dem Weg zu ihrer Schule, weil Michael eine Möglichkeit eingefallen war, an Geld zu kommen.
Die Oldcue School lag am Rand des Richmond Parks. Dummerweise führte sie ihr Weg genau zwischen den beiden großen Friedhöfen von Mortlake und North Sheen hindurch. Obwohl ein dichter Bewuchs die Sicht auf die Gräber stark einschränkte, war Annabel ein bisschen besorgt. Michael hatte seit ihrer Flucht seine Todestheorie nicht mehr erwähnt. Doch sie glaubte nicht daran, dass er sie so einfach vergessen hatte. Sie erinnerte sich an seine Aussetzer, heute Nacht vor dem Kino oder der Kirche. Michael glaubte wahrscheinlich, dass sie sie nicht bemerkt hatte, aber da irrte er sich. Doch sie hatte Angst, ihn direkt danach zu fragen. Nicht nur, weil es ihn verletzen könnte. Es war auch die Angst vor neuen mysteriösen Geheimnissen, vor Dingen, die keiner erklären konnte und die einem den Schlaf raubten. Sosehr sie ihn mochte, sie musste auch sich selbst schützen.
Als sie die Upper Richmond Road erreichten, eine der Haupteinkaufsstraßen des Bezirks, blieb Michael stehen.

»Hör mal, Anna, ich glaube, es ist besser, wenn ich das alleine mache. Du solltest schon mal ...«

»Was soll das denn heißen? Ich komme natürlich mit.« Annabel starrte ihn fassungslos an.

»Anna, bitte! In zwanzig Minuten beginnt das Rugbytraining. Ich werde ein paar von meinen Leuten bitten, mir etwas Geld zu leihen. Wird vermutlich kein Problem werden. Aber ich mach das besser allein.«

»Und warum, bitte schön?«

»Es ist einfach sicherer«, sagte er. »Geh zu unserem Treffpunkt. Vielleicht sind die anderen ja auch schon da. Ich komme nach, sobald ich das Geld habe.« Ohne ein weiteres Wort lief er über die Straße und ließ Annabel stehen.

»Du kannst mich doch nicht ...«, rief sie ihm hinterher, aber er drehte sich nicht um.

So ein Idiot! Wie konnte er ihr das antun? Nach allem, was sie zusammen erlebt hatten ... nach so einer romantischen ... *So ein Vollarsch!* Als ob er hier der Einzige wäre, der Geld besorgen könnte. Sie hätte ihn am liebsten zusammen mit den blöden Amerikanern auf den Mond geschossen, da, wo er hingehörte.

Passend zu ihrer Stimmung verdunkelte sich der Himmel und ein entferntes Grollen kündigte das Heraufziehen eines Sommergewitters an. Sie vergrub die Hände in den Hosentaschen und kickte voller Wut einen kleinen Stein auf die Straße. Er verfehlte den Kotflügel eines vorbeifahrenden Taxis nur um Haaresbreite.

Doch als sie ein paar Pennys in ihrer Tasche ertastete, hatte sie plötzlich eine Idee. Nicht genug für ein Frühstück, dachte sie, aber ...

Sie sah sich aufgeregt um. Es war Samstagvormittag. Die kleinen Geschäfte, die die Straße säumten, waren gut besucht. Sie musste sich recken, um über all die Leute zu spähen. Aber kurz darauf wurde sie fündig und machte sich sofort auf den Weg. Gegenüber einer Bushaltestelle wechselte sie auf die andere Seite.

Eine junge Frau, die auf den Bus wartete, winkte ihr zu. Sie trug Sandalen, ein farbenfrohes langes Kleid mit einem breiten Ledergürtel und einen braunen Schlapphut.

»Hey, Schwester, ich mag deine Farben!«, sagte sie fröhlich.

»Und ich mag deinen Hut«, sagte Annabel im Vorbeigehen. Sie war ein großer Fan der Hippie-Mode und unter normalen Umständen hätte sie sich gerne mit der Frau unterhalten. Doch Mode war im Moment das Letzte, worüber sie reden wollte.

Nach etwa einhundert Metern, an der nächsten Straßenecke, blieb sie stehen, plötzlich ängstlich und unsicher, ob sie das Richtige tat. Aber sie brauchte Gewissheit.

Dann öffnete sie die Tür der Telefonzelle.

Annabel stand in dem engen roten Häuschen und versuchte, ihre Aufregung in den Griff zu bekommen. Sie wollte nicht wie ein ängstliches Kind klingen, wenn jemand abnahm. Und sie wollte auf keinen Fall weinen. Um sich abzulenken, zählte sie Autos und Fußgänger, starrte auf das Straßenschild, direkt gegenüber und las die Worte *Vine Street* etwa ein Dutzend Mal. Schließlich gab sie es auf. Denn je länger sie wartete, desto nervöser wurde sie.

Ihre Hand zitterte, als sie die Münzen einwarf und die Nummer wählte. Es klingelte dreimal. Jemand nahm ab. Eine Frauenstimme meldete sich: »Ja, hallo?«

Das ist nicht meine Mutter.

Sie hätte die Stimme ihrer Mutter ebenso wenig beschreiben können wie ihr Aussehen. Doch sie wusste nach nur zwei kleinen Worten, dass die Frau am anderen Ende nicht ihre Mutter war. Sie konnte es fühlen. Genauso, wie sie es in der Anstalt gefühlt hatte.

»Wer seid ihr?«, stieß sie hervor. »Was hat das alles zu bedeuten? Warum tut ihr uns das an?«

Schweigen auf der anderen Seite. Nur ein ruhiges, gleichmäßiges Atmen war zu hören. Dann ein leises Kichern. Und schließlich eine Reaktion. »Euch bleiben noch sechs Tage. Sechs Tage.« Die Stimme besaß einen drohenden Unterton.

»Wieso sechs Tage? Was ist in sechs Tagen?«

Keine Antwort. Nur wieder das Kichern. Kurz darauf ein Knacken. Die Frau hatte aufgelegt.

Annabel schrie ins Telefon und schlug den Hörer gegen den Apparat. Sie fühlte sich hilflos, wusste nicht, wie sie mit der Situation umgehen sollte. Einige Passanten schauten sie misstrauisch an. Sie holte tief Luft, legte den Hörer zurück auf die Gabel und verließ die Telefonzelle.

Ein paar Schritte weiter lehnte sie sich mit dem Rücken gegen eine Schaufensterscheibe. Sie hatte mit Tränen gerechnet, doch ihr war nur kotzübel und schwindelig.

Als ein junges Paar eng umschlungen an ihr vorbeiging, fühlte Annabel Eifersucht in sich aufsteigen. Das Glück der beiden leuchtete für eine Sekunde vor ihr auf wie ein Blitz in der Nacht. Sie wünschte, sie könnte ihnen ein kleines Stück von ihrem Glück rauben, damit sie es an einem Stock befestigen und wie eine kleine leuchtende Kinderlaterne vor sich hertragen konnte.

Es hört nicht auf, dachte sie mit Tränen in den Augen und lief davon.

23

Michael war froh, als er endlich den kleinen Richfield Park am Ende der Sheen Road sah. Noch mehr freute er sich aber über den Anblick von Eric, der ihm schon von Weitem zuwinkte. Seine Stimmung, die seit Verlassen des Schulgeländes ziemlich am Boden gewesen war, hob sich schlagartig.

Doch wo war Annabel?

»Ich wusste, dass du es schaffst«, sagte er, als er Eric gegenüberstand. »Ich wusste es einfach.«

»Versteh das jetzt bitte nicht falsch«, sagte Eric, und bevor Michael reagieren konnte, umarmte er ihn schnell und heftig. »Aber ich bin wirklich so froh, dich zu sehen.«

»Geht mir genauso. Wo ist George?«

Eric gab ihm eine Kurzversion der letzten Nacht und erzählte ihm, dass George am Morgen einfach verschwunden war. Im Gegenzug erzählte Michael ihm, was er und Annabel in den letzten Stunden erlebt und warum sie sich vorhin getrennt hatten.

«Sieht aus, als hätten wir unsere Partner verärgert, was Kumpel? – Aber keine Sorge. George kriegt sich schon wieder ein und Anna ... hey, du weißt doch, wie stolz sie sein kann. Gib ihr etwas Zeit.«

Michael musste grinsen. Es tat so gut, Eric wieder um sich zu haben. Seine lockere Art konnte er jetzt wirklich brauchen. Trotzdem hatte er ein schlechtes Gewissen und kam sich inzwischen wirklich albern vor, weil er Annabel gegenüber so ein Theater gemacht hatte. Wenn er sie einfach mitgenommen hätte, müsste er sich jetzt keine Sorgen um sie machen.

»Und? Hattest du Glück bei deinen Rugby-Kumpels?«, fragte Eric.

Michael schüttelte knapp den Kopf. »Nein, das war eine absolute Pleite. Das Training ist ausgefallen, keine Ahnung, warum.« Es war wirklich frustrierend. Immerhin hatte er dafür einen Streit mit Annabel riskiert. Und nun war er auch noch mit leeren Händen zurückgekommen.

»Keine Sorge, uns wird wegen der Kohle schon etwas einfallen«, sagte Eric heiter. »Zur Not gebe ich vor dem Bahnhof eine kleine Tanzeinlage und lass den Klingelbeutel rumgehen.«

Michael warf Eric einen amüsierten Blick zu. Aber es schien ihm offensichtlich ernst damit zu sein.

»Soll das heißen, du tanzt?«

»Ich nehme Ballettunterricht, seit ich acht bin. Findest du das peinlich?« Eric sah Michael beinahe ängstlich an.

»Peinlich? Nein«, sagte Michael. »Ballett ist ein harter Sport, soviel ich weiß. Als Balletttänzer muss man wirklich fit sein. Das erklärt wohl auch dein kleines Kunststück unter Parkers Schreibtisch, was?«

Eric zuckte wie beiläufig mit den Schultern und grinste wieder. Er wirkte erleichtert.

»Hey, da kommt sie!« Eric winkte aufgeregt die Straße runter und Michael drehte sich auf dem Absatz herum.

Und tatsächlich, Annabel kam gerade zwischen zwei parkenden Wagen hervor und überquerte die von großen Kastanien gesäumte Straße. In den hübschen bunten Sachen und mit ihren roten Haaren war sie wirklich nicht zu übersehen. Michael starrte sie fasziniert an. Doch als sie näher kam, glaubte er, etwas in ihrem Blick zu erkennen, etwas, das vorhin noch nicht da gewesen war. Das gefiel ihm nicht.

Annabel und Eric fielen sich in die Arme, ohne ein Wort zu sagen. Und auch Michael bekam von ihr ein Lächeln.

Allerdings hatte er das Gefühl, dass es ein wenig mechanisch wirkte, nicht so herzlich wie sonst. *Meine Schuld*, dachte er.

Nachdem sie sich voneinander gelöst hatten, erzählte Eric ihr seine Geschichte und auch Michael brachte sie auf den neuesten Stand. Ruhig und mit ernstem Gesichtsausdruck hörte Annabel ihnen zu. »Verstehe«, sagte sie schließlich. «Dann müssen wir uns eben etwas anderes einfallen lassen.«

»Ganz genau, Rotlöckchen! Meine Rede.«

»Anna, wegen vorhin«, sagte Michael vorsichtig. »Ich wollte nicht...«

»Ist schon okay. Ich bin nicht mehr sauer. Nicht wirklich. Ich... ich muss euch nur unbedingt etwas erzählen, was ich...« Sie unterbrach sich und spähte auf die andere Straßenseite. »George! Hier sind wir!«, rief sie plötzlich.

»Sehe ich das richtig? George lächelt?«, fragte Michael.

»Das ist bei ihm ja fast schon eine Verkleidung«, spottete Eric.

»Lasst ihn in Ruhe«, sagte Annabel. »George ist ganz okay.« Sie ging ihm entgegen, um ihn zu begrüßen. »Hey, George, alles klar? Wo bist du denn gewesen?«

George hatte immer noch dieses seltsame Lächeln auf den Lippen. Und gleich darauf wurde Michael auch klar, warum. George griff wortlos in seine Hosentasche und zog langsam ein Bündel Pfundnoten heraus.

»Das gibt's doch nicht!«, platzte es aus Eric heraus. »George, der Retter in der Not! Toll gemacht, Kumpel!«

»George, das ist wirklich genial!«, sagte Michael. »Das dürfte für die Fahrt reichen. Und es bleibt sogar noch etwas übrig.«

Annabel sagte nichts. Stattdessen schenkte sie George ein hinreißendes Lächeln.

George war im siebten Himmel. Auf dieses Lächeln hatte er sich so gefreut. Aus irgendeinem Grund war es besonders Annabels Anerkennung, die ihm wichtig erschien. Und für einen kurzen Augenblick hatte er das Gefühl, dass sein Triumph vielleicht doch weitaus größer ausfallen könnte als erhofft.

Deshalb verletzte ihn das, was dann geschah, umso mehr.

»Erzähl!«, sagte Michael neugierig. »Von wem hast du das Geld? Ist es jemand, den wir kennen?«

George versuchte, so zu tun, als habe er die Frage nicht gehört. Aber die anderen erwarteten offensichtlich eine Antwort.

»Nur ein Freund«, sagte er und zog dabei leicht die Schultern hoch.

»Und dein Freund hat dir das Geld einfach so gegeben?«, fragte Annabel. Sie lächelte noch immer.

»Äh, ja. Natürlich. Er hat sofort gesagt, er würde mir was leihen.«

Jetzt wurde Annabels Gesichtsausdruck leicht misstrauisch. »War es jemand aus unserer Schule? Er hat dich doch bestimmt gefragt, wozu du das Geld brauchst. Wusste er von der Anstalt?«

»Was meinst du damit? Was... was sollen diese Fragen?« George spürte, wie seine gute Laune mit einem Schlag verflog. Er hatte ihnen doch das Geld gebracht. Was wollten sie denn noch?«

»Ich glaube, Anna möchte nur wissen, ob du ihm etwas von uns erzählt hast«, sagte Michael ruhig. »Waren seine Eltern vielleicht da?«

»Was? Nein!« George kam sich vor wie in einem Verhör. »Was wollt ihr eigentlich von mir? Wenn Michael mit dem Geld angekommen wäre, hätte ihm niemand solche Fragen gestellt. Ihr wärt ihm um den Hals gefallen.«

»Das stimmt doch gar nicht, George«, sagte Annabel. »Wir haben einfach Angst, dass man uns erwischt.«

Leck mich!, dachte George. So hatte er sich seine glorreiche Rückkehr nicht vorgestellt. Eben noch hatte er zum ersten Mal das Gefühl gehabt dazuzugehören, ein respektierter Teil der Gruppe zu sein. Doch nun befand er sich in genau der gleichen Position wie immer. Er war wieder zum Außenseiter geworden. Und weil das anscheinend noch nicht genug war, bewarfen sie ihn jetzt auch noch mit Steinen.

In diesem Moment wurde George klar, dass er nie zu ihnen gehören würde, ganz egal, wie viel Mühe er sich gab. Und es hatte etwas Befreiendes, dass er das ein für alle Mal erkannt hatte. Denn es versetzte ihn in die Lage, kühl und nüchtern zu überlegen, was für ihn wohl das Beste wäre.

Für ihn und nicht für die Gruppe. Und das war ganz leicht zu beantworten. Solange er das Gefühl hatte, dass die anderen ihm nützlich sein konnten, war es klüger mitzuspielen.

Erneut hieß George die Leere willkommen, die wie ein kalter Nebelschwaden durch jede seiner Poren in ihn eindrang und ihn nach und nach erfüllte. Doch diesmal kam sie nicht alleine. Sie hatte einen Freund mitgebracht. Einen dunklen, unheimlichen Freund.

»Tut mir leid«, sagte George und war selbst erstaunt, wie ruhig seine Stimme klang. »Ich verstehe, was ihr meint. Und nein, seine Eltern waren nicht da. Ich habe ihm nur gesagt, dass ich etwas Geld brauche und er es nächste Woche zurückbekommt. Er wollte nicht wissen, wofür es ist. So läuft das doch unter Freunden, oder?«

Die anderen schwiegen verblüfft. George konnte nicht sagen, ob sie ihm glaubten oder ob sie endlich kapiert hatten, dass es keine Rolle spielte, woher das Geld kam, solange man keine Alternative hatte. Aber letztendlich war für ihn nur eins wichtig: dass sie die Klappe hielten.

Annabel sah George unverblümt an. Seine ruhige Antwort hatte sie überrascht, aber sie glaubte ihm kein Wort. Leider sah es nicht danach aus, als würde er sich weiter aus der Reserve locken lassen. Er hatte wieder seinen stoisch-neutralen Gesichtsausdruck aufgesetzt, der nichts darüber verriet, was wirklich in ihm vorging. Dennoch hatte Georges Fassade Risse bekommen, und dass etwas nicht mit ihm stimmte, fühlte Annabel ganz deutlich.

Trotz allem war sie sich ziemlich sicher, dass George niemandem etwas über ihre Absichten verraten hatte, selbst wenn dieser angebliche Freund nicht existierte. Er wollte schließlich genauso wenig zurück in die Anstalt wie sie.

Sie zwang sich, George für eine Weile zu vergessen, denn es gab etwas, das ihr schon die ganze Zeit auf dem Herzen lag, und das musste jetzt endlich ans Tageslicht.

»Ich muss euch was erzählen«, sagte sie. »Etwas Wichtiges.« Ein Windstoß fuhr durch die Baumkronen und Annabel warf einen Blick nach oben. Der Himmel hatte sich weiter verfinstert und es war nur eine Frage der Zeit, bis sich die Wolken ihrer Last entledigen würden. Doch es war mehr eine innere Kälte als die fehlende Wärme der Sonne, die sie frösteln ließ. »Ich habe vorhin aus einer Telefonzelle bei uns zu Hause angerufen.«

»Du hast was?«, platzte es aus Eric heraus.

Annabel verstummte. Die Jungs starrten sie mit großen Augen an.

»Ihr denkt, das hätte ich nicht tun sollen, stimmt's?«

»Nein, nein, red weiter«, sagte Eric, warf Michael aber einen Blick von der Seite zu.

Annabel fuhr unsicher fort und beschrieb, so gut sie konnte, alle Einzelheiten ihres Anrufs.

»Euch bleiben noch sechs Tage. Sechs Tage. Das hat sie gesagt. – Was denkt ihr?« Annabel nestelte mit fahrigen Fingern am Saum ihres Shirts herum.

Es entstand eine kleine Pause.

»Was wir denken?« Michaels Augen weiteten sich und plötzlich sah er ungeheuer erleichtert aus. »Dank dir wissen wir jetzt endlich, dass wir nicht verrückt sind! Und dass die Leute, die in der Anstalt behauptet hatten, unsere Eltern zu sein, Lügner sind! – Mensch, Anna!«

Eric zeigte seine Freude auf Eric-Art. Er schnappte sich Annabel und hob sie hoch. »Wenn's keiner von euch Heteros macht, übernehme ich das eben.« Er gab ihr einen lauten Schmatz auf die Wange. »Rotlöckchen, du bist ein Genie«, flüsterte er ihr ins Ohr und setzte sie wieder ab.

Annabel atmete auf. Natürlich war auch ihr sofort klar gewesen, dass der Anruf ein Beweis war, dass sie sich all die unglaublichen Geschehnisse nicht einbildeten. Doch Angst und Wut hatten ihre Gefühle vernebelt. Erst jetzt, da sie sah, wie aufgewühlt ihre Freunde waren, konnte auch sie sich darüber freuen.

Sogar Georges sphinxhafter Gesichtsausdruck wich für ein paar Sekunden einem Lächeln. Kommentieren wollte er die gute Nachricht aber offenbar nicht.

Michael sah in die Runde. »Ich weiß nicht, wie es euch geht, Leute, aber ich fall gleich um, wenn ich nicht bald was zu essen kriege. Wir müssten genug Geld für die Fahrkarten und ein ordentliches Frühstück haben. Was sagt ihr?«

»Schokoladenkuchen«, sagte Annabel sehnsüchtig.

»Erdbeertorte«, stimmte Eric mit ein.

»George?«, fragte Michael.

»Ja, wir sollten was essen und trinken, bevor wir losfahren«, sagte George und es klang, als wäre alles wieder beim Alten.

Als Michael sich wenig später ein Stück von Annabels Schokoladenkuchen nehmen wollte, den sie aus einer Bäckerei besorgt hatten, schlug sie ihm blitzschnell auf die Finger. Erschrocken zog er seine Hand zurück.

Eric musste dermaßen lachen, dass er einen Teil seines Mundinhaltes ausprustete und auf Michaels Hose verteilte.

»Geschlagen und angespuckt. Schöne Freunde.«

Annabel grinste und hielt Michael den Kuchen entgegen.

»Bist wohl doch noch sauer auf mich, was?«, fragte er und griff zögerlich nach dem Kuchen. »Es tut mir leid, dass ich dich einfach so hab stehen lassen.«

»Das will ich auch hoffen«, sagte Annabel und lächelte ihn an. Dann schwiegen sie für eine Weile.

Seit sie sich vor drei Tagen in der Anstalt begegnet waren, hatte es immer nur zermürbende Fragen, aber keine Antworten gegeben. Das Wissen, nicht verrückt zu sein, löste nicht ihr Problem. Doch sie konnten eine der wichtigsten Fragen von ihrer Liste streichen. Und vielleicht, mit ein bisschen Glück, würde es ihnen gelingen, noch weitere Antworten zu erhalten.

Dass die Stimme am Telefon von einer Frist von sechs Tagen gesprochen hatte, verdrängten sie in diesem Moment.

24

King's Cross Station. Annabel hatte das Gefühl, schon ewig nicht mehr hier gewesen zu sein. In der großen Halle herrschte hektischer Trubel. Der laute Mischmasch aus Schritten, Stimmen, Lautsprecherdurchsagen und Zuggeräuschen machte Annabel so nervös, dass sie sich schon nach wenigen Minuten nach der kleinstädtischen Ruhe von Richmond zurücksehnte. Sie hatten einen Vorortzug hierher genommen, der Anschlusszug nach Willowsend ging erst in einer halben Stunde. Um die Zeit zu überbrücken, suchten sie nach einem Zeitungskiosk, es gab gleich zwei davon in der großen Halle. Aber die Mondmission schien im Moment das Einzige zu sein, was die Menschen interessierte. Dagegen war der Ausbruch von vier Jugendlichen aus einer Anstalt scheinbar nicht mal eine Randnotiz wert.

Annabel sah, wie Michael eine Reihe von Telefonnischen anstarrte, die sich in einer Ecke der Halle befanden. Und sie bekam sofort ein flaues Gefühl im Magen.

»Es gibt etwas, was wir tun können«, sagte Michael zögerlich.

Nein, sprich es nicht aus!, dachte Annabel und wäre so gern dazwischengegangen. Aber etwas hielt sie davon ab.

»Wir wollten das schon in der Anstalt tun«, fuhr Michael fort. »Jetzt hat mich Annas Anruf wieder darauf gebracht. Also: Ich will nicht den gleichen Horror wie Anna erleben und am Telefon mit meiner falschen Mutter sprechen, aber...«

Auf Erics und Georges Gesichtern zeichnete sich Erleichterung ab.

»...aber nachdem man es uns in der Anstalt verboten

hat, haben wir jetzt endlich die Möglichkeit, Freunde, Verwandte oder Nachbarn anzurufen. Wir müssen sie fragen, ob bei uns zu Hause alles in Ordnung ist und was sie über diese Sache wissen. Irgendeinem muss was aufgefallen sein. Und es muss jemanden geben, der uns helfen kann.«

Annabel wusste, dass er recht hatte. Sie mussten es tun, auch wenn sich alles in ihr dagegen sträubte. Also versuchte sie, sich ihre Panik nicht anmerken zu lassen.

»Ich mache den Anfang«, bot Michael an und er klang zuversichtlich und voller Hoffnung. Doch schon wenig später verdüsterte sich seine Miene. »Keiner zu Hause«, knurrte er. »Versuch du es, Eric.«

Aber auch hier das gleiche Spiel. Und es ging so weiter. Egal wer zum Telefon griff und egal bei wem sie es versuchten oder wie lange sie es klingeln ließen – niemand nahm ab.

»Das gibt es doch nicht! Einer muss doch zu Hause sein!« Eric knallte den Telefonhörer auf die Gabel.

»Und wenn es tatsächlich nur ein dummer Zufall ist?«, fragte Annabel.

»Glaubst du das wirklich?« George schüttelte den Kopf.

Michael sah demonstrativ auf die Uhr. »Wir müssen los. Wir reden in Willowsend noch einmal darüber.«

Annabel war froh, dass Michael die Notbremse gezogen hatte. Niemand von ihnen hätte auch nur ansatzweise erklären können, was hier gerade passiert war. Und natürlich glaubte sie nicht wirklich an einen Zufall. Nicht nach dem, was sie in den letzten Tagen erlebt hatte. Aber solange es keinen Beweis für das Gegenteil gab, musste sie sich einfach an den Gedanken klammern, dass sie früher oder später für alles eine rationale Erklärung finden würden. Deshalb setzte sie ihre ganze Hoffnung in die bevorstehende Reise und betete, dass das Haus mit den gelben Fenstern ihnen tatsächlich ein paar Antworten liefern würde – so wie April Fay es prophezeit hatte.

Als sie den Zug nach Willowsend bestiegen und George ihr auffallend höflich den Vortritt ließ, wurde Annabel allerdings etwas klar. Die Tatsache, dass sie niemanden erreicht hatten, war der endgültige Beweis dafür, dass George sie wegen der Quelle des Geldes belogen hatte.

Sie bestiegen einen der fast leeren Waggons und setzten sich in ein freies Abteil. Gerade als Annabel sich auf einen Platz am Fenster fallen ließ, zerriss ein ohrenbetäubender Knall die Luft. Sie zuckte zusammen und lachte kurz auf, ohne dass sie es wollte. Es folgte ein donnerndes Grollen und selbst in dem Waggon konnte sie hören, wie der Regen auf das Bahnhofsdach prasselte. Als der Zug den Bahnhof verließ, liefen wahre Sturzbäche an der Scheibe herunter und ließen nur einen verschwommenen Blick auf die Umgebung zu.

»Michael, wie lange fährt man nach Willowsend?«, fragte Eric.

»Etwa eine Stunde. Es liegt nordöstlich von hier in Essex.« Michael griff sich eine liegen gebliebene Times und blätterte sie Seite für Seite durch, aber auch hier schien nichts über sie zu stehen.

Bevor Annabel sich erneut den Kopf darüber zerbrechen konnte, stand ein Schaffner breitbeinig in der Tür.

»Die Fahrkarten, bitte!«

Sie kramten die Fahrkarten hervor und reichten sie ihm.

»Dürfte ich mir einen Ihrer Stifte ausleihen?«, fragte Michael bei der Gelegenheit. »Ich würde gerne das Rätsel machen.«

»Natürlich, einen Moment«, sagte der Mann, während er die Fahrscheine knipste. »Hier, mein Junge. Viel Spaß damit.«

»Vielen Dank. Ich bringe ihn auch zurück, wenn wir wieder aussteigen.«

»Freut mich zu hören. Eine schöne Fahrt wünsche ich euch.« Der Schaffner wechselte ins nächste Abteil.

Annabel und Eric sahen erstaunt zu, wie Michael sich auf das Rätsel konzentrierte und recht zügig ein Wort nach dem anderen einsetzte.

»Überrascht, dass ich lesen und schreiben kann?«, fragte Michael, als er wieder hochblickte. »Typisch. Alle denken immer, dass man als guter Sportler automatisch dämlich sein muss. Das nervt.«

»Och, ich fang gleich an zu weinen«, sagte Eric.

Annabel lachte. Ihre Wut auf Michael war endgültig verflogen.

»Löst du wirklich gerade das verdammte *Times*-Rätsel?«, fragte Eric ungläubig. »Oder schreibst du da nur irgendwelche Buchstaben rein? Oder Kreuze?«

Michael reichte Eric das Rätsel. »Die Dinger sind gar nicht so schwer, wenn man weiß, wie's geht.«

Eric hielt das Rätsel hoch. »Schau mal, Anna, richtige Wörter.«

Annabel kannte die kryptischen Rätsel der *Times*. Und obwohl sie Michael in keinster Weise für dumm hielt, war sie überrascht, dass er sich für so etwas interessierte. Aus irgendeinem Grund konnte sie gar nicht aufhören, ihn anzulächeln.

»Der Trick besteht darin, die Fragen richtig zu lesen und die versteckten Hinweise zu erkennen. In den Fragen verstecken sich Definitionen und Wortspiele. Ihr wisst schon,

Anagramme, verborgene Worte, doppelte Bedeutungen und so was. Und je mehr Rätsel man gelöst hat, desto leichter erkennt man die Hinweise.«

Eric gab Michael das Rätsel zurück.

»Gerede«, sagte George unerwartet. Er tippte mit dem Finger auf die letzte leere Zeile in Michaels Rätsel. »*Wenig unterhaltsame Wanderung. Ge-Rede.*«

»Hey, das ist gut, George!« Michael trug die Lösung ein. »Machst du so was öfters?«

»Nein«, sagte George und verzog dabei keine Miene. »Die *Times*-Rätsel sind mir zu einfach.«

Der Zug machte mehrmals Station und wurde zunehmend voller. In Stanford Park stieg ein junges Paar mit Kind ein. Als sie an ihrem Abteil vorbeikamen, öffnete Michael die Tür und deutete auf die zwei freien Plätze. Damit alle sitzen konnten, nahm die Frau ihr kleines Mädchen auf den Schoß. Es schmiegte sich an seine Mutter und musterte mit großen Augen die Fremden. Michael, der ihr gegenübersaß, lächelte sie an, worauf das Mädchen verschämt den Kopf abwandte. Doch kurz darauf begann er, lustige Grimassen zu schneiden, und brachte damit das Mädchen zum Kichern.

Annabel, die das Ganze mitverfolgte, schmolz dahin wie ein Softeis in der Sonne. Sie versuchte, sich einzureden, dass das nur an dem süßen Mädchen lag. Aber vergeblich.

»Du kannst wirklich gut mit Kindern«, sagte die Mutter. »Du hast sicher Geschwister.«

Michael schüttelte zögernd den Kopf, aber auf seinem Gesicht lag plötzlich so ein trauriger Ausdruck, dass Annabel sich erneut fragte, was Michael ihnen verschwieg.

Denn dass er ein Geheimnis hütete, daran bestand für sie kein Zweifel.

Das gleichmäßige Rattern des Zuges hatte Eric und George bereits einschlafen lassen. Und während Michael weiter für die Unterhaltung des Mädchens sorgte, fielen schließlich auch Annabel vor Erschöpfung die Augen zu.

Die anderen drei schliefen fest, als der Schaffner noch einmal an ihrem Abteil vorbeiging. Michael sprang auf und lief dem Mann hinterher, um ihm den Kugelschreiber zurückzugeben.

»Oh, danke. Ich habe gewusst, dass du ihn mir wiederbringst. Gute Menschenkenntnis, weißt du? – Und, konntest du das Rätsel lösen?«

»Das Rätsel? Ja, ich hab es gelöst. Aber ich hatte Hilfe.«

»Ausgezeichnet. Macht doch auch viel mehr Spaß als alleine, findest du nicht?«

»Ja. Und danke noch mal.«

»Ich wünsche euch einen guten Aufenthalt.« Der Schaffner schaute auf die Uhr. »In etwa zehn Minuten erreichen wir Willowsend.« Er nickte Michael noch einmal zu, dann zückte er seine Signalpfeife und ging in Richtung Dienstabteil.

Michael sah ihm lange hinterher. Irgendwas an dem Mann kam ihm seltsam vor. Aber vermutlich lag das nur daran, dass sie sich Willowsend näherten.

Er blieb noch einen Moment auf dem Gang stehen und schaute aus dem Fenster auf die vertraute Landschaft. *Was mach ich nur hier,* fragte er sich.

Das Unwetter hatte sich nach Westen verzogen und der sintflutartige Schauer war während der Fahrt in einen sanften Regen übergegangen. Ein kleiner Lichtblick.

Er weckte die anderen, und als der Zug in den Bahnhof einrollte, winkte Michael dem kleinen Mädchen zum Abschied zu.

Während der Zug mit quietschenden Bremsen zum Stehen kam, wünschte sich Michael für einen Moment, einfach sitzen zu bleiben und weiterzufahren. Irgendwohin. Nur weg von diesem Ort.

Doch er hatte sich anders entschieden. Er wollte hinter das Geheimnis schauen und er wollte die anderen nicht im Stich lassen. Dennoch hatte er nur einen Gedanken, als er seinen Fuß auf den Bahnsteig setzte: *Ich will hier so schnell wie möglich wieder weg.*

Dritter Teil des Interviews

FINNAGAN: »Nicholas, die außergewöhnlichen Begabungen Ihres Bruders und die damit verbundenen Quantensprünge in der Hirnforschung und im Bereich der Supercomputer werfen Fragen auf. Da böte das Savant-Syndrom eine brauchbare Erklärung. Was glauben Sie, trifft eine solche Bezeichnung auf Ihren Bruder zu?«
HILL: »Ich kann das Interesse, das Savants hervorrufen, sehr gut nachvollziehen. Für mich sind sie wie tragische Superhelden, die gegen ihren Willen mit einer speziellen Fähigkeit ausgestattet wurden. Aber für das, was Nathan kann oder ist, gibt es, glaube ich, keine Definition. Vielleicht ist er der nächste Schritt in der menschlichen Evolution, wer weiß? Fest steht, dass sein enzyklopädisches Wissen und sein intuitives Verständnis der Dinge über das Maß dessen hinausgehen, was man mit Worten beschreiben kann. Er ist in der Lage, selbst in einem scheinbaren Chaos von Informationen, Muster und Gesetzmäßigkeiten intuitiv zu erkennen. Die Art und Weise, wie er Informationen aufnimmt und verarbeitet, ist wahrscheinlich einzigartig. Und er ist dabei auf kein bestimmtes Gebiet beschränkt. Zudem ist sein außergewöhnlicher Verstand nicht das Resultat eines Hirndefekts, wie bei den meisten Savants. Und auch sein Sozialverhalten ist völlig normal, wie Sie nächste Woche feststellen werden.«
FINNAGAN: »Und darauf freue ich mich schon sehr. Liebe Zuschauer, Dr. Nathan Hill, das überragende Genie, hat sich bereiterklärt, nächsten Montag live bei uns im Studio zu sein. Dabei wird es vor allem um die technischen Hintergründe seiner

Arbeit gehen und um die Frage, wie es ihm und seinem Team gelingen konnte, das Unmögliche möglich zu machen.

Nicholas, als Ihr Bruder Sie anrief und um Ihre Mitarbeit bei seinem Projekt bat, wussten Sie da bereits, worum es ging? Ich meine, waren Sie selbst über den damaligen Stand der Technik informiert und konnten Sie sein Vorhaben einschätzen?«

HILL: »Sie möchten wissen, ob ich ihn für verrückt gehalten habe?«

FINNAGAN: »Wenn Sie schon so direkt fragen... ja.«

HILL: »Ich hatte einen groben Überblick über seine Forschungen und den Stand der Technik. Seit wir Kinder waren, hielt er mich über seine Projekte auf dem Laufenden. Obwohl ich bereits damals vieles nicht verstanden habe. Was wiederum er nicht begreifen konnte.«

FINNAGAN: »Wir sollten an dieser Stelle erwähnen, dass Sie und Nathan zweieiige Zwillinge sind und schon immer ein besonders enges Verhältnis zueinander hatten.«

HILL: »Ja, das ist richtig. Und das ist wohl auch der Grund, warum wir so gut miteinander klarkommen. Ich glaube, wenn ich ihn nicht so gut kennen würde und nur ein Mitglied seines wissenschaftlichen Teams wäre, wäre ich langfristig nicht in der Lage, mit ihm zu arbeiten.«

FINNAGAN: »Warum?«

HILL: »Weil ich mir vorkäme wie ein Säugling, der versucht, mit einem Großmeister Schach zu spielen.«

FINNAGAN: »Ist es tatsächlich so schlimm? Wie gehen die anderen Wissenschaftler damit um?«

HILL: »Es ist für keinen leicht, ganz gewiss nicht. Haben Sie schon mal einen Nobelpreisträger weinen sehen? – Wissen Sie, ich liebe Nathan, aber... da ist manchmal so eine geistige Distanz. Selbst mir gegenüber. Jeder spürt sie in seiner Gegenwart. Er kann nichts dafür, aber es gibt Leute, die damit nicht umgehen können. Meist solche, die sich ständig mit anderen messen müssen.«

FINNAGAN: »Und Sie? Wollten Sie jemals so sein wie Nathan oder... besser?«

HILL: »Ich habe schon lange aufgehört, mich mit ihm zu vergleichen oder zu messen. Obwohl meine Entscheidung, Anwalt zu werden, möglicherweise etwas damit zu tun hat, dass Nathan niemals in diesem Bereich arbeiten würde.«

FINNAGAN: »Kommen wir wieder zurück zu der Frage, ob Sie über den damaligen Stand der Technik informiert waren und ob Sie Nathans Vorhaben einschätzen konnten.«

HILL: »Ja. Es gab für mich keinen Grund, an seinem Vorhaben zu zweifeln. Damals hatte er die Idee für das Projekt noch nicht konkret im Kopf. Der Gedanke, auf diese Weise das Institut und die Hirnforschung zu finanzieren, entwickelte sich aber kurze Zeit später. Und ausgerechnet dabei sollte ich ihm helfen.«

Willowsend

25

Das Erste, was Annabel auffiel, war das verwitterte Straßenschild. *Old Kent Road.* Obwohl sie sicher war, noch nie an diesem Ort gewesen zu sein, brachte das Schild etwas in ihr zum Klingen. Sie konnte beim besten Willen nicht sagen, warum, aber der Anblick ließ ein leichtes Kribbeln über ihre Kopfhaut wandern.

Sie folgten schweigend einem Sandweg, der im rechten Winkel von der Straße in den Wald hineinführte, gerade breit genug für ein Auto. Er machte nach etwa fünfzig Metern eine Biegung. Nichts deutete darauf hin, dass sich am Ende des Weges etwas anderes befinden könnte als noch mehr Wald.

Den immer schwächer werdenden Regen hörte Annabel mehr, als dass sie ihn spürte. Das dichte Blätterdach über ihnen bildete einen natürlichen Regenschutz.

Michael ging ein paar Meter vor ihr her. Er hatte die Hände in den Hosentaschen vergraben und hielt den Blick gesenkt. Annabel fand es eigenartig, wie er sich seit ihrer Ankunft in Willowsend verhielt. Als ein Bauer auf seinem Trecker ihn an der Bushaltestelle begrüßte, hatte Michael nur kurz zurückgenickt. Und als ein Junge, in einem Fußballtrikot und mit einem Ball auf dem Schoß, ihn im Bus ansprach und fragte, ob er noch immer Rugby spielen würde, sah es für einen Moment so aus, als wolle Michael ihn am liebsten verprügeln. Was ging nur in ihm vor?

An der Biegung machte der Weg einen scharfen Schwenk nach rechts, um nach etwa zwanzig Metern wieder die alte Richtung aufzunehmen. Hier blieb Michael für einen Moment stehen.

Annabel sah sich um. Durch Bäume und Buschwerk hindurch konnte sie bereits die Konturen eines Hauses erahnen. Und wenn sie genauer hinsah, erkannte sie rechts davon Teile eines Seeufers.

Noch während sie sich wieder in Bewegung setzten und weiter dem Weg folgten, dachte Annabel, dass es vermutlich klüger wäre, das Haus erst einmal heimlich zu beobachten, um sicherzugehen, dass sie nicht blindlings in eine Falle tappten. Aber sie hatte einfach nicht die Nerven, die Sache noch weiter hinauszuzögern, und ignorierte die mögliche Gefahr. Sie war überzeugt, dass die anderen gerade genauso empfanden.

Und dann war es endlich so weit. Sie hatten das Ziel ihrer Reise erreicht.

Das Haus stand etwa fünfzehn Meter vom Ufer des Sees entfernt. Es hatte einen sandfarbenen Anstrich und große weiße Sprossenfenster mit Fensterläden. Über die gesamte Front zog sich eine überdachte Veranda, in deren Mitte sich eine schmale Treppe befand, die zur Eingangstür führte. Mit seinen Erkern, Winkeln und dem kleinen Türmchen hatte das Haus etwas Verspieltes. Auf seiner linken Seite befand sich ein kleiner Fahrradschuppen und direkt gegenüber der Eingangstür führte ein schmaler Steg auf den See hinaus. Ein kleines Ruderboot lag umgedreht am Ufer.

Das ist es also, dachte Annabel und war fast ein wenig enttäuscht. In ihrer Fantasie war das Haus am See längst zu einer Art Spukhaus mutiert, zu einem verfluchten Ort voller Gefahren und dunkler Geheimnisse. Doch jetzt stand sie hier in dieser Bilderbuchkulisse und sein Anblick hatte überhaupt nichts Geheimnisvolles oder gar Unheimliches an sich. Es sah genauso aus wie auf dem Foto und dem Buntglasfenster. Es war einfach nur ein Haus. Und ausgerechnet hier sollten sie ihre Antworten finden?

Auf der Veranda stellte Michael sich vor der Tür auf die Zehenspitzen und fischte einen Schlüssel oben von einem Balken.

»Spitzenversteck«, spottete Eric und beendete damit das lange Schweigen, das zwischen ihnen geherrscht hatte. »Da hätte ich als Einbrecher wirklich als Letztes gesucht.«

»Wer hier einbrechen will, macht sich nicht die Mühe und sucht nach einem Schlüssel«, erwiderte Michael und schloss die Tür auf.

Irgendwie mochte Annabel das Haus. Es strahlte eine besondere Wärme und Behaglichkeit aus. Im Inneren trennte eine offene Diele ein großes gemütliches Wohnzimmer auf der linken und eine geräumige Küche auf der rechten Seite. Und es gab weder Türen noch durchgehende Zwischenwände. Eine zentrale Treppe führte von der Diele hinauf in den ersten Stock.

Annabel suchte Michaels Blick. Sie wollte ihm sagen, wie schön sie es hier fand. Doch er schien sie nicht wahrzunehmen, stand nur da und starrte auf die abgedeckten Möbel im Wohnzimmer.

Was war nur los mit ihm? Selbst ein Blinder konnte erkennen, wie sehr er mit sich kämpfte, hier zu sein. Aber warum? Und wie sollte sie ihm helfen, wenn er die ganze Zeit darüber schwieg? Hilflos warf Annabel Eric einen Blick zu, und als hätte er ihre Gedanken gelesen, entspannte er die Situation auf seine Weise.

»Tolle Bude, Michael. Aber mal ehrlich. Hier drin riecht's

wie in 'nem alten Männersuspensorium. Wir sollten mal lüften.«

»Gute Idee«, sagte Michael und lachte.

Annabel half den beiden, die Fenster im Erdgeschoss zu öffnen, und bemerkte, dass sogar George sich ein paar Gedanken über Michaels Gemütszustand zu machen schien.

Sie hörte, wie er ihn freundlich um Erlaubnis bat, bevor er die Tücher von den Möbeln nahm.

»Wenn ihr wollt, zeig ich euch noch die anderen Zimmer«, sagte Michael und ging bereits die Treppe hinauf. »Passt auf, das Geländer wackelt ein bisschen. Ist aber stabil. Wir sind wohl ein paarmal zu oft hier runtergerutscht.«

»Sag mal, gibt es hier eigentlich ein Telefon?«, fragte Eric.

»Nein. Das Haus sollte ein Rückzugsort sein. Ohne Störungen.«

Im ersten Stock befanden sich ein Elternschlafzimmer, Michaels Zimmer und ein weiterer Raum, der nur mit einem Schrank, einem Bett und einem Nachttisch möbliert war und auffallend karg aussah. Außerdem gab es noch ein Bad mit Toilette und einer alten, hohen Messingbadewanne.

Michaels Stimmung besserte sich nicht, und nachdem er ihnen alles gezeigt hatte und sie wieder die Treppe hinunterliefen, fragte sich Annabel erneut, was er vor ihnen verbarg und ob es etwas mit ihrer Situation zu tun hatte. Aber irgendwie konnte sie nicht glauben, dass er ihnen absichtlich etwas verheimlichte, was ihnen weiterhelfen könnte. Trotzdem hielt sie die Ungewissheit nicht mehr aus. Sie würde ihn bei der nächsten Gelegenheit darauf ansprechen. Sobald sie mit ihm allein war.

»Leute, das müsst ihr euch ansehen!« Eric hatte die kleine Vorratskammer hinter der Treppe entdeckt und strahlte übers ganze Gesicht. »Verhungern werden wir jedenfalls nicht.« Annabel musste ihm beim Anblick der vielen Konservendosen recht geben. Von Corned Beef über Sardinen, gebackene Bohnen, Pfirsiche und Ananas bis hin zu Ravioli in Tomatensoße – es war für jeden Geschmack etwas dabei.

»Soll ich uns was kochen? Ich könnte ...«

»Rührt ja nichts an!« George schnitt Eric einfach das Wort ab. »Bevor wir hier Unordnung schaffen, sollte Michael sich erst genauer umschauen. Vielleicht fällt ihm ja etwas auf, das anders ist als sonst oder nicht hierhergehört.«

Das Haus kennt die Fragen, weiß die Antworten. Findet die Tür. Findet die Tür zum Paradies. Annabel dachte an April Fays Worte, die sich in ihr Gehirn eingebrannt hatten, und seufzte. Wie es April wohl gerade erging? Hatte sie wirklich gehofft, die vier Jugendlichen könnten sie aus der Anstalt befreien? Wieder stieg die Erinnerung an ihren flehenden Blick und die Bitte, sie mitzunehmen, in Annabel auf.

Und plötzlich wusste sie, dass George recht hatte. Sie waren es April schuldig, das Geheimnis des Hauses so schnell wie möglich zu lüften. Auch wenn sie jetzt alles darum gegeben hätte, für eine kurze Zeit ihre Situation zu vergessen.

Michael war schon vorausgegangen.

»Lasst uns mit dem Wohnzimmer anfangen, okay?«

26

Es war Abend geworden und Annabel saß am Ende des Bootsstegs und schaute auf den See hinaus. Schimmernde Lichtreflexe tanzten auf den Wellen. Nichts deutete darauf hin, wie tief er in seiner Mitte war und was sich unter seiner Oberfläche verbarg. Knietief oder bodenlos. Harmlose Fische oder gefährliche Ungeheuer.

Annabel fühlte sich mut- und kraftlos. Stunden um Stunden hatten sie das Haus und seine nähere Umgebung durchsucht und nichts gefunden. Keine versteckten Türen, keine dunklen Geheimnisse. Es war ein Wochenendhaus wie jedes andere. Michaels Eltern hatten es von einem Mr Darrow gemietet, dem der See und noch ein paar weitere Anwesen in der Umgebung von Willowsend gehörten. Viel mehr gab es darüber nicht zu sagen.

Das Haus und seine Umgebung waren wunderschön, aber dieser Ort hielt keine Antworten für sie bereit, davon war Annabel inzwischen überzeugt. Und was noch schlimmer war: Für einen von ihnen schien das Haus nichts als Kummer und Schmerz zu bedeuten.

Je länger sie gesucht und je mehr Fragen sie Michael über das Haus gestellt hatten, desto stiller war er geworden. Bis er sich am Ende vollkommen in sich zurückgezogen hatte. Nur einmal war er noch aus sich herausgegangen. Als sie den letzten Raum im ersten Stock durchsuchen wollten, den Annabel für ein Gästezimmer hielt, war er ohne ersichtlichen Grund wütend geworden und hatte sie lauthals und ohne eine Erklärung vor die Tür gesetzt. So zornig und aggressiv hatte Annabel ihn bisher nur einmal erlebt: Als Eric ihn in der Anstalt davon abgehalten hatte, zu Dr. Parker zu laufen, um ihn zur Rede zu stellen.

Annabel hatte es sich nicht eingestehen wollen, aber inzwischen begriff sie, dass sie Michaels besonnene, liebenswerte Art und seine starke Zuversicht ebenso brauchte wie Erics Humor. Ohne die beiden hätte sie längst die Hoffnung verloren. Doch Michaels Verhalten heute Nachmittag hatte ihr empfindliches inneres Gleichgewicht völlig ins Wanken gebracht.

Hinzu kam, dass sie am Anfang ihrer Suche noch einmal alles besprochen und mit endlos quälenden Fragen ihre Situation Stück für Stück auseinandergenommen hatten. Am Ende hatten sie nichts weiter als einen Haufen nutzloser Verschwörungstheorien. George hatte am Ende vorgeschlagen, sich zu verstecken, anstatt weiter wie ein Haufen dummer Schafe den Hinweisen hinterherzulaufen. Vielleicht hatte er recht. Bis vor ein paar Stunden hatte Annabel noch geglaubt, die Hinweise aus der Anstalt seien eine echte Chance, ihre Probleme zu lösen, was immer »lösen« auch bedeuten mochte. Jetzt glaubte sie an überhaupt nichts mehr.

Eine leichte Brise kräuselte die Oberfläche des Sees. Die untergehende Sonne zauberte zum Abschied flüchtige Goldadern aufs Wasser. Die Bäume und Sträucher wiegten sich sanft im Wind, neigten sich einander zu, als wünschten sie sich gegenseitig eine gute Nacht.

Wehmütig und ein wenig ängstlich sah Annabel zu, wie das Licht verschwand. Eine halbe Stunde noch, und es würde dunkel sein.

Leise Schritte ließen die alten Bohlen des Stegs knarren. Annabel wandte müde den Kopf.

Michael.

Während er sich wortlos neben ihr niederließ, warf Annabel ihm einen Blick von der Seite zu. Seine schönen, leicht kantigen Züge wirkten genauso ernst und angespannt, wie sie es den Nachmittag über gewesen waren.

»Tut mir leid, dass ich vorhin so ausgerastet bin.«

Michaels sanfte Stimme gab Annabel Mut. Dennoch zögerte sie, bevor sie tief Luft holte und endlich die Fragen stellte, die sie so bedrückten.

»Michael, was ist los mit dir? Was ist mit diesem Haus? Es hat nichts mit uns zu tun, oder?«

Michaels langes Schweigen war für Annabel fast unerträglich. Er rührte sich nicht, starrte nur auf das Wasser. Und erst, als sie die Hoffnung auf eine Antwort schon aufgegeben hatte, nickte er leicht, als hätte er eine Entscheidung getroffen. »Ich habe bisher mit niemandem darüber gesprochen«, sagte er. Annabel sah, wie seine Hände leicht zitterten, als er sie in den Schoß legte. Noch immer war sein Blick auf das Wasser gerichtet.

»Ich habe diesen Ort einmal geliebt. Früher verbrachten wir fast jedes Wochenende hier, sogar im Winter, wenn das Wetter es zuließ.«

»Früher?«, fragte Annabel leise. »Wann seid ihr das letzte Mal hier gewesen?«

Wieder machte er eine lange Pause. »Letztes Jahr, im November. Doch es kommt mir vor, als sei es gestern gewesen. Meine kleine Schwester Rebecca durfte zum ersten Mal jemanden mitbringen.«

Michael hatte eine Schwester? Das hatte er nie erwähnt. Aber dann fiel Annabel plötzlich ein, was er über das wackelige Treppengeländer gesagt hatte. *Wir sind wohl ein paarmal zu oft hier runtergerutscht.*

»Rebecca war ganz aufgeregt.« Michael sprach einfach weiter. «Sie wollte ihrer Freundin Jessica alles zeigen. Am Nachmittag fuhren unsere Eltern ins Dorf, um Lebensmittel einzukaufen. Der See war nicht zugefroren. Es war ein milder Winter.« Er schaute für einen Moment hinüber zum Ufer, wo das kleine Boot umgedreht im Trockenen lag. »Im Sommer sind Rebecca und ich oft mit dem kleinen Ruderboot dort auf die Mitte des Sees gefahren. Wir sind stundenlang da draußen geblieben, sind herumgeschwommen, haben Bücher gelesen und Süßigkeiten gegessen und uns Geschichten erzählt.«

Annabel sah über die schimmernde Wasseroberfläche, dann auf Michael, der seinen Blick jetzt fest auf seine Hände gerichtet hatte.

»Rebecca wusste, dass der See im Winter für sie tabu war. Aber sie wollte ihrer Freundin unseren Lieblingsplatz zeigen. Sie nahmen heimlich das Boot und ruderten hinaus auf den See. Als ich ihre Freundin schreien hörte, rannte ich aus dem Haus. Ich sah Jessica alleine im Boot sitzen. Sie schrie verzweifelt um Hilfe. Ich lief bis zum Ende des Stegs und sprang ins Wasser. Ich schaffte es bis zum Boot, tauchte immer wieder bis auf den Grund, aber ich fand sie nicht.«

Annabel hielt den Atem an.

Michaels Stimme hatte einen eigenartigen, teilnahmslosen Tonfall angenommen, als erzähle er die Geschichte eines anderen. »An das, was dann geschah, erinnere ich mich nicht mehr. Es hieß, ich hätte mich mit letzter Kraft am Bootsrand festhalten können. Und dass das kleine Mädchen weinend mit mir ans Ufer gerudert sei. Dort hätten sie uns gefunden. Sie hatte mir das Leben gerettet.

Später erzählte sie uns, dass sie im Boot herumgealbert hätten und Rebecca dabei das Gleichgewicht verloren hätte. Nachdem man Rebecca endlich geborgen hatte, fand der Arzt eine Platzwunde an ihrem Kopf. Er sagte, sie sei mit dem Kopf gegen den Bootsrand geschlagen und bewusstlos ins Wasser gefallen.«

Annabel spürte, wie ihr eine Träne über das Gesicht lief. Am liebsten hätte sie Michaels Hand genommen, aber sie hatte Angst davor, dass er sie zurückstoßen könnte.

»George hat mich mal in der Anstalt gefragt, wie ich darauf komme, tot zu sein, erinnerst du dich? Jetzt kann ich es dir sagen.«

Endlich sah Michael hoch und suchte Annabels Blick. Er atmete unregelmäßig. In seinen Augen kleine Seen.

Seine Stimme zitterte, als er weitersprach.

»Was, wenn ich es in Wirklichkeit nicht ans Ufer geschafft habe? Was, wenn ich damals genau wie meine Schwester ertrunken bin und das alles hier gar nicht wirklich passiert, sondern nur eine Art Hölle ist?«

»Michael, das darfst du nicht sagen!« Annabel sah ihn eindringlich an. Sie suchte nach einem Argument, das so logisch war, dass es ein für alle Mal seine Todestheorie widerlegen würde. Doch alles, was ihr in diesem Moment einfiel, war: »Wenn das hier die Hölle ist – warum sind wir dann bei dir – Eric, George und ich?«

Michael wischte sich mit dem Handrücken über die Augen und starrte dann wieder auf seine Hände.

»Es ist ihr Zimmer«, flüsterte er. »Ich habe euch rausgeschmissen, weil es ihr Zimmer war. Ich wollte nicht, dass...« Michael schluckte. »Ich konnte den Anblick kaum ertragen. Weißt du, es ist noch immer derselbe Schrank, derselbe Nachttisch, dasselbe Bett. Aber in dem Schrank hängen keine Kleidchen, auf dem Nachttisch liegen keine Bilderbücher und auf dem Bett keine Kuscheltiere mehr. Auch der Platz auf der Fensterbank, an dem immer ein Strauß mit Gänseblümchen stand, ist leer.« Er schaute Annabel mit einem Lächeln an, das so voller Trauer war, dass sie dessen Anblick kaum ertragen konnte. »Ich habe Rebecca einmal gefragt, warum gerade dies ihre Lieblingsblumen sind. Sie hat mir den Strauß ans Ohr gehalten und gesagt: ›Weil sie lachen. Hörst du es nicht?‹«

Annabel konnte die Tränen nicht länger zurückhalten.

Gleichzeitig rang sie nach Worten, irgendetwas, das sie ihm sagen konnte und das ihm Trost spenden würde. Aber diese Worte gab es nicht. Sie konnte nicht mehr tun, als hier bei ihm zu sitzen und ihm zu zeigen, dass er nicht alleine war, was immer auch passierte. So, wie er es bei ihr in der Anstalt getan hatte.

Rebeccas Schicksal und Michaels Trauer darüber machten Annabel schmerzlich bewusst, dass Sicherheit eine Lüge war. Es war nicht so, dass sie und die Jungs in dieser Lage waren, weil sie plötzlich aufgehört hatte zu existieren – nein, es hatte sie nie gegeben. Niemand hielt zu irgendeiner Zeit seine schützende Hand über sie. Nicht als sie Kinder waren und jetzt auch nicht.

Irgendwo hinter ihnen sang ein Vogel, das Wasser plätscherte leise gegen die Pfähle des Stegs und ein auffrischender Wind vertrieb endlich die Hitze des Tages. Die Sonne war in der Zwischenzeit untergegangen und die Konturen der Bäume am Ufer des Sees verwischten, bis ihre dunkler werdenden Silhouetten aussahen wie Scherenschnitte aus schwarzem Papier.

»Danke, dass du mir von ihr erzählt hast«, flüsterte Annabel nach einer Weile.

Michael nickte. »Ich bin froh darüber.« Er richtete sich etwas auf, seine Schultern strafften sich. »Ich werde den beiden anderen auch sagen, was hier passiert ist. Ich möchte nicht, dass sie glauben, mein Verhalten hätte etwas mit uns zu tun.«

Michael nahm behutsam Annabels Hand. »Kommst du mit?«, fragte er zögernd. »Das würde mir helfen.«

Sie lächelte ihn an und wischte sich die Tränen ab. »Ich komme mit dir«, sagte sie.

27

Das vertraute und doch unheimliche Geräusch ließ Michael in die Höhe fahren.

Er hatte so tief geschlafen, dass er einen Moment brauchte, bis ihm einfiel, wo er war. Im Haus am See. Auf dem alten gestreiften Sofa im Wohnzimmer seiner Eltern.

Und noch immer tönte aus der Küche das schrille Geräusch. Ein Geräusch, das es gar nicht hätte geben dürfen und das ihm durch Mark und Bein fuhr.

Er sprang vom Sofa auf und war mit einem Satz in der Diele. Fassungslos blieb er stehen und starrte auf den runden Küchentisch. Das Mondlicht, das durch die Fenster schien, tauchte den Raum in ein diffuses Licht.

Von oben kam Annabel die Treppe heruntergestürzt.

»Was ist das?«

Michael hörte die Panik in ihrer Stimme. Direkt hinter ihr tauchten jetzt auch Eric und George auf, schlaftrunken taumelten sie die Stufen hinunter.

»Scheiße, Michael! Ich dachte, hier gäb's kein Telefon.«

»Das dachte ich auch«, flüsterte Michael für die anderen unhörbar. »Das dachte ich auch.«

Und doch stand es da, mitten auf dem Küchentisch, an dem sie vor ein paar Stunden noch zu Abend gegessen hatten, und klingelte unablässig. Es war mattschwarz mit einem klobigen Hörer, die Wählscheibe war in einem schmutzigen Beigeton unterlegt. Es war nur ein stinknormales Telefon, doch es jagte Michael eine Höllenangst ein.

»Will noch jemand außer mir weglaufen?«, fragte Eric leise.

Michael atmete tief durch, ging auf den Tisch zu und streckte seinen Arm nach dem Hörer aus. Doch bevor er abhob, sah er sich noch einmal um. Annabel nickte zaghaft, Eric schüttelte den Kopf und Georges Miene war wie immer undurchdringlich.

Michael überlegte nicht länger, nahm den Hörer ab und führte ihn langsam zum Ohr. Die anderen kamen vorsichtig näher.

Zuerst hörte er nichts weiter als ein Knistern und Rauschen. Dann bahnte sich ein Flüstern den Weg durch das Dickicht elektronischer Störgeräusche. Michael hatte Mühe, es zu verstehen.

»*Was ihr... sucht... der See... folgt Zeichen... noch fünf... Tage... die Zeichen...*«

Plötzlich übertönte ein ohrenbetäubendes Pfeifen das Flüstern. Michael riss den Hörer vom Ohr, um nicht taub zu werden. Als das Pfeifen erstarb, war die Leitung tot. Kein Flüstern, kein Rauschen. Michael legte mit zittrigen Händen auf und setzte sich auf einen Stuhl.

»Und?«, fragte Annabel.

Mit monotoner Stimme wiederholte Michael die Worte des Anrufers. »Der See. Zeichen. Fünf Tage.«

George lehnte an der Spüle und betrachtete das Telefon. »Das war alles? Hast du die Stimme erkannt?«

»Nein. Ich kann nicht mal sagen, ob es eine Frau oder ein Mann war.«

Michael bemerkte, dass Annabel das Telefon untersuchte. Sie berührte die Schnur und folgte mit den Augen ihrem Verlauf. Sie fiel vom Tisch senkrecht herab, lief etwa eineinhalb Meter über den Boden und verschwand dann in einem Spalt zwischen Kamin und Backofen. »Eric, mach doch mal das Licht an«, sagte sie.

Gleich darauf erhellte ein kleiner vierarmiger Leuchter über dem Tisch den Raum.

Annabel rückte den schweren Ofen ein kleines Stück von der Wand ab. Es machte einen gewaltigen Krach.

Michael stand auf und packte mit an. Er ahnte, was sie vorhatte.

Annabel beugte sich über den Ofen, eine Sekunde später entwich ihr ein entsetzter Laut.

»Was ist los?«, fragte Michael.

Als sie sich zu ihm umdrehte, die Augen weit aufgerissen, hielt sie ein loses Kabelende in ihrer Hand.

»Wie ist das möglich?«, fragte sie und warf das Kabel plötzlich von sich, als hätte es sich in eine giftige Schlange verwandelt.

Michael verrückte den Ofen noch ein weiteres Stück und beugte sich vor. Er musste es mit eigenen Augen sehen. Und tatsächlich, bis auf ein paar alte Spinnweben war die Wand dahinter vollkommen nackt. Kein Telefonanschluss weit und breit.

Eric ließ sich auf einen Stuhl fallen, umklammerte seine Knie und murmelte vor sich hin: »Das Scheißding war gar nicht angeschlossen. Das Scheißding...«

Und auch George starrte fassungslos auf das am Boden liegende Kabelende.

Plötzlich ging ein Ruck durch Michael. Er packte das Telefon und stürmte damit aus der Küche. Er riss die Haustür auf und rannte hinaus in die Nacht bis zum Ende des Stegs. Dort warf er das Telefon, so weit er konnte, hörte, wie es auf die silbrig schwarze Wasseroberfläche traf, und hoffte, es würde für alle Zeiten auf dem Grund des Sees verrotten. Dann drehte er sich um und betrachtete das Haus. Das Licht einer kleinen Laterne, die auf der Veranda brannte, hüllte die Front in ein warmes Licht. Alles sah so friedlich und normal aus. Fast unwirklich erschien ihm der Anblick.

Michael spürte, wie die Wut in ihm tobte. So wie damals, als Rebecca gestorben war. Und er wünschte, er hätte es mit Gegnern zu tun, die aus Fleisch und Blut waren. Jemand Greifbarem, dem er hinterherlaufen und die Seele aus dem Leib prügeln konnte, weil er es verdammt noch mal verdient hatte, für das, was er seinen Freunden und ihm antat.

Michaels Brustkasten hob und senkte sich unter seinem Shirt. Seine Hände zitterten. Durch die hell erleuchteten Fenster sah er, wie Annabel mit Eric und George ins Wohnzimmer ging. *Annabel.* Allein schon ihren Namen zu denken, machte Michael ein wenig ruhiger. Er dachte daran, wie er mit ihr am See gesessen und ihre Hand genommen hatte. Und wie leicht es ihm mit ihr an seiner Seite gefallen war, anschließend Eric und George von Rebecca zu erzählen.

Er versuchte es mit einem Flüstern: »Annabel.« So wie Rebeccas Name konnte auch der Klang ihres Namens sein Denken und Fühlen beeinflussen. Und es war ein guter Einfluss. Weg von Wut und Hass hin zu etwas Neuem und Schönem.

Er atmete noch einmal tief durch, dann ging er zurück ins Haus.

»Vielleicht war es gar kein Telefon, sondern so eine Art Walkie-Talkie«, sagte George. Er saß in einem der Sessel im Wohnzimmer, die anderen gegenüber auf dem Sofa. »Es sollte nur aussehen wie ein Telefon. Und das Kabel könnte die Antenne gewesen sein.«

»Genau! Es muss ein Walkie-Talkie gewesen sein.« Eric schien sich verzweifelt an die Möglichkeit einer rationalen Erklärung zu klammern.

»Dummerweise werden wir es nie erfahren«, sagte George und warf Michael einen finsteren Blick zu. »Wir hatten leider keine Gelegenheit, es näher zu untersuchen. Weil gewisse Leute ja meinen, so was ganz allein entscheiden zu können.«

Eric verdrehte die Augen. »Mann, George, was soll das? *Gewisse Leute,* du spinnst doch! – Hey, ich jedenfalls bin froh, dass Michael das Ding im See versenkt hat.«

»Ganz egal, was es war. Irgendjemand war hier im Haus und hat das Ding in der Küche deponiert. Ohne dass wir es gemerkt haben.« Annabel versuchte, in Georges Gesicht zu lesen. Aber er verstand es einfach zu gut, seine Gefühle zu verbergen. Eins aber fiel ihr auf: Wenn sie ihn in den letzten Tagen angesehen und sich ihre Blicke getroffen hatten, war er ihr mit einer gewissen Verlegenheit ausgewichen und hatte in eine andere Richtung geschaut. Nun aber schien er kein Problem mehr damit zu haben. Er hielt ihrem Blick stand. Und der sonst so typische emotionslose Ausdruck wurde vom Anflug eines Lächelns abgelöst.

»Wir könnten die ganze Nacht hier sitzen und uns die Köpfe zerbrechen und würden uns doch nur wieder im Kreis bewegen«, sagte Michael und strahlte wieder seine alte Ruhe aus. »Und ich hab langsam das Gefühl, dass genau das ein Teil ihres Plans ist.« Er schob eine kleine Tonvase auf dem Kaminsims hin und her. »Sie wollen uns Angst einjagen, uns verunsichern und uns damit schwächen.«

»Hat bei mir bisher ganz gut funktioniert«, pflichtete Eric ihm bei.

»Nicht nur bei dir«, sagte Michael. »Aber wir dürfen uns davon nicht unterkriegen lassen.«

Annabel konnte sehen, wie Michaels einfache Worte Eric aufrichteten. Auch ihr tat es gut, ihm zuzuhören. Sie verstand, was er bezweckte. Er wollte verhindern, dass sich ihre Gedanken in einem Labyrinth aus Angst und Hoffnungslosigkeit verloren, und das war klug von ihm. Doch eines machte ihr nach wie vor Sorgen: Irgendwie hatten sie es alle geschafft, diesen verstörenden Gedanken zu verdrängen, aber solange sie den Brotkrumen folgten, würden diejenigen, die ihnen das eingebrockt hatten, immer wissen, wo sie waren. Und so war es für Annabel nur eine Frage der Zeit, bis ihnen etwas Ähnliches wie heute Nacht oder sogar etwas weitaus Schlimmeres widerfahren würde.

28

Schon wieder dieser Traum. Ich muss es beenden. Ich muss hier raus!

Aber der Traum ließ ihn nicht gehen. George befand sich wieder auf dem Trafalgar Square und er wusste, was passieren würde. Wie bei einem Film, den man schon ein Dutzend Mal gesehen hat und dessen Dialoge man mitsprechen kann. Nur, dass er diesen Film nicht freiwillig sah.

George wartete auf die unheimlichen Geräusche und den schleimigen Strom menschlicher Leiber, der sich aus der National Gallery ergießen würde. Und er wartete auf die Sonne und die fröhlichen Menschen, die lachend und ohne eine Ahnung von seiner Existenz durch ihn hindurchgehen würden. Und er wartete auf Annabel, die mit Michael und Eric das grausame Finale seines Traums bestreiten würde. Doch diesmal endete der Traum nicht damit.

George schaute sich auf dem Platz um. *Womit willst du mich denn noch quälen?*

In einer Gruppe von Menschen sah George die vertraute Silhouette einer Frau. Sie entfernte sich von ihm. Er folgte ihr. Die Frau bewegte sich schnell zwischen den Menschen hindurch, schaute nicht zur Seite und drehte sich nicht um. Der Abstand zu ihr vergrößerte sich, während George ängstlich jeden Kontakt mit den anderen Passanten vermied. Als sie um einen der Brunnen herumlief und die plötzlich hochschießende Fontäne ihm die Sicht raubte, verlor er sie aus den Augen. Er wandte sich in alle Richtungen und suchte verzweifelt den Platz ab. Er konnte sie nirgends entdecken. Als er schrie, nahm er an, dass seine Stimme wie immer versagen würde. Aber sie hallte laut und anklagend über den Platz: »MUTTER!«

George weinte. Als er seinen Kopf senkte und in den Brunnen schaute, sah er sein verzerrtes Spiegelbild. Seine Tränen erzeugten Kreise auf der Wasseroberfläche. Im nächsten Augenblick befand sich George in einem großen Flur, dessen Wände mit einem dunkelroten Stoff bespannt waren. In seiner Mitte hing ein großer, kostbarer Spiegel. Er zeigte das Bild eines niedlichen fünfjährigen Jungen. Er kauerte auf dem Boden und schob ein Spielzeugauto hin und her.

Jemand schrie. Eine schwere Tür fiel ins Schloss. Der Junge spürte die Erschütterung in seinem kleinen Körper. Eine Frau in einem teuren hellblauen Kostüm lief an ihm vorbei. Er hob den Kopf und der vertraute Duft ihres Parfüms wehte um seine Nase. Sie schenkte ihm keine Beachtung. George stand auf und folgte ihr in einen edlen Salon.

»Kein Wort!«, sagte die Frau. Sie lief nervös hin und her, ihre hohen Absätze klackerten über das glänzende Parkett. »Ich will nichts von dir hören. Du bist ein Nichts.« Sie steckte sich mit hektischen Bewegungen eine Zigarette an. »Dein Vater hat dich gehasst, deshalb hat er uns verlassen. Er hat sich für dich geschämt. Schon bei deiner Geburt wusste ich, dass du nichts taugst. Ein widerliches, schleimiges Etwas warst du, das wie ein Tier aus mir herausgekrochen ist. Ich wünschte, du wärst nie geboren worden.«

George streckte seine kleinen Ärmchen nach der Frau aus. Aber sie entzog sich ihm. Als hätte er eine ansteckende Krankheit, wandte sie sich mit angeekeltem Gesichtsausdruck von ihm ab.

George ging aus dem Zimmer. Er war wieder im Flur, stand vor dem kostbaren Spiegel. Er sah nur den Spiegel. Sich selbst sah er nicht.

29

Das Boot glitt über das spiegelglatte Wasser. Michael ruderte langsam und gleichmäßig. Obwohl es noch nicht mal zehn Uhr war, brannte die Sonne schon unerbittlich auf sie herab.

Sie hatten beim Frühstück vereinbart, dass Eric und George das Ufer abliefen, während er mit Anna den See absuchte. Niemand wollte es wirklich. Aber letztendlich blieb ihnen nichts anderes übrig, als den Hinweisen in den Stimmfetzen von heute Nacht nachzugehen. Das oder sich in eine Ecke zu kauern und zu warten.

Michael schwitzte und war hundemüde. Bevor sie sich letzte Nacht wieder hingelegt hatten, hatten sie das ganze Haus verbarrikadiert, alle Türen und Fenster verriegelt und die Fensterläden geschlossen. Wirklich sicherer hatte er sich dadurch nicht gefühlt. Stunde um Stunde hatte er wach gelegen und sich vorgestellt, wie jemand an ihm vorbeigeschlichen war, um das Telefon auf dem Küchentisch zu deponieren. Warum das alles? Und warum hatte er ihnen nicht gleich die Kehlen durchgeschnitten? Dann wäre es wenigstens vorbei gewesen.

»Glaubst du wirklich, wir finden etwas?«, fragte Annabel und für einen Moment befreite der Klang ihrer Stimme Michael von seinen trüben Gedanken. »Alles, was wir haben, sind die Worte *See* und *Zeichen*. Es könnte überall sein und alles Mögliche bedeuten.«

Michael hörte auf zu rudern und schaute sich um. »Ich weiß gar nicht, ob ich etwas finden will, Anna.«

Sie nickte. »Geht mir genauso«, flüsterte sie.

Eine halbe Stunde ruderten sie kreuz und quer über den See, ohne Erfolg. Michael hielt die ganz Aktion inzwischen für zwecklos. Wie, zum Teufel, sollten sie in einem See auch ein Zeichen finden? Hier gab es nichts als ein paar vor sich hin dümpelnde Äste, Fische und trübes Wasser. Und er hatte langsam das Gefühl, als würde die Hitze sein Gehirn aufweichen. Während Eric und George im Schatten des Waldes gingen, der den gesamten See umschloss, waren sie die ganze Zeit der prallen Sonne ausgesetzt. Es fiel ihm von Minute zu Minute schwerer, seine Gedanken zu kontrollieren und die vielen Erinnerungen, die auf ihn einstürmten, zurückzuhalten.

Bald achtete Michael nicht mehr auf die Umgebung und ruderte das Boot wie in Trance, während seine Gedanken zäh und düster wurden. Sie strömten wie schwarzes Öl aus einer Quelle am Boden seiner Erinnerungen an die Oberfläche und bildeten einen giftigen Teppich, der sich unaufhörlich ausbreitete und alles Gute, alles Schöne zu ersticken drohte.

Erst als das Boot plötzlich anfing, wie wild zu schaukeln, kam Michael wieder zu sich. Er sah gerade noch, wie Annabel aufsprang, das Gesicht vor Entsetzen verzerrt, wie sie die Arme an den Kopf hob und dabei bedrohlich hin und her wankte.

»Anna, pass auf!«, schrie er, doch es war schon zu spät. Annabel verlor das Gleichgewicht und fiel, mit den Armen rudernd, rücklings ins Wasser.

Michael hörte Erics aufgeregten Schrei irgendwo vom Ufer, gleichzeitig traf ihn ein Schwall Wasser. Ohne zu zögern, sprang er Annabel hinterher.

Er konnte erkennen, wie sie unter Wasser verzweifelt mit Armen und Beinen strampelte, Mund und Augen weit aufgerissen. Graue Sandwolken stiegen empor. Sie hing nirgendwo fest und es wäre für sie ein Leichtes gewesen, an die Oberfläche zu schwimmen. Aber aus irgendeinem Grund gebärdete sie sich wie eine Verrückte. Als er sie erreichte, musste er ihren wild ausschlagenden Armen und Beinen ausweichen und kam zunächst nicht an sie heran. Doch endlich schaffte er es, einen Arm um sie zu schlingen. Sofort stieß er sich kräftig am Grund ab und zerrte sie nach oben.

Sie durchstießen die Wasseroberfläche und sogen gierig die Luft in ihre Lungen. Annabel hatte Wasser eingeatmet und hustete und würgte erbärmlich. Aber sie wehrte sich nicht mehr. Nach ein paar kräftigen Schwimmzügen erreichte Michael mit ihr das Boot, das nur wenige Meter entfernt auf dem See trieb. Er nahm Annabels Hand und drückte sie fest um den Bootsrand.

»Du musst dich festhalten! Hast du verstanden?«

Annabel hustete nur, doch sie tat, was er von ihr verlangte.

Michael stemmte sich aus dem Wasser, das Boot schwankte bedrohlich. Dann packte er Annabels Arme und zog sie zurück ins Boot.

Annabel spürte nichts als blanke Panik. Hustend und spuckend beförderte sie das restliche Wasser aus ihrer Lunge. Michael hielt ihren Kopf und redete beruhigend auf sie ein. Salzige Tränen liefen über ihre Wangen und mischten sich mit dem süßen Wasser des Sees. Sie schaute auf.

Michael strich ihr vorsichtig ein paar nasse Strähnen aus dem Gesicht, aber sie zuckte vor der sanften Berührung zurück. Zu frisch war die Erinnerung an das, was sie im Wasser gesehen hatte, diesen geisterhaften Schatten unter der glitzernden Oberfläche. Zuerst war er nur wie ein Tintentropfen in einem Wasserglas gewesen, dann hatten seine formlosen Konturen auf schaurige Weise Gestalt angenommen.

»Was ist passiert?«, fragte Michael. »Was hast du gesehen?«

Annabel dachte an den Schatten, an das Gesicht des kleinen Mädchens, an ihre traurigen, klagenden Augen und an ihren leblos schwebenden Körper, der, wie von einem unsichtbaren Band gezogen, davontrieb. Sie hatte es so deutlich gesehen, wie sie Michael jetzt vor sich sah.

Ich habe Rebecca gesehen, dachte sie verzweifelt. *Ich habe deine kleine Schwester gesehen.*

30

Eine halbe Stunde später stand Annabel vor dem Badezimmerspiegel und zog den Reißverschluss eines hellblauen Sommerkleides zu. Michael hatte es ihr aufs Bett gelegt. Es gehörte seiner Mutter, und wie es aussah, hatten sie und Annabel ungefähr die gleiche Größe. Als sie ihn gefragt hatte, ob das Kleid irgendeine Erinnerung bei ihm auslösen würde, hatte Michael nur den Kopf geschüttelt.

Annabel hatte sich inzwischen wieder beruhigt. Das tote Mädchen im See war nur ein weiteres Hirngespinst gewesen, ein schreckliches Trugbild, ausgelöst durch zu wenig Schlaf und zu viel Sonne.

Das unheimliche Telefon und der Hinweis auf den See – letztendlich war das nichts weiter als ein mieser Trick gewesen, um ihnen Angst zu machen und den Verstand zu rauben. Michael hatte völlig recht. Genau das ist ihre Taktik. Und sie war darauf hereingefallen. *Aber so was passiert mir nicht noch...*

»Anna!«, hörte sie plötzlich Eric von draußen schreien. »Komm mal schnell!«

Annabel sprintete aus dem Badezimmer, rannte die Treppe hinunter und war Sekunden später auf der Veranda. Die drei Jungen standen am Ufer des Sees. Sie hatten den Kopf in den Nacken gelegt und starrten nach oben in Richtung Haus. Sie ging langsam auf sie zu, drehte dabei immer wieder den Kopf und sah nach oben. Aber noch konnte sie nichts entdecken.

»Der rechte Schornstein«, sagte Eric aufgeregt. »Da hängt etwas. Komm her und schau dir das an. Ich habe es dahinten vom Waldrand aus gesehen, als ich zurück zum Haus lief, die Sonne stand direkt darauf.«

Annabel stellte sich neben Eric. Ja, da war etwas. Ein Glitzern, wie von einem Spiegel, der das Licht reflektierte. Aber nein, kein Spiegel, das musste etwas anderes, Leichteres sein. Der schwache Wind spielte damit.

»Sieht aus wie ein Umschlag«, sagte Michael. »Vielleicht aus Aluminiumfolie?« Er schirmte seine Augen ab, um besser sehen zu können. »Ich werd ihn runterholen.«

Eric klopfte Michael lässig auf die Schulter. »Wenn das Ding inmitten einer wilden Büffelherde liegen würde, würde ich sagen, du machst das, mein kleiner Rugbykapitän. Aber das hier ist eindeutig ein Job für Spiderman.« Er trat einen Schritt vor, ohne das Dach aus den Augen zu lassen. »Sollte ich das hier allerdings nicht überleben... sagt allen... er hatte einen knackigen Hintern... bis zuletzt.«

Annabel und Michael sahen ihm schmunzelnd hinterher. George schüttelte nur den Kopf.

Eric nahm das Fenster des Elternschlafzimmers im ersten Stock. Er öffnete es und kroch über den niedrigen Sims ins Freie. Dort blieb er erst einmal in der Hocke, um die Umgebung einschätzen zu können. Und sehr schnell wurde ihm klar, dass es von unten viel leichter ausgesehen hatte.

Es war verdammt steil hier oben und einige Stellen sahen wirklich reparaturbedürftig aus. Eine lose Schindel, ein versteckter Nagel und aus war's mit seinem jungen Leben. Zumindest aber mit seiner Karriere als Tänzer. Mit zittrigen Beinen stand er auf, überprüfte seinen Stand und machte sich auf den Weg.

Eigentlich hatte er vorgehabt, lässig wie ein Dachdecker auf dem Dach auf und ab zu spazieren. Doch die Schräge, die vor ihm in der gleißenden Sonne lag, konnte er nur im Schneckentempo bewältigen. Immer einen Fuß vor den anderen, bedächtig und vorsichtig.

»Du schaffst das, Eric!«, hörte er Annabels aufmunternden Ruf von unten.

»Ja, ich schaffe das«, sprach er sich selbst leise Mut zu. Doch der Zweifel in seiner Stimme machte ihm Sorgen.

Sein Ziel, der Schornstein, ragte nach einer gefühlten Ewigkeit endlich vor ihm auf. Er war keine drei Meter von ihm entfernt, aber das Stück bis dorthin hatte es in sich.

Hier machte das Dach noch einmal einen Knick und wurde, er konnte es kaum fassen, noch steiler. Klettern fiel also aus. Seine einzige Chance bestand darin zu springen. Eric kontrollierte noch einmal seinen Stand. Dann sah er hoch zum Schornstein, holte tief Luft, spannte seine Muskeln an und sprang mit voller Kraft ab. Begleitet von Annabels spitzem Schrei, machte er sich ganz lang, streckte die Arme aus und bekam gerade so den Dachfirst zu packen.

Ein paar Sekunden lang hing er in dieser Position und sammelte seine Kräfte. Dann zog er sich langsam hoch, bis er mit einem Arm den Schornstein umfassen konnte. Das gab ihm genügend Halt.

Vorsichtig nahm er nun das silberne Etwas, das sie von unten gesehen hatten, in Augenschein.

»Sieht nach einem Umschlag aus«, rief er. »Und da ist irgendwas drin. Soll ich ihn öffnen?«

»Nein.« Michaels Stimme klang angespannt. »Bring ihn mit runter.«

Eric löste den mit einem Nagel und einer Schnur befestigten Umschlag vom Schornstein, klemmte ihn sich zwischen die Zähne und rutschte den letzten Dachabschnitt einfach wieder runter.

Der Rest ist ein Kinderspiel. Du kennst den Weg, dachte

er und setzte behutsam einen Fuß vor den anderen. *Nun kann nichts mehr schiefgehen.*

Doch kaum hatte er den Gedanken beendet, löste sich ganz in der Nähe ein Schuss. Eric wankte bedrohlich auf dem Dach hin und her. Als dann noch ein paar aufgeschreckte Krähen aus dem Wald direkt auf ihn zuflogen, verlor er endgültig das Gleichgewicht und drohte, mit dem Rücken voran vom Dach zu stürzen.

Doch noch während er die Schreie der anderen hörte, drehte Eric sich wie eine Katze blitzschnell um die eigene Achse und landete mit Händen und Füßen auf dem Dach. Der Umschlag befand sich noch immer in seinem Mund.

Schwer atmend verharrte Eric einige Sekunden in dieser Position. Dann brachte er sich vorsichtig krabbelnd wieder in eine sichere Lage.

Verdammt, das war wirklich knapp gewesen.

Vorsichtig stand er auf und trat noch langsamer als zuvor den Rückzug an. Erleichtert atmete er auf, als er das sichere Fenster erreichte.

Eric wehrte alle Versuche ab, ihn zu umarmen oder ihm in irgendeiner Weise körperlich nahe zu kommen. »Gebt mir ein paar Minuten«, sagte er leise und legte den Umschlag auf den runden Beistelltisch neben der Couch. Dann setzte er sich still in einen der Sessel.

»Hey, Eric!«

Eric hob den Kopf und sah Michael mit glasigen Augen an. »Hm?«

»Das war ganz großes Ballett da oben.«

»Hm.«

Ebenso ungewöhnlich wie Erics Schweigen war Georges Reaktion, als er wortlos in die Küche ging und Eric ein Glas

Wasser holte. Er stellte es auf einen kleinen Tisch neben dem Sessel.

»Danke«, sagte Eric knapp und emotionslos und fast schien es, als hätten er und George für einen Moment die Rollen getauscht.

Annabels Blick war auf das Briefkuvert gerichtet.

»Soll ich?«, fragte sie.

Michael und George nickten stumm.

Annabel griff nach dem glänzenden Umschlag und tastete ihn ab. »Fühlt sich komisch an. Da ist irgendwas Hartes drin.« Sie öffnete ihn und schaute hinein. »Ein Schlüssel!«, sagte sie verblüfft und ließ ihn aus dem Umschlag in ihre Hand gleiten.

Der Schlüssel war klein, mit einem orangefarbenen Plastikgriff. Darauf war eine Nummer eingestanzt – 11 – und auf der anderen Seite die Buchstaben LSS.

Michael nahm Annabel den Schlüssel aus der Hand und drehte ihn nachdenklich hin und her. »Sieht aus wie ein Spindschlüssel. Vielleicht gehört er zu einem Bücherspind in irgendeiner Schule. Oder einer Sporthalle.«

»Oder einem Schwimmbad«, ergänzte Annabel.

Michael gab George den Schlüssel und ging rüber zu Eric. Er machte ihm etwas Sorgen. Er saß immer noch teilnahmslos da und starrte auf sein inzwischen leeres Glas.

»Soll ich dir noch ein Wasser holen?«, fragte Michael ihn behutsam.

Eric nickte. Michael ging in die Küche, nahm ein sauberes Glas aus dem Schrank und drehte sich zur Spüle um. Im nächsten Moment fiel ihm das Glas aus der Hand und landete scheppernd auf ein paar Tellern. »Leute, kommt mal schnell her!«

31

Mitten auf dem Küchentisch stand eine Glasschale. Genau an der Stelle, an der in der Nacht zuvor das Telefon gestanden hatte. Sie war zur Hälfte mit Wasser gefüllt und ein bräunliches, fleischiges Etwas von der Größe einer Erwachsenenhand lag darin. Unter der Schale befand sich ein Blatt Papier, alt und fleckig, mit ausgefransten Rändern. Darauf stand ein kurzer Text, in zwei Absätze unterteilt und in einer verschnörkelten Handschrift verfasst.

»Aber das ist unmöglich«, sagte George, ging hastig von einem Küchenfenster zum anderen und schaute nach draußen. »Ich war vor einer Minute in der Küche. Da hat das bestimmt noch nicht hier gestanden.«

»Ja. Ich kann mir auch nicht vorstellen, dass du das übersehen hättest.« Michael schob einen Stuhl beiseite, um sich das Ganze aus der Nähe anzusehen, während Annabel mit angewidertem Gesichtsausdruck an der Spüle lehnte. Er versuchte, den Text zu entziffern, aber die Schale verdeckte das meiste. Plötzlich stand Eric neben ihm und beugte sich ebenfalls darüber. Michael sah ihn verwundert an. Vielleicht steckte ihm noch der Schock in den Knochen. Auf jeden Fall war er auffallend ruhig. Anders als Annabel, schien ihm der Anblick nichts auszumachen. Und dann setzte er sogar noch einen drauf.

»Das ist nur ein Stück Leber«, sagte Eric gelassen, trat wieder ein Stück zurück und erntete von allen erstaunte Blicke. »Kalbsleber, wenn ich mich nicht irre.«

»Leber? Woher weißt du das?«, fragte Annabel. »Und woher willst du wissen, dass sie nicht von einem ... von einem Menschen stammt?«

»Ich esse gerne, Rotlöckchen. Und ich kann ein bisschen

kochen. Die hellbraune Farbe, ja, das ist eindeutig Kalbsleber. Eine menschliche Leber dagegen ...«

»Eric!«, bremste ihn Michael.

»Ja, schon gut. Aber wenn ihr wollt, hau ich uns das Ding in die Pfanne. Ist lecker.«

»Niemand rührt dieses eklige Ding an!«, fauchte Annabel. »Niemand, hörst du?«

»Gut, dann schau mal eben weg, Anna.« Michael hob behutsam die Schale an und zog das Blatt Papier darunter hervor. Als die Leber dabei im Wasser hin und her wabbelte, entwich Annabel ein Laut des Abscheus.

»Können wir nicht irgendwas darüberlegen?«, fragte sie.

Eric nahm ein Geschirrhandtuch und warf es über die Schale.

»Danke. – Was soll dieses eklige Ding überhaupt? Uns einfach nur Angst machen?«

»Keine Ahnung. Aber das hier klingt wie ein Rätsel«, sagte Michael, nachdem er die Worte überflogen hatte. »Hier steht: *Mal rechts, mal links, mal kreuz und quer, das Lesen fällt leicht, doch die Orientierung schwer.* Dann kommt ein Absatz. Und weiter: *Immer parallel, niemals gleich lang, und doch kann die eine nicht ohne die andere. Nur wenn ihr beide nutzt, erreicht ihr euer Ziel, den Anfang und das Ende.*«

»Ein kryptisches Rätsel«, sagte George und setzte sich auf einen Stuhl. »Wie in der Times. Das hier hört sich ganz ähnlich an.«

»Und? Könnt ihr es lösen?«, fragte Annabel und schaute George erwartungsvoll an.

George nickte. »Wenn es ein Rätsel ist, ja, denke schon. Aber die Leber in der Glasschale ... das ist ...«

George stockte. Doch dann sah Michael etwas in seinem

Gesicht aufblitzen, nur für den Bruchteil einer Sekunde, ein unkontrolliertes Lächeln. Und plötzlich war er sich vollkommen sicher: George wusste es. Er wusste, was die Schale zu bedeuten hatte.

Die Frage war nur, warum sagte er es nicht einfach?

»Wie lange braucht ihr?«

Michael ließ George bei Annabels Frage nicht aus den Augen und wartete auf ein weiteres verräterisches Zeichen. Doch der zuckte nur mit den Schultern.

»Was ist, wenn Schlüssel und Papier zusammengehören?«, fragte Eric dazwischen. »Immerhin sind sie fast zur gleichen Zeit aufgetaucht.«

»Gute Idee.« Michael überlegte. »Nehmen wir mal an, dass der Schlüssel zu einem Spind oder etwas Ähnlichem gehört und Papier und Schlüssel gemeinsam einen Hinweis bilden, dann müsste das Papier logischerweise auf den Ort verweisen, an dem man den Schlüssel benutzen kann. Wie waren noch mal die Initialen?«

»LSS.« Annabel schob Michael den Schlüssel über den Tisch. Sie alle hatten sich mittlerweile gesetzt.

»LSS. Drei Buchstaben. Wahrscheinlich drei Wörter. Aber das Papier enthält meiner Meinung nach nur die Hinweise für zwei Begriffe. George?«

George nickte zustimmend. Michael konnte nichts in seiner Mimik entdecken, aber er war überzeugt, dass er sie hinhielt. Vielleicht wollte er sie testen, sehen, ob sie clever genug waren, von alleine auf die Lösung zu kommen.

»Kümmern wir uns erst mal um die beiden Hinweise«, sagte George. »Vielleicht versteckt sich der dritte da ja irgendwo.«

»Gut.« Als Michael ihm das Papier rüberschieben wollte, winkte George ab. »Ich hab es mir gemerkt«, sagte er und senkte stirnrunzelnd den Blick, als hätte Michaels Geste ihn beleidigt.

»Also gut.« Michael konzentrierte sich auf das Papier und strich sich die Haare zurück. »Das erste Rätsel. Rechts, links, kreuz und quer... eine Fahrt durch die Stadt... Richtungsangaben... eine Karte, ein Stadtplan... die Worte darauf zu lesen, ist leicht, trotzdem fällt die Orientierung schwer... Wortverbindungen?... Was beginnt mit L oder S?«

George ging zur Spüle und nahm sich ein Glas Wasser. Ohne sich umzudrehen und in einem beiläufigen Ton sagte er: »Das mit dem Stadtplan gefällt mir. Wenn LSS eine Ortsangabe ist, wie wäre es dann mit Street – Straße. Es könnte Teil des Namens sein. Und es passt zu den Hinweisen.«

»Hey, George, das ist gut!« Michael nickte. »Ja, sagen wir mal: Ein S steht für Street.«

George setzte sich mit einem Glas und einem Lächeln zurück an den Tisch. »Das zweite Rätsel«, sagte er und schaute Michael auffordernd an.

»Ja, das zweite Rätsel... weiß nicht so recht. Hast du eine Idee?« Michael erhob sich von seinem Platz und holte sich genau wie George zuvor ein Glas Wasser. Als er zurückkehrte, das Glas vor sich auf den Tisch stellte und George in die Augen sah, hatte er das Gefühl, als hätte er gerade eine Figur beim Schach bewegt.

Auch George machte seinen Zug, indem er langsam den Kopf schüttelte. »Nein, noch nicht.«

»Hat es was zu bedeuten, dass sich das eine reimt, das andere nicht?«

»Keine Ahnung«. Michael sah Eric und Annabel an, die das Rätselraten gespannt mitverfolgten. Und er fragte sich, ob sie bei George das Gleiche beobachteten wie er oder ob er sich das alles nur einbildete. Dann widmete er sich wieder dem zweiten Rätsel. »Was verläuft parallel, niemals allein, ist dennoch nicht gleich lang?... nicht gerade, macht eine Kurve... daher innen kürzer als außen... unser Ziel ist Anfang und Ende... Anfang und Ende ist das, was wir suchen, das ist der Begriff... was ist gleichzeitig Anfang und Ende?... was läuft darauf zu?... parallel.« Michael kratzte sich am Kopf, zögerte und sah George dabei nachdenklich an. *Komm schon, du Mistkerl! Ich weiß, dass du es weißt. Weil ich es nämlich auch weiß.*

George nahm sich den Schlüssel vom Tisch und drehte ihn in der Hand. »Wisst ihr, ich glaube, dieser Schlüssel gehört nicht zu einem Spind... sondern eher zu einem Schließfach. Das zweite Rätsel hat mich draufgebracht. Die Lösung lautet *Station – Bahnhof*, versteht ihr? Schienen laufen parallel, sind nicht gleich lang und sie führen zu einem Bahnhof, der sowohl Anfang als auch Ende einer Reise ist.«

»Mann, du bist echt gut, George«, sagte Eric sichtlich beeindruckt.

»Und das L? Wofür steht das L und wo ist der dritte Hinweis versteckt?«, fragte Annabel.

George grinste überheblich. »Ja, das L, der dritte Hinweis, das ist ganz einfach. Der ist...«

Aber noch bevor George die Lösung präsentieren konnte, schlug Michael sich vor den Kopf und lachte laut auf. »Natürlich!«, rief er plötzlich. »Leber! Liver! Liverpool! Eine Leber in einem Swimmingpool, symbolisiert durch Wasser und eine einfache Glasschale.« Michael zog wie ein Zauberer bei einem Trick das Tuch von der Schale und schnippte mit dem Fingernagel dagegen. »Wir dachten, das Ding sollte uns Angst machen, dabei war es nur ein Hinweis. Die

Lösung heißt *Liverpool Street Station*. Die Schließfächer am Bahnhof.«

Eric applaudierte.

Annabel sah in die Runde. »Wenn man es erst mal weiß, klingt alles ganz logisch.«

Michael beugte sich über den Tisch und reichte George die Hand. Zögerlich kam sein Gegenüber der Aufforderung nach und ergriff sie. Michael sah ihm tief in die Augen und drückte seine Hand ein wenig zu lang und ein wenig zu fest. George blieb scheinbar unbeeindruckt, doch sein Lächeln wirkte gequält.

George ist gut, dachte Michael. *Wirklich gut.* Ihm war nicht entgangen, wie der andere ihn die ganze Zeit taxiert, ihn beim Denken beobachtet hatte. Wie ein Lehrer, der darauf wartet, dass der Schüler von selbst auf die richtige Antwort kommt.

Noch war Michael nicht sicher, was er von Georges beunruhigender Entwicklung halten sollte und ob eine echte Bedrohung von ihm ausging. Doch eins stand für ihn fest:

George testet uns nicht nur. Er spielt mit uns.

32

Nein! Verschwindet von hier!

Annabel saß aufrecht im Bett. Ihr Puls raste und ihre Stirn war schweißnass. Mit angstverzerrtem Gesicht sah sie sich hektisch im Zimmer um, suchte nach einem unheimlichen Schatten, lauschte auf ein verdächtiges Geräusch. Ticktack, ticktack, ticktack. Doch alles, was sie sah, waren ein paar harmlose Möbel, und alles, was sie hörte, war das

Ticken der Wanduhr und das dezente Schnarchen von Eric, der neben ihr im Bett lag.

Behutsam ließ sie sich wieder auf ihr Kissen sinken. Dass sie nur geträumt hatte, beruhigte sie jedoch kein bisschen. Wer konnte wissen, ob diejenigen, die ihnen das unheimliche Telefon und die Schale mit ihrem ekligen Inhalt auf den Tisch gestellt hatten, nicht genau in diesem Moment im Haus waren und noch etwas viel Schlimmeres planten?

Annabel dachte an den gestrigen Abend und wie sich ihre anfängliche Freude darüber, dass Michael und George das Rätsel gelöst hatten, bald wieder in Luft aufgelöst hatte.

Denn das Rätsel konnte nur eins bedeuten: Sie mussten wieder nach London zurück. Und zwar mit leeren Händen.

Als sie das begriffen hatte, hätte sie einfach nur noch heulen können. Sie hatte so sehr gehofft, dass sie im Haus am See Antworten auf ihre vielen Fragen finden würden. Doch stattdessen gab es nur neue Schrecken, neue Rätsel und neue Fragen. Und ein neues Ziel. George hatte seinen zynischen Senf dazugegeben. »Habt ihr wirklich geglaubt, wir finden das Haus und damit sei alles erledigt und wieder so wie früher?« Wie verächtlich er dabei geklungen hatte. Und als er dann auch noch wie ein emotionsloser Roboter davon gesprochen hatte, dass Katzen auch mit Mäusen spielen, bevor sie sie töten, wäre sie ihm am liebsten an die Kehle gesprungen. Doch sie hatte sich damit begnügt, alleine und fluchend eine Runde um den See zu machen. Nach ihrer Rückkehr hatte Eric gekocht und sogar ein paar Kerzen auf den Tisch gestellt. Eine liebe, versöhnliche Geste, damit sich ihre Gemüter wieder beruhigten. Aber sie hatte das Essen nicht genießen können. Erst als Michael später am Abend überraschend ihre Hand genommen und mit ihr auf den Bootssteg gegangen war, hatte sie wieder so etwas wie einen inneren Frieden gefunden.

Sie hatte lange mit Michael die Frage diskutiert, ob sie wirklich nach London zurückmussten. Denn dort würde alles vielleicht noch viel schlimmer werden.

»Aber wir haben keine andere Wahl«, hatte Michael immer wieder betont und Annabel wusste im Grunde ihres Herzens, dass er recht hatte. Aber trotz ihrer inneren Überzeugung hatte George es geschafft, dass sich seine grässlichen Gedanken auch bei ihr einnisteten und neue Schreckensszenarien heraufbeschworen.

Was, wenn ihnen wirklich jemand nach dem Leben trachtete? Was, wenn sich die Unbekannten nicht mehr damit zufriedengaben, ihnen nur Angst zu machen? Nur so ein extremes Ziel würde nach Georges Meinung diesen extremen Aufwand rechtfertigen. Aber war so etwas wirklich möglich? Oder war auch diese Erklärung wieder nur eine Sackgasse?

Vielleicht war es endlich an der Zeit, die Augen zu öffnen und sich damit abzufinden, dass sie niemals Antworten auf ihre Fragen erhalten würden. Und zu erkennen, dass der Grund dafür ebenso naheliegend wie furchtbar war. Nämlich, dass ihre Flucht aus der Anstalt nichts weiter war als der jämmerliche Versuch, sich selbst zu belügen. Weil sie in Wahrheit alle wahnsinnig und in einem endlosen Fiebertraum gefangen waren, aus dem es kein Erwachen gab.

Annabel hielt ihre Hand an den weißen Schirm der Nachttischlampe, bis die Hitze unerträglich wurde. Der Schmerz brachte sie auf andere Gedanken und machte ihr klar, dass sie nicht träumte.

Das Schlafzimmer von Michaels Eltern muss einmal wirklich gemütlich gewesen sein, dachte sie, während sie leise vom Bett aufstand. Jetzt erschien es ihr trostlos und leer. Außer ein paar zurückgelassenen Kleidern gab es hier keine persönlichen Dinge mehr, so wie in allen anderen Räumen. Annabel fragte sich, ob die Familie jemals daran gedacht hatte, hierher zurückzukehren. Sie konnte es sich nicht vorstellen.

Sie verließ das Schlafzimmer und ging auf knarrenden Dielen den erleuchteten Flur entlang. Überall im Haus brannten in dieser Nacht Lichter, nicht nur für Annabel.

Ihr Herz klopfte heftig, als sie die Treppe hinunterschritt und einen ängstlichen Blick in die Küche warf. Aber zum Glück standen auf dem Tisch nur ein paar schmutzige Teller vom Abendessen.

Sie ging weiter ins Wohnzimmer und blieb vor der Couch stehen. Zwei kleine Lampen rechts und links über dem Kamin sorgten für eine ausreichende Beleuchtung. Michael lag zusammengerollt in eine dünne Decke gehüllt auf der Couch, atmete ruhig und sah mit seinem zerzausten Haar aus wie ein kleiner Junge. Sein Anblick gab Annabel wieder etwas Mut und das Gefühl, nein, die Gewissheit, dass es außerhalb von Chaos und Wahnsinn noch etwas anderes gab, etwas Normales, Schönes, für das es sich zu kämpfen lohnte. Und am liebsten hätte sie sich jetzt neben ihn gekuschelt, um in seinen Armen einzuschlafen. Was spielte es schon für eine Rolle, dass sie sich erst seit sechs Tagen kannten. Das, was sie gemeinsam erlebt hatten, reichte bereits für ein ganzes Leben. Doch die Unordnung in ihrem Kopf und in ihrem Herzen war einfach zu groß, um sich ganz auf ihn einzulassen. Im Moment tat es einfach nur gut zu wissen, dass er da war.

Sie blieb noch eine Weile stehen und schaute Michael beim Schlafen zu. Dann ging sie zurück ins Bett.

33

Michael erwachte früh am Morgen und für einen kurzen Moment fühlte er sich einfach nur glücklich. Er lauschte dem Rauschen der Bäume, dem Gesang der Vögel und dem leisen Plätschern des Sees. Es war wie früher.

Doch als er die Augen öffnete und die vertraute Umgebung sah, kehrte auch der Schmerz zurück.

Er hatte versucht, sich zu schützen. Hatte gelernt, sein Denken in eine andere Richtung zu lenken. Weg von Rebecca, hin zu Annabel. Doch was er auch unternahm, um die schrecklichen Erinnerungen von sich fernzuhalten, es war nie von Dauer. Auch jetzt hörte er Rebeccas Stimme so deutlich, als wäre sie bei ihm im Zimmer. Er hörte ihr Lachen, wenn er für sie lustige Grimassen schnitt. Ihr Weinen, wenn sie sich beim Spielen das Knie aufgeschlagen hatte. Ihr Quieken und Kreischen, wenn er sie kitzelte. Und das süße Flüstern, wenn sie ihm von ihren kleinen Geheimnissen erzählte.

Michael hatte plötzlich das Gefühl zu ersticken. Alle Fenster und Fensterläden waren noch immer geschlossen und er kam sich auf einmal vor wie in einem Gefängnis. Er stand auf, öffnete hastig die Haustür und stellte sich auf die Veranda. Sofort ging es ihm besser.

Die Luft war erfrischend kühl und ein leichter Nebel lag über dem See. Er trieb dahin wie feine Zuckerwatte und verhüllte das Ende des Stegs. Doch etwas bewegte sich im Nebel. *Ich muss es nicht richtig festgemacht haben*, dachte er, als sich der Bug des Ruderbootes durch die weißen Schwaden schälte.

Als er sich dem Steg näherte und das Boot fast vollständig zu sehen war, glaubte er, endgültig den Verstand verloren zu haben. *Dies ist wieder einer dieser Albträume. Es muss einer sein.*

Mit wackligen Beinen ging er ans Ufer. Nun sah er sie ganz deutlich. Sie stand in der Mitte des Bootes und winkte ihm zu. Sie trug ihr rotes Lieblingskleid und ihr zerzaustes schwarzes Haar hing ihr ins Gesicht. Wie von Geisterhand stoppte das Boot und verharrte mitten auf dem Wasser. Es lag ruhig auf dem See, schwankte nicht einmal.

Ohne sich dessen bewusst zu sein, watete Michael ins Wasser und blieb erst stehen, als es ihm bis zur Brust reichte. Das Boot nur eine Armlänge von ihm entfernt.

Rebecca lächelte ihren Bruder an. So wie sie es früher getan hatte, bevor sie ihm auf den Schoß gesprungen oder in die Arme gelaufen war. Sie kniete sich hin und stützte sich mit den Händen am Bootsrand ab. Dann beugte sie sich nach vorn, bis ihr Kopf neben dem von Michael war. Ihr Haar roch nach Apfelshampoo und er spürte ihren Atem auf seinem Hals, während sie flüsterte: *»Ich hab dich lieb, Michael.«*

Sie küsste ihn auf die Wange und er schloss für einen Moment die Augen. Als er sie wieder öffnete, war Rebecca verschwunden und das Boot lag sicher vertäut neben dem Steg.

Zum ersten Mal seit ihrem Tod verlor Michael die Kontrolle über seine Gefühle. Und es war wie ein Dammbruch, als Angst, Wut und Verzweiflung sich ihren Weg bahnten. Er tauchte unter und schrie alles aus sich heraus.

Als er auftauchte, waren die Schreie verstummt und sein kräftiger Brustkorb füllte sich mit Luft. Michael konzentrierte sich auf seine Atmung. Seine Arme trieben ruhig auf dem Wasser und er lauschte den Geräuschen des Sees und der erwachenden Natur. In diesem Moment fühlte er etwas, das er schon lange verloren geglaubt hatte – Hoffnung. *Ich bin nicht tot.* Tote, dachte er, fühlen nicht den Schmerz, den er gefühlt hatte beim Anblick seiner Schwester. Gleichzeitig erkannte er, dass der Schmerz schwächer werden würde. Nicht heute oder morgen. Aber irgendwann. Er würde mit ihm leben können.

Michael watete zurück ans Ufer. Er dachte an gestern Abend und daran, wie er die anderen dazu überredet hatte, zurück nach London zu fahren, obwohl er selbst noch voller Zweifel gewesen war. Doch die gab es jetzt nicht mehr.

Wir werden herausfinden, was mit uns passiert, dachte er voller Zuversicht. *Wir werden den Hinweisen folgen, und wenn es so weit ist, werden wir uns verdammt noch mal wehren.*

Obwohl noch immer ein paar Tränen über sein Gesicht liefen, lächelte er. Ein warmes, zufriedenes Lächeln, dem selbst seine Augen nicht widerstehen konnten.

Annabel.

34

George starrte sein Spiegelbild an und erschrak angesichts der dunklen Ränder unter seinen Augen. Er hatte sich nie Illusionen über sein Aussehen gemacht, sich auch nie sonderlich dafür interessiert. Aber mit diesen Schatten, den geröteten Augen und seiner ohnehin blassen Haut kam er sich vor wie ein drogensüchtiger Penner.

Die letzte Nacht war die Hölle gewesen und sein Traum so realistisch und Furcht einflößend wie nie zuvor. Zu allem Überfluss begann er, jetzt auch tagsüber Dinge zu sehen, die Beschimpfungen seiner Mutter zu hören.

George hatte keine Erklärung dafür oder für die Situation, in der sie sich befanden. Und natürlich hatte er Angst. Trotzdem war er inzwischen der festen Überzeugung, dass er als Einziger eine reelle Chance hatte, das Geheimnis zu lüften. Weil nur er offenbar bereit war, sich den unangenehmen Fragen zu stellen, Fragen, vor denen sich die anderen wie kleine Kinder fürchteten. Besonders Annabel, die ja alle für so tapfer und stark hielten. Dabei flippte sie schon aus, wenn man ihr nur das Prinzip von Katz und Maus erklärte. Wie armselig.

Aber es ist ja auch viel leichter, anderen das Denken zu überlassen und dem selbst ernannten Anführer Michael hinterherzulaufen. Dabei war der doch den ganzen Tag nur mit sich selbst und dem Tod seiner Schwester beschäftigt. Jeder Trottel kapierte, dass es ein Unfall und nicht seine Schuld gewesen war, außer Michael natürlich, dem ach so cleveren Rätselspezialisten. Und seinem Urteil vertrauten sie?

George musste zugeben, dass ihm das kleine Duell mit Michael gestern Spaß gemacht hatte. Er war sogar ein wenig überrascht gewesen, als der ihn am Schluss aufs Kreuz gelegt hatte. Aber so was würde ihm ganz sicher kein zweites Mal gelingen, dafür würde er sorgen.

Michael hatte quasi im Alleingang entschieden, heute zurück nach London zu fahren. Angeblich, weil sie keine andere Wahl hatten. Schließlich müssten sie herausfinden, was in diesem Schließfach auf sie wartete. Und die anderen hatten sich wie Schafe seiner Entscheidung angeschlossen. Waren sie wirklich zu dämlich, um aus ihren Fehlern zu lernen?

George kämmte sich die Haare und erkannte, dass es auch Vorteile hatte, ein Außenseiter zu sein. Außenseiter folgten nicht so leicht der Herde wie die anderen dummen Schafe. Schafe haben keine Wahl, da hatte Michael wohl recht. Aber er, George, war kein Schaf.

Er schaute ein letztes Mal in den Spiegel und setzte ein zurückhaltendes Lächeln auf. Er hatte es extra geübt.

Vierter Teil des Interviews

FINNAGAN: »Lassen Sie uns doch noch einmal über Ihre Kritiker sprechen. Interessant dabei ist, dass sie sich in zwei Lager spalten. Da sind zunächst diejenigen, die mit sachlichen Argumenten vor einem Missbrauch Ihrer Technologie warnen. Vornehmlich Wissenschaftler und Intellektuelle. Und wie wir hörten, teilen Sie sogar deren Befürchtungen. Es gibt aber noch eine zweite Gruppe, deren Argumente etwas... na ja...«
HILL: »Etwas esoterisch anmuten?«
FINNAGAN: »Ja, so könnte man es nennen. Die Rede ist von den religiösen Kritikern.«
HILL: »Ein sensibles Thema.«
FINNAGAN: »Sie möchten nicht darüber sprechen?«
HILL: »Doch, doch. Nur zu.«
FINNAGAN: »Also dann... was sagen Sie zu der Kritik religiöser Gruppen an Ihrer Forschung? Ist sie gerechtfertigt? Und wenn wir schon dabei sind, gibt es eine unsterbliche Seele?«
HILL: »Es geht in unserer Forschung nicht darum zu beweisen, ob es eine unsterbliche Seele gibt oder nicht. Aber ich kann die Sorge gläubiger Menschen verstehen. Für viele von ihnen stellt die immer weiter fortschreitende Erforschung des menschlichen Gehirns eine Bedrohung dar. Diese Sorge ist in unserem Fall aber unbegründet. Es wird Sie interessieren zu hören, dass die Mitglieder unseres wissenschaftlichen Teams selbst einer Vielzahl unterschiedlicher Religionen angehören. Und niemand sieht sich durch seine Arbeit in seinem Glauben bedroht. Ich kann Ihnen daher versichern, wir sind keineswegs jener blasphemische Haufen krimineller Atheisten, wie einige Glaubens-

eiferer uns immer wieder vorwerfen. Aber wenn Sie meine Worte noch nicht überzeugt haben, dann können es vielleicht die eines anderen. – Was ich Ihnen nun vorlesen möchte, ist der Auszug aus einer E-Mail, die ich heute Mittag erhalten habe: *Die katholische Kirche sieht sich durch die erstaunlichen Ergebnisse Ihrer Forschung weder bedroht noch teilt sie die gegen Sie erhobenen Vorwürfe. Im Gegenteil. Ich habe mit meinen Kardinälen das Ereignis mit großem Interesse verfolgt. Und was wir sahen, war nichts weniger als ein Plädoyer für Menschlichkeit und Liebe. Wir sind der Ansicht, einen schöneren Beweis für die Existenz der menschlichen Seele kann man sich nicht wünschen. Gezeichnet Papst Alexander IX.«*

FINNAGAN: »Nicholas, ich gestehe, dass ich mit so einer Antwort nicht gerechnet habe. Und dem Stimmengewirr in meinem Kopfhörer nach zu urteilen, hat das niemand. Wieso haben wir nicht bereits auf der Pressekonferenz davon erfahren?«

HILL: »Sie kennen doch die Bilder. Ihre Kollegen waren kaum zu bändigen. Ich hielt es für besser, auf einen ruhigeren Moment zu warten.«

FINNAGAN: »Nun, ich schätze, daran haben Ihre religiösen Kritiker erst einmal zu knabbern. – Kommen wir zu einem ganz anderen Thema.«

Abschied von Willowsend

35

Das hübsche kleine Haus in der Morgensonne, der strahlend blaue Himmel, das leuchtende Grün der Baumkronen rings um den See, das funkelnde Wasser – Annabel prägte sich alles ganz genau ein und legte das Bild in ihr Schatzkästchen. So nannte sie den Ort, versteckt in den Tiefen ihrer Erinnerungen, an dem sie alles aufbewahrte, was ihr lieb und teuer war. Anblicke wie dieser, der Sonnenaufgang in Kew Gardens oder ein riesiges Stück Schokoladenkuchen. Auch Menschen waren darin. Menschen, die sie in ihr Herz geschlossen hatte, wie Eric, der sie immer Süße und Rotlöckchen nannte und der ihr das Tanzen beibringen wollte, wenn alles vorbei war. Und Michael, der sie manchmal ansah, als ob er... ja, Michael hatte einen ganz besonderen Platz in ihrem Schatzkästchen.

Sie fragte sich, ob es dieses Kästchen schon immer gegeben hatte, sie wusste es nicht. Denn wenn es so wäre, hätten doch auch ihre Eltern dort sein müssen, aber das waren sie nicht.

»Können wir?«, fragte Michael und betätigte die Klingel an seinem Rad.

Annabel seufzte leise, dann lachte sie ihn an und schwang sich in den Sattel. »Kann losgehen!«

»George ist ein Idiot.« Michael lachte. »Das hier ist eine tolle Idee. Ich komme mir schon vor wie ein Tier, das sich tagelang in seinem Bau verkrochen und ängstlich darauf gewartet hat, herausgescheucht zu werden. Das ist jetzt genau das, was ich brauche.« Michael klingelte noch einmal.

»Ich weiß, was du meinst«, sagte Annabel und wollte in das Klingelkonzert mit einsteigen. Aber das rostige, kleine Ding an ihrem Lenker brachte nur ein heiseres metallisches Gekrächze zustande, das sie beide zum Lachen brachte.

Annabel sah Michael an und da war es wieder. Als sie ihm beim Frühstück gegenübergesessen hatte, war es ihr zum ersten Mal aufgefallen, dieses Leuchten in seinen Augen. Irgendwie hatte er sich seit gestern Abend verändert. Und später dann, als sie ihre Sachen zusammengepackt hatten, da hatte er sie so liebevoll und neugierig angeschaut, als sehe er sie zum ersten Mal, als hätte es die Anstalt, ihre Flucht und die mysteriösen Ereignisse nie gegeben – als wäre dies ein ganz normaler Sommertag. Und genau in diesem Moment war ihr etwas klar geworden: Wenn sie das hier überstehen wollte, musste sie sich ein Stück Normalität bewahren, damit sie aus den wenigen Dingen, die ihr noch geblieben waren, wieder Kraft schöpfen konnte. Also beschloss sie, den Abschied von Willowsend noch etwas hinauszuzögern, bevor sie wieder in die Geisterbahn stieg, zu der ihr Leben geworden war.

»Du willst mit dem Fahrrad zurück ins Dorf fahren?«, hatte George sie ungläubig gefragt. »So ein sentimentaler Quatsch! Ich nehme auf jeden Fall den Bus.«

Annabel hatte gehofft, dass er das sagen würde. Doch als Eric sich ihm anschließen wollte, war sie ein wenig enttäuscht gewesen. Sie hätte ihn so gern dabeigehabt.

Eric hatte ihr zugeflüstert, er würde das nur tun, um George zu ärgern. Aber als er ihr zum Abschied zugezwinkert und sie und Michael angeschaut hatte, war ihr klar geworden, dass er es in Wahrheit ihretwegen getan hatte. Er wollte ihr Zeit mit Michael geben.

Sie fuhren ein Stück den Waldweg entlang, der zurück zur Straße führte, bis Michael anhielt und in einen unscheinbaren Pfad einbog. Hier kamen sie nur schiebend voran.

Michael deutete auf eine Stelle oben in den Bäumen. »Siehst du das Baumhaus?«

Annabel blickte nach oben und sah ein paar zusammengenagelte Bretter, die nur in Kinderaugen Ähnlichkeit mit einem Haus haben konnten.

»Hier habe ich meinen ersten Kuss bekommen. Von einem Mädchen aus dem Dorf. Sie war zwei Jahre älter als ich.« Michael lachte und ging weiter.

Annabel fühlte einen völlig irrationalen Anflug von Eifersucht. »Wohnt sie noch hier?« *Was frage ich denn da?*

»Weiß ich gar nicht. Wir haben uns irgendwann aus den Augen verloren.«

War wahrscheinlich eine miese Küsserin. Hah! – Oh, Anna. Reiß dich zusammen!

»Kannst du dich noch an deinen ersten Kuss erinnern?«

»Kuss? – Anständige englische Mädchen bekommen ihren ersten Kuss nicht, bevor sie zwanzig sind. Wir sind doch keine Franzosen.«

Michael lachte und übersah dabei eine Wurzel. Er stolperte, ruderte mit dem freien Arm in der Luft und wäre beinahe mit dem Rad in ein paar umliegende Brennnesseln geplumpst.

»Wirklich anmutig«, frotzelte sie. »Nimmst du etwa auch Ballettunterricht wie Eric?«

Michael lachte wieder und drehte sich kurz zu ihr um.

Wie er mich ansieht. Annabel hätte nun doch gern ge-

wusst, was für Michaels Veränderung verantwortlich war.
»Michael?«
»Ja?«
Sie zögerte. *Vielleicht ist es doch nur die Ruhe vor dem Sturm.* »Ach, nichts.«
Michael lächelte sie an.
Oh, er ist so süß. Wenn er mich noch mal so anschaut, küss ich ihn.

Einen Augenblick später traten sie aus dem Wald ins Freie. Vor ihnen, hinter ein paar sanft geschwungenen Hügeln mit Feldern und Wiesen, lag Willowsend in strahlendem Sonnenschein. Sie bestiegen wieder ihre Fahrräder und folgten dem Feldweg in Richtung Dorf. Vereinzelte Baumreihen säumten den Weg und spendeten hin und wieder angenehmen Schatten. Auf einer kleinen Steinbrücke, die über einen Bach führte und im Schutze einer alten Eiche lag, machten sie halt.

»Schau mal«, sagte Michael und deutete aufs Wasser.
»Sind das Forellen?«
»Mmhmm. Ganz schöne Biester, was? Rebecca und ich haben mal versucht, welche mit der Hand zu fangen. Ich bin bloß ins Wasser gefallen, doch sie hat tatsächlich eine erwischt. Hat sich in den Bach gestellt und sie mit beiden Händen ans Ufer geworfen. Ein Bauer aus der Gegend hatte uns den Trick gezeigt.«

Michael sprach zum ersten Mal über seine Schwester ohne diesen traurigen Unterton in seiner Stimme. Annabel versuchte, in seinem Gesicht zu lesen, ob es ihm wirklich gut ging. Und sie fand, dass er fast glücklich aussah. Nein, er verstellte sich nicht.

»Michael, ich muss dich was fragen.«
»Schieß los.«

»Ist etwas passiert? Du bist so... ich weiß auch nicht... verändert.«

»Ach so. Ich dachte schon, du wolltest wissen... Egal. Mir geht's gut, Anna. Wirklich. Mach dir keine Sorgen. Heute Morgen ist tatsächlich etwas passiert. Aber ich will im Moment noch nicht darüber reden, verstehst du?«

»Erzählst du es mir irgendwann?«

»Irgendwann. Versprochen.«

Annabel war beruhigt. Was immer für die Veränderung verantwortlich war, es musste etwas Schönes gewesen sein.

»Was dachtest du eben eigentlich, was ich dich fragen wollte?«

Michael lachte, stieg in den Sattel und fuhr langsam an. »Ich dachte, du wolltest wissen, ob das Mädchen aus dem Dorf gut küssen konnte.«

Annabel wurde rot und ließ sich absichtlich ein Stück zurückfallen. Es machte ihr Sorgen, dass Michael ihr die geheimsten Gedanken offensichtlich an der Nasenspitze ablesen konnte.

Der Feldweg mündete bald auf die Willow Road, eine schmale Landstraße, die in nördlicher Richtung ins Dorf führte, in südlicher in die Old Kent Road überging und somit zum Haus am See führte. Das Dorf lag leicht erhöht, und weil es schon ziemlich heiß war, fuhren sie in gemächlichem Tempo weiter. Sie kamen an einer eingezäunten, saftig grünen Wiese vorbei, auf der Schafe mit ihren Lämmern grasten. Und direkt dahinter, am Rande des Dorfes, standen zwei hübsche strohgedeckte Häuschen. Sie waren umgeben von grünen Hecken, Obstbäumen und großen alten Weiden.

Annabel war hingerissen. Am liebsten hätte sie sich mit einem Stuhl auf die Weide gesetzt, um von der traumhaften

Kulisse Dutzende von Zeichnungen zu machen und alles andere zu vergessen. Als sie bei ihrer Ankunft mit dem Bus zum Haus gefahren waren, hatte sie von der romantischen Szenerie nicht viel mitbekommen. Sie erinnerte sich an das Beet mit den Sonnenblumen und wie sie Michael verraten hatte, dass das ihre Lieblingsblumen seien. Vor allem aber erinnerte sie sich an die Angst, die sich im Bus grinsend auf ihren Schoß gesetzt hatte und die seitdem nicht mehr von ihrer Seite gewichen war. Bis jetzt.

Wenig später passierten sie die ersten Häuser des kleinen Dorfes.

So gut wie alle Geschäfte befanden sich auf der High Street, der äußerst bescheidenen Hauptstraße des Ortes. Am Ende der Straße Richtung Norden lag der Bahnhof. Nachdem sie sich an einem Kiosk die Times besorgt und einen raschen Blick auf die Mondlandungs-Schlagzeilen der übrigen Zeitungen geworfen hatten, stellten sie fest, dass ihr Ausbruch offenbar immer noch keine Zeile wert war. Das Gute daran: So könnten sie sich in London vermutlich einigermaßen unbehelligt bewegen.

Anschließend kauften sie frisches Brot, ein paar Räucherwürstchen und zwei Flaschen Wasser für die Fahrt. Ein bescheidenes Mahl. Trotzdem lief Annabel das Wasser im Mund zusammen, als sie an den duftenden Kostbarkeiten schnupperte. Noch ein Tag Dosenfutter, und sie hätte eine Diät angefangen.

Trotzdem entwickelte sich ihre kleine Auszeit nicht so unbeschwert, wie Annabel gehofft hatte.

In den Geschäften wurde Michael überall freundlich begrüßt, man nannte ihn beim Namen und versuchte, mit harmlosen kleinen Fragen ins Gespräch zu kommen. Doch egal was die Leute auch versuchten, Michael blockte ab.

Genau wie bei ihrer Ankunft vor zwei Tagen. Und während Michaels Stimmung sich zusehends verschlechterte, wurde auch Annabel immer nervöser und sie fragte sich, was hier vorging.

Nachdem sie alle Besorgungen erledigt hatten, hielt sie es nicht mehr aus. »Ist etwas mit dir, Michael? Hast du was gegen diese Leute?«

Michael sah sie lange an. »Diese Leute, wie du sie nennst, Anna – ich habe sie noch nie gesehen.«

»Was?« Annabel blieb stocksteif stehen. »Wie kann das sein? Ihr kommt doch schon seit Jahren in dieses Dorf.«

»Das stimmt auch. Als wir in Willowsend ankamen, hatte ich noch gehofft, es wäre Zufall, dass ich mich nicht an den alten Mann und den Jungen im Bus erinnern konnte. Aber jetzt bin ich mir sicher, dass ich die beiden noch nie zuvor gesehen habe. Genauso wenig wie die Leute in den Läden.«

»Und was heißt das jetzt?«

»Keine Ahnung. Zuerst unsere Eltern. Und jetzt das. Wenn es nicht diese mysteriösen Botschaften geben würde, würde ich denken, ich bin doch verrückt. Das, oder ich verliere nach und nach meine Erinnerungen.«

Annabel krallte die Finger so fest um die Griffe des Lenkers, dass ihre Knöchel weiß wurden. Sie war froh, dass sie sich an etwas festhalten konnte.

Es war eine Sache, nachts in albtraumhaften Halbschlafphasen an die schlimmste aller Möglichkeiten zu denken. Wenn aber der einzige Mensch, bei dem sie sich wirklich sicher und geborgen fühlte, so etwas laut aussprach, dann fühlte sich das an wie ein Faustschlag in den Magen. Sie wollte so etwas einfach nicht hören. Nicht hier, nicht jetzt und vor allem nicht von ihm.

»Tut mir leid, Anna, dass ich es dir erzählt habe.« Michael

ließ den Kopf hängen. »Ich hab damit die ganze Stimmung ruiniert.«

Leider hatte er damit recht, dachte Annabel. Der unbeschwerte, romantische Moment war wohl vorbei. Zurück in die Geisterbahn. »Nein, es war richtig von dir. Sollen wir es auch den anderen sagen?«

Michael dachte kurz nach. »Ich glaube, es ist besser, wenn wir das für uns behalten. Wir sollten sie nicht noch mehr beunruhigen.«

Er packte ihre Einkäufe in den kleinen Rucksack, den er aus dem Haus mitgenommen hatte, und dann fuhren sie gemeinsam durch die High Street bis zum Bahnhof.

Auf dem Bahnhof von Willowsend herrschte Hochbetrieb. Viele Pendler, aber auch Familien machten sich an diesem Morgen auf die Reise. George gab sich alle Mühe, den vorbeieilenden Menschen aus dem Weg zu gehen. So wie in seinen Träumen schienen sie ihn einfach zu übersehen.

Annabel und Michael waren noch nicht da gewesen, als er und Eric eingetroffen waren. Also hatte jeder auf seine Weise die Zeit totgeschlagen. George betrachtete es als einen persönlichen Sieg, dass Eric nicht mehr versuchte, mit ihm ins Gespräch zu kommen. Er war ihm in den letzten Tagen damit ziemlich auf die Nerven gegangen. Und es sprach nicht gerade für Erics Intelligenz, dachte George, dass er so lange gebraucht hatte, das zu kapieren. Leider machte die Aussicht auf einen weiteren Ausflug mit den drei Gutmenschen, wie er sie jetzt heimlich nannte, dieses kleine Triumphgefühl wieder zunichte. Und als er sah, wie Annabel und Michael in inniger Zweisamkeit auf den Bahnhofsvorplatz geradelt kamen und Eric ihnen wie ein treuer Hund entgegenlief, hätte er kotzen können.

Bisher war es ihm nicht schwergefallen, sich im Hintergrund zu halten, während die anderen sich immer nähergekommen waren. Er hatte sich längst damit abgefunden, dass er nie dazugehören würde. Doch mittlerweile fühlte er einen regelrechten Hass, wenn er beobachtete, wie die drei miteinander herumalberten. Und ganz besonders ekelte es ihn, wenn Annabel und Michael sich verliebte Blicke zuwarfen.

George ließ sich etwas zurückfallen, blieb jedoch in Sichtweite, während Annabel, Eric und Michael die Fahrkarten lösten und dann vor zu den Gleisen gingen. Als er sah, mit welch traumwandlerischer Sicherheit die drei sich zwischen den anderen Reisenden bewegten, spürte George einen stechenden Schmerz im Kopf. Alles um ihn herum verschwamm, so als würde er durch einen dünnen Wasserschleier schauen. Das muss die Hitze sein, dachte er, blieb stehen und rieb sich die Augen, bis sein Blickfeld wieder klar war. Dann ging er weiter.

Doch als jemand gegen seine Schulter stieß und gleichzeitig eine weitere Schmerzwelle durch seinen Schädel jagte, verlor er das Gleichgewicht und musste sich an einem Pfeiler abstützen. Die Schmerzen waren jetzt unerträglich und keinen der Gutmenschen schien das auch nur im Geringsten zu interessieren. Sie gingen fröhlich weiter. Sahen sich nicht einmal um.

Du bist ein Nichts! Ich wünschte, du wärst nie geboren.

Da war sie wieder. Und ihre Stimme hallte in seinem Schädel wie eine riesige Kirchenglocke. Lauter und lauter schrie sie auf ihn ein. Er konnte ihr Parfüm und den Rauch ihrer Zigarette riechen. George schloss die Augen, aber nichts, was er tat oder dachte, konnte die Stimme in seinem Kopf zum Schweigen bringen. Als er sie wieder öffnete, entlud sich sein brennender Hass. »Ich verachte euch. Ihr widert mich an. Ich wünschte, ihr würdet fühlen, was ich fühle«, presste er durch seine zusammengebissenen Zähne in die Menge hinaus.

»Netter Hintern, was?«
Annabel schaute Eric verschämt an. »Netter was?«
»Hintern. Du hast dir doch gerade Michaels Hintern angeschaut.«
Michael ging ein paar Meter vor ihnen.
»Hab ich nicht.«
»Und ob du hast, Süße. Jeder hier auf dem Bahnhof hat's gesehen. Mach doch gleich eine Zeichnung von ihm.«
Annabel lachte verlegen und Michael drehte sich zu ihnen um, grinste sie an.
Gott, hoffentlich hat er das nicht gehört.
Weil Michael für ein paar Sekunden nicht auf das achtete, was vor ihm geschah, bemerkte er nicht, dass ein Gepäckträger mit einem Handwagen voller hoch aufgetürmter Koffer über den Bahnsteig direkt auf ihn zukam.
»Michael, pass auf!«, rief Annabel und wedelte mit den Armen. Als er kapierte, was los war, und nach vorne schaute, war es bereits zu spät.
Michael hatte keine Chance mehr, dem Wagen auszuweichen. Schon befand sich der abgenutzte Griff eines alten Lederkoffers unmittelbar vor seinem Gesicht. Jeden Moment würde ihn der Wagen überrollen und er von schweren Koffern begraben werden, da war sich Annabel sicher.
Aber nichts von alledem geschah.
Annabel stockte der Atem und sie war unfähig, sich zu rühren, als alles wie in Zeitlupe vor ihren Augen abzulaufen schien.

Denn während Michael wie angewurzelt stehen blieb, sah es so aus, als würde der Wagen samt Gepäck mit ihm verschmelzen. Koffer für Koffer, Tasche für Tasche. Und als anschließend auch der Gepäckträger durch ihn hindurchmarschierte wie durch ein Hologramm, hatte Annabel endgültig das Gefühl, als würde ihr Verstand wie dünnes Glas in winzige Teile zerspringen.

Dann war es vorbei. Der Gepäckträger schob seinen Wagen weiter, als sei nichts geschehen, während Michael noch immer wie gelähmt auf dem Bahnsteig stand und blankes Entsetzen sich auf seinem Gesicht spiegelte. Erst als der schwebende Luftballon eines kleinen Jungen sein Gesicht berührte, löste sich seine Starre. Reflexartig fasste er sich an den Kopf und tastete sein Gesicht ab.

»Was, um Gottes willen, war das, Michael?« Annabel war zu ihm gerannt und stand nun völlig geschockt neben ihm. Einen Moment später war auch Eric bei ihnen, wortlos und mit zitternden Händen.

Michael sah sich hektisch auf dem Bahnsteig um. Als würde die Antwort hinter einer Ecke lauern und frech grinsen. »Wo ist George?«, brachte er mühsam heraus. »Wir dürfen den Zug nicht verpassen.«

George grinste nicht und er lauerte auch hinter keiner Ecke. Er lehnte mit dem Rücken an einem Pfeiler, frei von Schmerzen und mit einer äußerlichen Ruhe, die nicht ansatzweise erahnen ließ, wie es in seinem Inneren brodelte. Er hatte alles mitangesehen und ungläubig jede einzelne Sekunde genossen. Zuerst mit einem leichten Schrecken, doch der war bald überwunden.

Während der Zug nach London einfuhr und mit quietschenden Bremsen zum Stehen kam, wägte George seine

Möglichkeiten ab. Und noch bevor er gemeinsam mit den anderen den Zug bestieg, hatte er seine Entscheidung getroffen.

Der Zug war so überfüllt, dass sie auf dem Gang stehen mussten. Doch als an der ersten Haltestelle eine kleine Reisegruppe ausstieg, drängten sich die vier in das leere Abteil und schlossen die Tür. Als George sich kurz darauf abmeldete, um aufs Klo zu gehen, war Annabel dankbar, dass sie einen Moment allein waren. George hatte sich selbst für seine Verhältnisse ziemlich unsensibel verhalten, als sie ihm von dem Vorfall erzählt hatten. Sie alle hätten sich das bestimmt nur eingebildet, weil sie zu wenig geschlafen hätten, hatte er behauptet, und dabei genauso geklungen wie Dr. Parker. Eric wäre fast ausgeflippt.

Aber konnte sie George deshalb wirklich böse sein?, fragte sich Annabel. Schließlich hatte sie es mit eigenen Augen gesehen und glaubte es trotzdem nicht.

Alle Versuche, darüber nachzudenken, geschweige zu reden, waren gescheitert. Also hatten sie es schließlich aufgegeben. Wie soll man auch etwas in Worte fassen, das der Verstand nicht begreifen kann, das weder Naturwissenschaft noch Psychologie erklären können?

»Wisst ihr, was das Schlimmste ist?«, fragte Eric nach einer Weile. »Dass alle anderen das tun, was sie immer tun. Arbeiten, Einkaufen gehen, Spaß haben. Als wäre nichts passiert.«

Annabel legte ihren Kopf an die Scheibe und spürte die Vibrationen des Zuges an ihrer Schläfe. Ihr warmer Atem schlug sich auf dem kühlen Glas nieder.

»Irgendwo auf der Welt geschieht immer was Schreckliches«, sagte sie langsam. »Irgendwo ist Krieg und wir gehen ins Kino. Irgendwo verhungern Menschen und wir feiern eine Party. Irgendwo...«

»Aber *Irgendwo* ist jetzt genau hier, Anna«, sagte Eric traurig.

»Ich weiß. – Ich versuch mir gerade vorzustellen, wie es wäre, wenn sich wirklich jeder für jeden verantwortlich fühlen würde. Würden alle Mütter dieser Welt die Fenster öffnen und rufen: *Kinder, hört auf zu spielen, irgendwo ist Krieg?* Würde es den Leuten in *Irgendwo* dadurch besser gehen?«

Eric seufzte.

»Ich weiß nichts über *Irgendwo*, Anna«, sagte Michael. Seit dem Vorfall auf dem Bahnsteig hatte er sich die meiste Zeit in Schweigen gehüllt. »Aber mir kommt es im Moment so vor, als wären wir in der Hölle und hätten ein Fenster, durch das wir auf unser früheres Leben schauen können. Gegen etwas Hilfe oder Anteilnahme hätte ich nichts einzuwenden.«

»Aber wir sind nicht in der Hölle«, erwiderte sie leise.

»Ich weiß. Es fühlt sich nur manchmal so an.«

36

Michael schreckte auf, als der Zug in den Bahnhof ratterte und er durch eine Lautsprecherdurchsage geweckt wurde. Draußen auf dem Gang machten sich die anderen Reisenden bereits zum Aussteigen bereit.

Er wunderte sich, dass ihm trotz seines Erlebnisses mit dem Gepäckwagen die Augen zugefallen waren. Vielleicht war es eine Art Notabschaltung, damit sein Gehirn nicht überlastete. Auf jeden Fall fühlte er sich jetzt wieder etwas besser.

»Sind wir schon da?« Auch Annabel schaute verwirrt aus dem Fenster.

»Sieht so aus«, sagte Michael knapp. Er öffnete die Abteiltür.

»Wo, verdammt noch mal, ist eigentlich George?«, fragte er. »Er weiß doch, dass wir hier rausmüssen.«

Er drehte sich zu den beiden anderen um, aber die zuckten nur mit den Schultern.

Hatten sie es nur verschlafen oder war George von seinem Gang zur Toilette gar nicht zurückgekehrt?

Michael drängte sich aus dem Abteil und versuchte, über die vielen Leute im Gang zu blicken, konnte ihn aber nirgendwo entdecken.

»Der wird sich irgendwo anders im Zug einen Platz gesucht haben«, sagte Annabel, die sich jetzt zusammen mit Eric hinter Michael gesellte. »Vielleicht brauchte er einfach etwas Zeit für sich.«

Unsanft stoppte der Zug im Bahnhof. Die Türen schwangen auf und die Waggons entleerten ihre Fracht auf den Bahnsteig.

Die drei blieben in der Nähe der Tür und musterten die Reisenden, die hinter ihnen aus dem Zug kamen. Als der Strom versiegte und die neuen Fahrgäste einstiegen, teilten sie sich auf und spähten in die Fenster des Zuges. Die Letzten, die den Waggon verließen, waren ein altes Ehepaar mit einer Unmenge von Koffern und ein gehbehindertes Mädchen, das mitsamt ihrem Rollstuhl aus dem Zug getragen werden musste. Doch von George fehlte jede Spur.

»Ich geh noch mal rein«, sagte Michael kurz entschlossen.

Gleich darauf drängelte er sich durch die Gänge, kontrollierte jedes Abteil und sogar die Toilette.

»Michael, beeil dich!« Von draußen hörte er Erics Stimme. »Der Zug fährt gleich weiter!«

Michael lief los und kam sich vor wie bei einem Rugbyspiel, als er ein paar Leute auf dem Gang beiseiteschubsen musste, die ihm den Weg versperrten. Im letzten Moment sprang er aus dem Waggon. Die Türen schlossen sich und der Zug setzte sich ruckelnd in Bewegung.

»Das gibt es doch nicht«, sagte er, während der Zug langsam den Bahnhof verließ. »Der kann doch nicht einfach so verschwinden.«

»Vielleicht haben sie ihn geschnappt«, sagte Eric. »Oder ein Schaffner hat ihn erkannt.«

»Du meinst, es gibt mittlerweile doch so was wie Steckbriefe von uns?«, fragte Annabel.

»Nur weil es nicht in der *Times* oder einer anderen Zeitung steht, heißt das nicht, dass sie nicht nach uns suchen«, sagte Michael und schaute sich ein letztes Mal auf dem Bahnsteig um. Dann gingen sie langsam in Richtung Bahnhofshalle.

»Und wenn er abgehauen ist?«, fragte Eric. »Vielleicht konnte er es einfach nicht mehr ertragen und ist durchgedreht. Verstehen könnte ich es.«

Annabel legte einen Arm um ihn.

»Durchgedreht? Ich weiß nicht. Den Eindruck hatte ich eigentlich nicht. Aber er hatte mal davon gesprochen, dass es klüger wäre, sich zu verstecken. Und vielleicht denkt er, dass wir ihm dabei nur im Weg sind.«

Michael legte die Stirn in Falten. »Kann schon sein. Gestern Abend, als wir uns dazu entschlossen, weiter den Hinweisen zu folgen und nach London zurückzukehren, schien er jedenfalls nicht besonders begeistert gewesen zu sein. Auch wenn er mal wieder nichts dazu gesagt hat.«

»Aber einfach so abzuhauen, ohne ein Wort... das ist einfach nicht okay!« Eric seufzte und Michael fragte sich, warum ausgerechnet er Georges Abwesenheit zu bedauern schien.

»Hört mal«, sagte Annabel. »Das klingt jetzt vielleicht paranoid, aber es gäbe da noch eine Möglichkeit. Was wäre, wenn George versuchen würde, auf eigene Faust weiterzumachen? Ohne uns?«

»Du meinst, den Hinweisen nachgehen?« Michael dachte wieder daran, wie George sich beim Entschlüsseln der letzten Rätsel verhalten, wie er mit ihm gespielt hatte. Theoretisch traute er ihm so etwas zu. Aber welchen Grund sollte er haben?

»Und wie soll er an die Hinweise rankommen?«, fragte Eric. »Ohne den Schlüssel?«

»Stimmt«, pflichtete Annabel ihm bei. »Den Schlüssel haben wir. Und er wird ja wohl kaum das Schließfach aufbrechen.«

Alle drei schauten sich an. Dann liefen sie los.

Durch den Haupteingang betraten sie die große Bahnhofshalle. Laut und hektisch war es hier. Kein Ort, an dem sie länger als nötig verweilen wollten.

»Jemand eine Ahnung, wo sich die Schließfächer befinden?«, fragte Annabel. Sie war nervös. Nicht so sehr wegen ihrer Idee, George könnte das Schloss aufbrechen und vor ihnen an die Hinweise im Schließfach gelangen. Vielmehr wegen der Ereignisse auf dem Bahnhof von Willowsend und dem, was dort mit Michael passiert war. Während sie sich nach einem Hinweis auf die Schließfächer umsah, achtete sie darauf, keinem der Reisenden zu nahe zu kommen. Sie hatte plötzlich Angst, jemanden zu berühren oder, was weitaus schrecklicher gewesen wäre, nicht berühren zu können.

»Dahinten«, sagte Michael und deutete auf ein kleines Schild in der Mitte der Halle.

Über eine breite Treppe gelangten sie auf die untere Ebene und weiter zu einem Schild mit dem Hinweis *Gepäckaufbewahrung*.

Sie standen in einem Seitenarm der großen Halle vor einer langen Reihe von Schließfächern. Zwei finster aussehende Gestalten gingen an ihnen vorbei und deponierten eine kleine Tasche in einem Fach am Ende der Reihe. Sie stritten um den Schlüssel, als sie sich wieder auf den Weg in die Halle machten. Eine kleine Gruppe bunt gekleideter Hippies tänzelte gut gelaunt an ihnen vorbei. Einer von ihnen schlug selig lächelnd ein Tamburin, aber Annabel hatte ausnahmsweise keine Augen für sie. Ihr Blick war auf die Schließfachreihen gerichtet.

»Das ist es«, sagte sie und tippte auf das Schließfach mit der Nummer elf. Es war noch ungeöffnet und das Schloss unversehrt. Jetzt kam sie sich ein wenig albern vor, dass sie George verdächtigt hatte.

Michael kramte den Schlüssel aus seiner Tasche. Er wirkte angespannt.

»Soll ich?«, fragte er zögernd.

Annabel und Eric schauten sich an. Dann nickten sie.

Sie wären nicht überrascht gewesen, wenn sich hinter der Tür ein schwarzes Loch aufgetan hätte. Eines, durch das man wie Alice im Wunderland in eine andere Welt hätte gelangen können. Aber hinter der Tür befand sich keine geheimnisvolle fremde Welt. Nur ein von sechs dünnen Blechwänden umschlossener Raum. Und alles, was er enthielt, waren ein Büchereiausweis und ein Blatt Papier mit einer weiteren Botschaft.

Michael nahm die Gegenstände heraus. Das Papier war alt und fleckig, genau wie das in Willowsend. Michael warf einen kurzen Blick darauf, gab es weiter an Annabel und untersuchte den Ausweis.

Annabel las die Botschaft laut vor: »*Die Medizin ist der Schlüssel.*« Sie schaute die anderen an, die ebenso ratlos und enttäuscht aussahen, wie sie sich gerade fühlte. »Was, zum Teufel, soll das nun wieder bedeuten?« Wütend knallte sie die Tür des Schließfaches zu. Doch es ging im allgemeinen Lärm der Halle unter.

»Kennt einer von euch eine Karole Helpid?«, fragte Michael. »Das ist der Name, auf den der Ausweis ausgestellt ist. Er ist für die London Library.«

»Für die Bibliothek? Zeig mal.« Auch Eric konnte nur den Kopf schütteln. »Weiß der Geier, wer das ist. – Und was sollen wir jetzt damit anstellen?«

»Entweder die Besitzerin des Ausweises finden oder in die Bibliothek gehen«, sagte Michael und seufzte.

Annabel wandte sich ab. Hört das denn nie auf?

Sie spürte, wie ihre Kräfte nachließen und nur eine müde innere Stimme sie davon abhielt, sich still in eine Ecke zu verkriechen und auf das Ende des Ultimatums zu warten.

Doch die Stimme wurde von Stunde zu Stunde leiser und sie wusste, es war nur eine Frage der Zeit, bis sie endgültig verstummte.

»Telefonbuch«, sagte sie knapp und machte sich auf den Weg in die Halle, ohne sich noch einmal umzusehen.

Sie brauchten nicht lange, um die öffentlichen Fernsprecher zu finden. Annabel schlug ein Telefonbuch vom Großraum London auf und suchte nach einem entsprechenden

Eintrag. Ihre Miene verfinsterte sich zusehends, während sie mit dem Zeigefinger über die Seite fuhr.

»Na großartig. In ganz London gibt es keine Karole Helpid. Oder sie hat kein Telefon.«

»Dann bleibt nur die Bibliothek«, sagte Michael.

Als sie das Gebäude verließen, fiel Annabels Blick auf ein großes Schild mit der Aufschrift *Liverpool Street Station*. Sie blieb abrupt stehen und starrte das Schild an.

Und da war es wieder, dieses Gefühl, dieses leichte Kribbeln auf der Kopfhaut, das sie schon einmal bei der Ankunft in Willowsend gespürt hatte. Es kam ihr vor, als hätte die dünne Haut unter ihren Haaren Kenntnis von etwas, das ihrem Verstand bisher entgangen war.

»Hey, Anna, ist irgendwas?«, fragte Michael. »Wir sollten die U-Bahn nehmen, wenn wir... Anna?«

Aber Annabel reagierte überhaupt nicht. Stattdessen ging sie noch dichter an das Schild heran. »An irgendwas erinnert mich das verdammte Ding. Aber ich komme nicht... Moment... wartet... das gibt's doch nicht.«

Annabel durchfuhr es wie ein Blitz. Es war nur ein einzelnes Wort, das sich in ihr Bewusstsein drängte, doch es löste eine Kettenreaktion aus, bei der sich Gedanken und Bilder wie von Zauberhand aneinanderfügten und zum ersten Mal Ordnung in das Chaos brachten.

»Wir müssen sofort in ein Spielwarengeschäft«, sagte sie aufgeregt. »Oder in ein Kaufhaus.« Gehetzt sah sie sich um. »Da hinten auf der anderen Straßenseite ist ein Marks & Spencer!« Sie ignorierte ihre Fragen und die Verwirrung auf den Gesichtern von Michael und Eric und rannte los.

Das kann kein Zufall sein. Aber was ist, wenn ich recht habe?

Als ihr klar wurde, dass sie soeben den ersten brauchbaren Hinweis entdeckt haben könnte, rannte sie noch schneller. Annabel stürmte durch die Drehtür des Kaufhauses und steuerte auf die nächstbeste Verkäuferin zu. »Haben Sie eine Spielwarenabteilung?«

»Zweiter Stock auf der linken Seite. Gleich da vorne sind die Roll...«

Annabel ließ die Verkäuferin mitten im Satz stehen und spurtete los. Ungeduldig drängelte sie sich an ein paar Leuten mit vollen Einkaufstüten vorbei.

»Hey! Pass gefälligst auf, Mädchen!«

Michael rief ihr hinterher: »Anna! Bleib doch mal kurz stehen! Was ist denn passiert?«

Aber sie schüttelte nur verbissen den Kopf und rannte weiter. Erst musste sie Gewissheit haben.

Die Rolltreppe brachte sie in den zweiten Stock. Annabel hielt sich links. Hastig und mit verkniffenem Gesichtsausdruck suchte sie die Regale ab. Bis sie auf einmal eine große, flache Schachtel hervorzog.

»Monopoly?«, fragte Eric überrascht und etwas außer Atem.

Annabel kniete sich hin und legte die Schachtel vor sich auf den Boden. Behutsam, als würde sie eine Bombe entschärfen, hob sie den Deckel an und schob ihn beiseite. Fast ängstlich schaute sie hoch zu den beiden Jungs, bevor sie das Spielbrett herausnahm und aufklappte. Noch immer hoffte sie, sich geirrt zu haben. Betete fast, dass es so wäre.

Ihre Augen flogen über das Feld. Sie suchte etwas. Und schließlich fand sie es.

»Das wird euch nicht gefallen«, sagte sie, ohne aufzuschauen.

Die beiden Jungs hockten sich hin.

»Was wird uns nicht gefallen?«, fragte Michael und schaute abwechselnd Annabel und das Spielbrett an.

Annabel tippte mit dem Finger langsam nacheinander auf ein paar der Straßenfelder. Mit monotoner Stimme sagte sie: »Liverpool Street Station. King's Cross Station. Old Kent Road. Vine Street. Park Lane. – Das Schließfach am Bahnhof. Die Anrufe bei unseren Freunden und Verwandten. Das Haus am See. Die Telefonzelle, von der aus ich bei mir zu Hause angerufen habe. Die Anstalt.«

Michael ließ sich nach vorn auf die Knie fallen und schaute sich die Straßennamen einen nach dem anderen an.

»Coventry Street«, sagte er plötzlich. »Mir ist früher nie aufgefallen, dass unsere Schule an einer Monopoly-Straße liegt. Euch etwa?«

»Nein. Genauso wenig wie es jemandem aufgefallen ist, dass euer Haus am See an einer Monopoly-Straße liegt«, sagte Annabel. »Und ich wette, wenn wir zur London Library fahren, werden wir feststellen, dass auch diese Straße sich auf dem Spielfeld befindet.«

Annabel lehnte sich mit dem Rücken gegen das Regal. »Alle Orte, an denen wir die Botschaften erhalten haben oder an denen etwas Unheimliches passiert ist, liegen an Straßen aus diesem Spiel. Was bedeutet das?«

Michael strich sich die Haare zurück. »Ausgenommen unsere Schule. Dort gab es keine Botschaft. Sie passt nicht in das Schema.«

»Bist du sicher? Vielleicht haben wir nur was übersehen?«
»Es könnte doch Zufall sein, dass...«
»Zufall? Glaubst du tatsächlich an einen Zufall, Eric?«
»Sagt mal, was macht ihr denn hier?«

Die drei erschraken. Ihre Aktion hatte eine Verkäuferin auf den Plan gerufen.

»Ihr könnt doch nicht einfach unsere Spiele auspacken.« Die Frau klang nicht verärgert. Eher gelangweilt.

»Entschuldigung.« Michael reagierte sofort. Er sprang auf und strahlte die Frau an. »Wissen Sie, ich liebe dieses Spiel und meine Freunde haben mit mir gewettet, dass sich King's Cross nicht auf dem Spielbrett befindet – sie haben natürlich verloren.«

Annabel staunte, wie gelassen Michael mit der Verkäuferin plauderte angesichts ihrer Entdeckung. Selbst sein Lachen wirkte glaubwürdig. Als sich sein breiter Rücken zwischen sie und die Frau schob, nutzte sie die Gelegenheit und ließ die Spielanleitung in ihrem Hosenbund verschwinden. Irgendwie hatte sie das Gefühl, dass sie ihnen noch von Nutzen sein könnte. Dann schloss sie den Deckel und legte das Spiel zurück ins Regal.

Annabel wollte sich gerade umdrehen, da streifte ihr Blick zufällig das Logo des Herstellers. *Das gibt es doch nicht!* Sie beugte sich vor und studierte das Zeichen genauer. »Seht euch das mal an!«, flüsterte sie einen Moment später.

Keine Reaktion.

»Michael?« Annabel drehte ihren Kopf, aber hinter ihr stand nur noch die Verkäuferin.

»Wo ist Michael?«, fragte Annabel.

»Der junge Mann?«, fragte die Verkäuferin. »Keine Ahnung. Eben war er noch hier.«

Annabel verspürte ein Ziehen in der Magengegend. Erst jetzt registrierte sie, dass auch Eric nicht mehr da war. Sie sah sich über die Regale hinweg um. Nichts. Die beiden waren einfach verschwunden. Genau wie George.

Annabel wurde gleichzeitig heiß und kalt. Und sie spürte, wie ihr Kopf rot anlief. Sie kam sich vor wie ein kleines

Kind, das in Panik gerät, weil es im Kaufhaus seine Eltern nicht wiederfinden kann.

»Alles in Ordnung?«

Als die Verkäuferin die Hand nach ihr ausstreckte, zuckte Annabel wie von einem Stromschlag getroffen zurück. Bilder aus der Anstalt schossen ihr durch den Kopf: April Fay, Dr. Parker und Schwester Shelley, der perverse Pfleger, die verstörten Gesichter der Patienten, die Buntglasfenster.

Das hat in meinem Verstand nichts zu suchen, flehte sie. *Es gehört dort nicht hin. Es fühlt sich falsch an.*

Annabel krampfte die Hände um ihren Kopf, als glaubte sie, so die Erinnerungen aus ihrem Schädel pressen zu können. Doch als das Bildergewitter endlich davonzog, herrschte nicht nur in ihrem Kopf Dunkelheit. Es schien, als hätte jemand im Haus die Lichter ausgeschaltet. Annabel sah alles nur noch durch einen dunklen Schleier. Sie wankte wie eine Betrunkene hin und her, versuchte, sich an der Stimme der Verkäuferin zu orientieren, die auf sie einredete. Schließlich ertastete sie eine Wand und kauerte sich auf den Boden. Mit panisch aufgerissenen Augen zählte sie die Schläge ihres rasenden Herzens... *elf, zwölf, dreizehn, vierzehn... viel zu schnell... viel zu schnell!*

Doch dann vernahm sie eine vertraute Stimme. Und obwohl sie aufgeregt und schrill zu ihr herüberschallte, hatte sie nie etwas Schöneres gehört. Der dunkle Schleier vor ihren Augen verschwand. Ihr Herz beruhigte sich ein wenig.

»Lassen Sie mich in Ruhe! Lasst mich alle einfach in Ruhe!«, schrie Eric hysterisch. Er versuchte, sich eine Verkäuferin vom Leib zu halten, die ihn offenbar beruhigen wollte. Aber Eric hörte gar nicht zu. Hinzu kam, dass sein

Auftritt bereits einige Gaffer angezogen hatte und er sich von ihnen in die Ecke gedrängt fühlte.

»Sind Sie auch eine von denen?« Eric wirkte wie ein gehetztes Tier und die Worte aus dem Mund der Verkäuferin klangen in seinen Ohren wie Laute ohne Bedeutung. Er fühlte kalten Schweiß auf seiner Stirn und spürte, wie seine Hände zitterten. Alle Menschen um ihn herum schienen sich mit großer Geschwindigkeit zu bewegen, jede ihrer Gesten, jedes Stirnrunzeln wirkte auf ihn comichaft übertrieben und bedrohlich. *Holt nur eure Fackeln, holt nur eure Mistgabeln, verdammtes Pack, und bringt es zu Ende!* Sie hatten es auf ihn abgesehen, daran gab es für ihn keinen Zweifel.

Mit ausgestreckten Armen warnte er die Verkäuferin davor, näher zu kommen. Die Frau hielt sich daran.

»Geben Sie's doch zu! Sie gehören dazu. Ihr gehört alle dazu.« Wild gestikulierend zeigte Eric auf alle umstehenden Personen. Bis er auf einmal panisch zusammenzuckte. Denn plötzlich glaubte er zu sehen, dass sich die Gesichter der Menschen veränderten, dass aus ihnen leichenhaft verfaulte Fratzen wurden, dass ihre glatte rosa Haut nur eine bröckelnde Maske war, hinter der sich menschenfressende Zombies versteckten.

»Was habt ihr mit George gemacht? Wo ist George, verdammt noch mal? Habt ihr ihn gefressen, so wie ihr mich fressen wollt?«

Eric war so auf die umstehenden Gaffer fixiert, dass er nicht merkte, wie Michael sich ihm von hinten näherte. Er fühlte nur, wie sich ein paar kräftige Arme um seine Brust legten und ihn festhielten. Eric schrie, bäumte sich auf und wandte sich hin und her. Vergebens.

»Eric, ich bin's doch nur. Hör auf! Hör endlich auf damit!«

Aber Eric dachte gar nicht daran. Sein Verstand war wie ein Zug von den Schienen gesprungen und raste nun unkontrolliert einem Abgrund entgegen. Und während er das tat, deckte er Michael mit den schlimmsten Schimpfwörtern und Beleidigungen ein, die man sich vorstellen konnte.

»Eric!« Annabels Stimme war laut und scharf. Und sie brachte ihn zum Schweigen. Sie kam langsam auf ihn zu, nahm seinen Kopf zwischen ihre warmen Hände und legte ihre Stirn an seine. »Das reicht, Eric!«, flüsterte sie. »Hör auf damit! Ich weiß, wie du dich fühlst. Michael und mir geht es doch genauso. Aber das hier hilft uns nicht. Du machst uns nur noch mehr Angst.«

Erics Körper zuckte noch immer, aber langsam beruhigte er sich. Er sah, wie sich die Menschentraube um sie herum auflöste, und erkannte, dass es wirklich nur Menschen waren, keine Monster. Sie stellten keine Gefahr da.

Er holte einmal tief Luft und streifte Michaels Arm ab. »Du kannst mich loslassen«, sagte er und hörte selbst, wie rau seine Stimme klang. »Ich bin okay.«

Annabel zog die Jungs auf die Seite, wo sie vor den Blicken der Verkäuferinnen geschützt waren. Da erst bemerkte Eric, dass ihr Tränen in den Augen standen.

»Ich dachte gerade, ich würde euch nie wiedersehen«, sagte Annabel mit bebender Stimme. »Ich war ganz allein... und ich...« Sie wischte sich mit dem Handrücken über Augen und Nase.

Eric schämte sich. Wie hatte er nur so ausrasten können, ohne an seine Freunde zu denken? Es war, als hätte jemand einen Schalter in seinem Kopf umgelegt – grauenhaft.

Gemeinsam verließen sie das Kaufhaus, und nachdem sie schweigend ein paar Schritte an der frischen Luft gegangen waren, bat Eric seine Freunde, stehen zu bleiben. »Es tut mir leid, was da drin passiert ist. Als ich das von den Monopolystraßen hörte, bin ich einfach durchgedreht. Bitte glaubt mir, ich wollte das nicht. – Und Michael, was ich da drin zu dir gesagt habe... Du weißt, ich hab's nicht so gemeint, oder?«

»Schon gut. Ich weiß.«

»Da wir gerade unser Herz ausschütten«, sagte Annabel und schaute die beiden Jungs böse an. »Wenn ihr zwei Idioten noch mal auf die Idee kommt, mich alleine zu lassen, werde ich stinksauer. Macht das nie wieder! Habt ihr kapiert?«

Eric nickte bedrückt und war gleichzeitig froh, dass Annabel wieder ihr altes, kämpferisches Selbst zurückerlangt hatte.

»Und jetzt sollten wir uns einen Platz suchen, an dem wir in Ruhe reden können«, fuhr sie fort. »Hier sind einfach zu viele Leute. Vor der London Library ist doch ein kleiner Park. Lasst uns dorthin fahren und überlegen, was wir als Nächstes unternehmen.«

37

Die London Library befand sich in der nordwestlichen Ecke eines großen Platzes, in dessen Zentrum ein kleiner Park angelegt war. Annabel suchte nach dem Straßenschild mit dem vertrauten Namen. Sie war schon ein paarmal hier gewesen und kannte ihn. Heute aber war sie sicher, dass sie eine Überraschung erleben würde. Und so war es auch. Stumm zeigte sie auf das Schild.

»Leicester's Square«, las Michael und schaute daraufhin zu Annabel. »Ist das eine Monopoly-Straße?«

Annabel zog die Spielanleitung aus ihrer Tasche und schlug die Seite mit dem Spielbrett auf. »Ja. Der Name ist allerdings falsch. Eigentlich ist das hier St. James's Square, das weiß ich genau.«

»Aber das müsste doch jemandem auffallen. Man kann nicht einfach ein Schild austauschen! Nicht an so einem Ort«, warf Eric ein.

»Vielleicht doch.« Es war nur eine vage Vermutung. Aber Annabel wusste, wie sie sich Gewissheit verschaffen konnte. »Dahinten an der Ecke ist eine Telefonzelle. Schauen wir mal, was für eine Adresse im Telefonbuch steht.«

Michael hielt die Tür auf, während Annabel die Adresse der London Library nachschlug. Ihre Hände zitterten.

»Leicester's Square«, sagte sie. »Genau wie auf dem Schild.«

»Das gibt's doch nicht!« Eric schlug mit der Faust gegen die Scheibe der Telefonzelle.

»Vielleicht haben sie damit gerechnet, dass wir die Adresse kontrollieren würden, und ein gefälschtes Telefonverzeichnis in diese Zelle gehängt?«

»Nein, Michael. Ich glaube, wir könnten jede verdammte Telefonzelle in London abklappern und würden immer wieder auf die gleiche falsche Adresse stoßen.«

»Aber das ist unmöglich.«

»Ach ja? So unmöglich wie falsche Eltern oder Menschen, die einfach durch uns hindurchgehen?«

Die Mittagssonne brannte heiß von einem wolkenlosen Himmel und im Park vor der Bibliothek gab es nur zwei Bänke, die im Schatten lagen. Auf der einen saß ein altes Ehepaar. Auf der anderen turnten ein kleiner Junge im Matrosenanzug und ein kleines Mädchen in einem rosa Kleidchen ausgelassen kreischend herum. Beide waren nicht älter als vier.

»Überlasst sie mir«, sagte Michael und ging auf die beiden zu.

»Sieh ihnen nicht direkt in die Augen. Das könnte sie reizen«, spottete Eric.

»Hey, ihr Knirpse, weg da, das ist meine Bank«, sagte Michael. Er baute sich zu voller Größe auf und stemmte die Hände in die Hüfte.

»Gar nicht«, maulten die Kinder lässig und spielten weiter.

Hilflos warf Michael einen Blick über die Schulter. Annabel und Eric grinsten nur.

»Hey, hört mal«, sagte er und beugte sich mit Verschwörermiene vor. »Warum seid ihr eigentlich nicht in der Bibliothek? Ich hab gehört, dass es für alle Kinder heute Eis geben soll. Und Schokolade und Luftballons. Alles umsonst.«

Michael hatte ihre Aufmerksamkeit. Sie steckten die Köpfe zusammen und musterten Michael neugierig.

»Gibt es auch Clowns?«, fragte das Mädchen lispelnd, als wären die Süßigkeiten noch nicht Anreiz genug.

»Äh, natürlich gibt es auch Clowns. Jede Menge Clowns.«

»Clowns sind doof«, sagte der Junge und fing wieder an herumzuhampeln.

»Was magst du denn?«, fragte Michael.

»Zauberer«, antwortete der Junge und fing an zu lachen. »Ich mag Zauberer.«

»Na, dann solltest du dich aber beeilen. Die Zaubervorstellung beginnt in fünf Minuten.«

Eine Sekunde später rannten die zwei Kinder um die Wette in Richtung Bibliothek.

»Mann, bist du fies«, sagte Eric und setzte sich auf die Bank.

»Kollateralschaden«, sagte Michael und setzte sich neben ihn.

Annabel blieb stehen, strich sich eine Strähne hinters Ohr. Sie musste ihnen endlich sagen, was sie vorhin im Kaufhaus noch entdeckt hatte. «Wusstet ihr eigentlich, dass die Firma, die das Spiel Monopoly produziert, sich *Parker Brothers* nennt?«, platzte sie heraus. »Das habe ich vorhin auf dem Logo gelesen.«

»Parker Brothers wie Dr. Parker?«, sagte Michael. »Das glaub ich ja nicht.«

»Darfst du ruhig glauben. Das ist der letzte Beweis, dass die Straßennamen kein Zufall sein können.« Annabel zwängte sich zwischen Michael und Eric auf die Bank.

»Dr. Parker ist also tatsächlich einer von ihnen.«

»Vielleicht. Aber selbst wenn, bringt uns das kein Stück weiter. Wir wissen immer noch nicht, wer *die* genau sind und was sie von ein paar einfachen Schülern wollen – außer uns zu quälen.« Frustriert beugte sich Annabel nach vorn und starrte auf ihre Schuhe. Die Gedanken kreisten in ihrem Kopf und sie wusste nicht, wie sie sie stoppen konnte.

»Und was sollen diese Anspielungen auf Monopoly eigentlich bedeuten?«, fragte sie. »Dass das alles nur ein Spiel ist? Dass jemand mit uns spielt? Dass...« Annabel sprach nicht weiter. Der Gedanke, der ihr soeben durch den Kopf geschossen war, war so unglaublich und beängstigend, dass ihr Herz anfing zu rasen. Vor Erregung stand sie auf und lief nervös auf und ab. »Okay, es ist nur eine Idee, ja? Nur eine Idee.«

Michael und Eric sahen sie gespannt an.

»Erinnert ihr euch noch an das, was ich in der Anstalt sagte? Dass es möglicherweise zwei Parteien gibt? Eine, die wollte, dass wir in der Anstalt bleiben, und eine, die wollte, dass wir von dort fliehen?«

Die Jungs nickten.

»Also gut. Was wäre, wenn es tatsächlich zwei Parteien gäbe? Nur, dass man nicht *mit* uns spielt, sondern in Wahrheit... *um* uns.«

»Was?« Eric sprang von seinem Platz.

Michael hingegen blieb erstaunlich gelassen. »Was genau meinst du damit, dass sie um uns spielen? Glaubst du, es geht hier um unsere Seelen?«

Annabel zuckte mit den Schultern. Auch wenn ihre Theorie zum ersten Mal eine Erklärung für all das bot, was ihnen widerfahren war, hatte sie Angst davor, richtig zu liegen. Sie hoffte, ihre zwei Freunde würden ihr einen Ausweg aus diesem Dilemma zeigen. Und zwar schnell.

»Unsere Seelen? – Oh, Mann! Das wird ja immer schlimmer. Zuerst Michaels Gerede von der Hölle und jetzt das.« Eric bemerkte die skeptischen Blicke der anderen, während er wie ein Tier im Käfig hin und her lief. »Schon okay«, winkte er ab. »Mir geht's gut. Ich verkrafte das. Ganz egal, ob's um meine Seele oder meinen Arsch geht. Ich raste dir nicht wieder aus.«

Erics Rumgehampel erregte kurz die Aufmerksamkeit eines jungen Manns, der neben ihnen auf dem Rasen lag und sich sonnte. Aber dann schüttelte er nur den Kopf und schloss wieder die Augen.

»Mal angenommen, du hast recht. Wer sind dann die Spieler?«, fragte Michael. »Etwa Gott und der Teufel? Und wer oder was entscheidet darüber, ob wir in den Himmel kommen oder in die Hölle?«

»Die guten Taten«, klinkte Eric sich ein. »Was sonst? Und nachdem du gerade zwei kleine Kinder verarscht hast, ist ja wohl klar, wohin deine Reise geht.«

Auch Michael stand jetzt auf. Und er sah Annabel lange in die Augen, als er voller Überzeugung sagte: »Nein. Ich glaube nicht daran. Nicht mehr. Wir sind nicht tot.«

Annabel war so erleichtert, dass sie Michael spontan umarmte. Er konnte ihr keine brauchbare Alternative zu ihrer Theorie anbieten, aber er glaubte wieder ans Leben und mehr brauchte sie in diesem Augenblick nicht. Es fiel ihr schwer, ihn loszulassen.

»Okay«, sagte Eric und ließ sich auf die Bank plumpsen. »Wisst ihr eigentlich, wie dicht ich gerade an einem Panikanfall vorbeigeschrammt bin? Häh? Wisst ihr das?«

»Also auf mich hast du einen ganz entspannten Eindruck gemacht«, sagte Michael.

Annabel und Michael setzten sich und nahmen Eric in ihre Mitte.

»Stimmt«, sagte Annabel und legte einen Arm um ihn. »Ein Zen-Meister ist der totale Epileptiker verglichen mit dir.«

»Danke«, sagte Eric würdevoll. »Trotzdem: Können wir diesen Ich-bin-tot-und-jemand-will-meine-Seele-Mist jetzt ein für alle Mal vergessen? Bitte!«

Michael holte den Ausweis und die letzte Botschaft hervor und legte beides auf seinen Schoß. Er fühlte sich seltsam euphorisch, obwohl er wusste, dass sie erst einen winzigen Teil des Geheimnisses gelüftet hatten. Aber nach den verstörenden Erlebnissen der letzten Tage wollte er von diesem kleinen Triumph so lange zehren, wie es nur ging.

»Die Medizin ist der Schlüssel.« Annabel legte die Stirn

in Falten und las den Zettel noch einmal laut vor. »Welche Medizin soll das denn sein?«

»Erinnert ihr euch noch an das Zeug, das sie April Fay verabreicht haben, nachdem sie auf unseren Tisch gesprungen ist?«, fragte Eric nachdenklich. »Wisst ihr noch, wie das hieß?«

Annabel sah Eric ratlos an. »Pono... Ponodingsda oder so. Mist. Ich weiß es nicht mehr genau. Aber ich glaube, es war das Gleiche, was Schwester Shelley mir gegeben hat.«

»Ah, ja, wartet, ich glaube... Ponomyol!«, sagte Michael. Ja! Das war es. Er erinnerte sich wieder an den Raum, in dem ihm eine Schwester das Blut abgenommen hatte. Die Glasvitrine war voll von dem Medikament gewesen.

Michael nahm einen Stock und schrieb das Wort langsam in den Sand.

P O N O M Y O L

Und noch während er schrieb und dabei das Wort ein paarmal in Gedanken wiederholte, sprang ihm die Lösung geradezu ins Gesicht. Sie war so einfach. Er schrieb ein zweites Wort unter das erste.

P O N O M Y O L
M O N O P O L Y

»Seht ihr das?«, fragte er.

»Natürlich! Es ist ein Anagramm«, sagte Annabel.

Michael nickte. »Aus dem Spiel MONOPOLY wurde die Medizin PONOMYOL.«

Annabel kaute auf der Unterlippe.

»Und wenn Ponomyol ein Anagramm und ein Anagramm der Schlüssel ist, dann müssen wir vielleicht nach weiteren Anagrammen suchen«, sagte sie hoffnungsvoll.

»Genau!« Michael strahlte sie an.

»Falls es jemanden interessiert, ich denke das übrigens

auch«, sagte Eric, wahrscheinlich um klarzustellen, dass er soweit noch folgen konnte.

»Ausgezeichnet!« Michael zwinkerte Annabel zu.

»Michael, schreib doch mal das hier auf.« Annabel tippte auf den Bibliotheksausweis.

Michael löschte die beiden ersten Worte mit einer Bewegung seines Fußes und schrieb den Namen vom Ausweis in den Sand.

K A R O L E H E L P I D

»Es wäre einfacher, wenn wir noch einen Anhaltspunkt hätten«, sagte Michael. »Dann würde die Lösung leichter ins Auge springen. Nur zu wissen, dass es ein Anagramm sein soll, ist reichlich wenig. Wenn Vor- und Nachname jeweils ein Anagramm bilden, haben wir Glück. Wenn nicht, sind die möglichen Buchstabenkombinationen unüberschaubar. Ich wünschte, George wäre jetzt hier. Ich glaube, der hätte uns dabei helfen können.«

Die Erwähnung von George ließ die drei für einen Augenblick innehalten. Und sie machte Michael bewusst, dass es noch ein Rätsel gab, das auf eine Lösung wartete.

»Der Vorname ist irgendwie komisch geschrieben«, sagte Eric. »Sieht wie eine russische Version von *Carol* aus. – Oh, verdammt! Meint ihr, die Russen stecken hinter allem?«

»Wer weiß?«, sagte Annabel. »Vielleicht ist das der Anfang einer raffinierten Invasion. Als Rache dafür, dass die Amis zuerst auf dem Mond gelandet sind.«

Michael probierte im Sand einige Buchstabenkombinationen aus. »Was haltet ihr von ORAKEL?«

»Huh! Das klingt gut«, sagte Annabel. »Griechische Mythologie. Wie passend! Damit hätten wir auch einen Hinweis für das zweite Anagramm. Wie wär's mit...«

»Das einzige Orakel, das ich kenne, ist das von Delphi«,

sagte Eric beiläufig und wehrte gleichzeitig die Annäherungsversuche einer Biene ab.

Michael und Annabel sahen ihn verblüfft an.

»Was? War das etwa richtig?«

Michael schrieb die Worte in den Sand.

K A R O L E H E L P I D
O R A K E L D E L P H I

Sie hatten die Lösung.

Eric lehnte sich lässig zurück. »Wisst ihr, dieser Moment ist so schön, dass ich ihn am liebsten zum Eis einladen und mit ihm rumknutschen würde.«

38

Die junge Frau am Tresen der Bibliothek trug eine weiße Rüschenbluse im Mauerblümchenlook und einen weiten grünen Rock aus der gleichen Kollektion. Eine strenge Hochsteckfrisur und eine Hornbrille mit einer dünnen Goldkette an den Bügeln ließen ihr Gesicht um ein paar Jahre älter erscheinen.

»Was kann ich für euch tun?«, fragte sie freundlich.

»Hallo!«, sagte Annabel und zeigte der Bibliothekarin ganz nebenbei den Ausweis. »Ist es okay, wenn ich meine Freunde mit reinnehme? Wir wollen etwas für die Schule nachschlagen, aber die zwei sind keine Mitglieder.«

»Aber sicher doch«, sagte die Frau und lächelte. »Und wenn ihr Hilfe braucht, sagt mir einfach Bescheid.«

»Das ist nett. Danke.«

Annabel führte die Jungs zum Zettelkasten gegenüber der Buchausgabe. Während sie eine der schmalen Schubladen herauszog, um unter dem Stichwort *Orakel von Delphi* nachzuschauen, flüsterte sie: »Als ich das erste Mal mit Dr. Parker sprach, sagte er, dass Lügen für Teenager so was wie eine zweite Muttersprache sei. Ich glaube, er hatte nicht ganz unrecht.«

»Ja, und wie's aussieht, sprichst du sie fließend.« Michael grinste anerkennend.

»Hier gibt's jede Menge Bücher zu unserem Orakel«, sagte Annabel kurz darauf enttäuscht.

»Wonach suchst du eigentlich, Süße? Ich dachte, wir würden uns einfach irgendeins anschauen. Von wegen griechische Mythologie und so'n Zeug.«

»Stimmt. Aber vielleicht bezieht sich der Hinweis auf ein ganz bestimmtes Buch. Eins, das... Moment mal.« Annabel blätterte einige Karteikarten zurück. »Wusste ich's doch – Hier ist ein Buch mit dem Titel *Das Orakel von Delphi*. – Und jetzt ratet mal, wer es geschrieben hat.«

Michael und Eric hatten keine Lust zu raten.

»Der Autor nennt sich D. R. Parker.«

Michael starrte sie an. »Wo ist es?«, fragte er. »Wo steht dieses verdammte Buch?«

Annabel schob die Schublade mit einem Stoß zu. »Im Magazin im zweiten Stock. Passt auf, ich hol das Buch und ihr wartet im Lesesaal auf mich. Dauert nicht lange.«

Fünf Minuten später stieß Annabel zu den Jungs.

Der große Lesesaal mit dem roten Teppich, dem Kamin, der auf eleganten Pfeilern ruhenden weißen Decke, dem glänzenden rotbraunen Holz und der schmalen Galerie entlang der mit Büchern gesäumten Wände erinnerte sie immer an eine luxuriöse Villa und unterschied sich sehr von ihrer kleinen, muffigen Schulbibliothek in Richmond.

Auch die Jungs schienen sich darüber ihre Gedanken zu machen.

»Ich kenne Leute, die haben in ihren Häusern ganz ähnliche Bibliotheken«, sagte Michael gerade.

»Also ich kenne Leute«, sagte Eric, »die haben Häuser, die hier locker inklusive Garage reinpassen würden. Und dann wäre immer noch genug Platz für einen Garten. – Und ein zweites Haus.«

»Schluss jetzt.« Annabel trat zu ihnen. »Wir haben Wichtigeres zu tun.«

Sie suchten sich einen freien Tisch und Annabel wuchtete das Buch darauf, das sie im Magazin gefunden hatte. Es war groß und schwer und sein rotbrauner Ledereinband war rissig und abgenutzt. Es sah aus, als würde es oft gelesen werden.

»Hast du schon reingeschaut?«, fragte Michael.

Annabel schüttelte den Kopf. Sie hatte sich einfach nicht getraut. Doch nun schlug sie es auf und ließ die Seiten wie ein Daumenkino vorbeiziehen. Sie drehte den Buchrücken nach oben und schüttelte es. Vielleicht würde ja ein Zettel oder etwas anderes herausfallen.

Aber da war nichts. Erst als sie es wieder zuschlug, entdeckte sie die kleine Unregelmäßigkeit. »Das sieht wie ein Eselsohr aus«, sagte sie.

»Mach schon«, sagte Eric ungeduldig.

Annabel schlug die markierte Seite auf. Es war die Seite elf, direkt hinter dem Vorwort des Buches und ein einziger Blick darauf genügte ihr.

»Das Gute an den Ereignissen der letzten Tage ist, dass uns so leicht nichts mehr umhauen kann«, sagte sie langsam. Dennoch hatte sie eine Gänsehaut.

»Wieder dieses verdammte Ultimatum«, sagte Eric und Annabel sah, wie er sich bemühte, sich zuammenzureißen. »Und noch immer keine Andeutung, was dann mit uns geschehen wird. Das ist unmenschlich.«

Michael starrte weiterhin auf die Seite, die bis auf einen einzigen Satz in ihrer Mitte vollkommen leer war. Er lautete:

Noch drei Tage.

Das Eigenartige daran war, dass Schriftbild und -größe in allen Einzelheiten dem restlichen Buchtext entsprachen. Und es deutete nichts darauf hin, dass die Seite nachträglich eingeklebt worden war. Es sah so aus, als sei sie bereits bei der Herstellung ein Teil des Buches gewesen.

»Da hat sich jemand wirklich Mühe gegeben«, sagte Annabel.

»Ja«, sagte Michael endlich und blätterte hin und her. »Aber nur, um uns an die Frist zu erinnern? Unwahrscheinlich. Hinter diesem Buch versteckt sich noch mehr. Wir müssen es uns genauer anschauen.«

Annabel gab sich wirklich Mühe, aber der Text war zu kompliziert und sie zu nervös, um ihn aufmerksam zu lesen. Deshalb überflog sie die Seiten in der Hoffnung, zufällig auf etwas zu stoßen, das ihnen weiterhelfen würde.

»Hier steht, dass an der Stelle des Orakels ursprünglich die Erdgöttin Gaia verehrt wurde und dass irgendwann der Gott Apollo an ihre Stelle getreten ist. Ab da war das Orakel ihm geweiht. Apollo war ein Sohn des Zeus.« In Annabels Kopf schwirrte es. »Griechische Mythologie ist Kacke, sag ich euch. Wer soll sich denn so was merken? Und vor allem: Was bringt uns das alles?«

»Gibt es irgendwelche Bilder?«, fragte Michael.

»Gute Idee.« Annabel suchte nach einer Abbildung der Orakelstätte oder des Gottes.

»Hier«, sagte sie und fand ein Foto des Apollon geweihten Tempels in Delphi.

»Nicht mehr viel von übrig«, sagte Eric.

Annabel blätterte weiter und entdeckte kurz darauf die Abbildungen einer Statue. Es war der *Apollo von Belvedere*.

»Wahnsinn!«, sagte sie und lehnte sich zurück.

»Was meinst du?«, fragte Michael.

»Seht ihr das denn nicht?« Annabel zog ein Papier aus ihrer Gesäßtasche hervor, faltete es auseinander und legte es vor sich auf den Tisch. Es war ihre Zeichnung, die ihnen bei der Flucht aus der Anstalt geholfen hatte. Nach dem unfreiwilligen Bad im See war sie leicht verschmiert, aber immer noch in brauchbarem Zustand. Aufgeregt tippte Annabel auf das Papier und die Abbildungen im Buch.

Die Jungs bekamen große Augen, als sie die Ähnlichkeit zwischen der von Annabel skizzierten Statue und dem Apollo von Belvedere entdeckten.

»Oh nein!«, sagte Eric. Er fasste sich mit beiden Händen an den Kopf. »Bitte, nicht!«

Annabel war ebenfalls sofort klar, was dieser Hinweis bedeuten könnte, ja bedeuten musste, und sie konnte es an Michaels fassungslosem Gesichtsausdruck ablesen, dass er es auch wusste. Aber allein der Gedanke daran war ebenso absurd wie erschreckend.

»Wie… wie können wir sicher sein, dass es das ist, was wir finden sollten? Vielleicht ging es um etwas anderes? Es gibt bestimmt jede Menge dieser Statuen in London.« Eric schnappte sich das Buch und blätterte wahllos darin herum. Anfangs schnell und aggressiv, doch dann wurden seine Bewegungen immer langsamer, kraftloser, bis seine

Hände nur noch reglos auf den Seiten ruhten. »Wir können nicht wieder zurückgehen«, sagte er leise und schien den Tränen nah. »Das macht doch keinen Sinn.«

Annabel empfand plötzlich eine eisige innere Kälte und schlang die Arme um ihren Oberkörper. *Noch drei Tage.* Erst jetzt wurde ihr zum ersten Mal richtig bewusst, dass ihnen die Zeit ausging, dass ihnen jemand die Pistole auf die Brust setzte und bis drei zählte. Und als wäre dies schon nicht schlimm genug, schickte man sie auch noch zurück in die Hölle, aus der sie entkommen waren.

Selbst Michael war auffallend blass geworden. »Wir haben zwei Möglichkeiten«, sagte er und seine Stimme klang gepresst. »Entweder wir hören jetzt auf mit der Suche, lassen es drauf ankommen und warten ab, was in drei Tagen mit uns passiert. – Oder wir folgen weiter den Hinweisen.«

Eric schob seinen Stuhl zurück und stand auf.

»Wo willst du hin?«, fragte Annabel besorgt.

»Keine Angst. Ich muss nur mal für kleine Tänzer. Wo sind denn hier die Toiletten, Anna?«

»Erdgeschoss. Neben der Treppe.«

Eric hockte sich hin und legte seine Hände auf die Knie von Annabel und Michael. Er sprach ganz ruhig und gefasst. »Wenn ich wiederkomme, möchte ich, dass ihr eine Entscheidung getroffen habt. Ich selbst hab zu viel Schiss, um klar denken zu können. Ich will nicht zurück. Aber ich vertraue euch.«

Eric wollte, dass sie entschieden, und das taten sie, schnell und ohne viele Worte darüber zu verlieren. Trotzdem hatte Annabel ein wenig Angst vor Erics Reaktion, als er zu ihnen an den Tisch zurückkehrte.

»Wir fahren zurück zur Anstalt«, sagte sie und hielt für einen Moment die Luft an.

Doch Eric blieb ruhig und nickte ihr zu. »Gut.«

Worte konnten nicht annähernd beschreiben, wie sie sich gerade fühlte, dachte Annabel. Ein Jammern möglicherweise oder ein Schreien. Ein lautes, Scheiben zerberstendes, niemals enden wollendes Schreien. Vielleicht.

Auf der Treppe runter ins Erdgeschoss sah sie vor ihrem geistigen Auge einen glänzenden, rot-weißen Kinderball, der langsam die Stufen hinabhüpfte und unten angekommen weiter, von einer unsichtbaren Macht gezogen, seinem ungewissen Schicksal entgegenrollte.

Ich bin das, dachte Annabel. *Ich bin dieser jämmerliche kleine Ball.*

Hätten sie es schon in der Anstalt erkennen können? Waren sie die ganze Zeit im Kreis gelaufen, nur um am Ende wieder dort zu landen, wo sie gestartet waren? Immer deutlicher drängte sich ihr der Gedanke an ein Spiel auf. Was bisher nur eine Vermutung gewesen war, schien nun zur Gewissheit geworden zu sein. Etwas anderes konnte der Hinweis auf Monopoly doch gar nicht bedeuten. Doch wer spielte es? Oder waren sie am Ende selbst die Spieler? Nein, zumindest das schien ihr vollkommen unmöglich. Spieler haben eine Wahl. Aber hatten sie die jemals gehabt?

Denn genau darin bestand doch das Perfide an ihrer Situation. Man hatte ihnen alles genommen und gab ihnen stückchenweise immer nur so viel, dass ein bisschen Hoffnung erhalten blieb und der Glaube, man könne sein Schicksal weiterhin selbst bestimmen. Aber hatten sie auch nur eine einzige Entscheidung getroffen, die von den Unbekannten nicht geplant gewesen war? – Ja, dachte sie, eine gab es. Doch nicht Michael, Eric oder sie hatten diese Entscheidung getroffen, sondern George. Ausgerechnet der stille, merkwürdige George.

Sie glaubte keine Sekunde mehr daran, dass man ihn im Zug oder auf dem Bahnhof geschnappt hatte. Er hatte sie freiwillig verlassen, weil er eine freie Entscheidung getroffen hatte. Er hatte einen Weg gewählt, von dem seit ihrer Flucht niemand außer ihm etwas hatte wissen wollen.

Und vielleicht ernteten sie jetzt dafür die gerechte Strafe.

Im Erdgeschoss lächelte ihnen die freundliche Bibliothekarin über einen Stapel Bücher hinweg zu. »Habt ihr alles gefunden, was ihr gesucht habt?«

Annabel nickte nur geistesabwesend. Worte wollten ihr nicht über die Lippen.

Als Michael die schwere hölzerne Eingangstür öffnen wollte, sah es aus, als hätte er Schwierigkeiten. Annabel stemmte sich mit ihm dagegen und die Tür schwang schließlich auf. Doch schon in der nächsten Sekunde wünschte sie sich, die Tür wäre für immer geschlossen geblieben.

Eine kalte Windböe blies Annabel ins Gesicht und ließ ihre Augen tränen. Ihr Blick trübte sich. Durch einen feinen Schleier sah sie eine in dicken Anorak, Kapuze und Schal gehüllte Gestalt die Treppe heraufkommen. Sie schlängelte sich an ihnen vorbei in die Bibliothek.

»Michael«, sagte Annabel mit belegter Stimme. »Was geschieht hier?«

Sie standen in der Eingangsnische und blickten auf den kleinen Park, während der Wind über ihre dünnen Kleider und ihre nackten Arme fuhr und sie schaudern ließ. Fassungslos betrachteten sie das bunte Laub auf den Bäumen, die vor dem dunklen, wolkenverhangenen Himmel leuchteten. Alle Menschen auf dem Platz waren in warme Jacken, Mäntel und festes Schuhwerk gehüllt. Niemand war sommerlich gekleidet. Niemand schien überrascht oder gar erschreckt. Niemand außer sie selbst.

Es war Herbst geworden.

Michael setzte sich auf die Treppe, stützte die Arme auf die Knie und vergrub die Finger in seinem Haar. Annabel sah, wie seine Beine anfingen zu zittern. Auch ihr entzog der kalte Wind jegliche Wärme.

»Entweder wir geraten in Panik, gehen wieder rein und schmeißen mit Büchern um uns«, sagte Michael mit dumpfer Stimme, »oder wir fahren zurück zur Anstalt und bringen es zu Ende.«

Eric hob bibbernd die Hand. »Ich für meinen Teil bin für Panik. Ja, Panik ist eine gute Wahl. Das *Gefühl du jour*, wenn ihr so wollt. Wer ist für Panik?«

Mit zitternden Händen versuchte Annabel, ihre Haare zu bändigen, die ihr der Wind immer wieder ins Gesicht wehte. »Wir sind schon zu weit gekommen, um einfach aufzugeben.« *Ich habe schreckliche Angst. Ich will dort nicht hin.* »Was auch passiert, lasst es uns zu Ende bringen.«

Denn ich weiß nicht, was ich sonst tun soll.

Und so war sie die Erste, die die Stufen hinunterschritt, mit Beinen, die sich anfühlten wie Pudding. Am Fuß der Treppe drehte sie sich um und sah die beiden Jungs herausfordernd an. Ihre zitternde Stimme wollte nicht so recht zu den Worten passen. »Hey, wer von uns ist denn hier das Mädchen?«

Fünfter Teil des Interviews

FINNAGAN: »Nicholas, ich glaube, dies ist der richtige Zeitpunkt, um noch einmal auf das plötzliche Verschwinden von Nathan nach dem Tod Ihres Vater einzugehen. Verraten Sie uns, was damals passiert ist?«
HILL: »Ja, wie gesagt, anfangs hatte ich keine Ahnung, wohin Nathan verschwunden war, bis er mich zwei Wochen später mitten in der Nacht aus Kalifornien anrief. Er erzählte mir, dass ein Freund aus Berkeley ihn eingeladen hatte, seine abgelegene Blockhütte als Rückzugsort zu benutzen, und dass er einfach etwas Zeit für sich gebraucht hatte. Und im Grunde hat hier alles angefangen.«
FINNAGAN: »Das müssen Sie uns erklären.«
HILL: »Nun, der Freund ist Neurologe und arbeitete gerade an einer groß angelegten Studie. Dabei ging es um sensorische Deprivation. Einfach ausgedrückt: Er wollte mit modernsten Methoden herausfinden, wie sich das menschliche Gehirn verhält, wenn man alle äußeren Reize ausschaltet. Dazu bediente er sich auch einer Methode, die schon in den 1950er-Jahren von John Lilly, einem amerikanischen Neurophysiologen, verwendet wurde. Die Rede ist hier von sogenannten Isolationstanks, auch Floatation-Tanks genannt. Der Proband liegt in einem abgeschlossenen Tank, in etwa dreißig Zentimeter tiefem, körperwarmem Salzwasser. Der Bittersalzgehalt des Wassers wird so eingestellt, dass die Haut auch bei längerem Aufenthalt keinen Schaden nimmt. Vor allem aber sorgt das Salz für einen Auftrieb, der einen Körper kontrolliert obenauf schwimmen lässt. Lilly beobachtete bei sich und anderen Probanden veränderte

Bewusstseinszustände. Zustände, wie man sie normalerweise nur während des Schlafs, beim Meditieren oder durch den Gebrauch von Drogen erreichen kann.«
FINNAGAN: »Klingt ein bisschen nach Esoterik.«
HILL: »Ja, aber das ist es keineswegs. Bewusstsein ist, nein, war lange Zeit ein schwammiges Thema. Doch das hat sich in den letzten Jahren geändert. Durch die moderne Hirnforschung hat sich Bewusstsein zu einem wissenschaftlich fassbaren und definierbaren Begriff gewandelt. Zahlreiche neue Studien, etwa die aus Berkeley und natürlich unsere eigenen, erbringen den wissenschaftlichen Beweis für schon lange diskutierte Theorien.«
FINNAGAN: »Und aufgrund der Forschungen seines Kollegen hatte Ihr Bruder nun die Idee...?«
HILL: »Das Thema dieser Forschungen spielte nur indirekt eine Rolle. Es geht bei uns ja nicht um sensorische Deprivation. Nein, die Sache lief etwas anders. Nathan war also in dieser Blockhütte. Und dort gab es einen Isolationstank. Nicht zu Forschungszwecken, sondern zum privaten Gebrauch.«
FINNAGAN: »Jemand legt sich freiwillig in so ein Ding?«
HILL: »Laura, wenn Sie einmal in so einem Ding waren, wollen Sie es immer wieder tun, glauben Sie mir.«
FINNAGAN: »Haben Sie es auch schon mal versucht?«
HILL: »Selbstverständlich! Ich liebe es. Ich besitze sogar selbst so einen Tank. Nicht die Hightech-Version, die wir im Institut benutzen. Einen ganz normalen. Leider liegen die Kosten für ein handelsübliches Gerät bereits bei mehreren Tausend Pfund. – Für meinen Bruder war es übrigens die erste Begegnung mit einem solchen Tank. Er war fasziniert und probierte ihn sofort aus. Er verbrachte mehrere Stunden darin. Was genau dabei passierte, kann ich nicht sagen. Nathan beschrieb es später als eine Art Geburt. Ich weiß nur, dass er mich sofort danach an-

rief. Er war ganz aufgeregt, was ungewöhnlich für ihn war. Er sagte, der Aufenthalt im Tank hätte alle seine Blockaden gelöst, die durch den Tod unseres Vaters entstanden seien. Und dass die fehlenden Puzzle-Teile sich wie von selbst eingefügt hätten. Und er fragte, ob ich Lust hätte, ihn bei seinem nächsten Projekt zu unterstützen.«
FINNAGAN: »Fehlende Puzzle-Teile?«
HILL: »Der Supercomputer.«
FINNAGAN: »Sie meinen, die Lösung des Problems ist ihm einfach so zugeflogen? Beim Baden?«
HILL: »Wenn Sie so wollen?«
FINNAGAN: »Nicholas, ich höre, wir sind jetzt bereit, die ersten Bilder zu zeigen. – Verehrte Zuschauer, was Sie hier sehen, ist eine Weltpremiere. Es sind die ersten Aufnahmen des Supercomputers, die uns freundlicherweise von Hillhouse zur Verfügung gestellt wurden.«
HILL: »Laura, kann es sein, dass Sie sich die Sache etwas spektakulärer vorgestellt haben?«
FINNAGAN: »Wenn ich ehrlich bin... ja. Obwohl die Schlichtheit der Inszenierung wirklich gelungen ist. Ein hoher weißer, fensterloser Raum, zwei Computerterminals und in der Mitte ein zwei mal zwei Meter großer mattschwarzer Kubus. Erinnert mich an die Rauminstallationen moderner Künstler. – Ob Sie uns wohl schon jetzt etwas zur Technologie sagen könnten?«
HILL: »Auf der morgigen Pressekonferenz wird Nathan das Geheimnis um die technischen Details lüften. Dann werden Sie erfahren, ob es sich hierbei um einen Biocomputer, einen Quantencomputer oder möglicherweise um etwas völlig Andersartiges handelt. Aber etwas darf ich Ihnen doch schon verraten. Es ergibt sich ohnehin aus den gezeigten Fotos. Die geringe Größe weist bereits darauf hin, dass wir es mit einer völlig neuen Rechnerarchitektur zu tun haben. Sie ist in ihrer

Funktionsweise und Energieeffizienz näher am menschlichen Gehirn als alles, was wir bisher kannten. Die Kühlung ist kein Problem mehr. Damit gehört auch eines der größten Probleme sogenannter Supercomputer der Vergangenheit an: ihr immens hoher Stromverbrauch.«

FINNAGAN: »Das ist wirklich erstaunlich. – Soviel ich weiß, besitzen alle Supercomputer einen Namen.«

HILL: »Ja, das ist richtig. Wir nennen ihn JANUS, aus der römischen Mythologie. Der Gott des Anfangs und des Endes.«

FINNAGAN: »Na, wenn das kein Futter für unsere Verschwörungstheoretiker ist.«

Die Rückkehr

39

Im Bus war es warm. Trotzdem hatte Annabel eine Gänsehaut, als die Stadt an ihrem Fenster vorüberzog. Sie war einmal ihr Zuhause gewesen, nun kam sie ihr fremd und unheimlich vor.

Auf halber Strecke stieg ein vornehm gekleideter Herr zu und setzte sich ihnen schräg gegenüber auf einen freien Platz. Er zog eine Zeitung aus einer schmalen Lederaktentasche und schlug sie auf.

Das typische Knistern des Papiers weckte Annabels Interesse. Aber von ihrem Platz aus konnte sie nur die fett gedruckten Überschriften lesen. Noch immer war die Reise zum Mond und die bevorstehende Rückkehr der Astronauten das große Thema.

Annabel starrte mit leerem Blick auf die Zeitung und da war es.

»Oh, mein Gott!«, platzte es aus ihr heraus, als ein Gedanke mit der Heftigkeit einer Offenbarung alle anderen verdrängte.

Eric schaute sie verdattert an.

Annabel wirbelte herum. Ihr Ellenbogen verfehlte nur knapp Michaels Nase, der auf dem Platz neben ihr saß. Bevor er ein Wort sagen konnte, beugte sie sich schon über ihn hinweg und zupfte den Mann mit der Zeitung am Ärmel. »Entschuldigung, Sir, darf ich mir kurz einen Teil

Ihrer Zeitung ausleihen? Den mit dem Mond? Bitte! Es ist wirklich wichtig.«

»So wichtig und bedeutend wie eine Reise zum Mond?«, fragte der Mann und legte gelassen die Zeitung zusammen. Er drehte seinen Kopf und lächelte Annabel an.

Annabel nickte. »Für mich schon.«

»In dem Fall schenke ich dir die Zeitung. Ich hoffe, du findest, was du suchst.« Mit diesen Worten reichte der Mann ihr die Zeitung, erhob sich von seinem Platz und begab sich zur Tür. Er stieg an der nächsten Haltestelle aus.

Gespannt verfolgten Michael und Eric, wie Annabel die Zeitung vor sich ausbreitete. Eine der Überschriften lautete: *Apollo 11 auf dem Rückflug zur Erde. Noch drei Tage.* Annabel verdeckte mit ihren Händen einen Teil der Wörter. Nun hieß es: *Apollo 11 Noch drei Tage.* »Ist das Zufall?«, fragte sie.

Es dauerte ein paar Sekunden, ehe die Jungs begriffen, was sie da lasen.

»Soll das etwa heißen, es gibt einen Zusammenhang zwischen uns und dieser Mondmission?«, fragte Michael.

»Ja. Etwas wird in drei Tagen mit uns geschehen. Genau dann, wenn die Astronauten wieder auf der Erde landen.«

Michael starrte sie an. »Was haben wir mit dieser verdammten Mondmission zu tun?«, fragte er und sprach aus, was alle dachten. »Und wie passen die Monopoly-Hinweise da rein?«

»Nächster Halt, Cambridge Park.«

Sie tauschten die Wärme des Busses gegen die kalte und feuchte Luft eines Londoner Herbsttages. Eines Herbsttages, der so schnell gekommen war wie Magenkrämpfe nach einem verdorbenen Stück Fleisch. Und genau so fühlte es sich für die drei auch an.

Es war noch früher Nachmittag, aber der bedeckte Himmel und ein dichter werdender Nebel ließen es wesentlich später erscheinen. Außerdem hatte Annabel das Gefühl, dass die Temperatur noch weiter gefallen war. Sie fror ganz entsetzlich.

Seit sie den Bus verlassen hatten und Richmond Park in Richtung Themse folgten, war ihnen keine Menschenseele begegnet. Selbst für eine ruhige Wohngegend war es ungewöhnlich still. Kein Motorengeräusch, kein Kindergeschrei, nicht mal das Bellen eines Hundes war zu hören. Nur der gelbliche Schein, der aus ein paar Fenstern in den Nebel sickerte, deutete darauf hin, dass hier Menschen wohnten. Deshalb erschraken sie, als sich vor ihnen zwei Gestalten aus dem Nebel schälten.

»Vorsicht«, zischte Michael. Die drei blieben stehen. Annabel suchte die Umgebung instinktiv nach einem Fluchtweg ab.

»Verdammt, hinter uns ist noch einer«, sagte Eric.

Die drei Fremden, zwei Männer und eine Frau, steuerten direkt auf sie zu, daran bestand kein Zweifel.

»Was wollen die von uns?« Annabel suchte Michaels Nähe, berührte seinen Arm und spürte, wie sich seine Muskeln spannten.

Der Nebel erschwerte die Sicht. Aber die Art, wie die kleine Gruppe sich bewegte, wirkte auf Annabel in keiner Weise bedrohlich. Und noch etwas konnte sie erkennen, als sie näher kamen. Alle drei hielten etwas in den Händen.

»Hallo«, sagte Annabel zaghaft, als die Fremden nur noch wenige Schritte entfernt waren.

»Hallo, Annabel«, sagte die fremde Frau.

Der Klang ihres eigenen Namens ließ Annabels Blut gefrieren.

»Hallo, Eric. Hallo, Michael«, sagten die beiden Männer. Die Fremden blieben stehen.

»Woher kennt ihr unsere Namen?«, fragte Michael. Er erhielt darauf keine Antwort.

»Wir möchten euch etwas schenken«, sagte einer der Männer.

»Denn es ist kalt geworden«, sagte der andere.

»Und es wird noch kälter werden«, sagte die Frau. Sie legte Annabel behutsam einen langen, warmen Mantel um die Schultern.

Die Männer taten mit den Jungs das Gleiche. Sie wehrten sich nicht und ließen es geschehen.

Die drei Fremden nickten ihnen zu. Und so still und leise, wie sie gekommen waren, verschwanden sie wieder im Nebel.

»Sie kannten unsere Namen«, sagte Annabel und schlüpfte in die Ärmel ihres Mantels. Er war schwarz, besaß ein warmes Futter und einen rotbraunen Pelzkragen. Er fühlte sich gut an und warm und neu. Trotzdem hatte sie noch immer eine Gänsehaut. »Woher kannten sie unsere Namen?«

Michael schüttelte nur ratlos den Kopf. »Ich glaube, es wäre weniger beängstigend gewesen, wenn sie versucht hätten, uns zu jagen. Aber das hier...«

Als sie am Ende der Richmond Park in die Park Lane einbogen und auf das Ziel ihrer Reise blickten, schnürte es Annabel die Kehle zu. Sie hatte weder die Mauer noch das Haus jemals wiedersehen wollen. Doch jetzt waren sie hier, freiwillig, und sie fragte sich wieder einmal, ob dies nicht der endgültige Beweis dafür war, dass sie in Wahrheit doch verrückt waren.

Unmittelbar vor dem großen Eingangstor der Anstalt blieben sie stehen.

Die gewaltigen Eisenstangen des Tors erinnerten an tödliche mittelalterliche Speere. Und auch die Mauer kam ihr noch größer, noch unüberwindlicher vor als vor ein paar Tagen. Kalt und abweisend ragte beides vor ihnen auf. Es war kein Anblick, der einen willkommen hieß. Vielmehr schrie er ihnen zu, dass sie davonlaufen und sich in Sicherheit bringen sollten, solange sie noch konnten.

»Ich weiß«, sagte Eric unvermittelt und Annabel hörte, wie seine Stimme zitterte, »ihr kennt mich nur als den tapferen, starken, gelassenen, unwiderstehlichen Eric, der ich nun einmal bin. Aber ich schwör euch: Wenn nicht gleich jemand meine Hand hält, mach ich mir vor Angst in die Hose.«

»Gesprochen wie ein echter Held«, sagte Annabel und nahm seine klamme Hand in ihre. Sie hielt sie so fest, als wolle sie ein Stück Kohle zu einem Diamanten pressen.

Dann streckte sie Michael ihre andere Hand entgegen. Und er nahm sie.

40

Eric rüttelte am Tor. Es klapperte und schwankte. Öffnen ließ es sich jedoch nicht.

»Hier in der Mauer ist eine Gegensprechanlage«, sagte Michael und zeigte auf das in den Stein eingelassene, unscheinbare Stück Metall. Er drückte auf einen kleinen Knopf unterhalb der Schlitze für die Lautsprecher und sie warteten. Nichts geschah.

Sie entdeckten ein verwittertes Schild mit der Hausnummer der Anstalt. »Nummer elf«, sagte Michael wenig überrascht. »Wer hätte das gedacht?«

Annabel ruckelte an der schmalen Pforte rechts neben dem Haupttor und nach ein paar Versuchen sprang sie tatsächlich mit einem metallischen Klicken auf.

Sie hatten gerade die ersten Meter auf der Kiesauffahrt zurückgelegt, da durchschnitt das unheimliche Gekrächze einer Krähe die Stille. Michael fuhr vor Schreck zusammen.

»Verdammt noch mal!«, fluchte er und sah hinauf zu den Bäumen. »Die ganze Zeit hört man keinen Pieps – und jetzt das. Als hätte das Mistvieh nur auf uns gewartet.«

»Es ist nur ein blöder Vogel, Michael.«

»Ich weiß.« Michael hob einen Stock vom Boden auf und warf ihn wütend in die Baumkronen. Alles, was er damit erreichte, war ein neuerliches Gekrächze.

»Wenn ich das mal kurz übersetzen darf«, sagte Eric. »Sie sagt, du wirfst wie ein Mädchen.«

Michael nahm sich eine Handvoll Kies. »Ach, sagt sie das?«

Eric suchte hinter Annabel Deckung.

Annabel achtete nicht auf die beiden Jungs. Ihr machte etwas ganz anderes Sorgen.

»Findet ihr das nicht komisch, dass kein einziger Patient im Park ist?«, fragte sie zögernd. »Es steht auch kein Auto vor dem Haus.«

Michael ließ den Kies aus seiner Hand rieseln und wurde sofort ernst. »Du hast recht«, sagte er.

Sie verließen die Auffahrt und gingen um das Gebäude herum bis zur Südseite. Annabel erinnerte sich noch an das saftig grüne Sommerkleid des Parks. Das war gerade ein paar Tage her. *Nun trägt er sein Friedhofsgewand,* dachte sie.

Der Rasen unter ihren Füßen war weich und hatte eine bräunliche Färbung angenommen, buntes Laub lag überall verstreut. Feine Nebelschwaden waberten umher wie körperlose Geister, strichen über Bänke und Pflanzen und hinterließen überall winzige Wasserperlen. Die Seerosen auf dem sanft geschwungenen Teich waren verblüht und die Holzbrücke sah alt und zerbrechlich aus.

Annabel schaute hoch zu den Buntglasfenstern des Aufenthaltsraums und weiter zu den Zimmern der Patienten. Doch nirgendwo brannte ein Licht oder war auch nur der Schatten eines Menschen zu sehen.

Während ihres Spaziergangs mit Dr. Parker hatte sie die großzügigen Arkadengänge auf dieser Seite des Gebäudes bewundert. Zahlreiche Patienten hatten dort ihre endlosen Runden gedreht. Sogar auf der breiten Treppe, über die man vom Erdgeschoss in den Park gelangte, hatten sie gesessen. Jetzt wirkte alles trostlos und verlassen, als hätte hier schon seit Jahren niemand mehr gelebt. Ein Schauer überkam sie.

»Ich weiß nicht, was ich erwartet hatte«, sagte Michael und steckte die Hände in die wärmenden Manteltaschen. »Das jedenfalls nicht.«

Annabel nickte stumm. Auf der Fahrt hierher waren ihr die verschiedensten Szenarien durch den Kopf gegangen. Die meisten begannen damit, dass sich ein paar Pfleger, angefeuert von Dr. Parker oder Schwester Shelley, beim Betreten des Geländes auf sie stürzten, und endeten damit, dass sie an ein Bett gefesselt und mit Medikamenten vollgepumpt den Rest ihres Lebens vor sich hin vegetierte. An so was wie das hier hatte sie nicht gedacht. »Wir sollten uns die Statue ansehen, bevor uns doch irgendjemand dazwischenkommt«, schlug sie vor.

Die marmorne Statue befand sich auf der Ostseite des Hauses. Sie sah genauso aus, wie Annabel sie gezeichnet hatte. Apollo selbst war gut zwei Meter groß und stand auf einem etwa ein Meter hohen steinernen Sockel. Um die Statue hatte man einen Kreis von elf Steinkugeln angelegt, die ihrerseits auf kleinen Sockeln ruhten. Sie erkannten, dass es sich dabei um Abbildungen des Mondes handelte.

»Da sind römische Ziffern«, sagte Michael. Sofort kniete er sich vor den Sockel mit der Nummer elf und tastete die Kugel ab. Sie ruhte in einer Mulde und ließ sich bewegen. Sie war nur halb so groß wie eine Bowlingkugel, aber erstaunlich schwer. Als Michael sie anhob und neben den Sockel legte, rutschte ein fingerdickes Metallröhrchen aus ihr heraus und fiel ins Gras. Es glänzte silbern und besaß einen kleinen Schraubverschluss. Annabel kniete sich neben Michael, nahm das Röhrchen und öffnete es. Sie drehte es kopfüber und ein zusammengerolltes Stück Papier rutschte in ihre Hand. Sie rollte es auseinander.

»Noch eine Botschaft?«, fragte Eric und trat unruhig von einem Fuß auf den anderen.

Annabel nickte. *»Wenn das Ende naht, ist der Schlüssel nur ein Spiel. Noch drei Tage«,* las sie.

»Wenn das Ende naht«, wiederholte Eric düster. »Das klingt nicht gerade nach Happy End, oder? Vielleicht beschleunigen wir die Sache und hängen uns gleich auf. Bäume gibt es hier ja genug.«

»Eric, hör auf! Es ist noch nicht vorbei. Wir haben noch drei Tage.« Annabel schaute ihn ernst an. Sie wollte nicht zulassen, dass einer von ihnen schon wieder in Depressionen verfiel. Nicht jetzt. Nicht, bevor sie alle Möglichkeiten ausgeschöpft hatten.

Entschlossen straffte sie die Schultern. »Wir sind hierhergekommen, um es zu Ende zu bringen, wisst ihr noch? Und wir sollten es nicht winselnd tun. Diese Genugtuung dürfen wir ihnen einfach nicht verschaffen.« Bevor Eric einen seiner typischen Kommentare dazu abgeben konnte, legte sie ihm einen Arm um die Schulter und führte ihn langsam zur Eingangstür des Hauses. »Hör zu, wenn es einen Ort gibt, an dem wir Antworten finden, dann hier. Also lass uns das verdammte Haus auf den Kopf stellen, okay?«

Annabel sah Michael, der ihnen in einigem Abstand folgte, über die Schulter hinweg an. Er nickte ihr zu.

41

Sie begannen mit der Durchsuchung in den beiden obersten Stockwerken. Michael hoffte, im Kabuff des Wachmannes ein paar Taschenlampen zu finden, ohne die sie im Keller aufgeschmissen wären. Denn wie es aussah, gab es im ganzen Haus keinen Strom mehr. Auch die Heizung funktionierte nicht.

Und so arbeiteten sie sich gemeinsam von Raum zu Raum, von Etage zu Etage. Doch egal hinter welche Tür sie auch schauten, jedes Zimmer war verlassen. Dabei musste vor Kurzem noch jemand hier gewesen sein, denn sie fanden Teller mit unverdorbenen Essensresten, halb volle Gläser und Tassen und im Schwesternzimmer eine *Times* mit dem Datum von gestern. Es schien, als hätten die Patienten und das gesamte Personal vor nicht einmal vierundzwanzig Stunden alles stehen und liegen lassen und wären Hals über Kopf verschwunden. Wie bei einer Evakuierung.

»Ich habe beim Ballett und beim Theater schon eine Menge Kulissen gesehen«, sagte Eric kopfschüttelnd. »Aber so was wie das hier... nicht einmal Hollywood wäre dazu in der Lage.«

Michael wog die schwere Taschenlampe in seiner Hand und ließ den Blick nachdenklich durch den Aufenthaltsraum wandern.

Eric hatte ausgesprochen, woran er schon die ganze Zeit gedacht hatte und was wahrscheinlich auch Annabel gerade durch den Kopf ging. An die Theorie, dass man alles für sie inszeniert hatte, die Anstalt, die Menschen, einfach alles. Aber dies war eindeutig keine Kulisse, keine billige Illusion, dies war eine echte Anstalt und die Menschen, denen er begegnet war, waren echte Patienten gewesen, da war er sich hundertprozentig sicher. Nur, wo waren sie?

»Selbst wenn alles nur ein Schwindel ist – und meinetwegen mag es ja der größte Schwindel aller Zeiten sein –, was verbirgt sich dahinter? Welcher tiefere Sinn? Wo sind die Antworten?«

»Ich weiß es nicht, Anna. Aber wir haben nicht alles abgesucht. Das Erdgeschoss und der Keller fehlen noch. Vielleicht finden wir dort etwas.«

Lustlos rappelten sie sich auf und machten sich auf den Weg zur Treppe. Als sie an Dr. Parkers Zimmer vorbeikamen, hieb Michael wütend mit der Faust gegen die Tür. Der Raum war einer der wenigen, die abgeschlossen waren, und natürlich hatte sie das misstrauisch gemacht. Doch es gab nirgendwo einen Schlüssel, und alle Versuche, die massive Tür mit Gewalt zu öffnen, waren bisher gescheitert.

»Hey, bevor wir weitersuchen, können wir bitte vorher erst mal runter in die Küche gehen? Das bisschen Brot und Wurst, was wir noch haben, wird nicht mehr lange reichen.

Und wenn ich das hier durchstehen soll, brauche ich was zu futtern.« Eric rieb sich demonstrativ den Bauch.

»Ja, warum nicht«, sagte Michael. »Aber wenn wir schon da unten sind, sollten wir uns auch gleich mal im Keller umschauen. Dann haben wir das wenigstens hinter uns.«

Die Küche befand sich im Keller des Westflügels. Ein kleiner Lastenaufzug verband sie mit den darüberliegenden Etagen. Allerdings brauchte man für ihn einen Spezialschlüssel, und da sie weder Strom noch einen Schlüssel hatten, waren sie gezwungen, die Haupttreppe zu nehmen.

Der Boden im Erdgeschoss glänzte und roch frisch gebohnert. Auf einem der orangefarbenen Wartestühle lag ein Regenschirm, den jemand vergessen hatte. Das Untersuchungszimmer, von dem aus Michael seine kleine Erkundungstour gestartet hatte, sah aus wie vor ein paar Tagen. In der Vitrine lagen immer noch sauber aufgereihte Instrumente, die auf den nächsten Patienten warteten.

Am Ende des Ganges fanden sie neben der Fahrstuhltür eine Treppe, die hinunter in die Küche führte. Leider war auch diese eine herbe Enttäuschung, besonders für Eric. Denn weder dort noch im angrenzenden Lagerraum gab es etwas Vernünftiges zu essen. Nichts außer ein paar Teebeuteln, etwas Kaffeepulver und einer Tüte Weißbrot. Michael nahm das Brot und steckte es zu den Resten aus Willowsend in den kleinen Rucksack.

Vom Lagerraum aus gelangten sie über eine schwere Eisentür in den angrenzenden Keller. Michael und Annabel schalteten ihre Taschenlampen ein und erhellten einen langen Gang, der parallel zur Hausfront verlief. Schmale Fensterschächte ließen in großen Abständen ein wenig Licht herein. Von diesem Gang zweigten immer wieder schmalere Gänge ab, die wiederum zu neuen Gabelungen führten. Michael, der in diesem Teil noch nie gewesen war, schätzte, dass der Keller sich weit über die Grundfläche des Hauses erstreckte. Und wahrscheinlich war er sehr viel älter, wenn er das Mauerwerk und die hohe kirchengewölbeartige Decke betrachtete.

Michael versuchte, jeden Gedanken an ausgehungerte Wachhunde oder geisterhafte Mundharmonikaspieler zu vermeiden. Trotzdem achtete er auf jedes noch so leise Geräusch und zuckte zusammen, wenn er es nicht sofort identifizieren konnte. Aber alles, worauf sie stießen, waren ausgemusterte Rollstühle oder verrostete fahrbare Liegen. Dinge, die Michael erneut bestätigten, dass es sich bei dem Haus um eine echte Anstalt handelte.

Als sie den Westteil durchquert hatten und wieder an der Haupttreppe angelangt waren, verließen sie das unterirdische Labyrinth. Sie waren sich einig, dass es unmöglich und wahrscheinlich auch Zeitverschwendung war, hier unten alles abzusuchen. Nicht einmal die Aussicht, zufällig den Hauptstromschalter zu finden, war für sie verlockend genug.

Nun gab es nur noch einen Ort, von dem sie sich etwas erhofften: die Verwaltung. Sie befand sich im östlichen Teil des Erdgeschosses.

Als sie vor der Tür standen und Michael den Knauf drehte, rechnete Annabel damit, dass der Raum genauso verschlossen sein würde wie Dr. Parkers Zimmer. Aber zu ihrer Verwunderung schwang die Tür auf.

Annabel blickte in ein ganz normales Büro. Zwei große Fenster, zwei Schreibtische, an den Wänden Regale mit Ordnern und auf der Fensterbank ein einsamer Topf mit himmelblauen Vergissmeinnicht. Sie fragte sich, ob die

Auswahl der Blumen Zufall war. Sie steckte einen Finger in die Blumenerde. Sie war feucht.

Zwischen zwei Regalen befand sich eine unscheinbare Tür. *Patientenakten* war auf einem kleinen Plastikschild zu lesen. Der Raum dahinter war schmal und ohne Fenster. Eine lange Reihe grauer Metallschränke stand an einer Wand, die Schubladen alphabetisch gekennzeichnet.

Annabel wählte willkürlich zwei davon aus und zog sie auf. Sie waren voller Hefter und dünner Ordner. *Keine Kulisse!*, schrie eine Stimme in ihrem Kopf. *Keine Kulisse! Lauf weg!* Annabel blieb und stellte sich vor die Schublade, die möglicherweise ihre Akte enthielt. Michael und Eric taten das Gleiche.

Annabel atmete tief durch. Der Gedanke, dass es hier echte Unterlagen und somit brauchbare Informationen über sie und ihre Familie geben könnte, brachte neue Hoffnung, aber leider auch neue Ängste mit sich.

Mit feuchtkalten Händen öffnete sie die Schublade.

Michael war der Erste, der seine Akte fand. Sie war aus dünner weißer Pappe und sein Name stand vorne drauf. Er legte sie vor sich auf den Schrank und schlug sie auf.

»Lasst es«, sagte er wenige Sekunden später mit gespenstisch monotoner Stimme. »Schaut sie euch nicht an.« Er klappte die Akte zu, legte sie zurück in die Schublade und verließ mit gesenktem Kopf den Raum.

»Michael?«, rief Annabel ihm hinterher. Sie hielt noch ihre ungeöffnete Akte in der Hand.

»Hör auf ihn, Anna. Tu es nicht. Schau nicht hinein.« Eric saß gegen den Schrank gelehnt auf dem Boden und starrte vor sich hin.

Annabel ignorierte die Warnungen. Sie hatte sich längst entschieden. Sie schlug die Akte auf und es war, als hätte man ihr den Boden unter den Füßen weggerissen. Ihre Augen, die sich mit Tränen zu füllen begannen, flogen über den Text auf der ersten Seite. *Abschließende Diagnose* stand da und darunter las sie Begriffe wie Schizophrenie, paranoide Wahnvorstellungen und medikamentöse Langzeittherapie. Doch das waren nur Worte. Das, was ihr wirklich die Kehle zuschnürte, war das, was mit einer silberfarbenen Büroklammer oben auf dem Blatt befestigt war.

Annabel verlor die Kontrolle über ihre Hände und die Akte mitsamt ihrem Inhalt fielen zu Boden. Wie eine Betrunkene wankte sie hin und her, hielt sich mit Mühe am Schrank fest.

Zu ihren Füßen lag die geöffnete Akte und inmitten von handgeschriebenen Notizen und maschinengetippten Befunden lag ein kleines Foto. Es zeigte einen hübschen, gepflegten Garten mit Apfelbäumen und einer Kinderschaukel. Und auf dem Rasen, auf einer Decke, saß Annabel fröhlich lachend vor einer Geburtstagstorte mit vierzehn brennenden Kerzen. Ein Mann und eine Frau saßen hinter ihr und hatten die Arme um sie geschlungen. Auch sie lachten.

Es waren die Leute, die Annabel vor sieben Tagen in der Anstalt besucht hatten.

Hätte sie in dem Moment nicht Erics Schluchzen gehört, wäre sie wohl zusammengebrochen. Doch anstatt sich in eine dunkle Ecke ihres nach Hilfe schreienden Verstandes zurückzuziehen, konzentrierte sie sich auf die Trauer ihres Freundes, um ihre eigene zu verdrängen. Annabel setzte sich neben Eric auf den Boden und schmiegte sich dicht an ihn. Sie fragte ihn nicht, was er auf dem Foto gesehen hatte. Sie wusste es. Sie wollte ihm sagen, dass alles nur eine Lüge, dass nichts von dem, was sie auf den Fotos gesehen hatten, real wäre. Sie wollte ihm sagen, dass dieselben Leute, die das Wetter verändert hatten, auch dafür verantwortlich waren. Sie wollte ihm sagen, dass sie nicht verrückt waren und dass sie noch immer fest daran glaubte, dass alles wieder gut werden würde. Aber sie konnte es nicht.

Alles, was ihr noch geblieben war, war ein dünnes, kaum hörbares Stimmchen in ihrem Kopf, das unaufhörlich flüsterte: *Wenn ich wirklich verrückt bin, ist es doch egal, woran ich glaube. Da kann ich genauso gut an die Hoffnung glauben.*

Annabel stand auf und griff nach Erics Hand. »Komm hoch!«, befahl sie und zog den völlig apathisch wirkenden Eric auf die Beine. »Lass uns irgendwo traurig sein, wo es was zu futtern gibt.«

Michael war wie in Trance. Er kam erst wieder zu sich, als er vor der offenen Sicherheitstür im ersten Stock stand, ahnungslos, wie er dort hingekommen war. Er blieb stehen und schloss die Augen. Sein Kopf fühlte sich an, als wäre sein Gehirn auf die doppelte Größe angeschwollen, das nun seine Augen von innen aus dem Schädel presste. Sein Magen rebellierte und katapultierte einen kleinen Schwall Säure hoch in seinen Mund. Mit zusammengekniffenen Augen schluckte er sie wieder runter. Er musste sich regelrecht zwingen, nicht zu kotzen.

Was soll ich nur tun?, flüsterte er und wischte sich die Tränen vom Gesicht. Es gab keinen Ort, an den er gehen, wohin er fliehen konnte, wenn die Ursache für alles in seinem Kopf war.

Wenn das Ende naht. So hatte es auf der verdammten Botschaft gestanden. Und er wünschte sich nichts sehnlicher, als dass es endete, das teuflische Spiel, das sie im Kreis hatte laufen lassen wie Plastikfiguren auf einem Spielbrett.

Während er schweren Schrittes weiter in Richtung Aufenthaltsraum ging, hatte er das Gefühl, als würden die Wände um ihn herum immer näher kommen und die Risse auf dem schäbigen Putz zu klaffenden Wunden mutieren, aus denen ekliger gelblicher Eiter floss. *Das verfluchte Haus lebt!*, schoss es ihm durch den Kopf und er glaubte, sogar dessen Herzschlag zu spüren. BUMM!... BUMM!... BUMM! Es war das tiefe Dröhnen eines kalten, lieblosen Herzens, das in den Tiefen des Kellers seinen Ursprung hatte und bei jedem Schlag seine Fußsohlen kribbeln ließ.

Das verfluchte Haus lebt und es hält uns hier fest!

Als er sich vor Dr. Parkers Zimmer wiederfand, zog er unvermittelt die schwere Stablampe aus seiner Manteltasche und schlug sie gegen die Tür. Zuerst war es ihm gar nicht bewusst, als würde ein anderer seinen Arm führen. Doch dann schlug er erneut zu und wieder und wieder und immer kräftiger hieb sein Arm auf die Tür ein, so !ange bis sich tiefe Dellen und Risse auf der dunklen Oberfläche abzeichneten und kleine Splitter aus Farbe und rohem Holz zu Boden fielen.

Und plötzlich, ganz lautlos schwang die Tür ein Stückchen auf.

Michaels Arm verharrte mit der Lampe in der Luft, sein Atem ging stoßweise und trotz der Kälte fühlte er Schweiß auf seiner Stirn. *War ich das?*

Er hatte sich wieder unter Kontrolle, ließ die Lampe sinken und öffnete die Tür so weit, dass er durch das Vorzimmer hinein in Parkers Sprechzimmer schauen konnte. Es war niemand da.

Während er das Vorzimmer durchquerte und langsam auf den antiken Schreibtisch zuging, fragte er sich, warum die Tür sich nach ein paar Schlägen hatte öffnen lassen. Hatte sie vorhin einfach nur geklemmt?

Michael blieb vor dem Schreibtisch stehen und steckte die Lampe in seine Manteltasche. Nichts hatte sich hier verändert, dachte er. Der Kugelschreiber, mit dem Dr. Parker seine Notizen machte, lag auf einem Stapel Papiere, und auch das Schachbrett stand an seinem Platz. Es sah aus, als wären er und seine Sekretärin nur mal eben zum Mittagessen gegangen. *Was will ich hier eigentlich noch?*, fragte er sich. *Wir haben gefunden, was es zu finden gab.*

Michael drehte sich um und wollte das Zimmer wieder verlassen, als sein Blick auf die Fotos neben der Tür fiel.

Augenblicklich beschleunigte sich sein Puls wieder, als er zwischen den Fotos ein neues entdeckte. Es war eine Schwarz-Weiß-Aufnahme und sie zeigte ihn, Annabel, Eric und George bei ihrer Ankunft am See. Was für sich betrachtet schon beunruhigend war. Wirklich beängstigend war dagegen etwas anderes. Michael verstand nicht viel von Fotografie. Aber er war sich sicher, dass es so eine Aufnahme gar nicht hätte geben dürfen. Nicht aus dieser Perspektive. Er nahm den Rahmen von der Wand und setzte sich auf den Besucherstuhl vor dem Schreibtisch.

Das Bild zeigte die vier aus der Vogelperspektive, kurz bevor sie das Haus betraten. Der Fotograf hätte demnach hinter ihnen mitten über dem See schweben müssen, um sie aus diesem Blickwinkel fotografieren zu können. Es war also unmöglich.

Michael öffnete den Rahmen und entnahm das Foto. Als er es umdrehte, sah er, dass auf der Rückseite etwas geschrieben stand: *240719691650 Wo Licht und Farben zu Geschichten werden, kann nur ein Einziger Erlösung finden. Ihr entscheidet, wer es sein wird.*

»Oh, bitte nicht!«, flüsterte Michael.

Fast eine Minute lang saß er wie versteinert da und starrte auf die Botschaft. Dann nahm er den Kugelschreiber vom Schreibtisch und notierte etwas auf einem Stück Papier. Mit Gedanken schwer wie Blei verließ er anschließend das Zimmer.

Annabel saß auf der Fensterbank, knabberte an einem trockenen Stück Weißbrot und wartete darauf, dass die Jungs zurückkamen.

Sie hatten sich in den Aufenthaltsraum zurückgezogen und sich dort, soweit es eben ging, vor dem Kamin eingerichtet. Die Tische und Stühle hatten sie beiseitegeschoben und drei Betten aus den leeren Patientenzimmern geholt. Anschließend hatte Annabel zusammen mit Eric Dr. Parkers Zimmer durchsucht. Gefunden hatten sie nichts. Annabel hatte nicht nachgefragt, warum die Tür auf einmal offen gewesen war. Die Spuren, die Michaels Wutanfall hinterlassen hatte, sprachen für sie eine deutliche Sprache.

Inzwischen trugen sie alle wieder die Anstaltskleidung, wegen der Kälte sogar zwei Schichten übereinander, und dazu noch ihre Mäntel. Annabel stellte fest, dass die grauen Klamotten eigentlich ganz praktisch waren und weniger hässlich, wenn man sie freiwillig trug.

Eric hatte sich im Waschraum etwas frisch machen wollen und auch Michael war ihm kurz danach ohne jede Erklärung gefolgt. Überhaupt war Michael seit dem Vorfall in der Verwaltung völlig verändert.

Er hatte seitdem kaum ein Wort gesagt. Aber sie konnte es ihm eigentlich nicht verdenken. Niemand von ihnen hatte Lust, über die Krankenakten oder Familienfotos zu reden. Seit sie erkannt hatten, dass sie sich mit all ihren Theorien und Diskussionen doch nur im Kreis bewegten, hatten Worte irgendwie ihre Bedeutung verloren. Und sie hatte eine Leere in sich gespürt, die so beängstigend und verstörend gewesen war, dass sie sich das Ende geradezu herbeisehnte. Allein Erics Anblick, der wie ein Häufchen Elend neben ihr auf dem Boden gekauert hatte, hatte sie in diesem Moment vor Dummheiten bewahrt. Doch dann war etwas Merkwürdiges geschehen. Während sie versucht hatte, Eric zu trösten, hatte sich die Leere langsam in etwas anderes verwandelt. Nicht in Abgestumpftheit oder Resignation, es war vielmehr ein seltsames Gefühl von Freiheit. Dieses Spiel oder wie immer man es nennen mochte, was mit ihnen geschah, war nie fair gewesen. Und vielleicht war es genau das, was sie herausfinden sollten, der einzige tiefere Sinn.

Der Preis allerdings, den sie für diese simple Erkenntnis hatten zahlen müssen, war einfach zu hoch gewesen – er war unmenschlich.

Annabel blickte hinunter auf den Park und entdeckte in der gespenstischen Szenerie mit einem Mal auch die Schönheit einer herbstlichen Landschaft. Sie hatte den Herbst und seine Farben immer gemocht. Leider verblasste das bunte Laub unter dem dichter werdenden Nebel zusehends und wurde stumpf und grau. Trotzdem lächelte sie, als sie plötzlich an eines dieser Wechselbilder denken musste, in dem man in der einen Sekunde einen Hasen und in der nächsten eine Ente sah. Komisch.

Sie nahm einen Schluck Wasser und spülte die klebrigen Reste des Weißbrots aus ihrem Mund.

Annabel schaute zur Tür und wurde langsam nervös. Die beiden Jungen waren bestimmt vor einer halben Stunde in den Waschraum gegangen. Wo blieben die zwei nur?

Eric wollte gerade den Waschraum verlassen, als er von Michael gestoppt und unsanft zurückgedrängt wurde.

»Geht's noch?«, beschwerte er sich.

»Ich muss mit dir reden.«

»Das Gefühl habe ich allerdings auch«, sagte Eric. »Was ist los mit dir? Seit du vorhin aus der Verwaltung gestürmt bist, hast du keinen verdammten Ton mehr von dir gegeben. Du bist nicht der Einzige, der sich beschissen fühlt. Vergiss das nicht.«

Michael schüttelte den Kopf. »Nein, das ist es nicht«, sagte er und zog das Foto aus seiner Tasche.

»Was ist das?«

»Ich hab es in Dr. Parkers Zimmer gefunden.«

»Weiß Anna davon?«

»Nein.«

»Warum...?«

»Schau's dir an!«

»Meinetwegen. Gib her... Verdammt, Michael, das sind wir. Am See. Aber wie...«

»Vergiss das Foto. Dreh es um!«

Eric schaute sich die Rückseite an. Er konnte mit der Zahlenreihe auf den ersten Blick nichts anfangen. Aber der Kern der Botschaft war eindeutig.

»*Wo Licht und Farben zu Geschichten werden, kann nur ein Einziger Erlösung finden. Ihr entscheidet, wer es sein wird*«, las er leise vor. Er ließ das Foto sinken. »Michael, was soll das? Wir...«

»Versprich mir, dass du Anna noch nichts davon erzählst.«

»Aber...«

»Versprich es mir!«

Eric sah Michael in die Augen. Sein Verhalten machte ihm Angst. Aber er war sein Freund und er vertraute ihm. Deshalb gab er Michael das Versprechen.

42

Annabel stieg von der Fensterbank und nahm noch einmal die letzte Botschaft aus ihrer Manteltasche. *Wenn das Ende naht, ist der Schlüssel nur ein Spiel. Noch drei Tage,* las sie und fuhr mit dem Finger über die Buchstaben. Also gut, wenn dies das Ende ist, dachte sie, dann gab es jetzt eigentlich nur noch zwei Fragen, die wichtig waren. Was würde am Ende mit ihnen geschehen, wenn das Ultimatum ablief und die Astronauten wieder auf der Erde landeten? Und wie sollten sie die ihnen verbliebene Zeit am besten nutzen?

Auf die erste Frage wusste Annabel keine Antwort. Doch die Antwort auf die zweite Frage betrat gerade den Raum.

Als die Jungs in den Aufenthaltsraum zurückkehrten, nahm sie Eric beiseite, flüsterte ihm etwas ins Ohr und küsste ihn anschließend auf die Wange. Dann ging sie rüber zu Michael, lächelte ihn an, nahm wie selbstverständlich seine Hand und führte ihn nach draußen. Dass Michael sie nur verwundert anschaute und schwieg, war ihr in diesem Augenblick ganz recht. Ein falsches Wort von ihm – und ihr Mut hätte sie auf der Stelle verlassen.

»Wir gehen in den Park«, sagte sie und versuchte, das heftige Pochen ihres Herzens in den Griff zu bekommen. »Ist so ein herrlicher Tag heute.«

Als sie die Haupttreppe erreichten und Annabel die abgenutzten Stufen sah, blieb sie stehen. Wie viele verzweifelte Menschen hier wohl rauf- und runtermarschiert waren? Und alle hatten sie ihre Spuren hinterlassen.

»Weißt du, als ich zum ersten Mal diese Treppe hinuntergegangen bin, mit Schwester Shelley, da dachte ich, dass alles wieder gut werden wird. Ich dachte, man würde mich zu meinen Eltern bringen und alles würde sich aufklären.« Annabel ließ Michaels Hand los und sprang mit beiden Füßen gleichzeitig eine Stufe hinunter. Dann die nächste und die nächste. Und sie stampfte dabei mit aller Kraft auf, hoffte, die Stufen würden zerbrechen unter ihrem Gewicht.

»Anna?«, fragte Michael und klang besorgt. Sein erstes Wort, seit sie den Aufenthaltsraum verlassen hatten.

»Ich will auch meine Spuren hinterlassen«, sagte Annabel. »Sie sollen wissen, dass ich hier gewesen bin.«

»Ich hab da eine bessere Idee.« Michael fischte einen Kugelschreiber aus der Manteltasche und schrieb auf die Wand: *Annabel, Eric und Michael waren hier. Und sie fanden es scheiße!*

Annabel ging zu Michael und zog ihm den Stift aus der Hand. Dann zeichnete sie um die drei Namen ein großes Herz. »Annabel, Michael und Eric waren hier«, las sie laut vor. *Und sie haben überlebt*, fügte sie in Gedanken hinzu. Denn jeder weiß doch, dass Wünsche nicht in Erfüllung gehen, wenn man sie laut ausspricht.

Annabel stand eine Stufe über Michael, sie waren jetzt fast gleich groß. Sie steckte ihm lächelnd den Stift in die Tasche, legte den Kopf zur Seite und betrachtete die dunklen Bartstoppeln. Noch nicht sehr dicht, dachte sie, aber bald. Ob sie wohl kratzen würden, wenn sie ihn jetzt küsste? Er wirkte älter als noch vor ein paar Tagen, erwachsener, anziehender. Ihre Finger folgten den Konturen seines Gesichts, nur Millimeter von ihm entfernt, noch zu ängstlich, um ihn wirklich zu berühren.

Michael sah sie liebevoll an. Aber Annabel erkannte auch die Traurigkeit in seinem Blick, die für kurze Zeit verschwunden und nun zurückgekehrt war. War es wegen der Akten und der Fotos? Oder wegen Rebecca? Warum erzählte er ihr nichts davon? Wusste er noch immer nicht, dass er ihr alles sagen konnte? Einfach alles?

Aber vielleicht musste sie nur den Anfang machen.

»Michael, ich will dir was sagen, ich...« Sie wollte es ihm sagen, so gerne sagen, solange sie noch Zeit hatte. Aber es war furchtbar schwer. Und was, wenn sie sich irrte, was seine Gefühle für sie anging?

Im Park. Ich sag es ihm im Park. Sie nahm wieder seine Hand und ging mit ihm ins Erdgeschoss.

Hallo, mein Kleiner!, dachte Annabel, als sie plötzlich vor sich den kleinen rot-weißen Ball wiedersah, hüpfend und rollend und ohne freien Willen. Sie befahl ihm in Gedanken, stehen zu bleiben. Und er blieb stehen. *Bei Fuß!*, befahl sie ihm und hätte über diesen albernen Befehl beinahe gelacht. Aber es funktionierte. Der Ball rollte ein Stück zurück und blieb nun an ihrer Seite, gehorchte ihr, rollte dahin, wo sie hinging. Sie kicherte.

Michael sah sie fragend an.

»Ich bin verrückt, schon vergessen?«, sagte Annabel fröhlich. »Und Verrückte kichern manchmal einfach so, ganz ohne Grund. Und weißt du was? Vielleicht ist es gar nicht so schlimm, verrückt zu sein. Wir können tun, was wir wollen, denken, was wir wollen, und glauben, woran wir wollen. Wir sind frei.«

»Aber verrückt«, sagte Michael und lächelte zum ersten Mal wieder.

»Einen kleinen Haken gibt es immer.«

Im Erdgeschoss betraten sie den Westflügel und blieben vor einer großen Glastür stehen, durch die man auf die Südseite des Hauses gelangte.

»Und du willst wirklich raus in den Park?«, fragte Michael

und sah skeptisch aus dem Fenster. »Der Nebel scheint immer dichter zu werden.«

»Den puste ich weg«, sagte sie und blähte ihre Wangen auf. Sie drückte Michaels Hand noch ein wenig fester. »Hab keine Angst, ich pass auf dich auf«, flüsterte sie.

Ein kalter Luftzug hüllte sie ein, als sie die Tür zum Arkadengang öffneten und über eine breite Treppe runter in den Park gingen. Die feuchtkalte Luft kribbelte auf Annabels Gesicht. Sie schloss den obersten Knopf ihres Mantels und kuschelte die Wangen an den weichen Pelz ihres Kragens.

Als sie den Seerosenteich erreichten und über die kleine Holzbrücke gingen, glaubte sie, aus den Augenwinkeln ein paar Seerosen aufblühen zu sehen. Nur ganz kurz, wie ein freundliches Zwinkern der Natur.

Ist es das, was man sieht, wenn man langsam verrückt wird?

Ist doch gar nicht so schlimm.

Annabel führte Michael bis zu den Bäumen an der Mauer. Dann ließ sie seine Hand los, ging etwa zwei Meter von ihm entfernt ein paarmal langsam um ihn herum und konnte gar nicht aufhören, ihn anzulächeln. Als sie plötzlich das Bild einer kleinen Gazelle vor Augen hatte, die einen Löwen umkreiste, musste sie laut auflachen.

»Geht es dir auch wirklich gut?«, fragte Michael.

»Ja.« *Weil du hier bist. Hier bei mir.*

Das ist er also, der Junge, in den ich mich verliebt habe, dachte Annabel. Sie hatte sich immer gefragt, wann es endlich passieren und wie es sein würde – wie *er* sein würde. Aber dass ausgerechnet jemand wie Michael ihr Herz eroberte, hätte sie im Traum nicht gedacht. Er, den sie immer für einen eingebildeten, egoistischen Schnösel gehalten hatte, der sich nur für seinen Sport interessierte, war in

Wahrheit ein sensibler, liebevoller, kluger, hilfsbereiter... Annabel hätte die Liste seiner positiven Eigenschaften ins Unendliche fortsetzen können. Und doch, dachte sie, fiel es ihr gleichzeitig unendlich schwer, die richtigen Worte zu finden für das, was sie für ihn empfand. Zu neu und stark waren ihre Gefühle. Und weil sie nicht wusste, wie sie es ihm sagen sollte, drehte sie sich für ihn, so wie sie es als Kind getan hatte, wenn sie übersprudelte vor Glück. *Er wird es verstehen. Wenn wir füreinander bestimmt sind, wird er es verstehen.*

Sie breitete die Arme aus, legte den Kopf in den Nacken und schloss die Augen. Dann fing sie an, sich zu drehen und zu drehen.

Sieh mich an, Michael! Ich bin in dich verliebt! Kannst du es sehen?

Eric schaute vom Aufenthaltsraum hinunter auf den Park. Der verdammte Nebel war inzwischen so dicht, dass er Annabel und Michael nur noch schemenhaft erkennen konnte. Hin und wieder berührte seine Stirn das kalte Glas und hinterließ einen fettigen Abdruck. Er kam sich vor wie ein kleiner Hund, den man im Regen vor dem Supermarkt angebunden hatte und der seine kleine feuchte Nase gegen das Schaufenster drückte und ängstlich darauf wartete, dass Herrchen und Frauchen zurückkamen. Hätte er es gekonnt, dann hätte er in diesem Moment herzzerreißend gejault.

Sein Verstand war noch immer damit beschäftigt zu verarbeiten, was er in seiner Akte gefunden und was Michael ihm anvertraut hatte. All dies war so unbegreiflich und verstörend, dass es die allerletzten Kraftreserven aus seinem Körper zog.

Voller Verzweiflung setzte er sich auf einen Stuhl und legte den Kopf in die Hände. Und fühlte sich so allein wie nie zuvor.

Sie ist so zauberhaft, dachte Michael und schaute zu, wie Annabel sich drehte, in sich versunken und mit einem Lächeln auf dem Gesicht. Selbst in dem trüben Licht leuchtete ihr rotes Haar wie das Feuer in einem Leuchtturm. Und nicht weniger war sie für ihn. Sie hatte ihm eine neue Orientierung geschenkt und ihn davor bewahrt, an den scharfen Klippen seiner Trauer zu zerschellen. Sollte das etwa alles umsonst gewesen sein?

Er wusste, was sie ihm sagen wollte. Schon als sie sich auf der Treppe in die Augen geschaut hatten, hatte er es gewusst. Aber er hatte Angst davor, es zu hören, und noch mehr, es zu erwidern. Er durfte ihr keine Hoffnungen machen, die sich doch nie erfüllen würden. Zumindest dieses Leid konnte er ihr ersparen.

Seine Hand berührte das Foto, das ein Loch in seine Tasche zu brennen drohte. Dies war schlimmer als das Ultimatum, grausamer als alles, was ihnen bisher zugestoßen war.

Michael ging auf Annabel zu, wollte sie trotz aller Bedenken in den Arm nehmen, als ein nervenzerfetzendes Geräusch die Stille zerschnitt. Die Sirene, die bereits ihre Flucht in einen Albtraum verwandelt hatte, schwellte plötzlich auf und ab, wurde lauter und lauter und klang noch angsteinflößender, als Michael es in Erinnerung hatte.

Annabel war mitten in der Bewegung erstarrt. Er sah, wie sie ihren Mund bewegte, konnte aber keines ihrer Worte verstehen. Er ging zu ihr und schlang ganz fest die Arme um sie.

Bitte, nicht die Hunde. Michael blickte sich hektisch um. Jetzt erst bemerkte er, dass das Haus durch den dichten Nebel kaum mehr zu sehen war. Falls etwas oder jemand sie in diesem Moment angreifen sollte, waren sie vollkommen hilflos. Der Nebel machte sie fast blind und die Sirene übertönte jedes andere Geräusch.

Auf einmal deutete Annabel nach oben. Michael hob den Kopf und sah, wie sich der Nebel über ihnen auflöste und ein strahlend blauer Himmel zum Vorschein kam. Doch das war erst der Anfang. Mit weit aufgerissenen Augen wurden sie Zeugen, wie die Sonne zweimal über den Himmel wanderte und wie der Mond in sternenklaren Nächten zweimal auf sie herabschien. Und das alles innerhalb weniger Sekunden.

Als es vorbei war und auch die Sirene endlich verstummte, zog sich der Nebel über ihren Köpfen wieder zusammen. Dichter und bedrohlicher als zuvor.

Michael hatte so etwas noch nicht gesehen. Der Nebel um sie herum hatte sich zu einer riesigen weißlichgrauen Wand aufgetürmt. Sie war keinen Meter mehr von ihnen entfernt und schien so undurchdringlich wie ein harter Wall aus Beton. Ein Wall, der von Sekunde zu Sekunde näher rückte. Michael streckte die Hand danach aus und fühlte eine feuchte, eisige Kälte.

Und als sie vollkommen eingeschlossen waren und nicht einmal die Hand vor Augen sehen konnten, gellte ein panischer Schrei durch den Nebel.

Eric hatte alles mitangesehen. Jetzt stand er wie versteinert am Fenster, unfähig, etwas zu denken oder zu fühlen. Seine Atmung war flach, kaum wahrnehmbar. Er blinzelte nicht einmal. Erst als er spürte, wie jemand seine Schulter berührte, bäumte sich sein Körper auf und das Leben kehrte schlagartig in ihn zurück. Doch es trug so viel Chaos, Verzweiflung und Angst mit sich, dass er nicht anders konnte, als um sein Leben zu schreien. Er schrie, als hätte das Spektakel am Himmel das Ende der Welt angekündigt. Doch als er sich panisch umdrehte, erstarb der Schrei in seiner Kehle.

»George?« Er starrte die Gestalt vor ihm an wie eine Erscheinung. »Bist du das wirklich? Oh mein Gott! Wo kommst du plötzlich her? Wo bist du gewesen?«

Eric konnte sehen, wie George zitterte. Er trug noch immer seine dünne Hose und sein kurzärmeliges Hemd.

George legte Eric eine Hand auf die Brust und sah sich hastig um. Er war blass und sprach sehr leise und eindringlich. »Hör mir zu, Eric! Es waren zwei Männer, gleich an der ersten Zwischenstation. Ich wollte auf die Toilette, da haben sie mich gepackt und aus dem Zug gezerrt. Sie haben gedroht, mir wehzutun, wenn ich nicht mache, was sie sagen. Dann haben sie mich in ein Auto gesteckt und weggebracht.«

»Wohin?«

»Keine Ahnung, welches Ziel sie hatten. Und ich weiß noch immer nicht, was das für Leute sind. Ich bin ihnen entwischt, als sie an einer Tankstelle halten mussten. Dann bin ich per Anhalter nach London gefahren.«

Wieder sah George hektisch über seine Schulter in Richtung Tür, dann legte er seinen Mund ganz dicht an Erics Ohr und flüsterte mit rauer Stimme: »Eric, sie sind hinter mir her! Hinter uns allen. Wir sind in Gefahr, in großer Gefahr!«

»Annabel und Michael sind noch da draußen«, sagte Eric aufgeregt und wollte an George vorbei. »Wir müssen sie sofort...«

Doch George packte Erics Mantel und hielt ihn fest. »Sie sind nicht mehr da, Eric. Sie haben sie mitgenommen.«

»Was? Das ist unmöglich, sie ...«

Erics Kopf fuhr zum Fenster. Doch alles, was er sah, war diese unwirkliche Nebelwand.

»Es ist wahr! Ich war Zeuge, eben draußen am Tor. Die beiden sind ihnen direkt in die Arme gelaufen. Gleich nachdem die Sirene aufgehört hatte.«

Annabel und Michael waren weg? Aber das war völlig unmöglich! Sie waren doch eben noch hier. Er spürte sogar noch Annabels Kuss auf seiner Wange, hörte ihre Worte, dass alles wieder gut werden würde. Eric rang nach Luft. Er hatte plötzlich das Gefühl, als würde er nur noch durch einen dünnen Strohhalm atmen.

George ließ Erics Mantel wieder los. »Ich weiß nicht, wie sie mich hier aufspüren konnten. Ich dachte, ich hätte sie abgehängt. Und jetzt habe ich sie wahrscheinlich direkt zu euch geführt. Es tut mir so leid.«

»Der Nebel... und der Himmel«, stammelte Eric. »Hast du das gesehen?«

»Ja. Und ich weiß auch nicht, was das war. Aber ich bin dafür, dass wir uns so schnell wie möglich ein Versteck suchen. Sie werden bestimmt bald das Haus durchsuchen.«

»Und wo sollen wir uns verstecken? Etwa draußen im Nebel?«

George rieb sich über die Stirn. Er sah angespannt aus. »Du hast recht, raus können wir nicht. Es gibt nur eine Möglichkeit. Den Keller. Wenn wir Glück haben, finden sie uns in diesem riesigen Labyrinth nicht. Komm, beeil dich!«

Unentschlossen sah Eric George hinterher, wie er zum Kamin ging und sich eine von den schweren Taschenlampen schnappte, die auf dem Kaminsims standen. Mit ein paar schnellen Schritten war er bei der Tür und drehte sich noch einmal um.

»Eric, komm endlich!«

Erics Gedanken kreisten alle um die Frage, ob er seine beiden Freunde je wiedersehen würde. Und ob es eine Möglichkeit gab, ihnen zu helfen. Aber ihm fiel nichts ein, was er hätte tun können. Er blickte ein letztes Mal aus dem Fenster auf den Nebel, dann schloss er sich George an und sie liefen gemeinsam in Richtung Treppenhaus.

»Was ist euch in der Zwischenzeit passiert?«, fragte George, während sie die Stufen hinunterliefen. Er keuchte bereits. »Habt ihr was herausgefunden?«

Eric erzählte ihm in aller Kürze von dem Schließfach, der Bibliothek, den Hinweisen, die sie zurück zur Anstalt geführt hatten, der Botschaft aus dem Steinmond und dem neuen Foto und dessen Inschrift.

»Nur einer kann Erlösung finden«, wiederholte George langsam die entscheidenden Worte der letzten Botschaft.

»Ja«, sagte Eric. Es waren jetzt nur noch ein paar Stufen bis zum Kellerzugang. »Michael hat es Annabel noch nicht gesagt. Er will ihr nicht noch mehr Angst machen.«

»Interessant«, sagte George und blieb am Fuß der Treppe auf einmal stehen. »Und das ist wirklich alles, was ihr herausgefunden habt?«

»Wieso fragst du?« Erics Augen wanderten zwischen George und dem dunklen Keller hin und her. Warum blieb er verdammt noch mal stehen und löcherte ihn mit Fragen? Eben hatte er es doch noch so eilig. Hier war doch was faul.

»Danke, Eric«, sagte George und seine Stimme klang ganz anders als noch vor ein paar Sekunden. »Und glaub mir, es tut mir wirklich leid.«

»Was tut dir leid?«

Als die Taschenlampe Eric seitlich am Kopf traf, spürte er den Schmerz nicht einmal. Er verlor auf der Stelle das Bewusstsein und sackte in sich zusammen.

»Eric«, sagte Annabel.

Michael hörte ihre heisere, besorgt klingende Stimme und spürte ihre tastende Hand auf seinem Arm. Der Schrei seines Freundes war für ihn schlimmer gewesen als der Klang der Sirene. Eric brauchte ihre Hilfe! So schnell wie möglich. Die Frage war nur, wie sie es schaffen sollten, ihn rechtzeitig zu erreichen. Michael konnte noch nicht einmal sagen, aus welcher Richtung der Schrei gekommen war. Dennoch dachte er eine Sekunde lang daran, einfach loszulaufen, aber so vollkommen orientierungslos, wie er war, würde er wahrscheinlich nicht einmal das Haus finden.

»Ich kann uns hier rausbringen«, sagte Annabel völlig unerwartet. Eine eigenartige Ruhe und Zuversicht lagen in ihrer Stimme.

»Wie willst du das anstellen?«

»Gib mir deine Hand!«, sagte sie fordernd.

Michael griff ein paarmal ins Leere, bevor er ihre Hand zu fassen bekam.

»Was hast du vor?«

»Vertraust du mir?«

»Ja«, sagte er ohne Zögern und drückte gleichzeitig ihre Hand. *Bis ans Ende der Welt.*

Er hörte, wie sie Luft holte. »Was auch passiert, bleib dicht hinter mir«, sagte sie. »Und jetzt, lauf!«

Im gleichen Moment fühlte er, wie Annabel an seiner Hand riss und losrannte.

Michael hatte keine Ahnung, wie sie den Weg fand, aber

es war, als ob sie ein unsichtbares Band in einem atemberaubenden Tempo und in sanften Kurven zum Haus hinzog.

Noch immer konnte er nicht das Geringste sehen und er hatte Angst, jeden Moment gegen eine der Bänke, einen Busch oder einen Baum zu laufen. Auch der Teich machte ihm Sorgen. Aber noch während er sich davor fürchtete, kopfüber mit ihr ins kalte Wasser zu stürzen, vernahm er unter sich das dumpfe Trommeln, als sie sicher über die kleine Holzbrücke liefen. Nun war es nicht mehr weit bis zum Haus.

»Treppe!«, hörte er Sekunden später Annabels Warnung und war erleichtert, dass sie ihren Lauf abrupt verlangsamte und nun im Schritttempo unmittelbar neben ihm herging. »Zehn Stufen... jetzt!«, sagte sie und Michael hob das Bein an. Sein Fuß setzte sicher auf der ersten Stufe auf, und nachdem sie die Treppe, ohne zu stolpern, überwunden hatten, passierten sie den Arkadengang und gelangten durch die verglaste Tür endlich zurück ins Haus.

Michael konnte noch immer nicht glauben, was Annabel gerade getan hatte. Aber noch bevor er ihr irgendeine Frage stellen konnte, rannte sie auch schon wieder los. Erst im Treppenhaus holte er sie ein.

»ERIC!« Annabel schrie seinen Namen, aber er verhallte, ohne dass jemand antwortete.

Sie rannten Seite an Seite durch den langen Gang im ersten Stock, und als sie den Aufenthaltsraum erreichten, wurden Michaels schlimmste Befürchtungen zur Gewissheit.

Eric war verschwunden.

»George! Verdammt, was soll das? Lass mich gefälligst hier raus! Geoooorge!« Erics Stimme klang dumpf durch die schwere Eisentür.

George knöpfte den Mantel zu, den er Eric abgenommen

hatte, und langsam wurde ihm etwas wärmer. Sein Auftritt vorhin musste ziemlich überzeugend gewesen sein, dachte er und war stolz auf sich. Es war geradezu ein Kinderspiel gewesen, an die Informationen zu kommen. Viel schwieriger war es dagegen gewesen, den bewusstlosen Körper auf die alte fahrbare Liege zu hieven. Für einen Moment hatte er sogar befürchtet, Eric umgebracht zu haben. Woher sollte er denn auch wissen, wie hart man zuschlagen durfte?

Eigentlich hatte er damit gerechnet, dass ein wenig Nachdruck nötig sein würde. Deshalb der Keller. Aber Eric hatte ihm freiwillig alles verraten, was er wusste. Etwas wirklich Überraschendes oder Neues war leider nicht dabei gewesen. Doch die eine oder andere Information würde er sicher noch verwenden können. Im Grunde hatte sich nur bestätigt, was er schon in Willowsend insgeheim vermutet hatte. Und obwohl auch er noch immer mehr Fragen als Antworten hatte, wusste er endlich, was zu tun war. Und vielleicht besaß er inzwischen sogar das passende Werkzeug dafür. Das würde er gleich herausfinden.

George schloss die Augen und konzentrierte sich.

»Hast du überhaupt eine Ahnung, was das hier für ein Ort ist?«, fragte er laut.

»Lass mich bitte raus, George.« Erics Stimme hatte an Kraft verloren.

»Du bist nicht zufällig hier, Eric. Niemand von uns ist das.« George spürte, dass er nun seine volle Aufmerksamkeit hatte. Gut so. Denn ohne die würde es nicht funktionieren.

»Du bist hier, um für deine Sünden zu büßen. Du weißt doch, was Sünden sind?«

»George, bitte!«

George hörte, wie Eric sich hin und her warf und dabei

ein metallisches Klappern und Quietschen erzeugte, aber er ließ es schon bald wieder sein. Vermutlich war ihm klar geworden, dass es keinen Zweck hatte.

»Es wird Zeit, dass du für deine Sünden bezahlst.«

»Wieso tust du das, George? Was hab ich dir getan?«

»Sie haben versprochen, mir meine Sünden zu vergeben, wenn ich ihnen helfe, euch zu richten.«

»Wer sind *sie*? Von wem sprichst du?«

»Die, die über alles wachen, Eric.«

Stille. Dann ein verzweifelter Aufschrei. »Lass mich raus! Lass mich sofort raus!«

Eric hörte seine eigene Stimme in seinen Ohren schrillen, aber er konnte nicht aufhören zu brüllen. Erst als er sich heiser geschrien hatte und einen Hustenanfall bekam, verstummte er. Auch auf der anderen Seite der Tür war auf einmal alles still.

Eric wandte verzweifelt seinen Kopf hin und her, was völlig sinnlos war, denn es war stockfinster. Alles, was es ihm einbrachte, waren weitere stechende Schmerzen vom Schlag mit der Taschenlampe.

Er wusste, dass er sich in einem abgelegenen Teil des Kellers befand, weil er bereits auf der holprigen Fahrt hierher ein paarmal das Bewusstsein wiedererlangt hatte. Doch als George ihn in dieses Gefängnis geschoben hatte, hatte er im Schein der Lampe nur einen leeren Raum gesehen. Selbst wenn es ihm also gelingen sollte, die Lederriemen an seinen Hand- und Fußgelenken zu lösen, würden sich seine Chancen zu entkommen nicht wesentlich verbessern. Außer Staub und Rattenscheiße gab es hier nichts, das ihm weiterhelfen würde.

Plötzlich setzte die Stimme von der anderen Seite der

Tür wieder ein und für einen winzigen Augenblick keimte in Eric die Hoffnung auf, dass George doch noch zur Vernunft gekommen war. Doch vergebens.

»Wehr dich nicht dagegen.« Das raue Krächzen klang in Erics Ohren nicht mehr nach George, so, als sei alles Menschliche aus seiner Stimme gewichen und etwas anderes hätte seinen Platz eingenommen. »Das macht es nur noch schlimmer. Lass es geschehen und es wird bald vorbei sein.«

Eric konnte plötzlich in seinen Eingeweiden fühlen, wie sich das Grauen mit messerscharfen Klauen seinen Weg nach oben bahnte. Sein Puls raste und trotz der Kälte begann er zu schwitzen. In einem letzten verzweifelten Versuch warf er sich auf der klapprigen Liege hin und her, zerrte an seinen Fesseln mit aller Kraft, bis seine Haut darunter wund gescheuert war, doch es nützte nichts.

»Hör auf meine Worte und denke an das, was du am meisten fürchtest. Das, wovor du dich fürchtest, wenn du kurz vor dem Einschlafen bist. Und jetzt sag mir, Eric, siehst du sie? Kannst du sie schon sehen? Sie kommen, um dich zu erlösen. Heiße sie willkommen, Eric. HEISSE DEINE ALBTRÄUME WILLKOMMEN!«

Erics Körper erschlaffte. »Hör auf! Bitte, hör doch auf!«, wisperte er.

Aber die Stimme vor der Tür verstummte nicht. Sie redete weiter, auch als Erics Widerstand längst gebrochen war. Die Augen tränenüberströmt und weit geöffnet, starrte er in die Dunkelheit. Unfähig, sich zu wehren, verschwammen für ihn die Grenzen zwischen Traum und Wirklichkeit. Georges beschwörende Worte waren tief in seinen Verstand eingedrungen. Und als hätte jedes einzelne einen Scheinwerfer dabei, warfen sie ihr kaltes hässliches Licht auf das, was Eric am meisten fürchtete.

»Schön, dich wiederzusehen, Eric. Diesmal wird uns niemand beim Essen stören.«

Ein teuflisches Grinsen breitete sich auf den fauligen Gesichtern der Zombiepolizisten aus.

»Wir haben uns extra saubere Uniformen angezogen.«

»Wir wissen, was sich gehört.«

Die Zombies gaben ein schauerliches Lachen von sich und ein Schwall stinkender Luft strömte durch den Raum.

Eric war wieder im Stonewall Inn. Er lag festgebunden auf dem Billardtisch, geblendet von einem weißen, pulsierenden Licht und umringt von tanzenden Gestalten. Über ihm schwang der riesige Vogelkäfig wie ein Pendel hin und her, und anstatt der Band standen Annabel und Michael hinter den dicken Eisenstäben und schauten stumm auf ihn herab. Es sah aus, als ob sie weinten.

»Ihr seid nicht real. Euch gibt es gar nicht. Das muss ein Traum sein. Ich träume. Ich weiß, dass ich nur aufwachen muss.« Eric bäumte sich auf und schlug seinen Kopf ein paarmal hart auf das mit Samt bezogene Holz. Der darauffolgende Schmerz drohte seinen Schädel zu sprengen.

»Wenn du dir so sicher bist, mein kleiner schwuler Eric, wieso hast du dann solche Angst?«

Mit diesen Worten kamen die beiden Polizisten langsam auf ihn zu. Ihre Schuhe schlurften über den staubigen Beton. Erics Brustkorb fühlte sich an, als würde er zwischen den Blöcken eines Schraubstockes zerquetscht werden. Sein Herz raste und sein Mund öffnete sich zu einem stummen Schrei. Sein letzter Gedanke galt seinen Freunden.

George stand noch immer vor der Tür. Er hatte die grässlichen Schreie gehört. Doch seit ein paar Minuten war es still. Er knipste die Taschenlampe an, schloss mit zitternden Händen die Tür auf und öffnete sie langsam.

Er ließ das Licht der Lampe über den dreckigen Boden, die kahlen Wände und die Decke wandern und richtete den Strahl schließlich auf die rostige Liege in der Mitte des Raumes.

Sie war leer.

»Ich bin kein schlechter Mensch«, flüsterte George. »Ich bin kein schlechter Mensch.« Wie ein Mantra murmelte er die Worte endlos vor sich hin und verschwand mit gesenktem Kopf in den Tiefen des Kellers.

43

Fast zwei Stunden lang hatten Annabel und Michael das Haus und sogar den gesamten Keller durchsucht. Doch Eric blieb wie vom Erdboden verschwunden.

Als ihnen schließlich nur noch der Park blieb, wusste Annabel im Grunde ihres Herzens, dass sie ihn nicht mehr finden würden.

Im Dämmerlicht des frühen Abends sah der herbstliche Park vollkommen harmlos aus. Nichts erinnerte mehr an den Schrecken, den sie hier noch vor einigen Stunden erlebt hatten. Auch der Nebel hatte sich aufgelöst. Trotzdem saß Annabel die Angst im Nacken und sie wartete nur darauf, dass die Sirene ertönte und einen weiteren Angriff auf ihren Verstand ankündigte.

Nachdem sie das Haus einmal umrundet und erfolglos Erics Namen gerufen hatten, bewegten sie sich langsam die Auffahrt hinunter in Richtung Tor. Kein anderes Geräusch drang an ihre Ohren als das Knirschen ihrer eigenen Schritte auf dem weißen Kies.

Noch bevor sie das Tor erreicht hatten, konnte Annabel es fühlen. Eine Kälte, als hätte vor ihnen jemand eine riesige Kühlschranktür geöffnet.

Und als sie vor dem Tor stehen blieben, um einen Blick nach draußen zu werfen, stockte ihr endgültig der Atem. Denn anstelle der Straße und den gegenüberliegenden Häusern stand hinter dem Tor die weißgraue Wand. Der Nebel, der vor ein paar Stunden über sie hergefallen war, hatte sich nicht einfach aufgelöst, wie sie eben vermutet hatte, sondern sich nur hinter die Grundstücksgrenze zurückgezogen; als warte er auf einen stillen Befehl, um sich erneut des Parks und des Hauses zu bemächtigen. Es glich einer Belagerung.

»Wann hört das endlich auf, Michael?« Annabels Finger umklammerten die kalten Eisenstäbe des Tores. Ihre Augen und Ohren suchten nach einem winzigen Hinweis, dass außerhalb der Mauer noch etwas existierte. Es gab keinen.

Michael nahm eine Handvoll Kies und warf sie mit aller Kraft über das Tor.

Annabel horchte auf den Aufschlag der Steine, doch alles blieb still. Als hätte Michael einen Stein in einen tiefen, bodenlosen Brunnen geworfen.

»Hallo, ist da jemand? – Hört uns denn niemand?« Auch Annabels verzweifelte Rufe verloren sich im weißgrauen Nichts.

Michael öffnete die kleine Pforte auf der linken Seite. Sie quietschte. Bevor er einen Schritt nach draußen machen konnte, hielt Annabel ihn zurück. »Nein! Nicht!«

Michael sah sie lange an. Dann nickte er endlich und

schloss die Pforte wieder. »Lass uns reingehen«, sagte er leise. »Hier werden wir Eric nicht finden.«

»Legst du deinen Arm um mich?«

Annabel schmiegte sich eng an Michael, während sie zurück zum Haus gingen. Seine Schulter war der letzte Ort, an dem sie sich sicher fühlte.

»Ich hab mich noch gar nicht bei dir bedankt«, sagte Michael und drückte sie für einen Moment ganz fest an sich. »Danke.«

»Wofür bedankst du dich?«

»Dafür, dass du uns aus dem Nebel gerettet hast. Verrätst du mir, wie du es gemacht hast?«

Annabel hatte nicht das Gefühl, dass sie seinen Dank verdiente. Vielleicht, wenn sie schneller reagiert hätte, wenn sie noch schneller gelaufen wäre, vielleicht wäre Eric dann noch bei ihnen. Aber so war alles umsonst gewesen.

»Ich hab es einfach gesehen«, sagte sie schließlich müde. »Nicht, wie ich dich jetzt sehe. Aber es ist, als hätte ich eine Art Karte im Kopf. Ich wusste genau, wo ich war und wohin ich wollte. Ich wusste, wie viele Schritte es bis zum Seerosenteich waren und welchen Büschen und Bänken ich ausweichen musste. Ich wusste sogar, in welchem Winkel ich die Brücke anlaufen musste.«

Vor den Parkplätzen blieb Michael stehen und sah sie verwirrt an. »Ich glaube, ich kapier's immer noch nicht.«

»Ich weiß nicht, wie ich es dir besser erklären soll. Ich zähle, verstehst du?« Es war das erste Mal, dass sie mit jemandem außer Dr. Parker darüber sprach. »Und ich merke mir bestimmte Dinge wie die Anordnung der Bäume und...«

»Du zählst also.«

»Ja. Ich zähle zum Beispiel meine Schritte. Nicht immer,

und wenn, geschieht es ganz automatisch. Ich weiß nicht, wieso. Früher hab ich es manchmal sogar laut gemacht, aber inzwischen ...« Sie brach ab. »Ich bin verrückt, oder?«

»Nein, nicht verrückt, Anna«, sagte Michael und sie spürte die Zärtlichkeit in seinem Blick. »Nur unglaublich zauberhaft.«

Sie hörten die Stimme schon im Treppenhaus und zuckten im ersten Moment zusammen. Sie klang laut, verzerrt und blechern und gehörte eindeutig nicht Eric. Doch als sie den ersten Stock erreichten und endlich verstehen konnten, was die Stimme sagte, war das Geheimnis ihrer Herkunft schnell gelüftet. Es war das Radio, das im Kabuff des Wachmannes stand.

Es existierte also noch immer eine Welt hinter der Mauer und hinter dem Nebel, dachte Annabel. Leider sah es für sie so aus, als gehörten sie nicht länger dazu.

Nachdem dieser Schreck überwunden war, verschwendete sie kaum einen Gedanken daran, wer das Radio eingeschaltet hatte. Dafür war einfach schon zu viel passiert. Und auch Michael sah sie nur kurz an und hob ratlos die Schultern. Doch als sie es ausmachen wollte, weil sie die Nachrichten über die Mondmission nicht mehr ertrug, hielt er sie davon ab.

»Warte noch. Wir müssen uns das anhören. Das Radio ist doch sicher nicht zufällig angegangen.«

Annabel lehnte sich gegenüber vom Kabuff an die Wand, schaute zu Boden und lauschte nur widerwillig der aufdringlichen Stimme des Sprechers.

»Ja, meine lieben Hörer und Hörerinnen, wie wir soeben erfahren haben, verläuft die Rückkehr der Astronauten wie geplant. Drücken wir also gemeinsam die Daumen, dass

die Besatzung von Apollo 11 morgen am frühen Abend mit der Kommandokapsel wie vorgesehen im Pazifischen Ozean wassern wird. Morgen, am Donnerstag, dem vierundzwanzigsten Juli 1969, wird die ganze Welt die Rückkehr von drei mutigen Männern feiern, die...«

Michael schaltete das Radio aus. »Morgen«, sagte er leise. »Es wird schon morgen geschehen.«

Annabel schloss die Augen und ließ sich langsam an der Wand auf den Boden sacken. Das Ultimatum.

Sie hatten noch kein Wort über das Spektakel am Himmel verloren. Schon gar nicht über die Konsequenzen, die es für sie bedeutete. Die Suche nach Eric war wichtiger gewesen.

Sie holte schweigend die Botschaft aus dem Steinmond aus ihrer Tasche und las erneut den Text. Dann gab sie Michael das Stück Papier.

»Wenn das Ende naht, ist der Schlüssel nur ein Spiel. Noch ein Tag«, las er, setzte sich neben Annabel auf den Boden und zerknüllte das Papier zwischen seinen Fingern.

Nicht mehr drei Tage. Nur noch ein Tag! Die Botschaft hatte sich den Ereignissen angepasst. Und das bedeutete, ihnen blieben kaum mehr als vierundzwanzig Stunden.

Michael stand auf und zog auch Annabel auf die Beine. Dann gingen sie gemeinsam hinüber in den Aufenthaltsraum. Annabel fühlte sich so erschöpft, als hätte sie drei Tage lang nicht mehr geschlafen. Wie spät war es eigentlich? Sie hatte jedes Zeitgefühl verloren.

Sie ließen sich jeder auf einen der schäbigen Stühle fallen und starrten vor sich hin.

Annabel brauchte Michael nur anzusehen, um zu wissen, dass auch er an Eric dachte und an das, was mit ihm geschehen sein mochte. Der Gedanke, dass sie ihn hier in diesem Raum geküsst hatte, lastete wie ein zentnerschwerer Stein auf ihr. Es war ein Abschiedskuss gewesen. Aber warum hatten sie nur ihn geholt? War es Teil ihres perversen Plans, dass sie sich einen nach dem anderen schnappten, damit die Übriggebliebenen noch genug Zeit hatten, um ihre Freunde zu trauern, zu leiden und sich zu Tode zu ängstigen?

Irgendwann wanderte ihr Blick hoch zu den Buntglasfenstern, hin zu der Stelle, die ihr vor ein paar Tagen so einen Schreck eingejagt hatte. Sie erkannte sofort, dass sich etwas verändert hatte, stand auf und stellte sich vor das Fenster. »Michael, sieh dir das an!«

Michael kam etwas schwerfällig auf die Beine und trottete zur ihr hinüber.

»Siehst du das?«, fragte sie und deutete auf die Stelle, wo eigentlich der See und das Haus aus Willowsend hätten sein sollen. Doch stattdessen zeigte ihnen das Fenster nun die Anstalt und den Park sowie die erschreckend echt aussehenden Abbilder von ihr selbst, Michael und George im Zentrum des Bildes.

»Warum ist George noch auf dem Fenster und Eric nicht?«, flüsterte Annabel.

»Wo Licht und Farben zu Geschichten werden«, sagte Michael. Sein Blick ging ins Leere.

»Das ist schön. Von wem ist das?«

»Ich weiß nicht.« Michaels Stimme klang auf einmal ganz heiser. Und als Annabel ihn ansah, strich er ihr unerwartet und zärtlich über die Wange. »Ich weiß es nicht.«

Sechster Teil des Interviews

FINNAGAN: »Nicholas, Sie erwähnten, wie schwer es gewesen war, einige der Wunschkandidaten für Ihr wissenschaftliches Team zu rekrutieren. Gab es ähnliche Probleme, als es darum ging, Investoren für Ihr Projekt zu gewinnen?«
HILL: »Leicht war es nicht. Wir sind durch die ganze Welt gereist, auf der Suche nach seriösen finanzkräftigen Investoren. Wir stellten ihnen unser Projekt vor und demonstrierten, wozu wir damals schon in der Lage waren. Und wir erklärten ihnen, was wir in wenigen Jahren noch erreichen könnten, wenn wir die entsprechenden Mittel zur Verfügung hätten. Gleichzeitig präsentierten wir ein Geschäftsmodell, das ihre Investitionen auf unkomplizierte Weise vervielfachen würde. Und wir hatten Erfolg damit. Mit dem Geld haben wir die Forschung und natürlich die Entwicklung von REMEMBER finanziert. Als wir so weit waren, sind wir an die Öffentlichkeit gegangen. Wir haben Werbezeit verkauft und schließlich unsere Webseite mit dem Livestream ins Netz gestellt. – Und ob Sie es glauben oder nicht, diese simple Geschäftsidee war ziemlich erfolgreich.«
FINNAGAN: »Wenn ich das kurz ergänzen darf? Unseren Quellen nach wurde schon im Vorfeld Werbezeit versteigert. Bereits da sollen gigantische Summen geflossen sein. Aber als die Sache lief und jedem klar wurde, womit wir es zu tun haben, schossen die Preise für Werbeminuten ins Unermessliche. Und die Unternehmen waren bereit zu zahlen. Was nicht verwundert bei einer durchschnittlichen Einschaltquote von mehreren Milliarden Zuschauern weltweit. Sie und Nathan zählen mittlerweile zu den reichsten Männern Englands. Es heißt, Sie hät-

ten bereits mehrere hundert Millionen Pfund verdient. Es ist inzwischen sogar von einer Milliarde die Rede. Was werden Sie mit dem vielen Geld anstellen, das Sie verdient haben?«

HILL: »Eine Milliarde? Da wissen Sie aber mehr als ich. – Laura, Sie dürfen nicht vergessen, dass es uns in erster Linie um die Weiterführung der Hirnforschung geht. Die verschlingt wirklich eine Menge. Und natürlich wollen auch unsere Investoren ihren Anteil. Sollte am Ende aber doch noch ein bisschen Kleingeld übrig bleiben, so haben Nathan und ich uns entschlossen, ein oder zwei kleinere Länder zu kaufen. Etwas Hübsches mit Seeblick, vielleicht. Frankreich soll sehr schön sein, hab ich mir sagen lassen.«

FINNAGAN: »Sie verdanken Ihren finanziellen Erfolg nicht zuletzt dem unglaublichen Zuschauerinteresse. Milliarden Menschen vor den Bildschirmen und auf öffentlichen Plätzen mit riesigen Videoleinwänden haben REMEMBER verfolgt. Ist das, was wir gesehen haben, die Zukunft des Fernsehens? Die Zukunft des Reality-TVs?«

HILL: »Das Fernsehen hat mit dieser Sache nichts zu tun. Und bitte vergleichen Sie REMEMBER nicht mit den sogenannten Reality-TV-Shows. Das wäre eine Beleidigung. Es handelt sich hier nicht um die Produktion irgendeines TV-Senders. Obwohl ich weiß, dass jeder Medienmogul dieser Welt sich wünscht, er hätte die Rechte daran. Ich denke, wir alle wissen, was passieren würde, wenn solche Leute derartige Möglichkeiten zur Verfügung hätten. Hoffen wir also, dass es niemals so weit kommt.«

FINNAGAN: »Wie ich hörte, wird Hillhouse seine Forschungen im Bereich der degenerativen Hirnerkrankungen fortsetzen. Und Sie kündigten auf der Pressekonferenz an, dass neue Forschungszweige und neue Disziplinen dazukommen werden. All das kostet natürlich viel Geld. – Und Sie denken ernsthaft

über eine Zerstörung Ihrer Gelddruckmaschine nach? Immerhin könnten Sie mit der weiteren Nutzung Ihrer Technologie die Zukunft von Hillhouse für die nächsten hundert Jahre sichern.«
HILL: »Verlockend, nicht wahr? Und ich wäre nicht sehr glaubwürdig, wenn ich behauptete, es wäre anders. Aber haben Sie Verständnis dafür, dass ich zu diesem Zeitpunkt noch nichts Konkretes sagen kann.«
FINNAGAN: »Verstehe... nun, dann möchte ich noch einmal auf den Zeitraum zurückkommen, den Sie für das Spiel gewählt haben. Einige Verschwörungstheoretiker sehen dies als eine offene Anspielung auf das weit verbreitete Gerücht, dass auch die erste Mondlandung bereits eine Fälschung gewesen sei.«
HILL: »Nein. Das war keineswegs unsere Absicht. Unserem Team ging es einzig und allein darum, deutlich zu machen, dass unser Fortschritt in der Hirnforschung sehr wohl vergleichbar ist mit dem ersten Schritt eines Menschen auf dem Mond. Für die Interpretationen paranoider Zeitgenossen sind wir nicht verantwortlich. Und zu den spannenden Gerüchten über eine angeblich simulierte Mondlandung kann ich auch nicht viel sagen. Ich möchte aber in diesem Zusammenhang auf die kommende Marsmission verweisen. Hier würde es sich vielleicht lohnen, mal etwas genauer hinzuschauen. Aber bisher hat uns die NASA noch nicht um eine Zusammenarbeit gebeten.«
FINNAGAN: »Nicholas, ich bitte Sie, meine nächste Frage nicht misszuverstehen. Aber wenn wir von Fälschungen und Verschwörungstheorien sprechen, drängt sich dieser Gedanke geradezu auf. Wer sagt uns, dass das, was wir gesehen haben, nichts weiter war als ein cleverer Schwindel? Vielleicht war der sogenannte Livestream nur ein vorab gedrehter Film mit Spezialeffekten.«
HILL: »Eine berechtigte Frage und eine gute noch dazu. Denn hundertprozentig sicher können Sie sich nicht sein. Ich schlage

vor, Sie rufen morgen mal bei uns in Hillhouse an und warten, ob einer abnimmt. Falls nicht, besteht in der Tat die Möglichkeit, dass das Ganze nur ein raffinierter Schwindel gewesen ist und wir uns mit dem ganzen Geld aus dem Staub gemacht haben.«

FINNAGAN: »Das wäre auf jeden Fall eine Wendung, über die man noch lange reden würde.«

HILL: »Ja, ein raffiniertes Ende, wenn es sich um ein Buch handelte. Aber würde so was auch im richtigen Leben funktionieren?«

FINNAGAN: »Nicholas, mir fiel bereits in Ihrer Pressekonferenz auf, dass Sie nur selten das Wort Spiel benutzen. Und ich muss gestehen, auch ich finde, dass es so viel mehr ist als das.«

HILL: »Ja, nicht wahr? Und es freut mich, dass Sie das ansprechen. Mir persönlich gefiel die Bezeichnung Spiel von Anfang an nicht. Geschichte trifft es eher.«

FINNAGAN: »Wenn man es als Geschichte betrachtet, welche Rolle hat dann Ihr Team? Sind Sie die Erzähler?«

HILL: »Nein. Wir haben nur die Rahmenbedingungen geschaffen. Und wir lieferten quasi Papier und Bleistift, damit die Geschichte aufgeschrieben und von anderen gelesen werden konnte.«

FINNAGAN: »Papier und Bleistift?«

HILL: »Nun ja, eine sehr moderne Form davon.«

FINNAGAN: »Bevor wir zu den … Protagonisten der Geschichte kommen, wollen wir den Zuschauern noch zwei weitere Bilder aus Ihrem Institut zeigen. Nicholas, wären Sie so freundlich, uns zu erklären, was wir hier sehen?«

HILL: »Gerne. Der blau gekachelte Raum, der ein wenig an einen OP-Saal erinnert, ist das sogenannte Aquarium. Die riesigen Schwenkarme, die von der Decke hängen, tragen Monitore und Geräte zur Messung aller nur erdenklichen Vitalparameter. Und die vier sternförmig angeordneten, schwarz glänzenden Objekte in der Mitte sind unsere Tanks.«

FINNAGAN: »Wieso Aquarium?«
HILL: »Die Erklärung dafür finden Sie auf dem zweiten Foto.«
FINNAGAN: »Ah, ja... hier sehen wir, wie die Tanks sich verändert haben. Sie sind transparent geworden. Jetzt sieht man auch das Wasser darin. Verstehe. Deshalb Aquarium.«
HILL: »Genau. Diesen chamäleonartigen Effekt verdanken die Tanks übrigens einer elektrotransparenten Folie. Ein Tastendruck – und sie ist entweder transparent oder schwarz. Das Geflecht aus Leitungen, Sensoren und Mikroprozessoren ist nur im transparenten Modus sichtbar.«
FINNAGAN: »Und die Tanks sind mit JANUS verbunden?«
HILL: »Ja.«
FINNAGAN: »Und wie erfolgte die Versorgung?«
HILL: »Es gibt Anschlüsse für intravenöse Ernährung, Katheter, Sauerstoffzufuhr und noch viele andere Dinge. Wir setzten außerdem gezielte Elektrostimulation zum Erhalt der Muskelkraft ein. Dies verbesserte auch die Durchblutung und minimierte das Risiko einer Thrombose aufgrund der Bewegungslosigkeit. Durch die Wasserlagerung bestand zudem nicht die Gefahr des Wundliegens. – Und, Laura, wie ist es, wenn man hinter die Kulissen eines Traums sieht?«
FINNAGAN: »Es ist... erschreckend realistisch.«
HILL: »Ja. Irgendwie eigenartig, wenn aus der Zukunft plötzlich Gegenwart wird. Wenn Dinge, die wir bisher nur aus Filmen kannten, Realität werden. Unser Team hatte das Glück, sich langsam daran gewöhnen zu können. Sie und alle anderen hatten das nicht.«
FINNAGAN: »Haben Sie sich wirklich schon daran gewöhnt?«
HILL: »Ehrlich gesagt, nein. Es ist für mich noch immer wie ein Wunder. Und eigentlich bin ich froh darüber. Wäre ich Wissenschaftler wie Nathan, würde ich die Dinge sicher nüchterner betrachten. Und einiges von dem Zauber würde verloren gehen.«

FINNAGAN: »Ein Projekt wie dieses birgt sicher auch gewisse Risiken. Bestand für die Spieler jemals eine Gefahr?«
HILL: »Nein. Zu keiner Zeit. Lassen Sie mich Ihnen und den Zuschauern kurz laienhaft erklären, was während einer Simulation geschieht: Die Simulation täuscht dem Gehirn eine Realität vor, aber diese Täuschung ist nicht hundertprozentig perfekt. Das Gehirn merkt aus verschiedenen Gründen, dass alle Sinneseindrücke nur simuliert sind. Doch weil es äußerst anpassungsfähig ist, stellt es sich auf die neue Situation ein und reagiert nach kürzester Zeit wie gewohnt. Die Person in der Simulation bemerkt keinen Unterschied mehr zum normalen Leben. Sie ist wach, sie denkt, sie spricht, sie isst, sie schläft, sie kann sogar träumen.«
FINNAGAN: »Aber wer entscheidet nun darüber, was der Zuschauer auf dem Bildschirm sieht, wenn es sich bei allem, was wir sehen und hören, um Gedanken handelt?«
HILL: »Dies erledigt eine komplizierte Software, die sozusagen gelernt hat, innerhalb der Gedankenwelt zwischen dem gesprochenen Wort, stillen Gedanken, Träumen und so weiter zu unterschieden. Dieses Filtersystem sorgt dafür, dass bestimmte Gedanken sichtbar oder hörbar werden, andere hingegen nicht.«
FINNAGAN: »Verstehe. Und die Spieler befinden sich während der Simulation in einer Art Koma?«
HILL: »Nein, es ist alles andere als ein Koma. Möglich wird das Ganze durch einen besonderen Bewusstseinszustand. Diesen erreichen wir durch die Stimulierung einer bestimmten Hirnregion. Das Gehirn wird auf diese Weise veranlasst, einen speziellen körpereigenen Stoff zu produzieren. Wir benutzen also die eigene Gehirnchemie eines Menschen, um ihn in diesen Zustand zu versetzen.«
FINNAGAN: »Klingt für mich nach einer körpereigenen Droge.«
HILL: »Im weitesten Sinne. Doch dieser Vorgang ist völlig unge-

fährlich und es gibt keinerlei Nebenwirkungen. Und Sie dürfen nicht vergessen, dass die Spieler rund um die Uhr unter der besten medizinischen Überwachung standen, die man sich denken kann. Wenn Sie sich im realen Leben aufregen oder schlecht träumen, haben Sie in den seltensten Fällen ein Team aus international renommierten Spezialisten an Ihrer Seite, die sich um Sie kümmern. Sie sehen also, wir haben alles getan, um jedes erdenkliche Risiko auszuschließen.«

Das Ende

44

Annabel erwachte im hellen Tageslicht und sie erlebte einen kurzen und kostbaren Moment des Glücks, als ihr Blick auf Michaels Gesicht im Bett gegenüber fiel. Leider wurde das Kribbeln in ihrem Bauch viel zu schnell von düsteren Gedanken verdrängt, die die ganze Nacht wie schwarz gekleidete Diebe und Mörder neben ihrem Bett gelauert und nur darauf gewartet hatten, dass sie wieder die Augen öffnete. *Du bist immer noch in der Anstalt,* wisperten sie und lachten ihr dabei ins Gesicht. *Eric haben wir schon. Heute seid ihr dran.*

Michael stöhnte leise im Schlaf, aber er wachte nicht auf. Die Anstrengungen der letzten Tage hatten deutliche Spuren bei ihm hinterlassen. Und ein kurzer Blick in den Spiegel hatte ihr gestern enthüllt, dass sie nicht besser aussah.

Annabel ertappte sich bei dem Gedanken, dass sie für Michael gern hübsch aussehen wollte.

Noch einmal versuchte sie, die Erinnerungen an die gestrige Nacht zurückzuholen. Michael hatte Kerzen im Schwesternzimmer gefunden und sie hatten den Kamin angezündet. Nach einem holprigen Anfang war es sogar noch richtig romantisch geworden. Und obwohl Erics Verschwinden und ihr Kummer darüber wie ein dunkler Schatten über dem Abend gelegen hatten, waren sie sich so nahe gekommen wie nie zuvor. Annabel bekam Herzklopfen, wenn sie daran dachte.

Sie schlug die Bettdecke zurück und stieg vorsichtig aus dem Bett, um Michael nicht zu wecken. Sofort spürte sie, wie die Kälte sie umfing. Bereits in der Nacht hatte sie Schuhe und Mantel anbehalten müssen, um überhaupt einschlafen zu können. Dann bemerkte sie etwas Weißes auf den Rahmen und Sprossen der Fenster.

Es hatte geschneit.

Sofort wurden Erinnerungen wach an den Moment, als sie die Bibliothek verlassen hatten und ihnen der kalte Herbstwind um die Ohren gefegt war. Das war vor zwei Tagen gewesen. Und es hatte ihr eine Heidenangst eingejagt. Nun stand sie am Fenster, weit weniger ängstlich, und empfand fast so etwas wie ein kindliches Vergnügen; egal wie unheimlich oder unmöglich es auch sein mochte. Selbst der Nebel, der weiterhin das Grundstück umgab, war ihr nicht mehr als ein Kopfschütteln wert.

Vielleicht ist das das Geheimnis, dachte Annabel. Die Dinge so zu sehen und zu akzeptieren wie ein Kind. Ohne zu fragen, ob es überhaupt sein kann.

Sie wurde ein bisschen melancholisch, als ihr klar wurde, dass sie schon lange kein Kind mehr war und dass es ihr schwerfiel, die Welt mit Kinderaugen zu betrachten. Wenn man einmal hinter die Fassade der Dinge geblickt hatte, das wurde ihr schmerzlich bewusst, gab es meist kein Zurück mehr. Aber vielleicht kann man es ja wieder lernen, dachte Annabel. Was spielte es schon für eine Rolle, woher der Schnee kam? Solange er weiß und kalt war und man einen Schneemann mit ihm bauen konnte.

Sie schaute Michael noch einen Moment beim Schlafen zu, dann hatte sie eine Idee.

Wenn sie im Kamin ein wenig Wasser heiß machen würde, könnte sie mit dem Kaffeepulver, das sie gestern in der Küche gesehen hatte, und dem restlichen Weißbrot vielleicht ein mageres Frühstück zaubern. Michael würde sich darüber bestimmt freuen.

Sie verließ auf leisen Sohlen den Aufenthaltsraum und machte sich schnell auf den Weg nach unten. Und weil sie sich nur ungern alleine in diesen Gemäuern bewegte, rannte sie.

Im Erdgeschoss verlangsamte sie ihr Tempo, als ihr auffiel, dass die Tür zur Treppe, die hinunter in die Küche führte, offen war. Und als sie kurz darauf ein Klappern hörte, blieb sie abrupt stehen.

Irgendjemand war in der Küche und durchsuchte Schubladen und Schränke. Aber das ergab für sie keinen Sinn. Wer immer hinter dieser ganzen Sache steckte, würde mit Sicherheit keine Schubladen durchwühlen.

Annabel schlich sich weiter an, blieb oben an der Treppe stehen und lauschte. Unten war plötzlich alles still.

Sie nahm ein paar Stufen, leise, ganz leise und blieb wieder stehen.

Sie überlegte, zu Michael zurückzurennen, als ein schrecklicher Gedanke in ihr aufkeimte. Vielleicht war das Eric da unten. Vielleicht war er verletzt und irrte seit gestern orientierungslos im Haus umher.

Ja, ganz bestimmt, denn derjenige, der dort unten war, hatte sich keine Mühe gegeben, leise zu sein. Sie konnte jetzt unmöglich feige davonlaufen und riskieren, ihn noch einmal zu verlieren.

Sie nahm die letzten Stufen und schaute vorsichtig um die Ecke. Zwei lange Reihen schmaler Fenster ließen genug Tageslicht in die Küche, was die Situation zumindest etwas weniger unheimlich machte. Trotzdem fing ihr Puls an zu rasen, als sie ein leises Stöhnen hörte. »Eric, bist du das?«, fragte sie zaghaft und war mit einem Fuß bereits auf der Treppe.

Begleitet von einem weiteren und heftigeren Stöhnen tauchte plötzlich ein brauner, strähniger Haarschopf hinter einer großen Fritteuse auf.

»George?«

Das Aufrichten schien ihm Schmerzen zu bereiten und er hatte die Arme um den Körper geschlungen und zitterte. Er trug immer noch seine Sommerklamotten.

»Mein Gott, George!« Annabel eilte sofort zu ihm.

George lehnte jetzt an einem Metalltresen und rieb sich mit schmerzverzerrtem Gesicht das rechte Knie.

»Hast du dich verletzt?«, fragte Annabel. Schnell griff sie nach einem Hocker, der vor einem breiten Spülbecken stand, und schob ihn George hin.

»Danke«, sagte George und setzte sich. Er stöhnte wieder auf, als er sein rechtes Bein ausstreckte. »Ist schon okay. Ich hab mir das Knie verdreht, fürchte ich.«

»Wo warst du, George? Wir haben uns solche Sorgen um dich gemacht. Und wieso bist du hier?«

»Das ist eine lange Geschichte«, sagte George und an seinem Gesicht sah Annabel, dass es keine schöne Geschichte war.

Und dann fing er an zu erzählen. Er sprach von Männern im Zug, die ihn gefangen genommen hatten, einer Flucht von einer Tankstelle und seinem verzweifelten Weg hierher.

»Und dann bin ich draußen durch die Siedlung gelaufen«, endete George, »und von einer kleinen Mauer gesprungen. Dabei hab ich mir das Knie verdreht. Ich konnte mich gerade noch hier reinschleppen.«

»Mensch, George, du hattest unheimliches Glück.«

»Ja. Und ich hatte ja keine Ahnung, dass ihr auch hier seid. Ihr... ihr seid doch alle hier, oder? Wo sind Michael und Eric?«

»Michael ist oben. Und Eric ist...« Annabel sah George an und dachte, dass sie sonst etwas darum gegeben hätte, wenn sie nicht ihn, sondern Eric hier gefunden hätte. Im selben Moment schämte sie sich dafür. »Eric ist gestern verschwunden. Wir wissen nicht, wo er ist.«

»Vielleicht haben sie ihn geschnappt«, sagte George und sah zu Boden. »Wer immer sie sind...«

Annabel sah George an und hatte plötzlich das komische Gefühl, dass an der Geschichte etwas faul war. »Warum bist du ausgerechnet zurück zur Anstalt gelaufen?«, fragte sie und schaute ihn misstrauisch an.

George stöhnte erneut und rutschte auf dem Stuhl hin und her. »Genau, das wollte ich noch erzählen. Ich hab die Männer belauscht, weißt du? Im Auto. Sie haben ein paarmal die Anstalt erwähnt und gesagt, dass hier alles seinen Ursprung hat.«

»Seinen Ursprung?«

»Ja, genau das haben sie gesagt. Ich weiß auch nicht, was das bedeutet. Habt ihr inzwischen etwas herausgefunden?«

Annabel sah George an. Er sah verfroren und verängstigt aus. Aber irgendetwas stimmte immer noch nicht. Und dann fiel es ihr ein. Der Nebel!

»Wie bist du durch den verdammten Nebel gekommen? Dahinter ist doch nichts mehr.«

»Nebel?« George sah sie an, als hätte er dieses Wort gerade zum ersten Mal in seinem Leben gehört. »Was für ein Nebel? Wovon sprichst du?«

»Da draußen hinter der Mauer ist eine Nebelwand. Du... du musst sie doch gesehen haben.«

»Anna, ich schwör dir, hinter der Mauer ist kein Nebel. Ist wirklich alles in Ordnung mit dir? Du siehst blass aus. Willst du ein Glas Wasser?«

»Hör auf! Ich will kein scheiß Wasser! Ich glaub dir kein Wort. Da draußen ist eine Nebelwand. Sie belagert uns, verstehst du? Und als wir gestern nach Eric gesucht haben, da war hinter dieser Wand gar nichts. Es gab nur noch uns. Die Welt...«

Annabel sprach nicht weiter. Plötzlich verdorrten die Worte in ihrem Mund und sie vergrub die Hände in ihren Haaren und starrte zu Boden. Wie konnte sie an ihm zweifeln und gleichzeitig erwarten, dass er ihrem wirren Gefasel von einem bösartigen Nebel Glauben schenkte? Vielleicht hatte er tatsächlich keinen Nebel gesehen. Vielleicht gab es überhaupt keinen Nebel. Vielleicht...

»Hör mal, Anna, ich denke, es ist besser, wir gehen hoch zu Michael. Okay?« George stützte sich auf der Arbeitsplatte des Tresens auf und stemmte sich mühsam auf die Beine. »Wir sollten oben weiterreden. Außerdem ist mir kalt. Ich brauche dringend was Warmes zum Anziehen.«

Annabel nickte ihm zu. George sah wirklich erbärmlich aus in seinem dünnen Hemd.

»Ach, Anna«, sagte George und deutete gleichzeitig auf eine breite Schranktür über Annabels Kopf. »Ich hab da oben vorhin eine Tüte mit Nüssen entdeckt. Komm da aber schlecht ran.« Er rieb sich das Knie. »Ich hab wirklich furchtbaren Hunger.«

»Ja, klar«, sagte Annabel und da fiel ihr auch wieder der Kaffee ein, wegen dem sie eigentlich hergekommen war. Sie drehte George den Rücken zu und musste sich auf die Zehenspitzen stellen, um die Schranktür zu öffnen.

Ihr blieb fast das Herz stehen und ein spitzer Schrei entwich ihrer Kehle, als die Tür aufschwang und ihr ein großes dunkles Knäuel entgegenfiel.

»Würdest du mir glauben, dass ich diesen Mantel noch nie gesehen habe?«, fragte George kalt und fand es an der Zeit, die Rolle vom hilflosen kleinen Jungen aufzugeben. »Nein, wahrscheinlich nicht. Dreh dich nicht um! Was du da spürst, ist ein Messer. Und es ist sehr spitz und scharf. Und jetzt gib mir den Mantel! Es ist wirklich scheißkalt geworden.«

Er legte sich Erics Mantel um die Schultern, während er die Klinge eines langen Küchenmessers gegen Annabels Hüfte drückte. Das war schon das zweite Mal, dass er sich wegen einem von ihnen den Hintern abfror.

»Was hast du mit Eric gemacht?«, fragte Annabel und George hörte, wie sehr sie sich bemühte, ihre Wut zu unterdrücken. Und ihm war klar, dass er die kleine Wildkatze auf keinen Fall unterschätzen durfte.

»Ich? Ich habe gar nichts gemacht. Wir haben nur ein wenig geplaudert. Eric ist... ihm geht's... den Umständen entsprechend, würde ich sagen. Wenn du mir versprichst, dich ruhig zu verhalten, bringe ich dich zu ihm.«

»Und wenn nicht?«

George verstärkte den Druck des Messers. Er konnte sehen, wie die Klinge leicht in den festen Wollstoff eindrang.

»Ich will dir nicht wehtun, Anna. Es sei denn, du zwingst mich dazu. Und jetzt geh.«

»Wohin?«

»Wir bleiben im Keller. Das Licht wird dir den Weg weisen. Und halt die Klappe. Ich muss ein wenig nachdenken.«

George holte seine Stablampe aus einer Schublade, presste sie ihr gegen den Hals und krallte seine Finger dabei in den Kragen ihres Mantels. Sie verließen die Küche und mit etwas Druck seiner Hand, einem leichten Schwenken der Lampe und wenigen kurzen Kommandos dirigierte er sie durch das Kellerlabyrinth.

Das hier war nicht geplant gewesen, dachte George, während sie scheinbar wahllos den schmalen Gängen folgten, vorbei an unzähligen Türen und verborgenen Nischen. Er hatte tatsächlich nur etwas zu essen gesucht und wollte später darüber nachdenken, wie er die beiden loswerden könnte. Doch ihm war schnell klar geworden, dass er diese einmalige Chance nicht ungenutzt lassen durfte. Schon gar nicht jetzt, wo der verdammte Zeitsprung alles durcheinandergebracht hatte. Und Annabel hatte ihm gerade eindrucksvoll bewiesen, wie labil sie war. Nur ein kleiner Stoß – und ihr Verstand würde völlig aus den Gleisen springen.

»Bleib stehen!«, befahl er schließlich und war ein wenig erleichtert, dass er den Raum auf Anhieb wiedergefunden hatte. Einige Male hatte er sich gefragt, ob er nicht an der einen oder anderen Abzweigung falsch abgebogen war. »Die Tür vor dir. Öffnen!«

»Wo ist Eric?« George registrierte mit Genugtuung Annabels Angst, die in ihrer Stimme mitschwang.

»Eric ist hinter dieser Tür. Er wird sich bestimmt freuen, dass er Gesellschaft bekommt. Also mach schon! Zuerst den Schlüssel.«

Annabel drehte den Schlüssel, was ein knarziges, metallisches Kratzen erzeugte. Dann zog sie die schwere Eisentür auf und der Schein der Lampe fiel kurz auf eine alte, rostige Liege.

»Eric?«, fragte Annabel in den Raum hinein. Da versetzte

George ihr einen so heftigen Stoß gegen den Rücken, dass sie vorwärtsstolperte und zu Boden fiel.

»Mach's dir gemütlich«, sagte George und warf die Tür ins Schloss. Ein lautes Dröhnen hallte durch den Keller. Als es verklungen war, knipste er die Taschenlampe aus.

Annabel rappelte sich sofort wieder auf die Beine. Und abgesehen von ein paar leichten Abschürfungen an den Handflächen war sie unversehrt. Der feste Mantel hatte Schlimmeres verhindert. Aber wo war die Tür? In ihrer Panik hatte sie die Orientierung verloren. Langsam tastete sie sich in der Finsternis vorwärts und musste sich zwingen, nicht laut aufzuschreien. Sie durfte jetzt auf keinen Fall die Nerven verlieren. Nicht, wenn sie hier wieder rauskommen wollte.

Und auf einmal hörte sie Georges Stimme.

»Vermisst du eigentlich den kleinen Eric?«, fragte George.

Annabel konnte das überhebliche Grinsen in seiner Stimme hören. «Was hast du mit ihm gemacht?«, schrie sie und ihr wurde klar, dass sie im Moment absolut keine Kontrolle über ihre Nerven hatte.

»Ich habe nur getan, was man mir aufgetragen hat. Sie haben mir gesagt, was ich tun soll, damit ich verschont bliebe. Und du solltest dir jetzt lieber mehr Gedanken um dich als um Eric machen.«

»Wer hat dir das gesagt? Was solltest du tun? Wo ist Eric? Und wer sind die?« Annabels Herz schlug wie wild. Die ausgestreckten Hände suchten Halt und fanden den rauen Putz einer Wand.

»Ach, Anna. So viele Fragen. Hast du es denn noch immer nicht begriffen? Michael wusste von Anfang an, was mit uns passiert ist. Aber niemand wollte es wahrhaben.«

»Du lügst!«, brüllte Annabel. Sie zitterte vor Angst und Wut. »Du bist ein verdammter Lügner!« *Ich will hier sofort raus,* schrie alles in ihr und kalter Schweiß lief ihr den Rücken hinab. In ihrem Kopf drehte sich alles.

»Warum sollte ich jetzt noch lügen? Was hätte ich davon?«

Sie waren tot? Wollte er das damit sagen?

Annabel fiel es schwer, sich auf den Beinen zu halten. War das die endgültige Antwort? Ja, sie hatten darüber nachgedacht und diskutiert. Von Anfang an spukte diese Möglichkeit in ihren Köpfen herum. Wie ein Virus war der Gedanke von Michael auf alle anderen übergesprungen und immer wieder ausgebrochen. Gott, Teufel und das Spiel um ihre Seelen – es erklärte einfach alles. Noch gestern, im Park vor der London Library, hatte sie allen mit dieser Theorie einen Schrecken eingejagt. Und wie immer hatten sie sich abgewandt vor dem, was nicht sein konnte, weil es nicht sein durfte. Sie hatten einander sogar versprochen, nie wieder darüber zu reden.

Erst jetzt, in diesem dunklen Verlies, wurde ihr bewusst, dass sie die ganze Zeit die Augen verschlossen hatte vor der Wahrheit. Sie war blind gewesen. Genauso blind wie in diesem Augenblick. Vielleicht wurde es Zeit, es zu akzeptieren, dachte sie und fiel erschöpft und gepeinigt vom Schwindel auf die Knie. Sie wollte nicht mehr kämpfen. Sie wollte, dass es vorbei war. Mutlos ließ sie den Kopf nach vorn fallen, ihre Arme hingen schlaff an ihr herab. Es war, als würden die letzten Reste an Kraft und Hoffnung aus ihr herausfließen und im steinigen Boden versickern.

»Ein Leben nach dem Tod, Anna. Ist das nicht großartig? Vielleicht ist es ja nicht so, wie du es dir vorgestellt hast.« George lachte. »Aber war das Leben jemals so, wie du es dir vorgestellt hast, Anna? – Nein, nicht wahr? Warum also sollte der Tod anders sein?«

»Wo sind wir?« Annabels Stimme klang wie die eines kleinen Kindes, das sich verlaufen hatte.

»Anna, du enttäuschst mich. Was glaubst du, wo du bist?«

Annabel brachte keinen Ton heraus.

»Dies ist eine Pforte zur Hölle, Annabel. Und meine Aufgabe ist es, diese Pforte für dich zu öffnen.«

Annabel versuchte, die Stimme aus dem Kopf zu verdrängen, aber sie schaffte es nicht.

Es war eine Sache zu vermuten, dass hinter der Maske eines Menschen etwas Böses schlummerte, eine andere, diese Maske wirklich fallen zu sehen. Und obwohl sie inzwischen ahnte, dass George sie von Anfang an belogen hatte, konnte sie nicht begreifen, wie er zu so etwas fähig sein konnte.

Annabel hörte einen merkwürdigen Laut, wie das Jammern einer Katze, bis ihr bewusst wurde, dass es ihr eigenes Schluchzen war.

»Deine Angst vor der Dunkelheit war nichts anderes als deine Angst vor der Hölle.« Die Stimme vor der Tür ließ nicht von ihr ab. »Denn in der Hölle ist es nicht hell und warm, Annabel. Dort brennen keine Feuer. Nein. Die Hölle ist finster und kalt. – Hölle ist die Abwesenheit von Licht.«

Annabels Schluchzen war längst zu einem krampfartigen Weinen angeschwollen.

»Hör auf, dich zu wehren. Nimm dein Schicksal an. Denn die Sonne wird nie wieder für dich scheinen. Nie wieder.«

Auf allen vieren kniete Annabel in der Dunkelheit auf dem Boden. Ihre dünnen Arme, ihr schmaler Rücken drohten zu brechen unter der schweren Last von Georges Worten. Sie wünschte sich weit weg von diesem schrecklichen

Ort. In einer letzten Kraftanstrengung schloss sie die Augen und ihr Geist kehrte zurück an den See in Willowsend.

Unter einem blauen Himmel und einer heißen gelben Sonne stand Annabel am Ende des Bootsstegs und schaute aufs Wasser. Sie suchte Schutz in ihren Erinnerungen, doch selbst hier vernahm sie Georges beschwörende Worte. Wie ein geisterhaftes Flüstern wehten sie zu ihr herüber und bereiteten der Dunkelheit den Weg. Einen Wimpernschlag später wurden die hellen, sonnigen Bilder, die sie von diesem Ort gesammelt hatte, grau und welkten dahin wie vertrocknende Blumen. Das kristallklare Wasser des Sees färbte sich tiefschwarz. Dann verfinsterte sich der Himmel und aus dem Flüstern wurde ein Schrei, der wie ein Tornado eine Schneise der Verwüstung hinter sich herzog. Mit letzter Kraft drehte sich Annabel noch einmal um und schaute zum Haus mit den gelben Fenstern. Sie konnte sich kaum auf den Beinen halten, als der Sturm auf sie einpeitschte und sich das Wasser meterhoch aufbäumte.

Im Rhythmus ihres eigenen Herzschlags, der laut in Annabels Ohren pochte, schlugen die Wellen an die Pfähle und Planken des Stegs. Und mit jedem Schwall Blut, der durch ihr Gehirn gepumpt wurde, schwappten immer neue, grauenhaftere Visionen ans Ufer ihres Verstandes. Das war mehr, als sie ertragen konnte. Als der Schrei den Bootssteg erreichte und eine Planke nach der anderen herausgerissen und in die Luft gewirbelt wurde, schloss Annabel die Augen, breitete die Arme aus und ließ sich rücklings in das tosende Wasser fallen.

George genoss die Macht, die er in diesem Moment besaß. Etwas Vergleichbares hatte er noch nie erlebt. Und hätte es den Zwischenfall auf dem Bahnhof von Willowsend nicht gegeben, hätte er nie entdeckt, dass es überhaupt möglich war. Er hatte sich so sehr gewünscht, dass sie einmal erfuhren, wie es sich anfühlte, für andere unsichtbar zu sein. Und dann war der Wagen mit den Koffern einfach durch Michael hindurchgefahren, als würde er überhaupt nicht existieren. So, wie er es sich in Gedanken ausgemalt hatte. Es war einfach wunderbar gewesen.

Leider war es ihm nicht möglich gewesen, dieses Ereignis zu wiederholen, es bewusst herbeizuführen. Es war eine Sache, mit den Ängsten anderer zu spielen, und eine andere, die eigenen heraufzubeschwören, um sie als Waffe zu benutzen. George hatte keine Ahnung, wieso es überhaupt möglich war. Er wusste nur, dass er es für seine Zwecke nutzen konnte.

Er spürte die Veränderungen hinter der Tür. Erst ganz leicht, wie ein Vibrieren, dann immer stärker. Am liebsten hätte er die Tür aufgerissen, um es mit eigenen Augen zu sehen. Doch er durfte jetzt nicht den kleinsten Fehler machen. Schon bei der Sache mit Eric war er ein hohes Risiko eingegangen. Er hatte nicht die geringste Ahnung gehabt, was passieren würde.

George wusste, dass seine Worte nur der Funke waren, der Annabels Fantasie und Ängste entzündete. Den Rest musste sie selbst übernehmen. Nur wenn er die richtigen Knöpfe drückte, würde sie eigenhändig das Feuer schüren. Und er musste lächeln bei dem Gedanken, dass es überhaupt keine Rolle spielte, ob er die Wahrheit sagte oder nicht. Denn in einer Welt, in der Gedanken eine Waffe sind, herrschen andere Regeln.

Leider wollte sich bei George bei der ganzen Aktion keine richtige Freude über seinen vermeintlichen Triumph einstellen, er empfand Annabel gegenüber fast so etwas wie

Mitleid. Es gab für ihn daher keinen Grund, noch länger in der Dunkelheit zu verweilen. Er knipste die Taschenlampe an und machte sich auf den Weg zu seinem letzten Opfer.

Annabel fiel.
Sie fiel in ein schwarzes Nichts und war dabei, sich selbst zu verlieren, während die Angst in ihrem Verstand wütete und alle Gedanken wie dünnes Glas zerspringen ließ.
Doch dann geschah etwas Eigenartiges. Ein Wort, kein richtiger Gedanke, nur ein Wort und so flüchtig wie ein Lufthauch, stahl sich aus dem Schatzkästchen ihrer Erinnerungen und hallte wie ein leises Echo durch ihren gemarterten Verstand. Es war warm und leuchtete.

Rotlöckchen... Rotlöckchen... Rotlöckchen...

Und zum ersten Mal, seit sie fiel – es kam ihr vor wie eine Ewigkeit –, spürte sie nicht nur Angst und Verzweiflung. Plötzlich war da noch etwas anderes. Etwas, das sie nicht benennen konnte, weil das Chaos in ihr zu groß war. Doch es kamen weitere Worte, ebenso warm, ebenso hell wie das erste. Sie wurden getragen von einer Stimme, die wie klares Wasser aus einer unterirdischen Quelle sickerte. Und je mehr Worte zu ihr durchdrangen, desto langsamer fiel sie.

Rotlöckchen... Das bin ich... Ich bin Rotlöckchen...

Langsam gewann sie die Kontrolle über ihr Denken zurück, hielt Fantasien und Ängste davon ab, weiter wie bösartige Geschwüre in ihr zu wachsen.

Hör auf zu fallen!... Hör auf!... Hör einfach auf!

Und Annabel fiel nicht mehr. Stattdessen spürte sie, wie etwas von ihrer alten Kraft zurückkehrte. Es fühlte sich fabelhaft an.

Nur ein Traum... Er kann mir nichts tun...

Annabel sah staunend, wie die Stimme zu einem schmalen Wasserlauf geworden war, auf dem die Worte wie flackernde Kerzen in der Nacht dahintrieben. Ein Augenzwinkern später befand sie sich mitten unter ihnen. Sie saß in einem kleinen Boot und folgte dem Strom, der durch ein unterirdisches Labyrinth floss. Das Licht fiel auf zerklüftete Wände, die über und über mit Worten aus stinkendem schwarzem Teer beschmiert waren. Parolen von Angst, Einsamkeit und Hoffnungslosigkeit.

Das ist nicht von mir. Das ist nicht das, woran ich glaube.

Annabel wandte den Blick ab, schaute auf ihre leuchtenden Gefährten und lauschte der Stimme. Immer deutlicher konnte sie sie hören. Ihr Mund verzog sich zu einem Lächeln. Der Strom verbreitete sich und das Boot nahm an Fahrt auf.

Süße... Süße... Das bin ich... Er nennt mich Süße... Sie tanzt... Die Stimme tanzt... Eric tanzt...

Annabel lachte. Sie musste sich mit beiden Händen am Bootsrand festhalten, weil die Strömung immer stärker und das Boot immer schneller wurde.

Michael... Michael... unglaublich zauberhaft...

Dies waren die hellsten Worte von allen und ihr Klang

löste ein wahres Feuerwerk an Emotionen bei Annabel aus. Ein Gefühl der Wärme durchströmte sie, breitete sich in ihr aus, erfüllte sie wie flüssige Schokolade.

Michael... Michael... Michael braucht mich...

Diese Worte ließen sie nicht mehr los und führten dazu, dass bald ein anderes, ein dunkles, kaltes Gefühl in ihr hochstieg. Hass. Hass auf denjenigen, der ihr das angetan hatte. Und der im Begriff war, das Gleiche auch jemandem anzutun, den sie liebte.
GEORGE!
Annabel schrie seinen Namen.
Sie erhob sich und stand sicher wie ein Fels in dem Boot, das sich mit rasender Geschwindigkeit fortbewegte. Ihre eigene zornige Stimme ließ den Strom zu einem reißenden Fluss werden, der sich zu beiden Seiten aufbäumte und alle stinkenden schwarzen Scheußlichkeiten von den Wänden wusch und davonspülte.
ICH WEISS, WER ICH BIN! ICH BIN ANNABEL!, schrie sie und fühlte, wie ihre Kräfte wuchsen und auch die Hoffnung zu ihr zurückkehrte.
Dann schloss sie die Augen und trat über den Bootsrand hinaus in den reißenden Strom.
Michael, flüsterte sie.

Der Boden im Keller war kalt und schmutzig. Annabel lag ausgestreckt auf dem rauen Beton. Sie fühlte den Dreck unter ihren Fingern. Tränen liefen ihr übers Gesicht. Sie öffnete die Augen. Es war noch immer stockfinster, aber das machte ihr keine Angst mehr. Mit dieser Art von Dunkelheit konnte sie jetzt umgehen. Vorsichtig kniete sie sich hin. Ihr Herz schlug schnell und ihr war noch immer schwindelig.

Annabel kam auf die Beine und streckte die Arme aus. Ihre Finger strichen über bröckelnden Putz. *Hallo, Wände! Ich habe euch vermisst.*

Es gelang ihr, die Tür zu ertasten und die Hand auf den Knauf zu legen. Sie drehte ihn und die Tür öffnete sich. *Nicht abgeschlossen. So sicher war er also, dass ich hier nie wieder rauskommen würde.*

Annabel trat auf den stockdunklen Gang und versuchte gar nicht erst, die Wut, die in ihr kochte, zu unterdrücken. Sie begrüßte sie als einen willkommenen Verbündeten.

Komm, dachte sie, *lauf mir einfach hinterher. Ich kenne den Weg. Ich kann nämlich zählen.*

Wie eine Furie rannte Annabel durch die Dunkelheit.

45

Michael! Wach auf!«

Michael hatte den Großteil der Nacht und des frühen Morgens damit verbracht, sich um das Feuer zu kümmern. Annabel hatte so friedlich geschlafen. Irgendwann aber war auch er zu erschöpft gewesen und hatte das Feuer sich selbst überlassen. Jetzt war er dermaßen weggetreten, dass er mehr als nur ein paar Sekunden brauchte, um die Augen zu öffnen. Und so richtig wach wurde er erst, als sich ein bekanntes Gesicht vor seinen verschleierten Augen abzeichnete. Mit einem Satz war er aus dem Bett.

»George?!« Michaels Blick raste zu Annabels Bett, doch es war leer. »Wo ist Anna?«

George sah völlig fertig aus. Er rang mit den Händen.

»Anna ist entführt worden«, sagte er und schlug für einen Moment die Augen nieder. »Michael, ich hab es selbst gesehen. Sie wollen sie zurück nach Willowsend bringen. Zurück an den See.«

»Nach Willowsend?« Michael machte einen Schritt auf George zu und stand nun direkt vor ihm. »Wer zum Teufel sind *die?* Wie kommst du hierher? Und woher weißt du das alles?«

George senkte den Kopf und ließ die Schultern hängen. »Weil sie mich dafür bezahlt haben«, sagte er kleinlaut. »Ich habe euch ausspioniert. Von Anfang an. Dass wir uns in der Anstalt begegnet sind, war kein Zufall, Michael. Deshalb war ich auch immer so still. Ich hatte Angst, mich zu verplappern.« Und plötzlich fing er an zu weinen.

»Was?« Michael packte George blitzschnell am Kragen und zog ihn zu sich heran. Er musste sich zusammennehmen, um nicht gleich auf ihn einzuprügeln. »Was wollen die von uns?«

»Das weiß ich nicht. Bitte, Michael, du musst mir glauben.« George sah erbärmlich aus, wie er sich in seinen Händen wand. Mieser, feiger Verräter!

»Sie sagten nur, dass es um ein Experiment gehen würde. Mehr nicht. Ich weiß nicht, wer die sind und was genau sie von euch wollen.«

Michaels Griff hatte sich etwas gelockert und sein Blick ging ins Leere.

»Gestern waren sie hier und haben Eric geholt«, sagte George. »Und heute Anna. Mich haben sie hiergelassen, weil ich es dir sagen sollte.«

Er schluchzte wieder auf. »Verstehst du nicht, Michael? Im Zug, da wollte ich abhauen, weil ich mit der ganzen Sache nichts mehr zu tun haben wollte. Aber sie haben mich erwischt. Und jetzt haben sie Anna.«

Michael spürte, wie der Boden unter seinen Füßen wankte. So hatte er sich bisher nur ein einziges Mal im Leben gefühlt. An dem Tag, als Rebecca ...

»Ich kapier das nicht, Michael.« George wischte sich mit dem Handrücken übers Gesicht. »Was wollen die von euch? Was ist an Anna, Eric und dir so besonders?«

»Ich ... ich habe keine Ahnung.«

»Denk nach, Michael! Etwas muss es doch geben, das diesen Aufwand rechtfertigt. Wer zum Teufel seid ihr drei?«

»Ich weiß es doch nicht, verdammt!« Michael sah verzweifelt aus, seine Stimme war kraftlos.

»Schon gut, Michael. Tut mir leid. – Was wirst du jetzt tun? Wirst du nach Willowsend fahren?«

Michael sah auf die Uhr. Es war zwanzig nach zehn. »Wann haben sie Anna geholt?«

»Vor einer Stunde, schätze ich.«

Michael nahm seinen Mantel auf und überzeugte sich, dass er noch genügend Geld für die Fahrt hatte.

»Sollst du nicht mitkommen und auf mich aufpassen?«, fragte er verächtlich, ohne George eines Blickes zu würdigen.

»Nein. Sie sagten, ich solle hierbleiben, nachdem ich dir die Nachricht über Annabel ausgerichtet habe. Ich würde ja am liebsten verschwinden, aber ich habe Angst, sie tun mir was an, wenn sie mich wieder erwischen.«

Michael zog hastig den Mantel an und sah aus den Augenwinkeln, wie George sich von ihm entfernte und langsam zur Tür ging. »Komm, ich bring dich noch runter«, hörte er ihn sagen und verfluchte ihn dafür. Doch noch während er ernsthaft daran dachte, George zum Abschied eine reinzuhauen, hörte er einen dumpfen Schlag, gefolgt von einem spitzen Schrei. Sein Kopf fuhr herum und er sah gerade noch, wie George rückwärtstorkelte und mit einem Krachen zu Boden ging.

Und dann sah er Annabel.

Sie stand in der Tür und beugte sich über den am Boden liegenden George. Er wirkte völlig benommen. Blut lief aus seiner Nase. »Siehst du das, du Scheißkerl? Jetzt habe ich meine eigene kleine Sonne«, sagte sie grimmig und tätschelte dabei die Lampe.

»Anna!« Michael kam auf sie zugerannt, stieg über den blutenden George hinweg und schloss Annabel in die Arme. Er drückte sie fest, während ihre Füße in der Luft schwebten.

Annabel schloss für ein paar Sekunden die Augen und genoss diesen Augenblick. Doch dann besann sie sich. »Ich freu mich auch, dich zu sehen«, sagte sie und drängte Michael dazu, sie wieder loszulassen. »Aber jetzt hilf mir, ihn irgendwie zu fesseln, bevor er wieder ganz zu sich kommt.«

»Fesseln?«

»Bitte, Michael, vertrau mir, ich erklär's dir gleich.« Sie beugte sich zu George hinunter. »Los, hoch mit dir!«

Michael sah sie einen Moment zögernd an, dann nickte er, packte George unter den Achseln und stemmte ihn hoch. George hielt sich mit einer Hand die blutende Nase.

»Na, George«, sagte Annabel und trat nah an ihn heran. »Überrascht, mich zu sehen?«

George sagte nichts. Der Schmerz hatte ihm Tränen in die Augen getrieben.

Annabel überlegte. »Am besten, wir bringen ihn in eines der Patientenzimmer.«

Michael stellte keine Fragen und Annabel war ihm dankbar dafür. Er würde es gleich verstehen. Aber erst einmal mussten sie George außer Gefecht setzen. Mit Genugtuung sah sie, wie er sich unter Michaels hartem Griff wandte.

Sie steuerte auf das Zimmer zu, das dem Aufenthaltsraum am nächsten lag, orientierte sich kurz und zog dann ein Laken von einem der Betten. »Setz ihn auf einen Stuhl.«

Ohne zu zögern, tat Michael, was sie verlangte. Annabel übernahm es, George mit dem Laken an den Stuhl zu fesseln, und sie war dabei nicht zimperlich. George ließ es stumm und mit eisiger Miene geschehen.

Michael sah sie an. »Erklärst du mir jetzt, was hier vor sich geht?«

Annabel nickte entschlossen. »Ja. Aber nicht hier. Nicht vor ihm.« Die letzten Worte spie sie George fast ins Gesicht.

Eine Stunde später kehrten Michael und Annabel zu George zurück. Annabel hatte ihm erzählt, was George ihr angetan hatte, und er hatte sie seit Willowsend nicht mehr so weinen sehen. Seine Wut auf George war unbeschreiblich.

Immerhin wussten sie jetzt, dass George die erschreckende Fähigkeit besaß, sie zu manipulieren, und dass er dabei Wahrheit und Lüge geschickt miteinander verwob. Und sie wussten auch, dass er ohne ihre Mitwirkung seine Manipulationen nicht durchführen konnte. Genau das war wahrscheinlich Annabels Rettung gewesen. Und sollte George auch für das Verschwinden von Eric verantwortlich sein, bestand vielleicht noch eine kleine Hoffnung, ihren Freund zu retten.

»Wo ist Eric?«, bellte Annabels Stimme durch den Raum.

George saß gefesselt auf einem Stuhl und schien unbeeindruckt von ihrem Auftritt. Doch sein überhebliches Lächeln wollte nicht so recht zu dem getrockneten Blut passen, das an seiner Nase und seinem Mund klebte.

»Du findest das also witzig«, sagte Annabel und griff nach der schweren Taschenlampe, die aus ihrer Manteltasche ragte. Sie holte aus. »Wollen doch mal sehen, ob du darüber auch lachen kannst.«

Georges Lächeln verschwand augenblicklich.

»Anna, nein!« Michaels fester Griff umklammerte ihr Handgelenk.

»Lass mich los, Michael!«, sagte Annabel und versuchte vergeblich, sich aus seinem Griff zu befreien. »Er hat Eric entführt. Vielleicht hat er ihn sogar getötet.«

»Das wissen wir nicht.« Michael brachte sie dazu, den Arm sinken zu lassen.

»Doch, ich weiß es. Er hat es auch bei mir versucht.«

»Aber du lebst doch noch, Schätzchen.« George hatte anscheinend seine Stimme wiedergefunden.

»Halts Maul, George!« Michael merkte, wie schwer es ihm fiel, in Georges Gegenwart ruhig zu bleiben. Und er wurde das Gefühl nicht los, dass ihr Gegenüber es genau drauf anlegte.

George lachte. »Ihr seid so schwach«, sagte er und schüttelte verächtlich den Kopf. »Ihr seid einfach nicht bereit, das Notwendige zu tun. Und darum werde ich gewinnen.«

»Gewinnen? Glaubst du wirklich, für uns ist das ein Spiel, George? Wir wollen überleben. Wir wollen, dass das aufhört. Begreifst du den Unterschied?« Michael dachte an das Foto in seiner Tasche. George klang gerade so, als ob er darüber Bescheid wüsste. Und auf einmal wurde Michael alles klar.

Natürlich! George musste der Grund sein, warum Dr. Parkers Tür zuerst abgeschlossen gewesen war und später nicht mehr. Das verdammte Schwein war die ganze Zeit hier gewesen. Vielleicht hatte er sogar hinter der Tür gehockt, als sie hier ankamen. Und wahrscheinlich hatte er das Foto dagelassen, weil er gehofft hatte, dass sie sich gegenseitig zerfleischten, wenn sie herausgefunden hätten, dass nur einer von ihnen gerettet werden konnte.

»Warum seid ihr dann noch hier? Warum seid ihr nicht einfach verschwunden? Seid ihr zu stur oder einfach nur zu dämlich, euren eigenen Arsch zu retten?«

»Du warst die ganze Zeit hier, stimmt's? In der Anstalt. Und du hast uns beobachtet. – Gott, was bist du nur für ein Mensch?« Annabels Stimme hatte etwas von ihrer Kraft verloren. Und Michael spürte, wie sie erneut mit den Tränen kämpfte.

Georges Miene verfinsterte sich. »Das Spiel zwischen Gut und Böse wird nicht im Himmel ausgetragen und auch nicht in der Hölle. Es findet in dir selbst statt. Und wenn du ganz leise bist und in dich hineinhorchst, dann kannst du das Klirren der Schwerter auf dem Feld deiner Angst hören. Aber ich will nicht mehr kämpfen, ich will keine Schmerzen mehr spüren. Deshalb habe ich mich für eine Seite entschieden. – Für welche Seite hast du dich entschieden, Michael?«

Georges Worte jagten Michael einen Schauer über den Rücken.

»George, was ist nur mit dir los? Ich glaube, du hast wirklich den Verstand verloren.«

»Ach, Michael. Was weißt du schon? – Aber wo wir gerade so nett miteinander plaudern... erzähl deiner kleinen Freundin doch mal von der neuen Botschaft.«

Michael durchfuhr es eiskalt. »Halt endlich dein Maul, George, oder ich stopf es dir!«, zischte er.

George hob eine Augenbraue. »Sag bloß, deine Freundin weiß nichts von der Nachricht und dem Foto! Also wirklich, Michael. Wo ihr doch sonst keine Geheimnisse voreinander habt.«

»George, ich schwöre dir, ich werde...«

»Was für eine Nachricht? Michael, wovon redet er?« Annabel griff nach Michaels Arm. Er entzog sich ihr.

»Hör nicht auf ihn, Anna! Er versucht nur, uns auseinanderzubringen.«

Annabel wandte sich an George. »Was für eine Botschaft? Was für ein Foto?«

George schwieg und grinste hämisch.

»Anna, ich...« Michael wusste nicht weiter.

Annabel sah ihn an, dann packte sie ihn und zerrte ihn vor die Tür. Ihre Stimme zitterte. »Was hat George damit gemeint?«

»Bitte, Anna. Zwing mich nicht dazu.«

»Georges Lügen hätten mich fast in die Hölle geschickt, Michael. Du darfst jetzt nicht auch noch damit anfangen.«

»Anna, bitte nicht!«

»Halt die Klappe!«, schrie Annabel plötzlich. »Ich will von dir nur eins wissen: Was hat George gemeint? Was hast du gefunden?«

Michael schaute sie traurig an. Dann holte er langsam das Foto aus seiner Hosentasche und reichte es ihr. Doch als sie danach griff, hielt er es für einen Moment fest. »Ich hab es für dich getan, Anna.«

Annabel erwiderte nichts und riss ihm das Bild aus der Hand. Michael beobachtete mit hängenden Schultern, wie sie sich ein paar Schritte von ihm entfernte und sich das Foto genauer ansah. Es dauerte keine Minute, bis sich Verblüffung und schließlich Entsetzen auf ihrem Gesicht spiegelte, als sie den Kern der Botschaft auf der Rückseite verstand.

»Was hattest du vor, Michael? Es für dich behalten und uns einfach ins Verderben rennen zu lassen, Eric und mich?«

»Es ist anders, als du denkst, Anna.«

»Was bedeuten die Zahlen und der Rest der Botschaft?«

»Datum, Uhrzeit und Ort«, sagte er und machte einen Schritt auf sie zu. Doch Annabel hob warnend die Hand. »Auch diese Zahlen haben sich nach dem Zeitsprung geändert. Genau wie auf dem Papier aus dem Steinmond. Es wird heute am frühen Abend geschehen.«

»Wieso hast du es mir nicht gesagt? Ich hab dir vertraut. Ich hab...«

»Was hätte ich dir sagen sollen, Anna? Dass nur einer von uns es schafft? Dass wir am besten Strohhalme ziehen, um zu entscheiden, wer von uns gerettet wird?« Michael versuchte, ruhig zu bleiben.

»Und stattdessen hast du ganz alleine die Entscheidung getroffen?« Sie funkelte ihn an. »Was hattest du vor?«

Michael krümmte sich innerlich und schaute zu Boden.

»Antworte mir, Michael! Was hattest du vor?«

»Ich wollte dich retten!«, schrie er und es tat ihm weh zu sehen, wie Annabel unter seinen Worten zusammenzuckte. Aber jetzt konnte er es nicht länger zurückhalten.

»Weißt du eigentlich, wie ich mich gefühlt habe, als ich das Foto in Dr. Parkers Sprechzimmer gefunden hatte? Als mir die Bedeutung der Botschaft klar wurde? Und hast du eine Ahnung, wie schwer es mir gefallen ist, dir nichts davon zu sagen? – Ja, ich hatte eine Entscheidung getroffen. Ich wollte, dass einer von euch gerettet wird. Und in Wahrheit wollte ich, dass du gerettet wirst. Aber ich hätte euch die Entscheidung überlassen. Ich wollte Eric nicht zu etwas zwingen. Deshalb habe ich auch zuerst ihm von der Botschaft erzählt. Wenn er sich genauso wie ich entschieden hätte, hättest du niemals etwas davon erfahren müssen.«

Annabel war blass geworden.

»Denkst du wirklich, ich wäre damit einverstanden gewesen und hätte euch hier alleine zurückgelassen... du verdammter, blöder Idiot?« Sie kam auf ihn zu, stand nun direkt vor ihm.

»Genau deshalb konnte ich es dir nicht sagen.«

Sie schlug kraftlos auf ihn ein, trommelte mit den Fäusten auf seine Brust und er ließ es geschehen. Sie schlug, bis sie müde und ihre Arme schwer wurden und sie einfach nur noch dastand und weinte.

Er nahm sie in den Arm und drückte sie fest an sich.

»Du brauchst mich nicht zu retten«, flüsterte sie schließlich. »Ich bin nicht Rebecca.«

Michael hatte Annabel im Aufenthaltsraum gelassen, um es noch einmal alleine bei George zu versuchen. Wenn es auch nur eine winzige Chance gab, Eric zu finden, musste er sie nutzen. Und ihnen blieben nur noch wenige Stunden, bis... Ja, was? Er vermochte es sich nicht einmal vorzustellen.

Michael zog seinen Mantel aus und legte ihn aufs Bett. Er dachte, es könnte vielleicht ein wenig helfen, die Muskeln spielen zu lassen. Dann nahm er sich einen Stuhl und setzte sich George gegenüber. Wortlos starrte er ihn eine Weile an. George starrte zurück.

»Wie wär's damit, George? Wenn du mir jetzt nicht sofort sagst, wo Eric ist und was du da unten mit Annabel gemacht hast, gehe ich raus und lasse dich mit Annabel und ihrer Taschenlampe eine Weile allein.«

Eine schwache Regung zeigte sich auf Georges Gesicht. Er schien wirklich Angst vor Annabel zu haben. Zumindest aber vor den Schmerzen, wie sie etwa ein Schlag auf die Nase mit sich bringt.

»Du kennst doch Annabel? Das ist die kleine Rothaarige, die dir die Fresse poliert hat.« Michael berührte Georges Nase, um dessen Erinnerungen aufzufrischen. Der zuckte zurück. Seinem Gesichtsausdruck nach zu urteilen, musste es höllisch wehtun.

Doch er hatte sich schnell wieder unter Kontrolle.

»Sag mal, Michael, spielst du hier gerade guter Bulle, böser Bulle? Ehrlich, du schaust zu viel Fernsehen.«

Michael lehnte sich zurück und verschränkte die Arme vor der Brust. Er durfte nicht die Oberhand verlieren. »Jetzt hör mal zu, George ...«

»Nein!«, zischte George und er hatte dabei etwas von einer Schlange, die sich gegen ihren Schlangenbeschwörer wendet. »Jetzt wirst du *mir* zuhören, Michael! – Du kannst mir keine Angst machen. Lass das kleine Miststück nur reinkommen und tun, wozu du ja anscheinend nicht in der Lage bist.«

Michael hatte Mühe, Georges durchdringendem Blick standzuhalten.

»Du bist schwach, Michael. Und du weißt es. Wenn man dich wirklich mal braucht, dann hast du bisher immer gekniffen. Hab ich nicht recht? – Wo warst du denn, als deine Schwester dich brauchte? Wo warst du, als sie im See um Hilfe rief? Wo warst du, als sich ihre kleine Lunge mit dem eiskalten Wasser füllte und ihr letzter Gedanke ihrem feigen großen Bruder galt? Wo warst du, Michael? Wo, zum Teufel, warst du?«

Annabel hatte ihn eben noch vor George gewarnt. *Er*

ist gefährlich, hatte sie gesagt. *Unterschätz ihn nicht.* Michael war sich so sicher gewesen, dass George ihm nichts anhaben konnte, denn schließlich hatten sie seine Tricks durchschaut. Doch jetzt fühlte er eine eigenartige Kälte und Hilflosigkeit in sich aufsteigen.

»Es ist nicht meine Schuld gewesen«, hörte Michael sich plötzlich sagen, mit einer jammernden Stimme, die unmöglich seine eigene sein konnte. »Ich habe alles versucht... es war zu spät... sie hat mir vergeben... sie...«

»Niemand wird dir jemals vergeben, Michael. Nicht einmal Annabel. Sie alle müssen sterben. Rebecca, Eric, Annabel und schließlich auch du. Alle, Michael. Und es ist ganz allein deine Schuld.«

»Das ist nicht wahr... ich... ich habe längst meinen Frieden gefunden... ich...«

»Du hast deiner Schwester nicht helfen können und du wirst auch deiner kleinen Freundin nicht helfen können. Du hast wieder versagt, Michael. Du bringst allen nur Unglück. Es wäre besser gewesen, du wärst damals im See ertrunken, nicht Rebecca.«

Michael wollte etwas erwidern, aber er brachte keinen Ton heraus. Er war so sicher gewesen, den Unfall seiner Schwester verarbeitet zu haben. Aber er hatte sich geirrt. George war es mit wenigen Worten gelungen, alles wieder an die Oberfläche zu spülen. Michael beugte sich nach vorne, stützte den Kopf auf seine Hände und fing an zu weinen.

Für George war es so befriedigend mit anzusehen, wie Michael litt, wie er mit ein paar einfachen Worten diesen idiotischen Muskelprotz in die Knie zwingen konnte, dass er keinen Gedanken an die mögliche Gefahr für sich selbst verschwendete. Er redete weiter auf ihn ein, während er hinter seinem Rücken mit dem Knoten des Lakens kämpfte, der sich endlich ein bisschen gelockert hatte.

»Es muss so furchtbar gewesen sein, Michael! So unsagbar traurig. Willowsend... das Haus... der See... das eiskalte Wasser... du schaffst es nicht mehr zum Boot... du hast keine Kraft mehr... du sinkst in die Tiefe... du versuchst zu atmen... Wasser füllt deine Lungen... du erstickst, Michael... du erstickst... du...«

George erschrak, als Michael sich ruckartig aufrichtete und nach Luft schnappte. Ein Röcheln drang aus seiner Kehle. Auf einmal war er und alles, was er am Leib trug, klatschnass. Unter ihm breitete sich eine große Wasserpfütze aus.

Michael hatte den Kopf in den Nacken geworfen, die Augen panisch weit aufgerissen und die Arme zur Decke gestreckt. Seine Hände griffen nach etwas Unsichtbarem und ein Schwall Wasser nach dem anderen quoll aus seinem Mund.

George zerrte mit aller Kraft an dem verknoteten Laken, während er gleichzeitig bemüht war, keine Sekunde von dem faszinierenden Schauspiel zu verpassen.

»Michael, vielleicht sollten wir... Michael!« Annabel stand in der Tür. Sie brauchte nicht lange, um zu begreifen, was geschah. »Michael!« Sie stürzte auf ihn zu und packte ihn an den Schultern. Sie rief immer wieder seinen Namen und schüttelte ihn. »Michael, bleib hier! Hörst du mich? Du bist in Sicherheit. Michael! – Verdammt, was hast du mit ihm gemacht?« Sie schrie George an, aber der grinste nur und warf sich auf dem Stuhl hin und her.

»Michael! Sag doch was!« Annabel zerrte Michael vom

Stuhl auf den Boden, drehte ihn auf den Bauch und seinen Kopf zur Seite. Wie leblos lag er da, während erschreckende Mengen an Wasser aus seinem Mund flossen. Nur ein schwaches Zucken seiner Lider über den starren Augen und ein kaum wahrnehmbares Heben und Senken der Brust zeigten, dass er noch lebte. Annabel drückte mit beiden Händen auf seinen Rücken und hoffte, das Wasser aus ihm herauspumpen zu können. »Gib jetzt nicht auf, Michael! Wehe, du lässt mich hier allein! Komm schon! Komm wieder zurück! Das ist nur ein böser Traum! Ich brauche dich, Michael! Bitte! Ich liebe…«

Michaels Augen bewegten sich. Seine Lider schlossen und öffneten sich. Er stützte seine Arme auf den Boden und stemmte den zuckenden Körper nach oben. Auf Händen und Knien würgte er das Wasser aus sich heraus. Er rang nach Luft und hustete sich die Seele aus dem Leib. Er zitterte erbärmlich. Annabel hielt ihn die ganze Zeit fest und streichelte über seinen Kopf.

Endlich! George erhob sich von seinem Stuhl und ließ das Laken auf den Boden fallen. Er trat dicht an die beiden heran. Dann ging er langsam zur Tür. Er blieb noch einmal stehen, weil er wollte, dass Annabel ihm in die Augen sah. Als sie ihn bemerkte und sich zu ihm umdrehte, sagte er: »Es ist noch nicht vorbei.«

Dann rannte er den Gang hinunter in Richtung Treppenhaus.

46

»Wo ist George?«, fragte Michael und trank einen Schluck Wasser. Er saß in Mantel und Decken gehüllt vor dem brennenden Kamin und zitterte leicht.

»Ich weiß nicht. Ich will es auch nicht wissen. Ich will nicht einmal an ihn denken.« Aus Angst, George könnte wieder zurückkommen, hatte Annabel die Tür zum Aufenthaltsraum verschlossen. Niemals hätte sie gedacht, dass von allen Schrecken George derjenige sein könnte, vor dem sie sich am meisten fürchten würde.

»Wie geht es dir?«

»Noch ein bisschen kalt. Aber es geht schon. – Schönes Feuer, Anna!« Michael grinste.

Annabel verzog das Gesicht, als sie an ihre verzweifelten Bemühungen dachte, das Feuer zu entzünden. Es war immer wieder ausgegangen. Sie hatte mit einem Holzscheit fluchend auf den Kamin eingeschlagen und ein Teil von der Stuckverzierung abgebrochen. Danach hatte es dann endlich geklappt. Anschließend hatte sie aus dem Schwesternzimmer eine Metallschale besorgt, sie mit Wasser gefüllt und in den Kamin gestellt. Als es heiß war, hatte sie das Wasser in eine leere Thermoskanne gegossen. »Trink das!«, hatte sie ihm befohlen.

Annabel nahm sich zwei Scheiben von dem Weißbrot und setzte sich zu Michael aufs Bett. »Willst du darüber reden, was passiert ist?«, fragte sie und reichte Michael eine Scheibe.

Michael sah eine Weile ins Feuer. Als er anfing zu erzählen, tat er es emotionslos und sachlich, als würde er die Erlebnisse eines anderen wiedergeben. »Ich weiß noch, dass ich Rebecca sah. Ich war mit ihr unter Wasser. Sie trieb bewegungslos dahin. Ich bekam keine Luft und wollte auftauchen, aber es ging nicht. Ich sah über mir den Himmel und ein paar Vögel, auch das Boot, das sich langsam von mir entfernte. Ich versuchte zu atmen, aber das machte es nur noch schlimmer. Dann hörte ich eine Stimme. Deine Stimme. Und kurz darauf lag ich auf dem Boden. – Du hast mir das Leben gerettet, Anna.«

»Dann sind wir damit wohl quitt, was?« Annabel biss in das trockene Brot und lächelte ihn an.

»George will, dass wir von hier verschwinden, Anna. Er will uns aus dem Haus haben. Er wollte mir weismachen, dass er mit den verantwortlichen Leuten zusammenarbeiten würde. Er weiß über sie wahrscheinlich genauso wenig wie wir.«

»Du meinst, es geht ihm nur um die Erlösung? Ist es das, was er mit *gewinnen* meint?«

»Ja. Und wir stehen ihm dabei im Weg.«

»Dann glaubt George, dass diese Erlösung etwas Gutes ist.«

»Ja.«

»Und glaubst du das auch noch?«

»Ja, das glaube ich tatsächlich.«

»Aber warum nur einer von uns? Warum nicht alle?«

»Ich weiß es nicht.«

»George muss etwas herausgefunden haben«, sagte Michael nachdenklich. »Ich habe keine Ahnung, wann oder wie, aber er hat entdeckt, dass er mit unseren Ängsten spielen kann. Und wir haben ja alle irgendwann einmal über sie gesprochen.«

»Außer George.«

»Ja, außer George.«

Annabel fiel ein, dass sie auch über Erics Ängste nichts wusste.

Aber da konnte Michael weiterhelfen.

»Zombiepolizisten?«

Annabel bekam große Augen.

Michael erklärte es ihr. Auch, wie er davon erfahren hatte und dass es dabei weniger um die Zombies, sondern vielmehr um Erics Homosexualität ging.

»Aus irgendeinem Grund nehmen unsere Ängste Gestalt an«, sagte er schließlich.

Annabel erhob sich und ging auf und ab. »Ja, wenn jemand wie George nachhilft.«

Michael schüttelte den Kopf. »Ich glaube, es geht auch ohne ihn.«

»Wie meinst du das?«

Michael legte seine halb aufgegessene Weißbrotscheibe zur Seite und starrte vor sich hin.

»Michael?«

»Also gut. – Weißt du noch, der Morgen in Willowsend, an dem wir beide ins Dorf gefahren sind?«

Annabel nickte.

»Du hast dich gewundert, warum ich an diesem Tag so verändert gewesen bin, und mich nach dem Grund gefragt.«

»Ja. Du hast gesagt, du würdest es mir irgendwann erzählen.«

»Als ich an diesem Morgen aufwachte, ist etwas passiert. Es schien mir so verrückt, dass ich mit niemandem darüber sprechen konnte.« Michael trank noch einen Schluck Wasser. »Ich hatte in der Nacht von meiner Schwester geträumt. Wie jede Nacht. Und als ich aufwachte, musste ich auch an sie denken. Vom Fenster aus sah ich das Boot auf dem See treiben und dachte, es hätte sich gelöst. Als ich rausging, um es wieder festzumachen, da sah ich sie.« Michael nahm hastig einen weiteren Schluck. »Ich sah meine

Schwester, Anna. So, wie ich dich jetzt sehe. Und sie hat zu mir gesprochen.«

Annabel wusste nicht recht, was sie sagen sollte.

»Ich weiß, was du jetzt denkst. Aber es war ganz anders. Es hat so gutgetan, verstehst du? Ich habe mich hinterher gefühlt, als hätte mir jemand eine riesige Last von den Schultern genommen. – Deshalb war ich an dem Tag so verändert. Und nach dem, was wir jetzt wissen, glaube ich, dass sie mir erschienen ist, weil ich es so wollte. Ich habe sie herbeigerufen. – Klingt das verrückt?«

»Nein. Zumindest nicht nach unseren Maßstäben.« Annabel sah ihn liebevoll an. Doch plötzlich verdunkelte sich ihre Miene, als sich die Lösung eines weiteren Rätsels vor ihr enthüllte. »Michael, ich glaube, du hast es davor schon einmal getan.«

»Eine Vision heraufbeschworen? Wann denn?«

»Als wir auf dem See waren und ich ins Wasser fiel. Ich sagte, ich hätte etwas gesehen und mich erschreckt. Das war nur die halbe Wahrheit. Ich sah Rebecca. Sie trieb unter uns hinweg.«

Michael stand auf und lehnte sich an den Kamin.

»Tut mir leid, Michael. Ich hätte dir das nicht erzählen sollen.«

»Doch, doch, es war richtig. – Mir wird nur gerade klar, dass du meinetwegen fast ertrunken wärst.«

»So ein Unsinn! Es war ein Unfall!« Annabel sah ihm fest in die Augen. »Du hast mich gerettet, Michael. Das ist es, was du getan hast.«

»Fühlt sich aber nicht so an.« Michael ging an eines der Fenster und sah gedankenverloren auf den weiß verschneiten Park. »Hör mal, Anna, ich...«

»Fang gar nicht erst damit an. Ich weiß, was du sagen

willst. Und die Antwort lautet: Nein. Ich lass dich hier nicht zurück. Ich pfeif auf die Erlösung.«

»Ach, Anna. Stell dir vor, es ist Erlösung und keiner geht hin.«

Annabel musste lächeln.

»Du hast mich noch gar nicht gefragt, wo es passieren wird.«

»Wozu auch. Ich geh ja sowieso nicht.«

»Ich habe ein Weilchen gebraucht, bis ich es kapiert habe, aber es wird genau hier passieren, in diesem Raum. *Wo Licht und Farben zu Geschichten werden.*« Michael strich mit der Hand über das bunte Glas eines der Fenster.

Annabel schwieg. Dann stellte sie sich neben ihn und nahm seine Hand.

»George hat gesagt, das Leben ist eigentlich niemals so, wie man es sich vorstellt oder wünscht. Und er sagte, dass es mit dem Tod genauso sei.«

»Auch wenn es von einem Psychopathen wie George kommt – damit hat er wohl recht.«

»Ich weiß nicht, ob ich früher schon mal so richtig über den Tod nachgedacht habe. Ich glaube nicht.« *Ich will noch nicht sterben.*

»Und du solltest jetzt nicht damit anfangen.«

47

Es hatte wieder begonnen zu schneien. Annabel stand am Fenster und sah zu, wie dicke weiße Flocken zur Erde schwebten und sich die Konturen des Parks verwischten.

Michael versuchte sein Glück mit dem Radio. Er stellte es

auf den Kaminsims, bewegte die Antenne hin und her und hatte wider Erwarten Erfolg. Das Knistern und Rauschen verschwand und sie hörten die neuesten Meldungen über die bevorstehende Rückkehr der Astronauten.

Annabel verließ ihren Platz am Fenster und ging langsam durch den Raum. Sie lauschte den aufgeregten Worten des Radiosprechers, der nicht müde wurde zu betonen, was für ein großer Moment dies sei und dass die Besatzung von Apollo 11 am späten Nachmittag irgendwo im Pazifischen Ozean landen würde.

Sie haben es geschafft, dachte Annabel. Sie kommen nach Hause. Nach Hause. Und sie fing an zu weinen.

Michael wollte zu ihr gehen, doch kaum hatte er sich ein paar Schritte vom Kamin entfernt, fing das Radio wieder an zu spinnen. Wütend schlug er mit der flachen Hand auf den Apparat. Als Folge davon verschwanden nicht nur die Störgeräusche. Es hatte sich auch ein neuer Sender eingestellt, der in den reinsten und klarsten Tönen die letzten Takte eines alten Jazzklassikers zum Besten gab.

Michael nahm eine Decke vom Bett und ging zu Annabel. Sie stand mitten im Raum und schluchzte. Sie wischte sich die Tränen von den Wangen und schaute ihn an. Er legte ihr die Decke um die Schultern und drückte sie fest an sich.

Der Song im Radio war vorbei und eine dunkle, sanfte Männerstimme kündete den nächsten Titel an: *»Hallo, hier ist Smooth Larry und ihr hört WCCK, den Radiosender mit dem ganz besonderen Groove. An alle verliebten Paare da draußen und die einsamen Herzen, die noch auf der Suche sind, den nächsten Song spiele ich nur für euch. Er ist ein Geschenk für alle, die sich keinen brennenden Benzintank an den Hintern schnallen und ins All schießen lassen. Ein*

Geschenk für alle, die lieber auf der Erde bleiben und die ganz genau wissen, dass es groovigere Methoden gibt, zu den Sternen zu fliegen. Ein Geschenk für alle, die wissen, dass Musik und Liebe die Treibstoffe sind, die dich überall hinbringen können. – Hier ist Someone to watch over me *von den genialen Brüdern George und Ira Gershwin und gesungen wird er von der wunderbaren Ella Fitzgerald. Groove on, Ella!«*

> *There's a saying old, says that love is blind*
> *Still we're often told, seek an ye shall find*
> *So 'm going to seek a certain lad I've had in mind*

»Also, das ist jetzt schon ein bisschen kitschig.«

»Du hast echt nicht den geringsten Sinn für Romantik, Michael.«

Michael drückte sie ein bisschen fester und lachte. Sein Brustkorb hüpfte auf und ab und mit ihm Annabels Kopf.

»Hör sofort auf damit, sonst wird mir noch schwindelig.«

> *Looking everywhere, haven't found him yet*

Annabel und Michael fingen an, sich langsam im Takt der Musik zu bewegen.

»Tanzt du etwa?«, fragte Annabel.

»Nein«, sagte Michael.

Sie wiegten sich weiter zur Musik.

> *He's the big affair I cannot forget*
> *Only man I never think of with regret*

»Wir tanzen also nicht.«

»Würde mir nicht im Traum einfallen.«

I'd like to add his initial to my monogram
Tell me, where is the shepherd for this lost lamb?

»Woher soll ich wissen, dass wir nicht tanzen, Michael?«
»Bin ich dir schon auf die Zehen getreten?«
»Nein.«
»Dann tanzen wir auch nicht.«
»Okay.«

There's a somebody I'm longin' to see
I hope that he, turns out to be
Someone who'll watch over me

»Eric kann tanzen.«
»Ich weiß.«
»Er wollte es mir beibringen. Wenn das hier vorbei ist, hat er gesagt.« Annabel schmiegte sich noch fester an Michael.

I'm a little lamb who's lost in the woods
I know I could, always be good
To one who'll watch over me

»Ich vermisse Eric so sehr.«
»Ich auch.«
»Ich glaube, ihm würde es gefallen, uns beide tanzen zu sehen.«
»Ja, das würde es.«
»Aber wir tanzen ja nicht.«
»Natürlich nicht.«

Annabel wünschte sich, dass das Lied niemals endete. Sie wollte Michael bis in alle Ewigkeit festhalten und so tun, als ob sie nicht tanzten.

> *Although he may not be the man some*
> *Girls think of as handsome*
> *To my heart he carries the key*

Und dann fühlte Annabel mit einem Mal, wie ihre Bewegungen leichter wurden, wie jeder gemeinsame Schritt so selbstverständlich wurde wie das Atmen. Und mit der gleichen Leichtigkeit, mit der sie den Weg aus dem stockdunklen Keller gefunden hatte, fand sie nun ihren Weg zu Michael. Endlich konnte sie all das ausdrücken, was sie ihm schon immer sagen wollte.

> *Won't you tell him please to put on some speed*
> *Follow my lead, oh, how I need*
> *Someone to watch over me*

Während sie tanzten, begann der Raum, sich auf wundersame Weise zu verändern. Tische und Stühle verschwanden. Anstelle der Betten schmückte ein antikes Sofa den Platz vor dem Kamin. Die Wände waren wieder wie neu und ein edles Parkett glänzte im Schein des Feuers. Der Kronleuchter senkte sich herab und erstrahlte wie eine aufgehende Sonne. Aus dem schäbigen Aufenthaltsraum einer Anstalt war ein festlich beleuchteter Ballsaal geworden.

> *Won't you tell him please to put on some speed*
> *Follow my lead, oh, how I need*

Someone to watch over me
Someone to watch over me

Während Annabel und Michael tanzten, schauten ihnen ungeheuer viele Menschen dabei zu. Und die meisten von ihnen, nicht alle, denn ein paar Miesepeter gibt es immer, waren in diesen Minuten einfach nur glücklich.

Als der letzte Ton verklungen war, standen die beiden eng umschlungen in der Mitte des Raumes. Ihre Körper bebten und sie hatten das Gefühl, als wären sie miteinander verschmolzen. Niemand suchte nach Worten oder einer Erklärung, weder für den magischen Tanz noch für die Veränderung des Raumes. Denn alles, was sie je gesucht hatten, hielten sie in ihren Armen.

48

Annabel und Michael hatten die Füße hochgelegt und saßen auf dem großen Sofa einander gegenüber. Die Temperatur im Raum war so angenehm, dass sie keine Mäntel mehr brauchten.

»Es gab da mal diesen Film«, sagte Annabel. »Über einen Jungen und ein Mädchen. Es stand eine große Katastrophe bevor, ein Asteroid, der auf die Erde zuraste. Der Junge sagte, dass sie das nicht überleben würden und dass es die letzte Chance sei, miteinander zu schlafen.«

»Willst du damit sagen, dass wir... ich meine, willst du vielleicht, dass ich dich frage, ob du mit mir schlafen willst?« Michael war rot geworden.

»Gott, nein!«, sagte Annabel. Sie zog ihre Beine bis ans

Kinn und grinste. »Eigentlich wollte ich damit nur sagen, dass ich auf so was Blödes nicht reinfallen würde.« Michael sah sie lächelnd an, aber das Lächeln erstarb, als er einen Blick auf seine Uhr warf.

Sie stand auf und stellte sich ans Fenster. Er ging zu ihr. »Anna, wir müssen darüber reden. Du...«

»Nicht jetzt, Michael. Bitte, nicht jetzt. Wir haben nur noch so wenig Zeit.« Annabel drehte sich ihm zu und Michael hielt den Atem an.

Noch nie hatte sie so schön ausgesehen wie jetzt.

Sie legte langsam ihre Arme um seinen Hals und stellte sich auf die Zehenspitzen. Michael umfasste mit den Händen ihre Hüften. Ihre Köpfe waren leicht zur Seite geneigt, ihre Augen geschlossen. Michael war von diesem Moment so berauscht, dass er das leise Knacken hinter sich überhörte.

Sie sahen so glücklich aus. So scheißglücklich, dass er sie auf der Stelle hätte umbringen können. Aber George nahm sich zusammen. Noch bevor sich ihre Lippen berühren konnten, stieß er die Flügeltüren des Aufenthaltsraumes weit auf.

»Hübsch habt ihr's hier«, sagte er und lachte leise, als Annabel und Michael vor Schreck auseinanderfuhren. Und er dankte den beiden insgeheim für ihre Naivität. Er an ihrer Stelle hätte die Tür verbarrikadiert. So aber hatte er nur den Zweitschlüssel aus dem Schwesternzimmer zu holen brauchen.

»George, verschwinde von hier oder ich...«

George hob unterwürfig die Hände, als Michael langsam auf ihn zukam, dachte aber im Traum nicht daran, so einfach aufzugeben. »Hey, ganz sachte, Cowboy. – Habt ihr schon euren Freund Eric vergessen? Es gibt immer noch eine Chance, ihn zu retten. Wenn du mich jetzt allerdings niederschlägst, dann ...«

Michael blieb stehen und tauschte einen Blick mit Annabel.

Gut so, Goliath. Schön die Herrin um Erlaubnis fragen.

»Du lügst«, platzte es aus Annabel heraus. »Alles, was du uns bisher erzählt hast, war eine Lüge. Du bist ein mieser Scheißkerl.«

»Es ist bedauerlich, dass ihr euren Freund opfern wollt«, sagte George gelangweilt und hob die Schultern. »Nur weil ich hier und da die Wahrheit ein wenig verdreht habe. Aber Eric wird das sicher verstehen. Ganz bestimmt wird er das. Es sei denn, er ist inzwischen wahnsinnig geworden.«

»Dann sag uns endlich, wo er ist!«

»Alles zu seiner Zeit, Michael. Alles zu seiner Zeit. – Denn zuerst müssen wir uns über eine andere Sache unterhalten.«

»Und das wäre?«

George ging um das Sofa herum an den Kamin und tat so, als würde er sich die Hände wärmen.

»Ich weiß nicht. Vielleicht über die Sache mit der Erlösung? Ich möchte euch ein Geschäft vorschlagen. Ich gebe euch Eric und ich bekomme dafür... na, was immer die auch unter Erlösung verstehn. Wie klingt das?« Er sah erst Michael, dann Annabel mit schief gelegtem Kopf an.

»Du bist krank«, sagte Annabel und schüttelte den Kopf. »Ich glaube dir kein Wort.«

George sah Annabel mit gespielter Überraschung an. »Dann kommen wir nicht ins Geschäft? Weißt du, Anna, für mich hört sich das eher so an, als wolltest du gar nicht, dass Eric wieder auftaucht. Hab ich recht? Ja, du konntest mir noch nie etwas vormachen. Du hast den beiden Idioten doch die ganze Zeit die Köpfe verdreht, selbst dem schwulen Eric. Und jetzt, wo die Zeit gekommen ist, hast du vor, die beiden eiskalt zu opfern. – Respekt, Anna. Du bist ja noch schlimmer als ich.«

»Halt endlich dein Maul, George!« Annabel machte einen Schritt nach vorn, doch Michael hielt sie zurück.

George sah, wie Annabel bereits vor Wut kochte. Nur noch ein bisschen, dachte er, dann war sie so weit. Zum Glück hatte er genug Holz, das er ins Feuer werfen konnte. Nur vor Michael musste er sich in Acht nehmen. Denn körperlich hatte er ihm nichts entgegenzusetzen.

George lächelte Annabel herausfordernd an, doch als sie schwieg, fuhr er munter fort. »Ach, übrigens, wie hat dir dein kleiner Ausflug in die Hölle gefallen? War's so, wie du erwartet hast?«

»Du verdammtes Schwein!«

Jetzt, dachte George und grinste voller Vorfreude.

»Anna, nein!«, schrie Michael und streckte seine Arme nach ihr aus. Aber Annabel war schon an ihm vorbei und nur noch eine Armlänge von George entfernt.

George holte blitzschnell aus und schlug ihr mit dem Handrücken ins Gesicht. Ihr Kopf flog zur Seite. Im selben Moment zog er mit der anderen Hand etwas aus seiner Tasche und griff nach ihren Haaren. Brutal riss er ihren Kopf zurück und stellte sich dicht hinter sie. Dann hielt er ihr eine hauchdünne Rasierklinge an die Kehle.

»Keinen Schritt weiter!«, zischte er.

Michael blieb sofort stehen. Beschwichtigend hob er die Hände. »George, alles okay. Lass sie einfach los. Wir können über alles reden.«

»Du willst reden?«, schrie George. »Ich hab genug vom Reden. Verdammte Scheiße! Seht mich an! Ja, seht mich an! Ich hasse körperliche Gewalt. Aber seht, wozu ihr beide mich zwingt! Seht, was ihr aus mir gemacht habt! Das hätte alles nicht geschehen müssen, wenn ihr einfach nur von hier verschwunden wärt. Warum seid ihr nicht abgehauen, als es noch Zeit war? Das ist alles eure Schuld.«

Michael kam langsam auf die beiden zu und befand sich jetzt auf Höhe des Sofas. Er sah die Angst in Annabels Gesicht und den Irrsinn in Georges Augen. Gott sei Dank war Annabel klug genug, den Mund zu halten.

»Das würde ich lieber bleiben lassen«, sagte George und zog Annabels Kopf in Richtung Feuer. Michael blieb wieder stehen.

»Hab keine Angst, Anna«, sagte er ruhig und lächelte sie an. »Er wird dir nichts tun.«

»Ach, werd ich nicht? Was macht dich so sicher, Michael?« George zog noch etwas stärker an Annabels Haaren. Aber sie gab keinen Laut von sich.

»Er wird dir nichts tun, weil er genau weiß, dass ich ihn dann umbringen werde.« Jetzt sah er George in die Augen. »Das weißt du doch, George, oder? Du weißt, dass du hier nicht lebend rauskommen wirst, wenn du ihr auch nur ein Haar krümmst. Ein intelligenter Bursche wie du weiß so was, hab ich recht, George? Und du bist doch intelligent, nicht wahr?«

Michael sah die Schweißperlen und die Zweifel auf Georges Gesicht. Seine Unsicherheit wurde immer deutlicher. Annabel in seine Gewalt zu bringen, war offensichtlich sein ganzer Plan gewesen.

Das wird dir noch leidtun, dachte Michael und wusste nun, was er zu tun hatte. *Du willst mit mir spielen? Dann spielen wir.*

»Was ist auf einmal los, George? Hat's dir die Sprache verschlagen?«

»Halt die Klappe, Michael«, sagte George gereizt. »Ich muss nachdenken.«

»Ganz wie du willst.« Michael versuchte, seine Stimme so ruhig und freundlich wie möglich klingen zu lassen. »Pass auf, ich werd mich jetzt einfach hier auf das Sofa setzen und du sagst uns, was du willst.« Langsam ließ sich Michael auf das Sofa sinken. »Siehst du, George, alles in Ordnung. Niemand bedroht dich.« Er machte eine kurze Pause. »Wir können doch über alles reden. Wir können das hier gemeinsam durchstehen!«

»Gemeinsam?« George spuckte ihm das Wort entgegen, als würde es nach verfaultem Fisch schmecken. »So etwas hat es bei uns nie gegeben. Es gab immer nur euch! Michael, Annabel und Eric.« Er kicherte plötzlich. »Michael, Annabel und Eric, die drei kleinen Schweinchen. Oink, oink, oink. Leider hat eins von den Schweinchen der große, böse Wolf geholt. Und das Schweinchen ist jetzt tot.«

Michael sah, wie Annabel die Tränen in die Augen geschossen waren, und senkte den Blick. Er konnte den Schmerz auf ihrem Gesicht nicht ertragen. Und er musste sich auf das konzentrieren, was er jetzt vorhatte.

»George, wusstest du eigentlich, dass du nicht der Einzige bist, der zaubern kann?«

»Was? Wovon zum Teufel redest du?«

Michael hatte in den letzten Stunden Zeit gehabt, darüber nachzudenken, wie George es angestellt hatte. Und irgendwann hatte er es begriffen. Jetzt hoffte er, dass nicht nur seine Albträume einen Weg in diese sonderbare Welt finden konnten.

Michael schloss die Augen und dachte an seine Schwester. Nicht an das ertrinkende Mädchen, das er nicht hatte retten können. Diese Gedanken hatten schon viel zu lange seine Erinnerungen vergiftet. Er dachte, so fest er konnte, an die fröhliche, lachende Rebecca. An das kleine Mädchen mit den Gänseblümchen, das Forellen mit der Hand fangen konnte. Und er wünschte sich nichts sehnlicher, als sie noch ein letztes Mal so zu sehen wie an dem Morgen am See.

Sekunden vergingen. Doch dann hörte er ein helles Lachen wie von einer Kinderstimme. Und plötzlich tauchte sie wie aus dem Nichts auf.

Annabel zuckte zusammen und George riss erschrocken an ihrem Schopf, wobei seine Klinge unbeabsichtigt ihre Haut ritzte. Ein winziger Blutstropfen rann langsam ihren weißen Hals hinab.

»Das... ist... unmöglich«, stammelte George.

Michael sah seine Schwester an. Sie hatte lange schwarze Haare und trug ein rotes Kleid und rote Schuhe. Sie hatte den Kopf in den Nacken gelegt und sah zu den Buntglasfenstern hinauf.

Georges Griff um Annabels Haar lockerte sich und die Klinge entfernte sich von ihrem Hals. »Das kann... nicht sein. Wieso...« Seine Stimme versagte, als Rebecca kichernd auf sie zugehopst kam. Vor dem Sofa blieb sie stehen.

»Hallo, Anna!«, sagte sie mit glockenheller Stimme und winkte Annabel lächelnd zu. Dann sah sie George an und ihr süßes Gesicht wurde ernst. »Du bist böse«, sagte sie und kräuselte grimmig ihre kleine Nase. »Ich mag dich überhaupt nicht.«

George presste ein paar Worte hervor: »Du... du existierst nicht... du bist nicht real... es ist Michael... wieso kann er das?« Sein Arm sank nach unten und mit ihm die gefährliche Klinge.

Annabel nutzte den Moment, drehte sich blitzschnell um und gab George einen kräftigen Stoß, sodass er gegen den Kamin prallte. Gleichzeitig schrie sie Michaels Namen und brachte sich hinter dem Sofa in Sicherheit.

Michael brauchte nur eine Sekunde, um George zu packen. »Rebecca hat recht, George. Du bist böse. Und wir mögen dich nicht.« Er drängte ihn ein paar Schritte vom Kamin weg.

»Aber es steht mir zu«, röchelte George. Michaels Griff erschwerte ihm das Sprechen, »... mir allein ... ich habe doch alles getan ... ich habe alles richtig gemacht ... ich wollte doch nur gewinnen ... ich ...«

Michael hatte endgültig genug. Zu oft und zu lange hatten sie Georges Verhalten entschuldigt und ihn geschont. Jetzt ertrug er seine Stimme und seine Lügen nicht mehr. Er verstärkte seinen Griff und zog George, dessen kraftlose Befreiungsversuche jämmerlich scheiterten, über das Parkett hinaus auf den Gang. Dort gab er ihm einen Stoß und schlug, ohne ihn noch einmal anzusehen, die Tür zum Aufenthaltsraum zu. Er verriegelte die Tür, schob einen schweren Tisch davor und atmete erleichtert auf. Als er sich wieder umdrehte, sah er Annabel und Rebecca neben dem Kamin stehen. Noch einmal schloss er die Augen.

Rebecca lächelte und stellte sich auf die Zehenspitzen. »Mein Bruder möchte, dass du etwas weißt«, sagte sie zu Annabel, die sich zu ihr hinunterbeugte. Der Rest war nur ein Flüstern.

Als Michael die Augen öffnete, drehte sich Rebecca um und winkte ihm zu. Ihm war klar, es würde ein Abschied für immer sein. Lachend und weinend ließ er sie gehen.

Annabel lief auf Michael zu und fiel ihm um den Hals. »Wie hast du das gemacht?«, flüsterte sie.

»Das ist jetzt nicht mehr wichtig, Anna. Es hat begonnen.« Michael löste sich aus ihrer Umarmung und drehte sie mit sanftem Druck in Richtung der Fenster. Annabel wollte protestieren, doch sie verstummte.

Die Luft vor den Buntglasfenstern flimmerte und knisterte. Und die Bilder auf den Fenstern hatten angefangen, sich zu verändern. Alle erkennbaren Formen lösten sich auf und die Farben flossen ineinander. Es sah aus, als würden Holz, Stein und Glas miteinander verschmelzen, als wäre die Wand einer ungeheuren Hitze ausgesetzt. Aber es war nur eine Metamorphose und etwas Neues erwuchs aus dem Chaos.

Aus den vielen kleinen Buntglasfenstern war ein einziges großes geworden. Es erstreckte sich über die gesamte Höhe des Raumes und war von einem reich verzierten, steinernen Band eingefasst. Und dann kehrten auch die Bilder zurück. Größer und schöner als vor der Verwandlung. Noch befanden sie sich in ständiger Bewegung und die Inhalte wechselten so schnell, dass ihnen ganz schwindelig davon wurde.

»Michael«, flüsterte Annabel, als sie den Inhalt der Bilder erkannte.

»Ich weiß.«

In kurzen Momentaufnahmen ließ das Fenster Szenen und Stationen ihrer abenteuerlichen Reise aufblitzen. Und während die letzten Tage noch einmal vor ihnen abliefen, wurde ihnen bewusst, dass sie trotz der schrecklichen Ereignisse auch ungeheuer viele schöne Augenblicke erlebt hatten. Und dass die Freundschaft und Liebe, die sie füreinander empfanden, eine Verbindung geschaffen hatte, gegen die weder Albträume noch Gott oder Teufel etwas ausrichten konnten.

Die Bilderflut stoppte und das Fenster zeigte ihnen das

Ende ihrer Reise. Gleichzeitig begann es zu leuchten, als wäre die Sonne dahinter aufgegangen.

Annabel und Michael gingen dichter heran und blickten fasziniert auf einen wunderschönen wilden Garten. Und obwohl es nur eine zweidimensionale Fläche aus leuchtend buntem Glas war, lebte das Bild. Die Äste der Bäume wiegten sich, Blumen blühten in voller Pracht und bunte Vögel flogen durch die Luft. Im Zentrum des Bildes aber, auf einem kleinen grünen Hügel, stand eine von Efeu umrankte Tür, die rötlichbraun schimmerte.

»Das letzte Rätsel«, sagte Michael und wusste, was zu tun war. »Anna, die Botschaft, die unter dem Stein-Mond bei der Statue versteckt war. Erinnerst du dich?«

»Wenn das Ende naht, ist der Schlüssel nur ein Spiel«, sagte Annabel.

»Die Lösung wird die Tür öffnen.« Michael nahm ihr Gesicht zwischen seine Hände und zog es sanft zu sich heran. Er flüsterte ihr ein einziges Wort ins Ohr. »Ich glaube, du musst es laut sagen, Anna.«

»Nein.« Sie schüttelte heftig den Kopf. »Ich kann das nicht.«

»Tu es. Und alles wird gut. Ich weiß es einfach. Geh, Anna. Solange noch Zeit ist.« Nervös schaute Michael auf seine Uhr.

»Ich will dich nicht verlieren, Michael.« Annabel sah ihn ein paar Sekunden lang an und Tränen füllten ihre Augen. Dann nickte sie. »Okay. Ich werde es sagen.« Sie wischte sich mit dem Ärmel über die feuchten Wangen.

Michael hatte mit mehr Widerstand gerechnet. Er war erleichtert und traurig zugleich, als er sah, wie Annabel sich abwandte und ganz nah an das Fenster trat. *Geh, Anna! Bitte, geh endlich!*

»MONOPOLY«, sagte Annabel und trat einen Schritt zurück. Das Fenster fing sofort an, sich zu verändern. Wie durch Zauberei wurde aus einem gläsernen Bild ein echter Garten. Und die Tür öffnete sich. Es war 16 Uhr 48.

Annabel spürte den Wind und die Wärme einer neuen Sonne auf ihrer Haut. Sie konnte sogar die Blumen riechen. Ein kleiner Spatz umkreiste sie und kehrte zwitschernd zurück in den Garten. *Warum sollte jemand, der so was Schönes erschaffen hat, es schlecht mit uns meinen?*

»Du musst gehen, Anna! Bevor sie wieder verschwindet.«

»Nein«, sagte Annabel und drehte sich um.

»Nein? Was soll das heißen?«

»Das soll heißen, dass ich auf keinen Fall ohne dich gehe. Hast du wirklich geglaubt, ich könnte dich hier zurücklassen?«

»Aber es darf nur einer durch die Tür gehen.«

»Wieso? Weil es auf einem blöden Foto steht? Das ist mir egal. Es ist meine Entscheidung.« Annabel streckte Michael ihre Hand entgegen und lächelte ihn an. »Vertraust du mir?«

»Verdammt, Anna! Du bist so was von stur.«

»Stimmt«, sagte Annabel und fühlte weder Angst noch Zweifel. »Gewöhn dich besser dran. Und jetzt komm, oder wir bleiben beide hier.«

Michael nahm ihre Hand. »Anna, ich ...«

»Nicht, Michael! Sag es mir, wenn wir ... sag es mir später. Damit ich etwas habe, worauf ich mich freuen kann.«

Als sie durch die Tür gingen, drückte sie seine Hand so fest, dass es schmerzte.

Letzter Teil des Interviews

FINNAGAN: »Nicholas, kommen wir nun zu denen, die die REMEMBER so beliebt gemacht haben: den Spielern. Sie sprachen vorhin von den Rahmenbedingungen, die sie geschaffen hatten. Da stellt sich mir die Frage: Wie frei waren die Spieler bei ihren Entscheidungen und welchen Einfluss hatten sie auf den Ablauf des Spiels?«
HILL: »Eine interessante Frage. Unsere Rätsel und Hinweise gaben natürlich eine grobe Richtung vor. Das war notwendig. Aber wir wollten unsere Spieler auf keinen Fall vorführen oder demütigen. Wir wollten realistische Menschen in einer realistischen Umgebung. Menschen, die völlig frei in ihren Entscheidungen sind. Und deshalb hätte jeder Spieler zu jeder Zeit den von uns angedeuteten Weg verlassen können. Dass sie so lange zusammenblieben, war ein echter Glücksfall.«
FINNAGAN: »Allerdings. Und es hat Spaß gemacht zuzusehen, wie sie miteinander umgingen und sich langsam anfreundeten. Die Zuschauer haben diese Jugendlichen geliebt und deshalb auch mit ihnen gelitten. Und ich weiß noch, wie geschockt und traurig wir hier im Studio waren, als Eric plötzlich nicht mehr da war. Warum wurde er aus dem Spiel genommen?«
HILL: »Die drei waren ein tolles Team. Und Eric war fantastisch. Deshalb ist uns die Entscheidung auch nicht leichtgefallen. Aber wir mussten es tun. Die Anstrengungen des Spiels waren zu viel für ihn. Obwohl es nur in den Köpfen der Spieler stattfand, war es eine enorme Belastung. Als George ihn in seiner Gewalt hatte, stiegen Erics Biowerte besorgniserregend an. Wir konnten nicht anders.«

FINNAGAN: »Aber bei Annabel...«

HILL: »Annabel hatte Glück. Und sie war mental stärker als Eric. Als sie im Keller in ihrem Albtraum gefangen war, waren wir kurz davor, auch sie rauszunehmen. Doch dann konnte sie sich aus eigener Kraft befreien und ihre Werte sanken wieder auf ein vertretbares Niveau. Das war Eric leider nicht gelungen.«

FINNAGAN: »Wie denken Sie über die Rolle, die George in dieser, wie Sie sagen würden, Geschichte gespielt hat?«

HILL: »Tja, George ist ein Kapitel für sich. Er haderte mit sich selbst und der Rolle, in die er mehr und mehr hineinrutschte. Ich möchte an dieser Stelle noch einmal betonen, dass wir es hier nicht mit einem Fantasy-Rollenspiel zu tun haben. Niemand konnte am Anfang eine Spielfigur samt seiner Eigenschaften wählen. Jeder Spieler brachte seine eigenen Charaktereigenschaften mit. Diese wurden von uns in keinster Weise manipuliert. Wir gaben ihnen nur eine falsche Biografie und falsche Erinnerungen. Alles jedoch im Einklang mit ihren echten Persönlichkeiten.«

FINNAGAN: »Das spricht ja nicht gerade für George. Es gab am Schluss sogar Gerüchte, dass er im Auftrag des Spiels oder der fiktiven Hintermänner gehandelt hätte.«

HILL: »Nein, so eine Verbindung gab es nicht. George war einfach nur sehr clever, und weil er jedes Mittel zum Erreichen seines Ziels genutzt hat, hatte er am Ende sogar einige der Zuschauer verwirrt. Aber obwohl er für die meisten nicht gerade ein Sympathieträger war, so müssen wir ihm doch dankbar sein, weil es ohne ihn nur halb so aufregend gewesen wäre. George hat uns übrigens mitgeteilt, dass er an der Preisverleihung nicht teilnehmen wird. Er befürchtet, nicht allzu viele Fans durch das Spiel gewonnen zu haben. Wir haben ihm daher zugesichert, seine wahre Identität auch weiterhin nicht preiszugeben. Ich denke, wir alle sollten seine Entscheidung respektieren und ihm für die Zukunft alles Gute wünschen.«

FINNAGAN: »War das Team jemals versucht, Partei zu ergreifen und sich in das Spiel einzumischen? Ich denke da besonders an Georges Verhalten.«

HILL: »Versucht? Ständig. Aber es war natürlich nicht erlaubt. Nein, unsere einzige echte Einmischung bestand in der Herausnahme Erics. Und das hatte rein medizinische Gründe.«

FINNAGAN: »Sie sagten echte Einmischung. Gab es auch noch andere?«

HILL: »Streng genommen, ja. Es gab einen Moment, in dem Nathan eine ungeplante Manipulation zuließ. Aber keiner der Spieler hatte davon einen Vorteil. Ich meine den Tanz.«

FINNAGAN: »Oh ja, der Tanz. War das die Idee Ihres Bruders?«

HILL: »Nein. Es war Erics Idee. Nach seinem Ausscheiden verfolgte er das Spiel zusammen mit uns im Kontrollraum. Er hatte Annabel in der Simulation versprochen, ihr das Tanzen beizubringen. Also fragte er Nathan, ob wir den beiden nicht ein Geschenk machen könnten.«

FINNAGAN: »Damit haben Sie nicht nur Annabel und Michael ein Geschenk gemacht. Es war einfach ... wow!«

HILL: »Danke. Ich werde das Kompliment weitergeben.«

FINNAGAN: »Das alles klingt sehr beeindruckend, Nicholas. Aber es muss während der Simulation doch auch Probleme gegeben haben. Gab es Schwierigkeiten, mit denen Sie nicht gerechnet haben?«

HILL: »Ja, die gab es und ich habe es ja bereits auf der Pressekonferenz angedeutet. Kinderkrankheiten bleiben bei einem solchen Projekt nicht aus. Bedenken Sie nur, dass das Spiel weltweit live übertragen wurde. Der Stream wurde mittels einer von uns entwickelten Spracherkennungs- und Übersetzungssoftware mit Untertiteln in über siebzig Sprachen versehen. Und das in Echtzeit. Aber die technische Seite war nicht das eigentliche Problem, sondern der menschliche Faktor. Natürlich hatten wir im Vorfeld mit weitaus längeren Simulationen experimentiert. Wir wussten also, dass es möglich und normalerweise völlig ungefährlich ist. Ursprünglich sollte das Spiel ja genau wie die damalige Apollo-11-Mission innerhalb eines Zeitraums von neun Tagen stattfinden, während der Zeit ihres fünfzigjährigen Jubiläums. Aber aufgrund bestimmter Umstände wurden die Belastungen für unsere Spieler auf Dauer zu hoch. Und um jedes gesundheitliche Risiko zu vermeiden, haben wir uns schließlich dazu entschieden, das Spiel um zwei Tage zu verkürzen.«

FINNAGAN: »Daher also die Idee mit dem Zeitsprung.«

HILL: »Ja. Wir hielten es für die eleganteste Lösung, weil er sich nahtlos in die anderen mysteriösen Ereignisse einfügte.«

FINNAGAN: »Das stimmt. War Ihnen die Entscheidung schwergefallen? Immerhin bedeutete das auch einen riesigen finanziellen Verlust für Sie.«

HILL: »Nein, keineswegs. Die Sicherheit der Spieler stand für uns immer an erster Stelle.«

FINNAGAN: »Die Umstände, von denen Sie gerade sprachen, meinten Sie damit die Albträume?«

HILL: »Ja. Was uns immer noch Kopfzerbrechen bereitet, ist die Frage, warum die größten Ängste der Spieler von Anfang an frei wurden.«

FINNAGAN: »Sie meinen, die waren wirklich echt und keine geplanten Erinnerungsmanipulationen?«

HILL: »Um Gottes willen, nein. Wir haben zwar ihre Erinnerungen manipuliert, aber wir haben ganz sicher keine Psycho-Zeitbomben in ihre Köpfe gepflanzt.«

FINNAGAN: »Haben Sie denn schon eine Erklärung für das Phänomen?«

HILL: »Wir glauben, dass der traumatische Charakter einiger Erinnerungen dafür verantwortlich ist. Bei Michael wurde das ganz besonders deutlich. Wir hatten die Erinnerungen an reale Verwandte bei allen blockiert. In Michaels Fall passierte jedoch etwas Unvorhergesehenes. Bei ihm wirkte die Blockade nicht richtig und Erinnerungen an seine Schwester wurden freigelegt. Sie wurden von ihm in einer verzerrten Version der realen Ereignisse verarbeitet. So wie in einem Traum. Außerdem waren die mit starken Emotionen belasteten Erinnerungen in der Lage, das Spiel von innen heraus zu verändern. Das geschieht zwar die ganze Zeit, weil das Simulations-Programm sich kontinuierlich an die neue Situation anpasst und sich anhand vorgegebener Parameter selbst schreibt. Doch in der Regel sind es nur kleine Veränderungen und keine, die dem Spieler bewusst sind. Der Spieler reagiert auf das Programm und das Programm auf die Spieler. Es ist eine subtile Wechselwirkung. So sollte es jedenfalls sein. Größere Manipulationen durch die Spieler wollten wir von vornherein ausschließen.
Dass George diese Manipulationsmöglichkeiten bei dem Vorfall auf dem Bahnhof entdeckte und später bewusst für seine Zwecke ausnutzte, war ebenfalls eine große Überraschung. Und auch bei ihm gab es ja ganz offensichtliche Lücken in der Blockade.«
FINNAGAN: »Das erklärt natürlich, warum er plötzlich Albträume von seiner Mutter hatte. Obwohl er sich am Anfang, genau wie alle anderen, nicht an seine Eltern erinnern konnte.«
HILL: »Richtig. Inwieweit diese Träume mit der Wirklichkeit übereinstimmen, weiß ich allerdings nicht. – Damit nicht der Eindruck entsteht, wir hätten die persönlichen Probleme der Spieler für das Spiel missbraucht, möchte ich ausdrücklich betonen: Willowsend ist ein von uns erfundener Ort. Auch das Haus am See existiert nicht. Nur durch eine unglückliche Ver-

kettung von Ereignissen und Zufällen projizierte Michael Teile seiner realen Erinnerungen auf diesen Ort und das Programm passte sich entsprechend an.«

FINNAGAN: »Und Annabels Angst vor der Dunkelheit? Haben Sie dafür eine Erklärung? Es gibt hier im Studio einige Vermutungen, aber sie ...«

HILL: »Verzeihen Sie, Laura. Aber dazu möchte ich im Moment noch nichts sagen. Aber wer weiß? Vielleicht beantwortet sich diese Frage in zwei Wochen ja ganz von alleine.«

FINNAGAN: »Ich bin sehr gespannt, Nicholas. – So langsam neigt sich unsere Sendezeit dem Ende zu. Und die Frage, die uns jetzt alle brennend interessiert, ist, ob Annabel und Michael auch in der Realität zusammenkommen werden.«

HILL: »Dazu kann ich wirklich nichts sagen. Vielleicht werden wir irgendwann erfahren, ob die Liebe zwischen den beiden auch in der realen Welt eine Chance hat. Aber das hängt ganz allein von den beiden ab.«

FINNAGAN: »Mal ehrlich, Nicholas, war die Sache zwischen Annabel und Michael eigentlich geplant?«

HILL: »Geplant? Im Gegenteil. Niemand zog eine solche Möglichkeit ernsthaft in Betracht. Nicht bei so unterschiedlichen und eigenwilligen Charakteren. Außerdem dachten wir, der Zeitraum sei viel zu kurz für die Entstehung einer Liebesgeschichte.«

FINNAGAN: »Und doch kam es ganz anders. Sind die drei Freunde jetzt wieder vereint?«

HILL: »Oh ja, die drei sind unzertrennlich. – Wissen Sie, das Erste, was Annabel und Michael sahen, als sie aufwachten, war Eric.«

FINNAGAN: »Eric ist also genauso wie in der Simulation?«

HILL: »Eric ist ein charmanter und witziger Kerl mit einem riesigen Herzen. Aber Sie werden ihn ja bald kennenlernen.«

FINNAGAN: »Können Sie uns zum Schluss nicht schon ein klein wenig mehr über die wahre Identität der Spieler verraten?«

HILL: »Nun, über Georges Bitte habe ich Sie ja bereits informiert. Und was die anderen angeht... darf ich Ihnen verraten, dass sie alle Anfang zwanzig sind und in London leben. Die Preisverleihung ist in zwei Wochen. Geben wir ihnen die Gelegenheit, sich wieder an das normale Leben zu gewöhnen. Sie haben es verdient.«

FINNAGAN: »Sie haben recht. – Apropos verdient, was geschieht jetzt eigentlich mit dem Preisgeld von einer Million Pfund? Teilen sich die zwei das Geld, weil sie ja zusammen durch die Tür gegangen sind? Auf der Pressekonferenz am Nachmittag stand diese Frage noch offen.«

HILL: »Ja, das hätte ich beinahe vergessen. Wir haben uns entschlossen, dass beide, Annabel und Michael, je eine Million Pfund erhalten. Und es wird niemanden wundern zu hören, dass die beiden bereits gesagt haben, sie würden das Geld auf jeden Fall mit Eric teilen.«

FINNAGAN: »Eine wirklich schöne Geste.«

HILL: »Ja. Wissen Sie, jeder von ihnen hatte seine ganz speziellen Gründe, an diesem Projekt teilzunehmen, und keiner davon hatte mit Geld zu tun. Das war letztendlich wohl auch der Grund, warum wir uns für diese vier entschieden hatten. – Laura, wenn Sie erlauben, möchte ich zum Abschluss die Gelegenheit nutzen und mich noch einmal im Namen des gesamten Teams bei unseren Spielern bedanken. – Annabel, Michael, Eric, George... als REMEMBER begann, hätten wir nicht im Traum daran gedacht, dass sich die Dinge so entwickeln würden. Auf diese erstaunliche und fantastische Weise. Ihr habt den Ergebnissen unserer Forschung Herz und Seele verliehen. Und das ist... das ist mehr, als wir je zu hoffen wagten. Wir danken euch für das Geschenk, dass ihr uns und der Welt bereitet und

für die Geschichte, die ihr uns erzählt habt. Wir werden euch nie vergessen.«
FINNAGAN: »Ein wunderbares Schlusswort. – Nicholas, vielen Dank, dass sie hier waren.«
HILL: »Es war mir ein Vergnügen, Laura.«
FINNAGAN: »Das war BBC-Inside, mit einer Sondersendung zu REMEMBER. Am Montag um die gleiche Zeit begrüße ich an dieser Stelle Dr. Nathan Hill. Ich bin Laura Finnagan. Gute Nacht.«

Ein paar Tage später

49

»Verflixt noch mal! Wo zum Teufel, habe ich die doofe Sonnenbrille hingetan?« Gillian kratzte sich am Kopf. »Ah, ich weiß«, sagte sie und steuerte zielsicher durchs Zimmer auf eine kleine Kommode zu. Sie hatte nur einen Stiefel an und humpelte deswegen.

»Vorsicht, Rotlöckchen!«, rief Oliver, um sie vor dem anderen am Boden liegenden Stiefel zu warnen. Aber da war sie bereits mit einem demonstrativ großen Schritt und einem breiten Lächeln über ihn hinweggestiegen.

»Hey, vertraust du mir nicht?« Gillian lachte, öffnete die oberste Schublade der Kommode und fischte eine original Matrix-Trinity-Sonnenbrille hervor und setzte sie auf. Dann kratzte sie sich wieder am Kopf. »Wenn ich jetzt noch wüsste, wo der blöde zweite Stiefel ist.« Daraufhin grinste sie frech und humpelte fröhlich zurück. Sie bückte sich, um nach dem Stiefel zu greifen. Aber er war nicht mehr da. Gillian ließ sich an Ort und Stelle lachend auf den Hintern plumpsen. »Eine blinde Frau zu verarschen, ist politisch nicht korrekt, Oliver. – Aber genau das mag ich so an dir.«

»Prima. Wenn du das schon magst, dann wirst du das hier lieben.« Oliver hatte einen Wäschekorb mit zusammengerollten Socken gefunden und fing an, sie damit zu bewerfen.«

Gillian kreischte und brachte sich krabbelnd hinter dem

Sofa in Sicherheit. »Hör auf oder ich sag's Paul. Der haut dich k. o.«

Oliver lachte. »Hah! Ich sag ihm, es war Notwehr. Wem wird er wohl mehr glauben? Einem schwulen Tänzer, der keiner Fliege was zuleide tun kann und der – nur, um es noch einmal ganz nebenbei zu erwähnen – gerade einen Vertrag bei einer der besten Tanz-Companies von London unterschrieben hat...« George machte eine theatralische Pause und Gillian applaudierte. »Danke! – Oder einem schlagkräftigen Dickkopf, der vor den Augen der Welt Leute mit Taschenlampen vermöbelt?«

»Okay, du hast gewonnen! Frieden?« Gillian wedelte mit einer weißen Socke.

»Vergiss es.«

»Ich habe Pudding im Kühlschrank.«

»Darf ich dir aufhelfen?«

Oliver löffelte seinen Pudding, während Gillian damit beschäftigt war, auch ihren anderen Fuß in einen Stiefel zu zwängen.

»Ich dachte immer, Blinde seien ordentlicher, weil sie sich auf diese Weise besser zurechtfänden.« Oliver sah sich in Gillians Wohnzimmer um. Es war nicht wirklich unordentlich, aber doch auch nicht so, wie er es sich vorgestellt hatte. Abgesehen von den Musikinstrumenten und den vielen Bildern an den Wänden, sah es hier aus wie in einer ganz normalen Wohnung. Wie in der Wohnung eines Menschen, der nicht blind war.

»Das stimmt schon. Obwohl es auch Ausnahmen gibt. Solche wie mich, fürchte ich. Vielleicht liegt es daran, dass ich nicht immer blind war. Ich war schon immer ziemlich chaotisch. Dann hatte ich mit fünfzehn den Unfall, und als ich ein neues Leben beginnen musste, fand ich es wahrscheinlich einfacher, die alten Gewohnheiten beizubehalten und einen Weg zu finden, sie mit meiner Blindheit unter einen Hut zu bringen.« Sie lächelte in Olivers Richtung. »Ich hatte dir doch erzählt, dass ich Malerin werden wollte. Ich hatte schon immer eine gute bildliche Vorstellungskraft und ein gutes Gedächtnis. Ich hab immer ein Bild von meiner Wohnung im Kopf. Und wenn ich etwas verändere, male ich das Bild einfach wieder neu. Ganz ähnlich mache ich das auch an anderen Orten. – Hier, guck mal!« Gillian drehte ihren Arm und zeigte auf einen großen blauen Fleck nahe ihres Ellenbogens. »Das passiert, wenn ich das Malen vergesse. – Und hier, schau dir den an.« Sie zog ihr Kleid hoch und entblößte eine weitere Stelle an ihrem linken Knie. »Der ist von gestern«, sagte sie und lachte. »Da hatte ich allerdings auch einen im Tee.«

»Verstehe. Deshalb konntest du in diesem fiesen Nebel durch den Park rennen.«

»Stimmt. Obwohl ich glaube, dass mir so was im realen Leben nicht gelungen wäre. – Aber woher weißt du das mit dem Park?«

»Ich hab's mir angeschaut. Hast du auch schon? – Ach, Süße, tut mir leid. Das war dämlich von mir.«

»Gar nicht. Ich find's schön, wenn jemand vergisst, dass ich blind bin. Ich hab mal mit einer Freundin etwas zusammen gekocht. Sie hat mir ein rohes Ei zugeworfen, weil sie nicht mehr daran gedacht hatte. Ich fand's toll! Wir haben uns fast totgelacht. War allerdings ein bisschen eklig.« Sie drehte sich um. »Übrigens hat mir Nathan angeboten, dass ich jederzeit ins Institut kommen könne, um mir innerhalb einer anderen Simulation die Aufzeichnungen des Spiels anzuschauen. Clever, nicht?«

»Nathan ist eben ein Genie. – Du wolltest echt Malerin werden?« Oliver bewunderte ihre Bilder an den Wänden. Sie waren wie Gillian. Fröhlich, bunt und voller Sonnenschein. »Ich finde deine Bilder wunderschön, Rotlöckchen!«

»Ja? Ich würde dir gerne eins schenken. Such dir eins aus! Aus irgendeinem Grund schaue ich mir die Bilder in letzter Zeit nur noch selten an.«

Oh, Mann. »Bleib mal kurz stehen, Süße«, sagte Oliver und ging auf sie zu.

»Was ist? Triffst wohl keine beweglichen Ziele, was? Du hast sowieso keine Sockenmunition mehr. Ich habe mitgezählt.«

»Halt mal für ein paar Sekunden dein süßes Plappermaul.«

»Tut mir leid. Ich bin nur so nervös, wegen der Verabredung. Er will mit mir essen gehen und ich ...«

Oliver berührte sanft ihre Schultern und brachte sie zum Schweigen. »Schwul oder nicht, ich werd dich jetzt küssen.«

»Okay«, sagte Gillian und signalisierte Knutschbereitschaft.

Oliver gab ihr einen zarten Kuss auf die Lippen.

»Und? Wie ist es, eine Frau zu küssen?«

»Um ehrlich zu sein, ich hab dabei an Robert Pattinson gedacht. Machte die Sache erträglich.«

»Pattinson? Im Ernst? Ich auch!«

»Glaubst du, dass er sich verspätet?« Gillian nahm einen Hut von ihrem Hutständer und setzte ihn auf.

»Wer?«

»Na, Paul, Mensch!«

»Ach, Paul. Den hatte ich schon ganz vergessen. Und du triffst dich heute mit ihm?«

»Grrr! Hör auf, mich zu ärgern, und sag mir lieber, ob ich gut aussehe!«

Gillian drehte sich um die eigene Achse. Es hatte geschlagene zwei Stunden gedauert, bis sie sich mit Oliver auf ein passendes Outfit geeinigt hatte. Jetzt trug sie ein knielanges grünes Kleid, dessen Oberteil mit Samt in einem etwas dunkleren Ton abgesetzt war, und dazu rotbraune, wadenhohe Stiefel. Ihr rotes Haar fiel offen bis auf die Schultern und der luftige weiße Hut mit seiner breiten Krempe bildete den perfekten Abschluss.

»Ich schwör dir, Gilly. Wenn du ein Kerl wärst, ich würde dich auf der Stelle flachlegen.«

Sie lachte und drehte sich zu ihm um. »Übrigens, hast du Lust, mit Paul und mir das Wochenende zu verbringen? Wir wollen irgendwo raus aufs Land fahren und uns ein Haus mieten.«

»Wollt ihr nicht lieber alleine sein? Vielleicht hat Paul was dagegen.«

»Es war sein Vorschlag. Und ich will auch, dass du mitkommst.« Gillian knuffte ihn in die Seite. »Ich glaube, Paul hat Angst, mit mir alleine zu sein.«

»Ach, Unsinn, Rotlöckchen. Paul kann sich nur nicht für einen von uns entscheiden.«

Gillian lachte. Im selben Moment klingelte es an der Haustür und Gillian spürte, wie ihr Herz plötzlich schneller zu schlagen begann.

Sie hörte, wie Oliver zum Fenster hinüberging. Er sah hinunter auf die Straße. »Das muss dein Prinz auf seinem weißen Pferd sein. – Uuuh, hallo! Ich sehe was viel Besseres als ein weißes Pferd! Es ist ein schwarzes Beetle-Cabrio.«

Paul wartete, bis Gillian ihre langen Beine in den Wagen gezogen hatte, und schloss dann vorsichtig die Tür. Sie winkten Oliver noch einmal zu, dann ließ Paul den Wagen an.

»Wie geht's dir, Paul?«

»Im Zug nach Willowsend habe ich mich genauso gefühlt. – Tut mir leid, dass unser erstes Date auf diese Weise beginnt. Aber ohne dich würde ich es nicht schaffen.«

Gillian tastete nach seiner Hand und drückte sie zärtlich.

»Hab ich dir schon gesagt, dass du zauberhaft aussiehst?«

»Ja. Aber das stört mich nicht. Das ist wie mit meiner Lieblingsmusik. Die kann ich auch den ganzen Tag rauf und runter hören.«

Paul lachte und fuhr los.

Es machte ihm Spaß, Gillian aus den Augenwinkeln zu beobachten. Der Fahrtwind spielte mit ihren roten Haaren und ihr sommersprossiges Gesicht strahlte mit ihrer kleinen gelben Freundin um die Wette. Wenn sie langsam fuhren oder an einer Ampel hielten, sah er, wie sie aufmerksam lauschte. Ihre Mundwinkel verzogen sich zu einem kurzen Lächeln, sobald sie etwas hörte, das ihr gefiel. Irgendwann einmal würde er sie fragen, ob sie ihn mitnehmen würde in ihre Welt, von der er jetzt schon wusste, dass sie alles andere als dunkel war.

Gillian fingerte am Touchpad des Wagens herum und gleich darauf ertönte eine Stimme. »... *mit den roten Haaren eroberte die Herzen der Menschen im Sturm. Überall auf der Welt hat die Geschichte von Annabel und Michael eine regelrechte Hysterie ausgelöst. In einer Hörerumfrage wollten wir herausfinden, was nach Meinung der Leute auf der Straße das bedeutendere Ereignis gewesen sei: Die*

Mondlandung von 1969 oder REMEMBER. Und hier ist das erstaunliche Ergebnis: Siebzig Prozent der Befragten stimmten für Annabel und Michael. Nur zwanzig Prozent favorisierten die Mondlandung von Apollo 11.

Tja, liebe Hörer, da fragt man sich schon jetzt, ob die bevorstehende Marsmission da mithalten kann. Vielleicht...«

Gillian wischte über den Screen und die Stimme erstarb. Sie legte den Kopf zurück. »Paul?«

»Hm?«

»Können wir so tun, als ob es diesen ganzen Rummel um uns gar nicht gibt? Ich möchte im Moment einfach nur Gillian sein.«

Paul lächelte. »Nichts lieber als das.«

Sie gingen über sandige Pfade und asphaltierte Wege. Gillian lauschte dem Klang ihrer Schritte, der sich zusammen mit den Geräuschen der Umgebung ständig veränderte. Alles, was sie hörte und fühlte, erzählte ihr Geschichten über die Dinge, die sie nicht sah, und die Geschichten wurden zu Bildern. Der Wechsel von Licht und Schatten, den sie auf ihrer Haut spürte, war wie die Grundierung der Leinwand, auf der sie ihre Kopfbilder malte. Mal war sie leuchtend hell, mal voll dunkler Schatten. Und über allem, wie die schützende Firnis auf einem Gemälde, lag das beruhigende Rauschen der Bäume.

Dieser Ort fühlt sich schön an, dachte Gillian. Aber das behielt sie in diesem Moment für sich.

Pauls Schritte wurden langsamer und seine Atmung schneller. Er blieb stehen und ließ Gillians Hand los.

Wir sind da, dachte Gillian und ein wenig von Pauls Angst sprang auf sie über. Das Blätterrauschen war jetzt ganz nah und hüllte sie ein wie ein stetes Flüstern. Sie streckte ihren Arm aus und ertastete die raue Rinde eines großen Ahornbaumes, in dessen Schatten sie standen.

Paul kniete sich auf den Boden und strich behutsam ein paar Äste beiseite, die auf das Grab gefallen waren. Er legte einen Strauß Gänseblümchen auf den Stein.

»Hallo, Becca!«, sagte Paul und seine Stimme zitterte. »Ich wollte früher kommen, ich hatte es so oft versucht, aber ich… ich konnte es einfach nicht. Es tut mir leid.« Gillian spürte, wie er sie ansah. »Ich habe jemanden mitgebracht. Sie heißt Gillian.«

»Hallo, Rebecca!«, sagte Gillian und kniete sich dicht an Pauls Seite. Paul fasste nach ihrer Hand.

»Rebecca war im ersten Semester an der Uni«, sagte Paul mit leiser Stimme. »Sie wollte über Weihnachten nach Hause zu unseren Eltern fahren. Sie wohnen hier in London in einem Stadthaus an einem Kanal. Wir sind dort aufgewachsen. Zum Haus gehört auch ein kleiner Steg und ein Motorboot, mit dem wir oft rausgefahren sind. Zuerst nur mit unseren Eltern. Später, als wir älter waren, auch immer öfter zu zweit. Das ist wohl der Grund, warum mich das Haus am See…«

Paul machte eine Pause.

»Ich hatte Rebecca versprochen, sie von der Uni abzuholen. Wir wollten eine kleine Tour über Land machen, damit wir ein wenig Zeit für uns hatten. Aber die Kirche, die wir restaurierten, sollte bis Weihnachten fertig sein, und weil wir mit unserer Arbeit etwas hinterherhinken, mussten wir Überstunden machen. Ich bat sie, stattdessen mit dem Zug zu fahren. Aber sie sagte, dass ein Freund von der Uni sie mitnehmen würde.« Er stockte. »Im Polizeibericht stand, dass die Straße an der Stelle vereist gewesen, dass der Wagen ins Schleudern gekommen und der Fahrer weder betrunken noch zu schnell gewesen sei. Niemand konnte etwas dafür. Niemand...«

Als Paul anfing zu weinen, hielt Gillian ihn fest. »Soll ich dir verraten, was Rebecca mir ins Ohr geflüstert hat?« Sie nahm seinen Kopf zwischen ihre warmen Hände, fühlte die tränennassen Wangen und flüsterte ihm ins Ohr: »Es ist ein Geheimnis, hat sie gesagt. Aber dir darf ich es verraten. – Sie sagte: Ich liebe dich.«

Und dann wiederholte Gillian es noch einmal.

»Ich liebe dich, Paul!«

Auf dem Rückweg klappte Gillian ihren Langstock aus und nahm Pauls Hand. Sie führte ihn sicher zum Wagen. Na gut, einmal wären sie fast in ein offenes Grab gelaufen, aber bei den ganzen Schmetterlingen im Bauch konnte man schon mal die Orientierung verlieren. Und Paul bekam davon ohnehin nichts mit. Erst als sie vor dem Auto standen und Gillian ihn fragte, ob sie nicht lieber fahren solle, fiel die Traurigkeit von ihm ab und er lächelte wieder.

»Danke, dass du mitgekommen bist.«

»Wie hättest du ohne mich zurückfinden sollen?«

Paul ließ den Wagen nicht gleich an. Stattdessen wandte er sich zur Seite. »Gilly, kannst du mal auf den Rücksitz greifen? Da müsste irgendwo meine Sonnenbrille liegen.«

»Klar.«

Gillian tastete die Rückbank ab. Als sie sich wieder umdrehte, hielt sie eine Sonnenblume in der Hand. Sie legte sie sich auf den Schoß und fuhr mit den Fingern zärtlich über die große Blüte.

»Paul?«

»Ja?«

»Muss ich wirklich erst auf einen Asteroiden warten, bevor du mich küsst?«
Sie musste es nicht.

Danksagung

Ich danke meinem Literaturagenten Thomas Montasser, der einem Neuling und seiner Geschichte die Türen geöffnet hat. Und ich danke meiner Lektorin Katrin Weller, die mir half, aus dieser Geschichte einen Roman zu machen. Und natürlich danke ich all den lieben Menschen beim Arena Verlag, die an der Entstehung, der Herstellung und dem Vertrieb dieses Buches beteiligt waren.

Mein Dank gilt außerdem: Helen Maskell (London Library); Prof. Dr. med. Dieter Felsenberg (Charité Berlin); Prof. Dr. med. Dr. rer. nat. Ehrhardt Proksch und Dr. med. Jens-Michael Jensen (Univ.-Klinikum Schleswig-Holstein); Dr. Dirk Petersohn.

Ach ja, und Ihnen danke ich natürlich für's Lesen!

Andreas Eschbach

Black*Out
978-3-401-50505-3

Hide*Out
978-3-401-50506-0

Time*Out
978-3-401-50507-7

Was wäre, wenn das Wissen und die Gedanken eines Einzelnen für eine ganze Gruppe verfügbar wären? Jederzeit? Würden dann nicht Frieden und Einigkeit auf Erden herrschen? Wäre der Mensch dann endlich nicht mehr so entsetzlich allein? Oder könnte dadurch eine allgegenwärtige Supermacht entstehen, die zur schlimmsten Bedrohung der Welt wird?

Drei Thriller der Extraklasse von Bestsellerautor Andreas Eschbach, der die Themen Vernetzung und Globalisierung auf eine ganz neue, atemberaubende Weise weiterdenkt und die Frage stellt, was Identität und Individualität für die Menschheit bedeuten.

Auch als E-Books erhältlich
Als Hörbücher bei Arena audio

Jeder Band:
Arena-Taschenbuch
www.arena-verlag.de

Krystyna Kuhn
Das Tal • Season 1

Das Spiel
978-3-401-50530-5

Die Katastrophe
978-3-401-50531-2

Der Sturm
978-3-401-50532-9

Die Prophezeiung
978-3-401-50533-6

Auch als E-Books erhältlich
Als Hörbücher bei Lübbe Audio

Arena

Jeder Band:
Arena Taschenbuch
www.arena-verlag.de

Barnabas Miller / Jordan Orlando

7 Tode sollst du sterben

Mary war nicht nur das beliebteste und hübscheste Mädchen der Schule, sondern auch das am meisten gehasste – und deshalb musste sie sterben. Aber ihr Tod ist nicht das Ende, sondern erst der Anfang. Ein Fluch sorgt dafür, dass sie den Tag, an dem sie starb, immer wieder erleben muss. Aus der Perspektive ihrer sieben Freunde lernt sie eine ganz andere Mary Shayne kennen. Und bekommt sieben Mal vor Augen geführt, dass jeder gute Gründe hatte, sie zu hassen.

416 Seiten • Klappenbroschur
ISBN 978-3-401-50424-7
www.arena-verlag.de